OVID
TACITU

Reflexões do gato Murr

E.T.A. Hoffmann

Reflexões do gato Murr

e uma fragmentada biografia do compositor Johannes Kreisler em folhas dispersas de rascunho — editado por E.T.A. Hoffmann

Tradução, apresentação e notas
Maria Aparecida Barbosa

Ilustrações
Maximilian Liebenwein

Estação Liberdade

Traduzido de: *Lebensansichten des Katers Murr nebst fragmentarischer Biographie des Kapellmeisters Johannes Kreisler in zufälligen Makulaturblättern*, Frankfurt: Insel, 1967

A amostra de ilustrações de Maximilian Liebenwein (1869-1926) foi retirada da edição publicada em Frankfurt e Leipzig pela editora Insel (col. de bolso, n. 168) em 2013 (1ª ed., 1976).

Preparação	Fábio Fujita
Revisão	Vivian Matsui
Assistência editorial	Paula Nogueira
Composição	Miguel Simon
Ilustração e projeto gráfico de capa	Natanael Longo de Oliveira
Editor assistente	Fábio Bonillo
Editores	Angel Bojadsen e Edilberto F. Verza

CIP-BRASIL. CATALOGAÇÃO NA PUBLICAÇÃO
SINDICATO NACIONAL DOS EDITORES DE LIVROS, RJ

H648r

Hoffmann, E.T.A. (Ernst Theodor Amadeus), 1776-1822
Reflexões do gato Murr : e uma fragmentada biografia do compositor Johannes Kreisler em folhas dispersas de rascunho, editado por E.T.A. Hoffmann / E.T.A. Hoffmann ; ilustrações Maximilian Liebenwein ; tradução, apresentação e notas Maria Aparecida Barbosa. - 1. ed. - São Paulo : Estação Liberdade, 2013.
440 p. : il. ; 21 cm.

Tradução de: Lebensansichten des Katers Murr
ISBN 978-85-7448-225-5

1. Romance alemão. I. Barbosa, Maria Aparecida. II. Título.

13-03375 CDD: 833
CDU: 821.112.2-3

2013-2014
ALEMANHA+BRASIL
Quando ideias se encontram

GOETHE INSTITUT

Editora Estação Liberdade Ltda.
Rua Dona Elisa, 116 | 01155-030 | São Paulo-SP
Tel.: (11) 3661 2881 | Fax: (11) 3825 4239
www.estacaoliberdade.com.br

SUMÁRIO

O escritor E.T.A. Hoffmann e seus temas

Apresentação de Maria Aparecida Barbosa

Pois nenhuma pessoa se conhece enquanto só for ela mesma e não simultaneamente também uma outra.

Novalis

Diga-me, quem é esse fantasma sem vida,
que todas as noites me encara horas a fio
e então, em silêncio, desaparece?

E.T.A. Hoffmann em *Mestre Formiga*[1]

O escritor alemão Ernst Theodor Wilhelm Hoffmann viveu entre 1776 e 1822. A partir de 1803, ao começar a escrever suas primeiras composições musicais, passa a substituir seu terceiro prenome, Wilhelm, por Amadeus, uma homenagem ao compositor austríaco Wolfgang Amadeus Mozart. Sua grande ambição era tornar-se compositor e, para isso, estudava música com afinco.

Em 1809, Hoffmann publicou seu primeiro texto, "Ritter Gluck", no *Jornal de Generalidades Musicais*, de Berlim, com o subtítulo "Uma lembrança do ano de 1809". Trata-se de um enigma. O homenageado no conto, o compositor Christoph Willibald Gluck, que postulara a reforma da ópera como gênero[2], vivera entre 1714 e 1787;

1. As citações de textos em línguas estrangeiras foram traduzidas por mim, salvo exceções com créditos a outros tradutores.

2. Em *Uma nova história da música*, Otto Maria Carpeaux explica o programa de Gluck:

logo, ele não poderia, 22 anos após sua morte, ter se encontrado com o narrador e ter sua lembrança.

A influência da música nos textos que começa a escrever e a publicar a partir daí é evidente nos temas, no movimento das figuras, nas antropomorfoses, nas graduais transformações dos cenários, no ritmo — nesse sentido, Hoffmann deixou um documento elucidativo sobre sua maneira de esquematizar uma narrativa escrita. Em 24 de março de 1814, numa carta ao seu editor, ele explica como imaginava o romance *Os elixires do diabo — documentos póstumos do capuchinho Irmão Medardo editados pelo autor de Quadros fantásticos à maneira de Callot*, originalmente publicado em dois volumes, de 1815 e 1816: o início da obra seria um *grave sostenuto*, em seguida haveria um *andante sostenuto e piano* e, finalmente, *allegro forte* (Wittkop-Ménardéau, 1996, p. 24).

Sobre a novela *A princesa Brambilla*, com oito ilustrações originais de Callot, publicado em 1820, o próprio autor esclarece: "musicalmente, eu diria que falta uma passagem de um tom para o outro, de forma que o novo acorde bate sem as necessárias preliminares. De fato, pode-se dizer que o *capriccio*[3] se inicia com uma dissonância insolúvel" (Wittkop-Ménardeau, 1996, p. 24).

Esse conto, acrescente-se, contém uma instigante reflexão sobre outra forma artística: o teatro itinerante, também chamado de *commedia dell'arte*. Assim, demonstrando seu interesse por desenho, caricatura e teatro, Hoffmann se inspira em oito ilustrações de Jacques Callot para criar a ficção *A princesa Brambilla*, novela na qual o personagem Giglio Fava oscila entre os papéis de príncipe assírio e jovem ator de teatro itinerante.

"os enredos mitológicos deveriam ser da maior simplicidade e de mais forte efeito trágico. Eliminar-se-iam a vazia pompa barroca, os arabescos do *bel canto* exibicionista dos virtuoses da garganta." (Rio de Janeiro, Ediouro, 1999, p. 134.) A música de Gluck teria a simplicidade do novo classicismo, inaugurado pelo contemporâneo Winckelmann, que, por sua vez, estudava a arte a partir da escultura grega.

3. *Capriccio:* capricho é a imprecisa denominação para uma peça de fantasia em prosa normalmente apenas esboçada.

Eu gostaria de ressaltar, além das considerações musicais nos textos de Hoffmann, as divergências entre as diferentes feições de caráter de um personagem, o que a teoria literária chama de *duplo*, em alemão *Doppelgänger*, ou seja, aquele que anda do lado.

Um exemplo da voz do *duplo*, fazendo-se ouvir através do interlocutor do protagonista, aparece no conto "O Quebra-Nozes e o Rei dos Camundongos"[4], no qual o Padrinho Droßelmeier relata às crianças da família Stahlbaum as aventuras da garota Maria, apaixonada pelo quebra-nozes em formato de boneco, que a família adquire no Natal.

O conto tornou-se célebre graças à música para o balé *O Quebra-Nozes* composta pelo russo Piotr Tchaikovsky, em 1891. Todos os anos, por ocasião do Natal, a peça de balé é reapresentada em palcos do mundo inteiro, tendo se tornado lugar-comum do repertório erudito. O mais intrigante nessa narrativa de Hoffmann é a curiosa relação das crianças com Droßelmeier, o padrinho que faz as vezes de tutor para elas. Embora esse sujeito assustador conte histórias que provocam horror, as incansáveis crianças insistem em ouvi-lo. O fascínio do padrinho talvez consista justamente em seus modos terríveis.

Tanto em "O Quebra-Nozes e o Rei dos Camundongos" como em *A princesa Brambilla*, a atmosfera ameaçadora e misteriosa do texto possui um aspecto grotesco que invariavelmente instiga à hilaridade, muito recorrente na literatura do autor. Essa síntese

4. Brincando até muito tarde em frente ao armário de bonecos, a protagonista adormece. Desperta adoentada. Apesar disso, ou exatamente por estar febril, Maria, uma criança no geral bastante dedicada, compartilhará as dores e a angústia do boneco que lhe revela estar em guerra contra o terrível camundongo de sete cabeças. O Rei dos Camundongos quer vingar a morte da mãe, a senhora Mauserinks, pisoteada pelo jovem Droßelmeier (na verdade, o próprio Quebra-Nozes antes do encanto). Durante o conflito, o pequeno monstro de sete cabeças tortura a garota Maria com chantagens e ameaças. No final, ela se restabelece e o pequeno herói Quebra-Nozes vence a guerra. Agradecido pelo apoio, ele a convida a conhecer o reino dos bonecos.

cômica ele obtém em seus textos a partir da característica ambiguidade — horror e humor.

A partir dos dados da biografia de Hoffmann e das duas vertentes totalmente distintas que marcaram sua vida profissional, torna-se possível afirmar que a vida pessoal do autor também esteve sempre marcada pela dualidade. Por um lado, temos o funcionário público que chegou a galgar altos postos como jurisconsulto. Era um cidadão prussiano, educado para ser pontual e correto, conforme descrevem seus biógrafos. A partir de 1821, Hoffmann, inclusive, passa a integrar em Berlim o Supremo Senado de Apelação Judicial, a mais elevada instância do poder judiciário; parece-me difícil imaginá-lo nesse papel.

Sim, porque, por outro lado, através dos textos que o consagraram, a irreverência é a primeira marca que sobressai. Apesar dela, esses textos do escritor Hoffmann caracterizam-se também pela coerência na identificação dos tons de voz e do caráter das figuras. Por conhecer bem os meandros da administração pública, por exemplo, ele atribuía a cada personagem, dependendo da categoria dentro da hierarquia burocrática, a dose correspondente de naturalidade ou de pedantismo do vernáculo.

A segunda vertente da vida profissional de Hoffmann, a vertente do artista, ramifica-se, a princípio, em músico e compositor. Além disso, ele sempre foi um habilidoso caricaturista e profundo conhecedor da arte pictórica: sua obra literária está literalmente relacionada com a pintura e é perpassada por reflexões e análises a respeito de artistas, cores, traços e estilos.

Ele nutria, como mencionei, admiração pelo ilustrador francês Jacques Callot, a quem dedicou a coletânea *Quadros fantásticos à maneira de Callot*. Além dessa, organizou outra série de contos vinculada à pintura: *Nachtstücke* [*Quadros noturnos*], sendo que *Stück*, nesse caso, é usado na acepção de *Gemälde* = quadro. Trata-se de uma referência à pintura que criava efeitos de claro-escuro, cujo mais famoso representante do gênero foi o holandês Gerrit van

Honthorst (1590-1656), apelidado "Gherardo delle Notti", em Roma, onde viveu de 1610 a 1620.

Embora admirasse diversos pintores e tivesse conhecimento das técnicas e das impressões que a arte pictórica podia causar, Hoffmann manifestava sempre preferência pela música. O certo é que, no final das contas, ele próprio, que se expressava através de ambas, acabou se tornando conhecido, como sabemos, por meio de uma outra forma de expressão: a literatura.

Durante a invasão francesa, quando Hoffmann esteve afastado da sua função jurídica e burocrática, ele interessou-se pelos estudos de filosofia natural (Schelling), ciências naturais, medicina e novas terapias sobre doenças psíquicas. Começou a estudar profundamente os textos de um cientista que era seu contemporâneo, Gotthilf Heinrich Schubert, tais como *Noções do lado negro da ciência* e *simbolismo dos sonhos.* Schubert defendia uma tese segundo a qual a mentalização superior (espécie de mediunidade ou conhecimento profético) poderia ser alcançada nas condições de sono induzido através do magnetismo, sonambulismo, loucura ou outras situações semelhantes.[5]

Com infatigável ardor, Hoffmann dedicava-se a essas leituras científicas do início do século XIX e se comprazia em divulgar excertos desses conhecimentos em sua literatura. As noções da incipiente ciência psíquica o fascinavam, e vão redundar numa forte influência sobre várias de suas obras, nas quais tentou descrever e representar os abismos e as intuições da "alma humana", locução comum na época.

Outros estudiosos seus contemporâneos, aos quais Hoffmann recorria com frequência, eram o francês Philippe Pinel (segundo Foucault, o libertador dos loucos de suas correntes), bem como Johann Christian Reil. Da mesma maneira que o primeiro, esse

5. Segundo Ursula Mahlendorf, *Die Psychologie der Romantik* [A psicologia do romantismo]. Fls. 590-604. In: *Romantik-Handbuch* [Manual do romantismo], p. 595.

último também reivindicava um tratamento médico mais humano para os doentes mentais. A recomendação terapêutica do médico Reil não se limitava à argumentação racional, tema que Hoffmann satirizou no conto "O anacoreta Serapião". Reil sugeria, além das argumentações, a excitação dos sentidos e da fantasia através de terapia teatral, compensação com estímulos agradáveis, etc.

Não são, entretanto, as referências literais na obra de Hoffmann aos estudos da incipiente psicologia que atrairão Sigmund Freud (1895-1982) mais tarde. O psicanalista partiu do interesse pela estética literária, segundo explicou em "O estranho", ensaio que ajudou a divulgar o nome de Hoffmann no mundo e no Brasil, sobretudo através do conto "O homem-areia", no qual o estudo mais se detém. Freud procurou investigar a literatura que provoca medo e horror e, para isso, destacou vários efeitos desse texto.

As narrativas de Hoffmann são repletas de informações teóricas, científicas e reflexões constantes do texto a respeito de arte e música.

Como afirmei, Hoffmann era antes de tudo músico. Essa circunstância será fundamental, mais do que as outras aqui já discutidas, para o surgimento do seu mais bem elaborado personagem segundo a crítica, o compositor Johann Kreisler. Dessa figura, Hoffmann descreveu o espírito exaltado, desprovido da fleuma e do equilíbrio necessários à criação.

> Assim, acontecia, pois, que os amigos não conseguiam convencê-lo a escrever suas composições, ou que ele, de fato, deixasse intacto o que escrevera. Às vezes, ele compunha noite adentro entusiasmado; depois acordava o amigo, que morava ao lado, para tocar o novo trecho que concebera rapidamente — chorando de alegria pelo êxito —, exaltava-se como o mais feliz dos mortais, mas no dia seguinte jogava a maravilhosa composição no fogo. (Hoffmann, 1967, vol. 1, p. 21)

Depreende-se que o artista era acometido de crises que o impediam de valorizar o que fazia, e isso se refletia num trabalho de composição incessante e sempre insatisfatório, incompleto, experiência similar à de outro personagem, o artista-ourives Cardillac, anti-herói de *A senhorita de Scuderi*, que leio como obra literária pioneira do gênero policial. Nessa novela, a diligência do ourives cabisbaixo e ocupado em seu ateliê, na dedicação insana de proporcionar concretude aos projetos, vem ao encontro das leituras do escritor francês Maurice Blanchot a respeito do trabalho do autor (o "eu à deriva", "sem soberania"). A analogia da atividade de Cardillac com a incompletude implícita no ofício de inscrição das palavras em obra literária parece-me evidente e torna a discussão sobre a obra de Hoffmann bastante atual.

Ao personagem Kreisler, Hoffmann atribui a escritura dos treze "kreislerianas", ensaios curtos sobre teatro, ópera e música publicados no *Jornal de Música* entre 1810 e 1813, nos quais o regente de orquestra e compositor expressa suas críticas, suas concepções estéticas, não desprovidas, todavia, de forte dose de ironia, inclusive com os próprios sentimentos e ideias.

À música instrumental e suas infinitas possibilidades de expressão do espírito poético, Hoffmann contrapõe a música vocal e desenvolve o argumento a partir da audição da *Nona sinfonia* de Beethoven.[6] Suas afinidade e compreensão das grandes obras da música instrumental estão registradas em "A música instrumental de Beethoven":

6. A *Nona sinfonia* (ou "Coral"), a última do grupo imortal, é de 1823, portanto posterior ao texto de Hoffmann, que foi escrito em 1810. Porém, em 1808, Beethoven compusera *Fantasia coral* — à qual Hoffmann provavelmente se referia —, que representou o início do caminho preparado por Beethoven durante anos de uma ópera com utilização do coro no final. Na "Coral", o coro tem variações de proporções gigantescas. A semelhança é evidente, e o próprio Beethoven reportava-se à *Nona* como sendo no estilo da *Fantasia coral para piano*, porém de muito mais amplas proporções. O poema do "Final" é "*An die Freude*" ("Ode à alegria"), de Schiller. Segundo Upten e Borowski, *O livro das grandes sinfonias*. Porto Alegre: Globo, 1959, p. 47.

> A música instrumental de Beethoven nos abre o imenso reino do incomensurável. Ela descerra a cortina do medo, do horror, do terror, da dor, e desperta justamente aquela melancolia infinita que é a essência romântica. Assim, Beethoven é um compositor genuinamente romântico. Talvez por isso ele não seja tão bem-sucedido na composição da música vocal, que não admite o caráter indefinido da saudade, mas representa, através das palavras, apenas alguns afetos sentidos no reino do infinito. (Hoffmann, 1967, vol. 1, p. 38)

O músico Kreisler é categórico, nesse contexto, ao exprimir uma concepção artística centrada na música instrumental. Ao falar de transcendência, "reino do infinito" e potência musical, Hoffmann confere menos relevância à poesia, à qual se refere como arte mais limitada que a música. No entanto, ele procura sempre em seu texto em prosa aproximar poesia e música, através da utilização de recursos sinestésicos visuais, sonoros, polifônicos e musicais.

Os textos de Hoffmann sobre estética, apesar da assinatura dos personagens Kreisler, Theodor ou mesmo do gato Murr, personagem do romance cuja tradução ora apresentamos, deixam transparecer a personalidade multifacetária, eclética, do autor que contribuiu de diversas maneiras para a reflexão e a história não somente da música, mas da arte em geral.

A influência é evidente na música e na dramaturgia erudita, pois até hoje as opiniões de Hoffmann sobre Beethoven, por exemplo, são consideradas pertinentes. A obra de Hoffmann segue servindo de inspiração a artistas contemporâneos de diferentes áreas: o compositor moderno Paul Hindemith (1895-1963) transformou *Das Fräulein von Scuderi* na ópera *Cardillac* (primeira versão em 1926, segunda em 1952), que continua sendo interpretada até hoje. Outra forma de propagação/ extensão da literatura de Hoffmann na música erudita são os "Kreisleriana" de Robert Schumman (Alemanha, 1810-1856), compostos sob inspiração do personagem Kreisler.

Ademais, o próprio Hoffmann transformou-se em personagem de *Os contos de Hoffmann*, de 1881, única ópera séria composta pelo regente do cancã parisiense, Jacques Offenbach (Colônia, 1819-Paris, 1880), que, para a elaboração dessa obra, partiu de três importantes narrativas do escritor: "O homem-areia", "As aventuras da noite de São Silvestre" e "Conselheiro Krespel".

Dentro da literatura de Hoffmann, o personagem Kreisler reaparece no romance *Reflexões do gato Murr*, escrito entre 1819 e 1822. Trata-se de uma colagem de histórias. Para escrever a autobiografia, o erudito gato Murr usa ao acaso algumas folhas que narram a biografia do compositor Kreisler. O conteúdo do papel de rascunho acaba sendo inserido na publicação do próprio livro do gato-autor por descuido do editor. Na introdução, este explica que as estranhas intercalações se devem à distração do impressor. Na verdade, o paradoxo evidente entre a pretensiosa concepção de mundo de Murr e a situação conflituosa de Kreisler na sociedade é um ataque a formas feudais e contra a burguesia (os "filisteus") alemã. Esse romance permaneceu fragmentado, pois Hoffmann o concebera em três partes, mas a última delas ficou inconclusa.

Ao traduzir o romance no início do século XXI, isto é, quase duzentos anos depois da publicação em alemão, observei que o desafio maior consistia em compor o dueto de vozes dos protagonistas com discursos correspondentes às duas identidades distintas entre si e coerentes em si mesmas. Na tentativa de obter na versão em português o resultado cômico decorrente do embate intrínseco da natureza humana perceptível no texto em alemão, três aspectos preponderaram perfazendo a tríade da essência do riso dentro do romance: a forma do romance, a delimitação clara do caráter, sobretudo dos dois protagonistas Murr e Kreisler, e a tematização da natureza. A estrutura e a formatação do romance se evidenciaram como questões primordiais na tradução. O resultado da mixórdia, dezessete vezes interrompida no meio das frases por meio de reticências e a intercalação de estranhos excertos com o discurso ora de um narrador, ora de outro, como explicamos, parecem de extrema originalidade. A fim de facilitar a leitura, o editor, dentro da fictícia história da composição do livro, cria uma estratégia de identificação das partes. As ilustrações de Maximilian Liebenwein conferem um valor adicional de documento à ficção. Concernente ao terceiro aspecto, a busca do personagem Kreisler de enaltecer e celebrar a "natureza", nos moldes de Jean-Jacques Rousseau, como uma companheira sentimental, não logra, entretanto, senão impregnar sua conversa de ironia grotesca, bem aos moldes românticos alemães, à medida que se reporta justamente à via indireta de observar a natureza, ou seja, à voga de fazê-lo por intermédio das pinturas de paisagens. O estilo de representação através de pinturas paisagísticas, aliás, passava àquela época por um fecundo florescimento, incentivado, entre outros, pelo escritor Goethe.

Entre 1808 e 1813, Hoffmann viveu em Bamberg; entre 1813 e 1814, em Dresdem e em Leipzig, lugares onde sempre trabalhou com teatro, música e literatura. No teatro, na função de diretor musical e produtor de cenários (a figura do diretor de teatro surgirá mais tarde, no século XX), ele participou da encenação de dramas de Calderón de la Barca, de *Hamlet*, de Shakespeare, de *Don Giovanni* e *O rapto do serralho*, ambas de Mozart.

Finalmente, ele se estabeleceu em Berlim, onde residiu até o fim de sua vida. Foi a partir de então que as publicações literárias obtiveram reconhecimento, conseguindo, inclusive, tornar realidade seu grande sonho em relação à música: a ópera *Undine* foi encenada com grande sucesso no Schauspielhaus Berlim, em 1816.

O artista escreveu ao todo oitenta contos e dois romances. No final da vida, adoeceu: seus braços e pernas enfraqueceram e ele teve que ditar os três últimos textos à mulher, Mischa, que lhe serviu de escrevente. E.T.A. Hoffmann morreu em 1822.

Reflexões do gato Murr

1922

PREFÁCIO DO EDITOR

Nenhum livro carece tanto de prefácio como este. Sem uma explicação preliminar sobre a maneira extraordinária como foi composto, o livro certamente será entendido como uma miscelânea de trechos incoerentes. O editor pede, portanto, que o prezado leitor de fato leia o prefácio.

O mencionado editor tem um amigo dileto, que conhece bem como a si mesmo. Certo dia, o amigo dirigiu-se a ele nos seguintes termos:

— Considerando, meu caro, sua larga experiência com a impressão de livros e seu conhecimento dos meandros da editoração, certamente não vai lhe custar muito encontrar um dentre os honrados senhores que, por recomendação sua, imprima algo que um jovem autor de brilhante talento e admiráveis dons antes escrevera. Acolha-o. O moço merece!

O editor prometeu fazer o melhor possível pelo colega escritor. Mas a sugestão lhe pareceu meio estranha quando o amigo admitiu tratar-se de um manuscrito procedente de um gato, chamado Murr, contendo reflexões sobre a vida. Enfim, a palavra já fora empenhada e, como o começo da história pareceu bastante estilizado, encaminhou-se imediatamente com o manuscrito ao senhor Dümmler, na alameda Unter den Linden, e propôs a edição do livro do gato.

O senhor Dümmler assegurou que jamais tivera um gato entre seus autores, tampouco sabia se um de seus prezados colegas já travara relações com algum escritor da espécie; todavia, gostaria de tentar.

Iniciada a impressão, o editor recebeu as primeiras páginas para dar uma olhada. Qual não foi, porém, sua surpresa, ao perceber que a narrativa de Murr fora intercalada aqui e acolá por páginas estranhas provenientes de outra história, que pareciam conter a biografia do compositor Johannes.

Após informar-se dos detalhes, o editor finalmente apurou que o gato Murr, ao fazer suas anotações, rasgara sem cerimônia um livro impresso encontrado na casa de seu dono, e arbitrariamente empregara as folhas, ora como base para seu texto, ora como mata-borrão. As folhas foram mantidas no manuscrito e com ele impressas por distração, como se fizessem parte do mesmo.

Humilhado e triste, o editor precisa agora confessar que a bizarra mistura de conteúdos de naturezas diferentes deveu-se única e exclusivamente à negligência de sua parte; deveria ter conferido o manuscrito com atenção antes de deixá-lo imprimir, porém ainda lhe restam algumas consolações. Para começar, o prezado leitor poderá facilmente seguir o fio da meada, se tiver a bondade de atentar para as observações entre parênteses, (*Folha de macul.*): folha de maculatura, e (*Murr pr.*): Murr prossegue. É bem provável, no entanto, que este livro dilacerado nem chegue a circular entre os leitores, porque ninguém jamais ouviu falar do tal gato. Pelo menos aos amigos do compositor pode vir a ser agradável a possibilidade de, devido ao vandalismo literário do bichano, terem acesso a circunstâncias muito insólitas sobre um homem nada ordinário de sua estirpe.

O editor espera, contudo, merecer a generosidade do perdão.

É preciso finalmente admitir que, com frequência, os autores devem seus audaciosos pensamentos e suas elocuções originais aos tipógrafos, os quais colaboram para a elevação das ideias com os chamados erros de tipografia. Assim, dentro do capítulo "O reino das bonecas", de "O Quebra-nozes e o Rei dos Camundongos", por exemplo, o editor fala de bosquete, um diminutivo de bosque, vasto jardim. Para o tipógrafo, a expressão não foi suficientemente genial e, com isso, ele tirou bosquete e introduziu a palavrinha casquete.

Da mesma maneira no longo conto "A Senhorita de Scuderi", o tipógrafo muito espertamente, ao invés de deixar a senhorita surgir num *robe* negro de seda, fala de um *engobe* negro, e assim por diante.

Mas, convenhamos, a César o que é de César! Nem o gato Murr, tampouco o desconhecido biógrafo do compositor Kreisler, deve se ornar com penas alheias, e o editor solicita ao prezado leitor proceder às alterações conforme se segue, antes de ler a modesta obra, a fim de que não seja atribuído a ambos os autores mais ou menos que o justo mérito. Apesar desta observação sobre a errata principal, a discrição sobre o assunto fica a critério do leitor.

(...)

Finalmente, o editor gostaria de informar que teve a oportunidade de se encontrar com o gato Murr, e o considerou uma criatura de modos afáveis e distintos. Para a capa desta edição flagraram-no deveras surpreso.

Berlim, novembro de 1819

E.T.A. Hoffmann

PREFÁCIO DO AUTOR

Tímido, com o coração palpitante, entrego ao mundo algumas folhas, contendo a vida, o sofrimento, a esperança e a nostalgia que, em momentos de ócio e de entusiasmo poético, jorraram do íntimo de meu ser.

Merecerei a indulgência do rigoroso julgamento da crítica? Mas é para vocês, almas sensíveis, espíritos inocentes, é para vocês que estou escrevendo, corações cândidos simpáticos à minha iniciativa. Vocês constituem meu público! Uma solitária lágrima rolada de seus olhos me consolará e lenirá as feridas que a fria censura da crítica possa me infligir.

Berlim, maio de [18--]

Murr (étudiant en belles lettres)[1]

1. Em francês: "estudante de literatura".

PREFÁCIO SUPRIMIDO DO AUTOR

Com a calma e a segurança peculiares ao autêntico gênio, passo ao mundo minha biografia para ensinar como é possível fazer de si um grande gato, registrar minha perfeição em todos os sentidos, e que os outros me amem, me estimem, me reverenciem, me admirem, me idolatrem um pouco.

Se alguém for ousado a ponto de depreciar o inestimável valor deste livro, não esqueça que está lidando com um felino de espírito, bom-senso e garras afiadas.

Berlim, maio de [18--]

Murr (Homme de lettres très renommé[1])

P. S.: Que erro lamentável! Mesmo o prefácio do autor, que deveria ter sido suprimido, foi impresso! Não me resta, portanto, alternativa a não ser recorrer à benevolência do estimado leitor, contando com que não desabone o gato literário pelo tom levemente pretensioso do prefácio. Esteja convencido de que os humildes prefácios de muitos autores sentimentais não ficariam diferentes se fossem traduzidos em linguagem de convicção íntima.

1. Em francês: "escritor consagrado".

primeiro volume

PRIMEIRA PARTE

Sentimentos de existência
Os meses da juventude

Há algo de belo, magnífico e sublime em torno da vida! — "Ó doce vida, belo e amável hábito de ser e de agir!"[1], exclama aquele herói flamengo na tragédia. Assim também o faço, mas não como o herói num momento doloroso, quando devia renunciar à vida — não! — ao contrário, num momento em que sou tomado de plena felicidade pela ideia de incorporar o hábito salutar por inteiro e sem reservas, e de decidir firmemente não renunciar a isso.

1. Essa é uma exclamação do herói trágico de Johann Wolfgang von Goethe, Egmont, da peça homônima, momentos antes de sua execução. O excerto foi retirado da tradução de Hamilcar Turelli (São Paulo, Melhoramentos, 1949).

Espero que a força divina, o poder misterioso ou seja lá como chamem o princípio que nos rege, que me impingiu o dito hábito sem me consultar, não demonstre atitudes menos justas e bondosas que as do gentil homem, em cuja casa vivo acondicionado, que nunca me tira o prato de peixe da frente quando estou comendo com apetite.

— Oh, natureza, sublime e sagrada natureza! Como seus encantos, seu deleite, perpassam meu peito agitado, como sua respiração sussurrante e misteriosa me envolve! A noite está um pouco fresca e eu queria... O leitor não entenderá a exaltação dos meus sentimentos, pois não sabe até que ponto me alcei! Subir seria correto, embora poetas não falem dos próprios pés, mesmo tendo quatro como eu; falam de asas, mesmo que não sejam naturais, como que feitas por habilidoso mecânico.

O firmamento das estrelas se arredonda sobre minha cabeça. A lua cheia projeta raios argentinos no ambiente. E ao redor, as torres e os telhados brilham à luz do luar! Lá embaixo o movimento da rua cessa pouco a pouco, a noite silencia gradativamente, as nuvens passam morosas. Uma pomba solitária voa em torno da torre da igreja, arrulhando suspiros de amor!

Ah! Se a pobre ave quisesse aproximar-se! Sinto uma agitação maravilhosa dentro de mim, certo apetite sentimental me arrebatando com ímpeto irresistível! Se ela viesse ver-me, a doce criatura, eu a cingiria de encontro ao meu coração dilacerado de amor, não a deixaria mais partir! Mas, eis que voa em direção ao pombal, falsa e impiedosa, abandonando-me desiludido no telhado! Como é raro encontrar nesta época de dureza e insensibilidade a autêntica afinidade das almas.

Será algo tão extraordinário andar sobre dois pés, a ponto de as criaturas chamadas humanas se arrogarem por essa faculdade o direito de reinar sobre todos nós, os outros, que nos equilibramos perfeitamente sobre quatro patas? Ah, eu sei bem! Os homens julgam também possuir um não sei quê em suas cabeças, algo chamado razão. Não faço a mínima ideia do que pretendem dizer com isso. Porém, se razão, como presumo após ouvir uns comentários de meu mestre e protetor, se razão não passa da mera capacidade de agir com consciência e sem fazer besteiras, então não invejo a condição humana.

Creio, inclusive, que o sentimento da existência nada mais é que um hábito: entretanto, pela vida e à vida nós não viemos sem ao menos saber como e aonde? Isso sucedeu comigo e suponho que nenhum homem sobre a Terra, segundo me consta, conhece melhor que eu, pela experiência, o lugar e as circunstâncias do próprio nascimento. Tal conhecimento se adquire por tradição, no mais das vezes infiel. Cidades disputam entre si a honra de ser o berço natal de um homem célebre e, assim, a posteridade ignorará para sempre, assim como também o ignoro, se foi no porão, no sótão ou sob o assoalho que vi, ou melhor, que não vi, a luz do mundo, embora tenha sido visto no mundo pela minha querida mamãe. Pois meus olhos estavam velados, como é peculiar aos recém-nascidos de nossa espécie.

Lembro vagamente de certos ruídos ofegantes soando em torno de mim e, hoje em dia, quase arbitrariamente os imito quando tomado de cólera. Com mais clareza e consciência vejo-me fechado num lugar estreito e de paredes macias, mal conseguindo respirar, gritando meu doloroso lamento de medo e carência. Recordo-me de uma coisa resvalando pelo vão estreito e, naquele momento, me segurando firmemente pelo meio do corpo, o que me levou ao instinto de colocar em prática a primeira faculdade congênita da qual me munira a natureza. A partir das minhas patas dianteiras, ricamente forradas, afiei as garras e, com agilidade, as cravei na coisa que me erguia. *A posteriori* saberia que aquilo não era outra coisa senão uma mão humana.

Nisso a mão me retira do estreito cárcere e me joga ao chão. Quase de imediato, senti duas violentas bofetadas em ambos os lados do rosto o qual hoje, posso dizê-lo sem vaidade, é coberto por uma barba venerável. A mão me lascou ainda alguns tapas, conforme hoje em dia deduzo de uma articulação de patas comprometida.

Eu fazia minha primeira experiência de efeito moral e de sua causa: e justamente um instinto moral determinou-me fazer retrair as garras ainda mais rapidamente do que as fincara. No futuro, o retraimento das garras foi com razão reconhecido como prova de amenidade e amabilidade, e chamado de "faz patinha de veludo".

Como disse, a mão jogou-me ao chão. Logo em seguida, apertou--me novamente pela cabeça, fazendo-me incliná-la para baixo, forçando meu pequeno focinho a tocar um líquido. Não sei como atinei à ideia, talvez mero instinto físico, e comecei logo a sorver o líquido, o que me proporcionou um raro bem-estar interior. Era leite adoçado, hoje posso afirmá-lo, e o degustei com prazer, satisfazendo-me à medida que bebia, pois estava faminto. Assim teve início, após a formação moral, a física.

De novo, agora mais suavemente, duas mãos me pegaram e depuseram-me num lugar macio e quente. Sentia-me cada vez melhor e comecei a expressar minha agradável disposição interior soltando aqueles tons estranhos e bem peculiares da minha raça, que os homens muito acertadamente designam "ronronar". Dessa maneira, dava largos passos rumo à minha formação como ser civilizado.

Que privilégio e quão preciosa é a graça celeste de poder exprimir o bem-estar físico em tons e melodias! Eu, primeiramente, ronronei, depois fui agraciado com o inimitável talento de serpentear a cauda em delicados círculos, evocando em seguida o dom maravilhoso de expressar através de uma única palavrinha, "miau", alegria, dor, deleite e encantamento, medo e desespero, enfim, todos os sentimentos e paixões em suas variadas gradações e nuanças. O que é a linguagem humana face ao nosso simples dispositivo de expressão! Prossigamos, porém, com a história surpreendente e instrutiva de minha juventude, tão rica em episódios!

Despertei de um sono profundo, inundado por uma luz brilhante que me assustou. Tinham se esvaído os véus que me cobriam os olhos, e então eu via! Antes de me acostumar ao variegado universo que se me apresentava aos olhos, precisei espirrar horrivelmente muitas vezes seguidas, logo, porém, já conseguia enxergar bastante bem, como se há muito tempo o viesse praticando.

Oh, ver! Que faculdade maravilhosa e magnífica, sem a qual se tornaria árduo sobreviver neste mundo! Felizes os bem-dotados, aos quais é fácil apropriar-se da visão tanto e quanto o foi a mim! Não posso negar que fui tomado de medo e ergui os mesmos lamentos de dor, como antes, no lugar estreito.

No mesmo instante surgiu um senhor de idade, mirrado e magro, cuja imagem jamais sairá da minha lembrança, pois apesar de múltiplas andanças, nunca voltei a me deparar com semblante semelhante àquele, nem levemente parecido. É bem comum encontrar dentro da minha espécie um gato usando pelo preto e branco, mas raro ver um homem de cabelo branco como neve e sobrancelhas negras como carvão, como era o caso de meu mestre.

O homem vestia em casa um robe curto amarelo-limão, do qual eu tinha pavor e, por isso, tanto quanto me permitia a imperícia, me refugiava dele afundando-me na almofadinha macia. Ele se debruçava sobre mim gesticulando, falava com voz aparentemente amigável e me inspirava confiança.

Quando me tocava, eu me guardava do movimento de contração dos músculos das garras, a noção do arranhão associava-se em meu espírito à das palmadas. Mas, na verdade, era evidente a generosidade de suas intenções para comigo, pois me colocava embaixo diante de uma tigela de leite adoçado que eu sorvia com avidez, e isso devia encantá-lo.

Contou-me muitas coisas incompreensíveis para mim, porque eu era, então, um gatinho ainda jovem e inexperiente, pouco enfronhado na linguagem humana. Na verdade, pouco posso dizer a respeito de meu benfeitor. Consta-me que é habilidoso, erudito em ciência e arte, pois todos os visitantes (observo entre esses algumas pessoas portando estrela ou cruz justamente no ponto onde a natureza dotou-me de uma mancha amarela, ou seja, ao peito) o tratam com polidez, às vezes mesmo com certa reverência tímida — como eu mais tarde trataria o poodle Escaramuça —, e o chamam de nada mais, nada menos que "meu estimado mestre, meu caríssimo, meu prezado Mestre Abraham!". Apenas duas pessoas lhe dirigem o íntimo tratamento de "meu querido!": um homem alto e esguio, que traja calças verde-papagaio e meias de seda clara; e uma mulher baixa e bastante gorda de cabelos pretos, que usa uma porção de anéis em todos os dedos. Dizem que ele é um grão-duque e ela, por sua vez, uma dama judia.

Apesar das visitas proeminentes, Mestre Abraham vive num aposento modesto, localizado no alto, de modo que, quando filhote, pude fazer meus primeiros passeios sem dificuldade, atravessando da janela ao telhado ou ao soalho da mansarda.

A mansarda! Sim. Não nasci alhures, mas nessas paragens mesmo! Clima, terra natal, costumes e hábitos, que indelével é a impressão que tudo isso cunha no íntimo e no aspecto do cidadão do mundo. Donde provém lá do fundo do peito a inclinação irresistível para o sublime? Donde, a maravilhosa e rara habilidade para subir, a invejável arte dos saltos mais ousados e geniais? Ah! Meu coração se enche de ternura! Agita-se a saudade infinda da terra natal!

A ti reverenciam os saltos, as frases cheias de virtude e entusiasmo patriótico! Tu, oh, terra amada! Concedei-me em abundância generosa alguns camundongos. De ti, extraio ainda salsichas e torresmos ao lado do fogareiro; em ti, conquisto pardais e, às vezes, uma pombinha. "Imenso é o amor por ti, oh, terra natal!"[2]

Todavia, no que concerne...

(*Folha de macul.*):... e o senhor não se lembra da grande tormenta que arrancou e levou ao Sena o chapéu do advogado quando este passeava pelo *Pont-Neuf*[3] no meio da noite? Algo parecido está em

2. Esse trecho é uma referência ao libreto da ópera *Die Geisterinsel* [A ilha fantasma], ato III, cena 9, escrito por Friedrich Wilhelm Gotter (1746-1797).

3. *Pont-Neuf* é a famosa ponte parisiense sobre o rio Sena.

Rabelais[4], contudo não foi a tempestade que arrebatou o chapéu do advogado, entregando a capa ao jogo do vento e apertando com força a mão sobre a cabeça, mas sim um soldado que exclamou ao passar "vento forte, não é mesmo, meu senhor?", puxando a seguir o fino castor[5] do advogado de entre a mão e a peruca; mas tampouco foi esse o castor atirado às ondas do Sena, mas sim o vil feltro do soldado é que o vento tempestuoso, na realidade, levara à morte úmida.

Portanto, o senhor sabe, caro duque, que no instante em que o advogado se deteve perplexo, um segundo soldado passou correndo e, com o mesmo grito, "vento forte, não é mesmo, meu senhor?", segurou pela gola a capa do advogado e a puxou dos ombros; ato contínuo, um terceiro soldado passou ao largo com o mesmo grito, "vento forte, não é mesmo, meu senhor?", e arrancou das mãos do pobre a bengala de punho dourado. O advogado berrou a plenos pulmões, jogou a peruca no terceiro rufião e caminhou de cabeça descoberta, sem agasalho ou bengala, para escrever o mais curioso de todos os testamentos e vivenciar a mais insólita das aventuras. Tudo isso o senhor já sabe, meu prezado duque!

— Não! Não entendi patavina, Mestre Abraham — respondeu-me o duque quando parei de falar —, e não sei como o senhor pode me contar essas coisas absurdas. Certamente conheço o *Pont-Neuf* localizado em Paris, naturalmente nunca a cruzei a pé, mas de carruagem, segundo convém à minha dignidade.

Nunca vi o advogado Rabelais e jamais em minha vida me preocupei com travessuras de soldados. Quando era jovem e ocupava um cargo de comando no exército, semanalmente submetia a turma de fidalgos a uma saraivada de palmatória pelas asneiras que tivessem cometido ou pudessem vir a cometer no futuro. Mas os

---

4. Na verdade, o trecho não alude à literatura do escritor renascentista francês François Rabelais (1483-1553), mas sim à passagem "The Fragment: Paris" (referente a Rabelais), do segundo volume de *A Sentimental Journey Through France and Italy* [*Viagem sentimental*], do irlandês Laurence Sterne (1713-1768).

5. Trata-se do chapéu alto confeccionado com pelo de castor.

soldados eram da alçada do tenente, e ele, seguindo meu exemplo, assim também procedia todos os sábados, e com tal zelo, que não havia fidalgo ou reles soldados em toda a armada que não tivesse levado umas cacetadas no decorrer da semana. Foi assim que as tropas, em pouco tempo, graças à moralidade infligida na marra, se acostumaram a levar bordoadas sem jamais terem enfrentado o inimigo, que, se encontrassem, não poderiam fazer outra coisa se não bater. O senhor entende, Mestre Abraham?

Agora me diga, pelo amor de Deus, aonde o senhor quer chegar com a tempestade e o advogado Rabelais roubado sobre o *Pont-Neuf*? Como o senhor vai se desculpar pelo fato de a festa ter desandado em terrível desordem, de uma bala ter zunido rente a meu topete, de meu caro filho ter caído no lago e sido esguichado pelos malditos golfinhos, de a princesa ter sido obrigada a se salvar correndo pelo parque sem véu e arregaçando roupa e se descompondo como Atalanta?[6] Quem poderá arrolar todas as desgraças da tal noite sinistra! Pois bem, Mestre Abraham, o que o senhor tem a dizer?

Inclinando-me numa humilde saudação, respondi:

— Piedoso senhor, qual seria a causa de toda essa calamidade senão a tempestade, a assustadora trovoada irrompendo justo no momento em que tudo corria às mil maravilhas? Teria eu poderes contra os elementos? Não fui eu próprio também vítima do azar? Pois não perdi igualmente chapéu, capa e casaco feito tal advogado? De modo que lhe rogo, com humildade: não confunda com o célebre escritor Rabelais, pois...

Nesse ponto a justificativa do mestre foi interrompida por Johannes Kreisler:

— Escute, amigo, embora tanto tempo tenha se passado, esse aniversário da duquesa, cujo festejo esteve a seu cargo, permanece

6. Segundo a mitologia grega, na escolha do futuro esposo, a deusa Atalanta impôs aos pretendentes a condição de correrem com ela por campos e riachos afora, todos nus. Os perdedores morreriam, e o ganhador seria o eleito.

envolto num mistério sombrio. Estou convencido de que você deu aí seu toque. Se as pessoas já o tinham antes por bruxo, a festa parece ter fortalecido o estigma. Diga-me de uma vez por todas como tudo aconteceu. Eu, como você sabe, não estava presente.

— Mas tudo aconteceu justamente porque você não estava aqui, por você ter fugido igual a um possesso! Eis o que me tornou furioso; eis porque exortei os elementos a estragar uma festa fadada a me despedaçar o coração, porque você, justo o herói da peça, me faltava! Festa medíocre e penosa, que nenhum benefício trouxe às pessoas queridas, só mesmo angústia alarmante, sofrimento, pavor! Mas fique sabendo, Johannes, consegui enxergar o fundo de sua alma e conheci o funesto segredo que lhe entrevi nela encerrado. Como no fundo de um vulcão, sempre pronto a entrar em erupção com suas lavas destrutivas! Muitas vezes nosso coração abriga segredos de natureza tão sórdida que, mesmo os amigos mais próximos, devem evitar falar sobre o assunto. Por isso tentei ocultar-lhe cuidadosamente o segredo desvelado em seu íntimo. Mas a festa tinha um sentido misterioso relacionado, não com a princesa, mas com outra pessoa estimada e com você mesmo, que eu pretendia elucidar de vez. As angústias mais recônditas de seu coração deveriam ser expressas na ocasião e, despertadas após o sono, dilacerar seu peito com efeito redobrado. Usando um bálsamo prescrito para moribundos terminais, do qual o sábio médico não deve hesitar em lançar mão no momento de paroxismo, eu pretendia apressar-lhe a morte ou lhe amenizar a enfermidade. Saiba de uma coisa, Johannes, o dia do nome[7] da duquesa coincide com o de Júlia, pois ambas se chamam Maria!

Com chispas de fogo no olhar, Kreisler exclamou alto:

— Ah, Mestre Abraham! Quem lhe deu poderes para jogar comigo com essa insolência? Por acaso você é a Providência, tentando sondar o fundo da minha alma?

7. Na Alemanha, reza a tradição católica que se comemore o dia do nome do santo homônimo da pessoa, não o dia do nascimento.

— Criatura selvagem e insensata — respondeu, calmo, o mestre —, quando finalmente o devorador fogo flamejante em seu peito se depurará em chama de nafta, nutrido pela sua sensibilidade artística ao sublime e ao belo? Você me pede para descrever a malfadada festa? Então me ouça tranquilamente, e se não puder se conter, eu saio.

— Está bem — disse Kreisler, com voz meio sufocada, sentando-se e cobrindo o rosto com ambas as mãos.

— Não vou cansá-lo, querido Johannes — começou com repentina descontração Mestre Abraham, descrevendo todos os belos arranjos, frutos do espírito inventivo do duque. — Já que a festa começaria à noite, é de se supor que todo o parque em torno do pavilhão devesse ser iluminado. A princípio, pensei em produzir grandes efeitos de luz, mas só o logrei parcialmente, porque o duque dera ordens expressas de fazer brilhar o nome da duquesa juntamente com a coroa ducal em todas as aleias, o que foi feito através de lâmpadas coloridas dispostas sobre tábuas pretas. Como as tábuas estavam parafusadas a postes altos, pareciam quase anúncios de advertência iluminados, proibindo pessoas de fumarem tabaco ou de se desviarem do pedágio.

O ponto central da festa era o teatro, localizado como você sabe entre os arbustos e as ruínas no meio do bosque. Os atores do vilarejo deveriam representar uma alegoria, patética o suficiente para agradar, mesmo não tendo sido escrita pelo duque ou, servindo-me da espirituosa expressão de um diretor ao encenar num palco real, "mesmo sem ser fruto de pena sereníssima".

O caminho do castelo até o teatro era bastante longo. Segundo a ideia poética do duque, um anjo pairando no ar deveria clarear o trajeto com duas tochas nas mãos. O caminho deveria ser mantido às escuras; somente depois que a família ducal tomasse seus lugares, aí sim o teatro seria iluminado de repente. Em vão objetei a dificuldade de instalação de mecanismo semelhante, tendo em vista a extensão do caminho, mas o duque lera algo parecido em *Fêtes de Versailles*[8] e, seguro de que a ideia era extremamente poética, insistiu na execução.

A fim de me proteger das críticas, deixei aos cuidados do maquinista do teatro da vila a função de preparar o anjo e os archotes. Assim, tão logo o par ducal saiu pela porta do salão acompanhado do cortejo, viu-se de fato uma figura mirrada e troncuda descendo do teto do pavilhão com as cores do brasão principesco e portando nas mãos dois archotes alumiados. Mas o boneco era pesado demais e sucedeu que, mal tinham dado vinte passos, a engrenagem deixou de funcionar e fez o espírito protetor e iluminador da residência do duque emperrar; com os puxões dos trabalhadores forçando-o a seguir, ele acabou se virando de cabeça para baixo após uma pirueta. Então a ardente parafina derretida começou a escorrer dos archotes e as gotas incandescentes a pingar do alto. As primeiras gotas atingiram justamente o rosto do próprio duque que dissimulou a dor com coragem estoica, embora renunciasse um pouco à gravidade da marcha e acelerasse as passadas.

Pés para cima e cabeça para baixo, o anjo prosseguia agora suspenso sobre o grupo composto pelo corpulento mestre de cerimônias, camareiros e outros cortesões, de maneira que a chuva de lavas dos círios caía ora sobre a cabeça de uns, ora sobre o nariz de outros.

Exprimir lamentos e arriscar a estragar a festa elegante não seria naturalmente de bom-tom, portanto, era um espetáculo interessante aquele, proporcionado por um cortejo inteiro de estoicos Scévolas[9] dissimulando a dor sob horríveis sorrisos forçados, demoníacos, e caminhando em silêncio, nem se permitindo suspiros profundos.

---

8. Em 1664, o Rei Luís XIV ofereceu sete dias de festividades no Palácio de Versalhes, entre outros, sob o tema "Os prazeres da Ilha Encantada". Os textos, poemas e peças apresentados naquela ocasião foram compilados e publicados num livro denominado *Fêtes de Versailles*.

9. Durante a ocupação etrusca, o jovem romano Gaius Mucius queimou sua mão direita para provar não temer a tortura e, por isso, foi chamado de Scaevola, que provavelmente significava "mão esquerda" para os romanos.

Ao longe vibravam tambores, soavam trombetas e cem vozes clamavam:

— Viva a piedosa duquesa! Viva o piedoso duque! e, assim, o contraste singular entre as fisionomias de Laocoonte[10] e o alegre júbilo do povo resultava na trágica majestade de todo o cenário.

O velho e gordo mestre de cerimônias finalmente não pôde mais tolerar a dor, ao ser atingido na bochecha por uma certeira gota ardente, o que o fez saltar para o lado com raiva e desespero; porém, nisso, embaraçou-se nos cabos da máquina esticados ao longo do solo ali do lado e estatelou-se ao chão gritando "pelos infernos!". Imediatamente, o protetor aéreo encerrou o desempenho de seu papel. Com todo seu peso, o corpulento mestre de cerimônias o forçou abaixo e o anjo despencou bem no meio do cortejo, que se dispersou então aos gritos.

As tochas se apagaram e ficamos nós no maior breu. Isso aconteceu na porta do teatro. Cuidei para não acender o pavio que, num golpe, faria alumiar todos os lustres e lampiões do local. Prolonguei as trevas até o séquito espalhar-se desorientado entre árvores e arbustos.

— Luz! Luz! — gritava o príncipe, como o rei em Hamlet.[11]

— Luz! Luz! — repetia um turbilhão de vozes roucas.

Quando o local se iluminou, o bando esparramado assemelhava-se a um exército derrotado tentando em vão se reagrupar.

---

10. Alusão a uma das mais famosas esculturas da Antiguidade, que mostra Laocoonte com o rosto desfigurado de dor devido ao sofrimento e ao desespero. O trecho literário clássico sobre o episódio do grupo Laocoonte encontra-se na *Ilíada*, de Homero, e também na *Eneida*, de Virgílio: Laocoonte tentou evitar a entrada do cavalo de madeira, presente dos gregos, na cidade de Troia, atirando um dardo contra ele. O fato de duas serpentes vindas do mar avançarem sobre os filhos de Laocoonte e envolvê-los foi visto pelos troianos como uma vingança de Poseidon, rei das águas e protetor dos guerreiros invasores gregos, e um sinal dos deuses para que aceitassem o presente. O pai grita por socorro, mas agoniza juntamente com os filhos. Ver Lessing, *Laocoonte ou Sobre as fronteiras da pintura e da poesia*, São Paulo, Iluminuras, 2012.

11. "Luz, luz." Em Shakespeare, *Hamlet*, III, 2, Polônio grita essas palavras quando o rei abandona a apresentação teatral antes do final.

O mestre de cerimônias demonstrou ter presença de espírito e ser habilidoso estrategista, pois graças a seus esforços a ordem se restabeleceu em poucos minutos. O duque subiu com seus seguidores mais íntimos a uma espécie de palco de flores, erguido no centro do lugar destinado ao público.

Nem bem o par ducal se sentou, um engenhoso dispositivo do maquinista o cobriu com chuva de flores. Como se brincasse com todos nós naquele dia, a sorte quis fazer cair precisamente sobre o nariz do príncipe um lírio vermelho e esporear seu rosto com o pólen rubro ardente, de uma maneira que lhe imprimiu singular majestade, um aspecto digno da solenidade da festa.

— É demais! — gargalhava Kreisler com tamanha violência que as paredes chegavam a vibrar.

— Modere o riso convulsivo! — advertiu Mestre Abraham. — Eu também ri desbragadamente naquela noite e me sentia inclinado a cometer loucuras. Como o duende Puck eu desejei confundir tudo mais ainda, mas as flechas lançadas contra os outros se cravavam em meu próprio peito.[12]

Bem, eu quis escolher justamente o momento inocente do lançamento das flores para dar o nó no fio invisível que deveria percorrer a festa inteira e comover o íntimo das pessoas qual um condutor elétrico, o que poria em sintonia comigo as almas daqueles que eu pretendia influir.

Não me interrompa, Johannes, escute-me sossegado! Júlia estava sentada com a princesa ao lado, atrás da duquesa, eu via a ambas. Ao se calarem trompetes e címbalos, caiu no colo de Júlia um botão de rosa entreaberto, entre violetas perfumadas e, como o alento derramado do vento noturno, chegaram-me aos ouvidos os sons

12. Puck, também conhecido como Robin Goodfellow [bom companheiro], é personagem da comédia shakespeariana *Sonhos de uma noite de verão*. Com sua magia, confunde os atores que ensaiam uma peça teatral, bem como o nobre público que assiste à peça dentro da peça.

de sua música adentrando meu coração: "*Mi lagnerò tacendo della mia sorte amara.*"[13] Júlia sobressaltou-se quando começou a canção — conto-lhe isso para que não haja dúvidas sobre a interpretação de sua composição —, que fiz tocar em uníssono por quatro de nossos melhores larinetistas; vi escapar dos lábios dela um sutil "ah"!; apertou a rosa contra o peito e a ouvi claramente dizendo à princesa "sem dúvida ele voltou!". A princesa abraçou Júlia com força e exclamou tão alto "não, não... Oh, nunca!", que o duque virou seu rosto exaltado para trás e lançou-lhe um irado "silêncio!".

Nosso senhor sem dúvida não estava muito irritado com a gentil menina; todavia, preciso aqui registrar que tão maravilhosa maquiagem não teria representado com mais primor um *tiranno ingrato*[14] de ópera, que lhe conferia, na verdade, uma aparência de contínua e implacável ira. Assim, mesmo as mais delicadas situações, alegoricamente alusivas à felicidade doméstica do trono, soavam deslocadas e tornavam atores e espectadores um tanto quanto embaraçados.

Embora nas passagens sublinhadas em vermelho em seu libreto o duque beijasse a mão da duquesa e com um lenço enxugasse furtivas lágrimas enquanto acompanhava a peça, fazia-o num estado aparente de rancor enrustido, e isso dava margem a comentários entre os pajens dispostos ao seu redor a fim de servi-lo:

— Oh, Jesus! O que está acontecendo com nosso senhor?

Só quero contar-lhe, meu caro Johannes, que enquanto os atores representavam aquelas baboseiras românticas no teatro, atrás deles eu fazia aparecer no céu, com a ajuda de espelhos mágicos e outros recursos, uma fantasmagoria para enaltecimento a essa menina divina, doce Júlia. As ternas melodias compostas por você em enlevado entusiasmo se sucediam sem interrupção, e o nome Júlia, suspirado como por um anjo, ressoava ora próximo ora longínquo.

---

13. Em italiano: "me calando lamentarei a sorte amarga". Início de uma ária hoffmanniana desaparecida (segundo anotação no diário de Hoffmann em 3/7/1812).

14. Em italiano: "tirano ingrato".

Mas faltava você, meu amigo Johannes! Mesmo tendo elogiado meu Ariel[15] depois da peça, como Shakespeare seu Próspero, assegurando ter tudo corrido às mil maravilhas, julguei na verdade frágil e débil o que tentei conjurar com sentido profundo.

Júlia entendeu tudo com apurada sensibilidade. Tudo indicava, porém, que recebia aquelas impressões como as de um sonho agradável às quais não se permite influência relevante na vida real.

A princesa, ao contrário, estava profundamente ensimesmada. De braços dados com Júlia, passeava pelas trilhas iluminadas do parque, enquanto a corte tomava refresco no pavilhão.

O grande golpe eu planejara para esse momento, mas você estava ausente, Johannes. Cheio de desespero e ira, corri desatinado a conferir se estavam a postos os preparativos para os fogos de artifício que deveriam pôr fim às festividades.

Ao elevar meus olhos ao céu, vi sobre o distante monte Geierstein, à luz do luar, uma pequena nuvem avermelhada, prenúncio das tormentas que se aproximam silenciosamente e irrompem sobre nossas cabeças com terrível explosão. Você sabe perfeitamente que prevejo com exata precisão o instante da explosão conforme o estado da nuvem. Faltava menos de uma hora, portanto, não podia mais postergar os fogos.

Nesse momento, ouvi Ariel começando aquela fantasmagoria decisiva, pois percebi vindo do final do parque, da pequena Capela de Nossa Senhora, o coro cantando "*ave maris stella*".[16] Corri até lá. Júlia e a princesa encontravam-se ajoelhadas sobre um genuflexório colocado fora da capelinha, ao ar livre. Mal chegara e... Pena você não estar lá para ver, Johannes!

15. Na tragédia *A tempestade*, de Shakespeare, Ariel é o espírito aéreo que serve Próspero por gratidão, ajudando-o a castigar os culpados, e que deverá retornar a seu elemento (ato V, cena I.).

16. Em latim: "saudação à estrela dos mares" é o nome de uma composição de Hoffmann para quatro vozes, de 1808.

Ah, deixe-me guardar silêncio sobre o que se passou em seguida. A pretensa obra-prima da minha arte não surtiu efeito, e apurei na ocasião algo que a cegueira me impedira de adivinhar.

— Fale logo! — exclamou Kreisler — Conte-me exatamente como aconteceu, sem reservas!

— Não, não, isso não lhe servirá para nada, Johannes, e me cortará o coração se for preciso confessar ainda como meus próprios espíritos me inspiram horror! As nuvens... Vieram bem a calhar! — Gritei desvairado "termine tudo em louca confusão", e corri para o local dos fogos de artifício.

O duque mandou pedir-me que lhe desse um sinal quando tudo estivesse providenciado. Sem despregar os olhos da nuvem subindo no horizonte, afastando-se do Geierstein cada vez mais, deixei dispararem os foguetes ao ver que ela atingira a altura ideal. Logo, a corte e os convidados todos estavam ali reunidos.

Após os habituais jogos de roda de fogo, foguetes, bolas cintilantes e outras exibições de praxe, finalmente o nome da duquesa se incendiou em brilhantes fogos chineses, mas acima dele pairava e se esvaía numa luminosidade leitosa o nome Júlia. Era a deixa! Acendi a girândola e, enquanto os foguetes nela dispostos se alçavam chispando e estourando simultaneamente, a tempestade desabou com relâmpagos e trovões estrondeantes que retumbavam pelo bosque e pelas montanhas. O furacão rugia pelo parque e arrancava gritos lamentosos de mil vozes em meio aos emaranhados arbustos.

Tomei das mãos de um trompetista o instrumento e o soprei alegremente, enquanto as salvas da artilharia, as rajadas e os tiros de canhão respondiam com vigor aos tonitruantes trovões.

Enquanto o Mestre Abraham contava tudo isso, Kreisler levantou-se de um salto, caminhou de um lado para o outro, bateu palmas e disse, enfim, eufórico:

— Maravilhoso, esplêndido! Em tudo isso reconheço o dedo do mestre que tanto admiro!

— É, eu sei: você aprecia o grotesco e o mais horrível. Quase me esqueço, entretanto, de contar-lhe algo para que você se renda de vez à potência do mundo dos espíritos. Eu havia deixado estirar a harpa eólia, você sabe, ela fica estendida sobre o grande tanque, e a tempestade a tocou como um hábil e valoroso tocador de harmônica. Em meio à gritaria, aos rugidos do furacão e ao fragor da trovoada, os acordes do órgão gigantesco ressoavam terríveis. Os sons se sucediam cada vez mais rápidos, davam a impressão de um balé furioso, mas de estilo sublime, raro de se ouvir sobre palcos teatrais.

Pois bem! Em meia hora tudo havia se passado. A lua ressurgiu por trás das nuvens. O vento assoviava consolador pelo bosque e enxugava as lágrimas espalhadas pelos escuros arbustos. De vez em quando a harpa eólia interrompia o silêncio como repicar de sinos grave e remoto.

Eu me sentia maravilhosamente bem. Você, meu caro Johannes, preenchia minha alma por inteiro, e eu cria vê-lo surgindo ante mim vindo da tumba das esperanças perdidas, dos sonhos irrealizados, para dar-me um abraço caloroso. Logo, a calada da noite me acalmou e comecei a refletir sobre o jogo que empreendera, sobre como pretendera revelar com violência os segredos entrançados pelo destino impenetrável. Um calafrio percorreu meu corpo e tive medo de mim mesmo.

Fogos-fátuos bailavam e saltitavam a esmo pelo parque, mas eram os criados com lanternas, recolhendo chapéus, perucas, broches, espadas, sapatos e chales perdidos na fuga precipitada. Fugi dali. Ao chegar ao meio da ponte que conduz à vila, ainda parei e lancei um olhar ao parque, atrás, envolto pelo mágico manto da lua, como um jardim enfeitiçado, onde começara o divertido jogo dos ágeis elfos. Chegou então aos meus ouvidos um chiado, um coaxar semelhante ao choro de recém-nascido. Suspeitando logo de um crime, inclinei-me bastante sobre a balaustrada e distingui no claro resplendor da lua um gatinho, que se agarrava penosamente aos pilares para evitar a morte. Presumi que alguém tentara afogar uma ninhada de gatos e o pequenino conseguira se arrastar à margem.

Bem, pensei, mesmo não sendo uma criança, é um pobre animalzinho pedindo socorro e você precisa salvá-lo.

— Oh, sensível Just — riu Kreisler —, diga-me onde está seu Tellheim?[17]

— Desculpe-me — prosseguiu Mestre Abraham —, desculpe-me, caro Johannes, você nem pode comparar-me a Just, pois em justiça superei o próprio. Ele salvou um poodle, animal que todos toleram perto de si, e do qual, além disso, se pode esperar agradáveis serviços, como trazer e levar luvas, boceta e cachimbo. Eu me arrisquei por um gato, animal que inspira medo, acusado de pérfido e de índole traiçoeira, incapaz de gestos benevolentes e de amizade sincera, bem como de nunca abdicar da postura hostil frente aos humanos. Sim, salvei um gato por pura e desinteressada filantropia. Subi pela balaustrada, estendi, não sem correr perigo, meu braço ao chão e toquei o gatinho assustado, puxei-o para cima e o guardei no bolso. Chegando em casa me despi e, cansado e exaurido como estava, atirei-me na cama.

Mal adormecera, fui em seguida acordado por lamentosos gemidos e chiados provavelmente provenientes de meu guarda-roupa. Esquecera o gatinho, deixara-o no bolso do casaco. Livrei o animal da prisão em troca de muitos arranhões que fizeram sangrar todos meus cinco dedos. Já estava prestes a defenestrar o gato, mas pensei bem e me envergonhei do impulso mesquinho, da ânsia por vingança que já seria inconveniente ante um ser humano; imagine, então, ante uma criatura irracional.

Bem, o caso é que vim criando o gato com esforço e cuidado. Esse é o animal mais sensato e agradável, eu diria inclusive o mais espirituoso da espécie, e só lhe falta mesmo uma formação mais

17. Just e Tellheim são personagens da peça *Minna von Barnhelm*, de Lessing.

elevada. Mas isso com pouco esforço você poderia ministrar-lhe, querido Johannes, pois me proponho a ceder-lhe de ora em diante meu gato Murr, que é como o denominei. Embora Murr até o presente momento, conforme dizem os juristas, ainda não é *homo sui juris*[18], perguntei se poderia alojá-lo em sua casa, Kreisler, e ele aquiesceu de bom grado.

— Ora, Mestre Abraham, você está delirando? Você conhece perfeitamente minha repugnância por gatos e minha especial predileção por cachorros.

— Peço-lhe, meu caro Johannes, aliás lhe suplico ardentemente, que receba meu promissor gato Murr pelo menos até eu regressar de minha viagem. Eu inclusive o trouxe comigo, está aí fora esperando sua bondosa acolhida. Venha pelo menos conhecê-lo.

Com essas palavras, o mestre abriu a porta e, enroscado no capacho de palha, dormia o gato que, com efeito, passaria por um prodígio de beleza em sua espécie. As linhas negras e cinzentas do lombo se uniam sobre a fronte entre as orelhas e formavam na frente um hieroglífico de extrema delicadeza. Do mesmo modo, listrada e de um comprimento e robustez extraordinários era a majestosa cauda. A roupagem colorida do gato brilhava e reluzia pela luz do sol, permitindo perceber rajas douradas entre as listras pretas e cinzentas.

— Murr, Murr! — gritou o Mestre Abraham.

— Grr grrr — sussurrou distintamente o gato, tão logo o ouviu.

Abriu então um par de grandes olhos verdes dos quais cintilavam espírito e inteligência. Pelo menos o afirmou Mestre Abraham, e o próprio Kreisler teve de admitir que a feição do gato irradiava um fulgor especial, incomum; sua cabeça era muito larga, como para acolher as ciências, e sua barba já era na juventude bem alva e basta como para conferir-lhe ocasionalmente a autoridade de filósofo grego.

---

18. Em latim, no sentido literal: "cidadão independente".

— Mas como você pode logo se estirar em qualquer canto — disse Mestre Abraham ao gato —, assim perderá cedo a alegria e se tornará um gato mal-humorado antes do tempo. Apronte-se, Murr!

No mesmo instante, o gato sentou-se sobre as patas traseiras, alisou com delicadeza focinho e orelhas com as macias patinhas dianteiras, e emitiu um sonoro e claro miau:

— Este — prosseguiu o mestre — é o senhor mestre de capela Johannes Kreisler, a quem você prestará serviço.

O gato fixou no mestre os olhos vivos e espertos, começou a ronronar, saltou sobre a mesa ao lado de Kreisler e dali, espontaneamente, lançou-se sobre seus ombros, como se quisesse lhe segredar algo ao ouvido. Depois retornou ao chão de um salto e rodeou o novo senhor agitando a cauda e ronronando, dando a entender que, de fato, queria conhecê-lo bem.

— Deus me perdoe! — exclamou Kreisler. — Estou achando que esse pequeno sujeito cinzento é inteligente e descende da ilustre família do Gato de Botas.[19]

— Você tem razão! O gato Murr é o animal mais gracioso do mundo, um verdadeiro polichinelo, além de gentil e educado, não inoportuno e indiscreto como os cães às vezes nos assediam com carícias insistentes.

— Quando contemplo esse esperto gato — disse Kreisler —, penso com pesar nos limites estreitos em que está confinado nosso conhecimento. Quem pode dizer ou sequer imaginar até onde se estendem as faculdades intelectuais dos animais! Quando tudo na natureza se mostra insondável, tentamos imediatamente explicar em palavras, e depois nos vangloriamos de nossa tola sabedoria escolar, que não vai muito além de nosso próprio nariz. Assim, qualificamos sob a categoria de instinto todas as faculdades intelectuais dos

19. Hoffmann admite nesse ponto a ascendência literária de seu romance, ao citar a peça *O Gato de Botas*, de Ludwig Tieck, de 1797.

animais, as quais se manifestam com frequência de uma maneira assombrosa.

Eu gostaria de ter uma resposta satisfatória a uma única pergunta: a ideia da categoria instinto, impulso cego e involuntário é compatível com a capacidade de sonhar? Qualquer um que observou um cão de caça dormindo não duvida de sua faculdade de sonhar, pois ele segue a caça enquanto dorme. Busca, fareja, movimenta as patas como se estivesse correndo, ofega e chega a suar. Mas até hoje não tive notícias de gatos sonhadores.

— O gato Murr — interrompeu Mestre Abraham — não somente sonha com vivacidade, mas acontece também, e é fácil percebê-lo, de cair às vezes em suave sonolência, em sábia meditação, em um delírio de sonambulismo, enfim, em um estado entre o sono e a vigília, condição considerada pelos espíritos poéticos como ideal para a concepção de ideias geniais. Há alguns dias ele se encontra nesse estado: geme, suspira, e isso me leva a crer que está apaixonado ou trabalhando numa tragédia.

— Está bem! Se você é mesmo esperto, amável, espirituoso e poético, gato Murr, venha ver...

(*Murr pr.*):... ainda acrescentar muito da educação incipiente dos primeiros meses da minha juventude.

Pois é certamente muito interessante e instrutivo quando um espírito superior oferece numa autobiografia detalhes pormenorizados sobre os acontecimentos de sua juventude, por insignificantes que possam parecer. Entretanto, será permitido admitir algo insignificante na vida de um grande gênio? Tudo o que tenha feito ou não durante sua infância é de suma importância e lança luz sobre a intenção misteriosa, a tendência genuína de suas obras imortais. Um esplêndido valor brota no peito do jovem com aspirações, atormentado por temerosas dúvidas sobre a própria capacidade e a força interior de gênio. E quando lê que como criança, do mesmo modo, o grande homem brincava com soldados, empanturrava-se com guloseimas e recebia às vezes reprimendas por ser preguiçoso, mal-educado e grosseiro, gritará entusiasmado "Igualzinho a mim!". A partir desse instante não duvidará mais de sua capacidade de gênio, em todos os aspectos dignos do admirável ídolo.

Alguns certamente se tornam heróis lendo Plutarco ou meramente Cornélio Nepos, lendo antigos poetas trágicos em traduções ou Calderón, Shakespeare, Goethe e Schiller, e se não chegam a grandes poetas, ao menos a pequenos versificadores ao gosto de toda a gente.

Dessa maneira, também meus escritos revelarão, espero, na alma de alguns gatos jovens dotados de espírito e inteligência, o elevado sentimento da poesia. E se um dia um jovem e nobre gato ler sobre o telhado meus entretenimentos biográficos e alcançar por completo a elevada concepção do livro que ora escrevo, com certeza exclamará, repleto de entusiasmo:

— Murr, divino Murr! Oh, o mais admirável de sua raça! A você, somente a você devo tudo, seu exemplo me fez ser o que sou!

É digno de elogio o Mestre Abraham, pois, para minha educação, não adotou os preceitos de Basedow, hoje esquecido, nem o método de Pestalozzi[20], deixando-me, ao invés disso, liberdade ilimitada para educar-me a mim mesmo, submetendo-me tão simplesmente a princípios que considerava fundamentais à ordem social, assim como a gravidade o é para a conservação da ordem física do planeta, já que, do contrário, todos se entrechocariam cega e loucamente, e não se veria nada além de contusões e costelas quebradas, e a vida em sociedade seria inviável.

O mestre considerava o suprassumo desses princípios a gentileza natural em contraposição à gentileza convencional, segundo a qual devemos dizer "Peço humildemente perdão!" quando formos esbarrados ou pisados no pé por um marmanjo.

---

20. Johann Bernhardt Basedow (1723-1790) foi pedagogo e reformador da educação. Postulava a independência da Igreja e uma educação com valores humanistas. — Método criado por Johann Heinrich Pestalozzi (1746-1827), educador e reformador social suíço. Parte do princípio de que o método educacional deve corresponder à disposição natural do aluno.

Pode até ser necessária ao homem tal gentileza, contudo não posso atinar como minha espécie, autônoma e livre desde o nascimento, deveria também ser obrigada a submeter-se a tais regras. E como o principal recurso pelo qual o mestre me transmitiu esses princípios fundamentais foi uma vara de bétula, cuja dureza deixou-me amargas recordações, posso com razão me queixar de educação rígida. Mais de uma vez fui tentado a empreender a fuga, o amor pela ciência, todavia, sempre me retinha junto ao mestre. Dizem que a liberdade do homem está na razão inversa da cultura do espírito, e é verdade. Com a cultura crescem as necessidades, e com as necessidades...

Bem, precisamente a imediata satisfação de algumas necessidades naturais independente de tempo e lugar foi o primeiro instinto que o mestre reprimiu em minha personalidade, com o auxílio de uma vara de bétula. Em seguida vieram os apetites que, conforme aprendi mais tarde, não são mais que resultado de alterada disposição de ânimo. Exatamente essa alterada disposição, talvez produto de meu próprio organismo psíquico, me impulsionava antes a renunciar ao leite e até ao assado que me fora servido, a pular sobre a mesa e roubar a porção destinada ao mestre. Eu sentia a força da vara de bétula e abandonava o apetite.

Reconheço que o mestre tinha razão em querer livrar-me de tais inclinações, pois, devido a elas, vários de meus bons congêneres, menos cultivados e menos educados do que eu, tiveram de atravessar na vida abomináveis revezes e situações bem tristes. Soube, por exemplo, de um jovem gato promissor que precisou expiar a falta de força de vontade para resistir à tentação de esvaziar uma jarra de leite com a perda da cauda, levando-o por consequência a retirar-se ao desterro, humilhado e escarnecido. Portanto, o mestre tinha razão quando tentava cortar-me hábitos similares; não posso perdoá-lo, no entanto, por opor resistência ao meu pendor para as ciências e as artes.

Nada no quarto do mestre me atraía mais que a escrivaninha abarrotada de livros, manuscritos e toda a sorte de instrumentos estranhos. Aquele era para mim um recanto mágico que me fascinava e, todavia, eu sentia certo temor sagrado que me impedia de entregar-me por inteiro aos meus instintos.

Finalmente um dia, quando meu mestre estava ausente, superei meu temor e pulei sobre a mesa. Que prazer sentar-me entre os papéis e livros e fuçar neles. Não foi travessura, não, só a ânsia do saber; a ardente fome de ciência levou-me a tocar um manuscrito com a patinha e arrastá-la para lá e para cá até conseguir transformá-lo em migalhas ante mim. O mestre entrou, viu a cena e precipitou-se em meu encalço, aos berros:

— Besta maldita! — e bateu-me tão arduamente com a vara de bétula que me escondi gemendo de dor debaixo da estufa. Não houve palavra amável capaz de tirar-me dali pelo resto do dia.

A quem a reprimenda não teria dissuadido para sempre, até mesmo de seguir a senda traçada pela natureza? Mas nem me restabelecera por completo das dores e já voltei a saltar para o alto da escrivaninha em obediência a um impulso irresistível.

Naturalmente um único grito de meu mestre, uma frase fragmentada como "você quer..." bastou para fazer-me descer num pulo e, assim, não pude chegar a estudar. Esperei com calma por uma ocasião propícia para iniciar meus estudos, e essa não se fez esperar muito. Um dia, enquanto o mestre se aprontava para sair, tratei de ficar bem escondido no aposento. Assim, quando ele se lembrou do manuscrito destruído, quis pôr-me para fora, mas não pôde encontrar-me. Ele acabara de sair quando subi de um salto ao escritório e refestelei-me entre os textos, experimentando um bem-estar indescritível.

Com habilidade, abri com a pata um livro bastante grosso que estava mais próximo e tentei ver se era possível entender os sinais nele inscritos. Devo dizer que não o logrei no primeiro momento, mas isso não me fez desistir do propósito. Fiquei olhando fixamente o livro e esperei um espírito especial baixar em mim e me ensinar a ler.

O mestre me surpreendeu assim ensimesmado. Com um possante "olha a besta maldita!", veio atrás de mim. Era tarde demais para me pôr a salvo, baixei as orelhas, agachei-me o quanto pude e já sentia a vara escalavrando o lombo. Mas com a mão levantada, o mestre se deteve de súbito e soltou uma sonora gargalhada, dizendo:

— Gato, gato, você está lendo? Disso não posso e nem quero proibir-lhe. Quem diria, quem diria! Você possui inclinação para os estudos!

Tirou-me o volume de entre as patas, passou os olhos por ele e riu com mais vontade:

— Preciso confessar-lhe — disse então — que estou quase acreditando que você esteve numa biblioteca, pois de outro modo não sei como esse livro viria parar na minha escrivaninha. Pois bem, leia! Estude com afinco, meu gatinho, pode até sublinhar com sutis arranhões as passagens mais importantes do livro, que dou permissão!

Dito isso, enfiou o livro novamente entre minhas patas. Conforme soube mais tarde, tratava-se de Knigge[21], *Sobre o trato com os homens*, obra magnífica, da qual exauri muita sabedoria de vida. É como se tivesse sido escrito para mim, ao se prestar com precisão ao gato desejoso de galgar ascensão na sociedade humana. Essa tendência, tanto quanto sei, tem sido negligenciada até o momento, e por isso, às vezes, julga-se de maneira equivocada que o homem interessado em ater-se literalmente às regras do livro pode vir a transformar-se num rebuscado pedante e desalmado.

Desde essa época, meu amo não somente me tolerou na escrivaninha, como inclusive via com gosto minha aproximação, quando ele próprio estava trabalhando e eu pulava e me acomodava diante dele, entre os textos. Mestre Abraham tinha o hábito de ler com frequência em voz alta. Eu não deixava então de postar-me em posição que me permitisse ver o livro sem perturbá-lo, o que era possível graças aos

21. Adolph Freiherr von Knigge (1752-1796), escritor, foi pioneiro da etiqueta social na Alemanha.

olhos penetrantes com os quais a natureza me dotou. Comparando os símbolos com as palavras pronunciadas por ele, aprendi a ler em pouco tempo, e quem possa julgar isso improvável não tem noção do meu especial engenho congênito. Gênios compreensivos e fãs não nutrirão dúvidas quanto ao método de formação ao qual me submeti, talvez semelhante àquele próprio de sua história. Tampouco devo deixar de comentar uma curiosa observação à qual cheguei por ter enfim conquistado a perfeita compreensão da linguagem humana. Com total consciência, observei não ter a menor ideia de como cheguei a essa compreensão. Nos humanos deve acontecer também o mesmo, e isso não me surpreenderia nem um pouco, porque a espécie nos anos da infância é consideravelmente mais sonsa e desajeitada do que a nossa. De gatinho ainda filhote, não me lembro de, alguma vez, ter eu mesmo enfiado a pata no olho, tocado o fogo ou a lamparina, ou comido graxa em vez de mousse de cereja, como geralmente ocorre com crianças pequenas.

Quando aprendi a ler e me fartei todos os dias com pensamentos alheios, senti o impulso irresistível de arrebatar do esquecimento minhas próprias reflexões, à medida que as gerava o gênio habitando em mim, e isso incluía necessariamente a difícil arte da escritura. Por mais atento que observasse a mão do mestre escrevendo, não lograva apurar a mecânica daquele ato. Estudava o velho Hilmar Curas[22], autor do único livro de caligrafia do mestre, e estive a atribuir a enigmática dificuldade da escritura ao uso da manga de camisa bem comprida com a qual se revestia o punho escritor que ilustrava a capa do livro, e entendendo como especial a capacidade do mestre de escrever sem mangas compridas, semelhante ao experiente funâmbulo que no final dispensa a barra de equilíbrio. Procurei ansiosamente mangas compridas e estava prestes a cortar e adaptar a touca de dormir da idosa governanta ao meu punho direito quando, de súbito, num átimo de clarividência peculiar ao

22. Hilmar Curas foi professor em Berlim; escreveu *Caligrafia regia*, em 1714.

gênio, ocorreu-me a lúcida solução para o caso. Na verdade, suspeitei depois que a impossibilidade de suster a pena ou o lápis igual ao meu mestre talvez se devesse à distinta constituição de nossas mãos, e a hipótese procedia. Precisava inventar outra maneira de escrever adequada à forma de minha pata e, óbvio que seria de se imaginar, de fato o inventei. Assim, da organização especial do indivíduo surgem novos sistemas.

A segunda e séria dificuldade consistia em fazer submergir a pena no tinteiro. Não tinha jeito de deixar a pata de fora ao molhar a pena; sempre me enfiava também na tinta e, assim, não podia deixar de acontecer, meus primeiros traços, rabiscados mais com as patas que com a pena, saíram demasiado grandes e grossos. Mal-informados podem ver em meus primeiros manuscritos quase exclusivamente papel borrado de tinta. Contudo, os gênios profetizarão com facilidade o gato genial em suas primeiras obras; ficarão assombrados, deslumbrados com a profundidade da plenitude do espírito jorrando aos borbotões do inesgotável manancial. Para evitar discussões futuras sobre a ordem cronológica de minhas obras imortais, pretendo declarar aqui que, primeiramente, escrevi o romance filosófico-didático-sentimental: *Pensamento e intuição — O gato e o cão*. Já essa obra causou enorme rebuliço. Logo, afeito a tudo, escrevi uma obra política sob o título: *Sobre ratoeiras — Influência no modo de pensar e na destreza felina*, e a partir daí me senti entusiasmado pela tragédia: *Kawdallor, Rei dos Ratos*. Essa tragédia também poderia ter sido representada em todos os teatros imagináveis com aplausos efusivos. Resultados de meu espírito alvissareiro, tais livros devem abrir a série de minhas obras completas, e os motivos que me levaram a compilá-las serão explanados no devido lugar.

Ao aprender a segurar melhor a pena e a não sujar mais a patinha no tinteiro, meu estilo tornou-se mais gracioso, gentil, claro; debrucei-me principalmente sobre almanaques e escrevi vários textos amáveis e, assim, fui me tornando o homem cordial que hoje sou. Naquela época estive a ponto de escrever um poema épico em

24 cantos, no entanto, ao terminar dei-lhe outro fim, o que Tasso e Ariosto[23] do túmulo devem ter agradecido aos céus. Pois se de fato tivesse saído de minhas garras um poema épico, ninguém mais os teria lido.

Passo agora a...

(*Folha de macul.*):... possa lhe ser necessário à melhor compreensão, dileto leitor, esclareço, portanto, algumas circunstâncias. Qualquer um que uma única vez tenha estado na hospedaria da encantadora vila Sieghartsweiler, ouviu de imediato falar sobre o Duque Irenäus. Se ele pediu, por exemplo, ao hospedeiro o prato com as espetaculares trufas da região, ouviu dele certamente o comentário: "o senhor tem razão, meu prezado! Nosso piedoso duque também come o mesmo prato com grande prazer, e eu sei preparar uns peixes deliciosos à moda da corte".

Pelos mais recentes atlas geográficos, mapas e estatísticas, o viajante bem-informado não sabia nada além de que a cidadezinha Sieghartsweiler, junto com o monte Geierstein e todas as imediações, foi há muito tempo incorporada ao grão-ducado no qual se encontrava. Logo, ele não se assombrará nem um pouco por encontrar nessas paragens um príncipe e uma corte. Mas a explicação é a seguinte: o Príncipe Irenäus governava de fato um sossegado território não longe de Sieghartsweiler; ora, como ele podia avistar todos os estados do reino com o auxílio de um bom *Dollond*[24] do alto do belvedere de seu palácio localizado na praça da capital, não podia deixar de conviver com seu povo e fitar sempre o bem do seu país e a felicidade dos amados súditos. A qualquer instante podia saber o quanto crescia o trigo de Peter no mais remoto rincão do reino, e igualmente observar se Hanz e Kunz cuidavam com zelo do vinhedo.

23. Ambos foram escritores do Renascimento italiano: Torquato Tasso (1544-1595), autor do épico *La Gerusalemme liberata*; e Ludovico Ariosto (1474-1533), autor de *Orlando furioso*.

24. Telescópio acromático que recebeu o nome do inventor, John Dollond (1706--1761).

Diz-se que o Príncipe Irenäus perdeu o pequeno reino ao sair para dar uma volta além da fronteira. Seja como for, numa bela manhã o compacto reino do Príncipe Irenäus estava situado e registrado em nova edição de grão-ducado. Pouparam-lhe o esforço de governar, destinaram-lhe um quinhão considerável das riquezas provenientes do país que possuíra, das quais deveria desfrutar precisamente na agradável Sieghartsweiler.

Além do pequeno feudo, o Duque Irenäus possuía ainda um grande patrimônio em espécie, ao qual continuou fazendo jus; assim, de repente, viu-se transferido de regente à categoria de personagem respeitável, podendo viver livremente como quisesse.

Sua reputação era de homem refinado, amante das ciências e artes. Dizia-se ainda com frequência que o cargo como regente se lhe afigurava um doloroso fardo, e teria expressado em graciosos versos o romântico desejo de gozar uma vida idílica — *procul negotiis*[25] — numa casa pequenina, às margens de um manso regato sussurrante, com alguns animais. Desse modo, poderia-se imaginá-lo desobrigado das funções do reino para se dedicar às agradáveis necessidades domésticas, como poderia se dar ao luxo um homem privado, rico e independente como ele. Mas não foi absolutamente o caso!

É provável que o amor dos grandes senhores pelas artes e ciências seja consequência dos hábitos da vida na corte. O decoro exige a propriedade de quadros e a audição de música; seria vergonhoso se o encadernador do rei festejasse em vez de ocupar-se sem cessar de revestir a mais recente literatura em ouro e couro. Se esse amor, porém, faz parte da própria vida na corte, ele deve em consonância sucumbir em sintonia, sem brindar-se como consolo permanente pelo trono perdido ou pela cadeirinha de regente na qual costuma sentar-se. A despeito dos acontecimentos, entretanto, o Príncipe Irenäus não quis renunciar nem à vida cortesã, nem ao amor pelas

25. Em latim: “feliz daquele que está longe dos negócios”, expressão do 2º Epodo de Horácio.

ciências e artes; pelo menos queria se cercar ainda de suas ilusões, bem como toda Sieghartsweiler.

Como se fosse um senhor reinante, manteve os cortesões, o chanceler do império, o conselho de finanças, etc., etc. Outorgava condecorações, marcava audiências e celebrava bailes, na maioria das vezes com quinze pessoas, pois ali, mais rigorosa que nas grandes cortes, era a seleção dos títulos nobiliárquicos dos fidalgos dignos de serem admitidos a dividir os momentos prazerosos. Os habitantes da cidade eram simplórios o bastante para pensar que o falso brilho dessa corte ilusória lhes conferia honra e prestígio. Desse modo, chamavam seu senhor de Príncipe Irenäus, iluminavam a cidade no dia de seu santo e sacrificavam-se com gosto pelo deleite da corte, como os cidadãos atenienses no *Sonhos de uma noite de verão*, de Shakespeare.[26]

Não se podia negar que o príncipe desempenhava seu papel com gravidade impassível e tinha o talento peculiar de impor certa solenidade ao seu redor. Contagiado, o conselheiro ducal de finanças aparecia no clube de Sieghartsweiler com rosto sombrio, distraído e lacônico! Tristes nuvens assomavam-lhe à testa, caído que ficava em profundas reflexões, mas prosseguia, como se acordasse de repente! Ninguém ousava falar alto ou fazer ruído a seu lado.

Às nove horas, o conselheiro se levantava precipitadamente, pegava o chapéu, e em vão se esforçavam para retê-lo. Assegurava com orgulhoso sorriso, cheio de superioridade, que havia montanhas de processos esperando por ele, que teria de sacrificar a noite inteira a fim de preparar uma importantíssima reunião matinal, a última do trimestre; despedia-se com gravidade e deixava os interlocutores em respeitosa perplexidade ante a enorme relevância e responsabilidade de seu cargo. Que tarefa essencial era essa, à qual o afobado servidor precisava se dedicar noite adentro? Ora, pois estavam a seu cargo os exames das contas trimestrais de la-

26. Na peça, os cidadãos oferecem um espetáculo teatral ao duque.

vanderia de todas as dependências da cozinha, da mesa de jantar, do guarda-roupa, etc., etc.

Assim, mesmo se compadecendo do pobre cocheiro-mor do duque, tomada pela sublime ênfase do conselheiro, a cidade afirmava: "severo, mas justo!". Seguindo instruções, o homem vendera um meio-coche sem serventia mas, sob risco de destituição imediata das funções, o conselho impôs-lhe a pena de apresentar a outra metade, talvez ainda utilizável.

Uma estrela especial brilhava no conselho do Príncipe Irenäus: a Conselheira Benzon. Viúva, entre trinta e quarenta anos, outrora de uma beleza imponente e mesmo agora provida de muitos encantos, era a única de origem nobre discutível e, todavia, aceita pelo príncipe na corte. O espírito lúcido e sagaz da conselheira, sua vivacidade, seu profundo conhecimento universal e, sobretudo, sua frieza de caráter compatível com o talento de governar, permitiam-na exercer o poder com todo vigor. Era ela quem realmente manobrava os fios das marionetes dessa corte em miniatura. Sua filha Júlia crescera junto com a princesa Hedwiga, e a conselheira também influenciara a formação espiritual dessa última de tal maneira, que esta parecia uma estranha no meio da família ducal, contrastando especialmente com o irmão, o Príncipe Ignaz, condenado a uma infância permanente e tido como imbecil.

Frente a Benzon e igualmente influente interventor nas relações íntimas da residência ducal, embora por veios distintos, estava o indivíduo singular já apresentado a você, caro leitor, como *maître de plaisir*[27] da corte de Irenäus e irônico artista da magia negra.

É curiosa a história do vínculo de Mestre Abraham com a família ducal.

O finado senhor pai de Irenäus fora um homem de costumes simples e moderados. Considerava que qualquer manifestação de

27. Em francês: "mestre do prazer", título do responsável pela organização de festas na corte.

energia tenderia a quebrar a débil engrenagem da máquina do estado, em vez de lhe proporcionar um impulso maior. Por isso, resolvera deixar tudo fluir como dantes em seu pequeno império, e se lhe faltou ocasião para elevar ao brilho sua inteligência, ou desenvolver outros dons extraordinários da natureza, teve ao menos a satisfação dos súditos e, com respeito ao seu ducado, encontrava-se em situação semelhante à daquelas mulheres cuja reputação é tanto melhor quanto menos delas se fala. Se a pequena corte do príncipe era rígida e cerimoniosa ao estilo gótico, isso se devia à inércia da estrutura há muito erguida morosamente em seu interior pelos governadores do palácio, mestre de cerimônias e camareiros. No pesado sistema, porém, movia-se uma força que nenhum governador, preceptor ou pajem fora capaz de deter: a inclinação congênita do príncipe ao insólito, ao estranho e ao misterioso. Seguindo o exemplo do ilustre califa Haroun-al-Raschild[28], com frequência ele perambulava disfarçado pela vila e pelos campos para nutrir esse pendor que contrastava singularmente com as outras facetas de sua vida. Nessas ocasiões, punha um chapéu redondo e vestia-se em geral de cinza, e todos entendiam, então, logo à primeira vista, que ele não queria ser reconhecido.

Ocorreu certa vez que o príncipe, assim disfarçado e irreconhecível, caminhava por uma trilha entre o palácio e uma pequena cabana isolada no meio do campo, habitada pela viúva de um cozinheiro do duque. Ao se aproximar, ele avistou dois vultos envoltos em capas se esgueirarem cheios de mistérios pela porta da casa. Afastou-se rapidamente para um lado, e o biógrafo da família de Irenäus, de quem retiro o relato, assegura que seria de todo impossível reconhecê-lo, mesmo se trajasse gala e condecorações brilhantes, pela simples razão de que era noite cerrada. Quando os dois encapuçados passaram lentamente ao seu lado, ele conseguiu

28. Califa Haroun-al-Raschid (766-809): califa de Bagdá muito ligado ao povo, personagem de aventuras em *As mil e uma noites*.

entreouvir a seguinte conversa: "vamos, excelência meu irmão, peço-lhe para que não aja mais uma vez como um asno! O homem precisa ir antes que o príncipe saiba algo a respeito dele, porque do contrário teremos o maldito feiticeiro-mestre em nosso encalço, que nos levará à perdição com suas artes satânicas". E o outro dizia: "*mon cher frère*, não se enfureça dessa maneira, pois você conhece minha sagacidade, meu *savoir faire*. Amanhã darei umas tantas moedas ao perigoso sujeito e ele que faça feitiçarias no raio que o parta. Aqui não deve permanecer, sem falar que o duque é...".

Nesse trecho as vozes se perderam à distância e o duque ficou sem saber o que pensava dele o mestre de cerimônias da corte, o próprio, acompanhado do irmão, o mestre caçador, pois as pessoas que saíam furtivamente da cabana e mantinham o estranho diálogo não eram outros senão os dois. O duque identificara suas vozes de imediato. Pode-se imaginar que o príncipe não tinha nada melhor para fazer que correr atrás e descobrir o homem perigoso, cujo contato ao que tudo indicava devia ser-lhe subtraído. Bateu à porta da cabana, a viúva acorreu para atendê-lo com um lampião e, ao perceber a roupa cinzenta e o chapéu redondo do duque, perguntou com reservada cortesia: "o que deseja, monsenhor?"; monsenhor era a forma a ser empregada no tratamento com o príncipe quando ele se disfarçava e não queria ser reconhecido. De pronto, o príncipe indagou pelo forasteiro, supostamente escondido na cabana, e foi informado sobre um ilusionista muito hábil, célebre, munido de certificados, concessões e privilégios, com intenção de instalar-se e exercer sua arte na região. Há poucos minutos, explicou a viúva, tinham estado com ele dois senhores da corte a quem tal homem assombrara com feitos inexplicáveis, fazendo-os sair pálidos, atônitos e bastante transtornados.

Sem mais preâmbulos, o príncipe fez-se introduzir. Mestre Abraham, pois não era outro o famoso ilusionista, o recebeu como se já o aguardasse, e fechou a porta. Ninguém sabe dizer exatamente como se entenderam, porém, estiveram juntos durante toda a noite e, na manhã seguinte, foram preparadas acomodações para o Mestre Abraham no palácio, um apartamento ao qual, com toda discrição, o príncipe tinha acesso direto de seu gabinete através de uma passagem secreta. Certo também é que o duque não chamou mais o mestre de cerimônias de "*mon cher ami*", e não quis saber mais de escutar o caçador contando o fantástico episódio da caçada do cervo branco de chifres compridos que não conseguira matar certa feita dentro da floresta. A mudança de tratamento os precipitara a um estado de aflição e desespero e, assim, não tardaram a deixar de vez a região.

E, finalmente, o mestre causou forte impressão na corte, na cidade e em toda a província, não apenas pelos poderes mágicos, como também pela influência que passou a exercer sobre o Príncipe Irenäus.

O anteriormente citado biógrafo da residência ducal narrou coisas tão incríveis das habilidades realizadas pelo mestre que não seria possível relatá-las sem arriscar-se a perder a confiança do fidedigno leitor. A passagem, contudo, que considerou mais impressionante e prova irrevogável das inquestionáveis alianças de Abraham com as forças sobrenaturais e tenebrosas não é outra senão o aparato de ilusão acústica[29], mais tarde alardeada como "a moça invisível", que o mestre sabia prestidigitar de maneira fantástica e tocante, como jamais se viu.

Ademais, muita gente se interessava em saber se o próprio duque experimentava certas operações mágicas com o mestre, sobre cujos fins as damas e os cavalheiros da corte especulavam com as mais ingênuas e absurdas suposições. Todo mundo era unânime em afirmar que Mestre Abraham ensinava o príncipe a fabricar ouro, conforme se deduzia pela fumaça saindo às vezes do laboratório, bem como o iniciara em toda a espécie de conjuração de espíritos.

---

29. Caixa de vidro pendente do teto, munida de um longo cano através do qual o ilusionista se comunica com o oráculo.

Todos estavam convencidos de que o príncipe não assinava autorização para o novo alcaide da vila, nem aumentava o pagamento para a calefação real sem antes consultar Agatodemo, seu *spiritum familiarem*, ou os astros.

Quando o velho príncipe morreu e Irenäus o sucedeu no governo, Mestre Abraham abandonou o país. Sem ter herdado a inclinação paterna para as crenças sobrenaturais, o jovem príncipe não procurou retê-lo. Logo, porém, passou a achar os poderes mágicos de Mestre Abraham adequados para afugentar com êxito certo espírito maldoso que se alojava com gosto em cortes pequenas, o infernal espírito do tédio. Além disso, o prestígio desfrutado pelo mestre ante o velho duque deixara profundas raízes no ânimo do jovem príncipe. Em certos momentos, o príncipe não evitava considerá-lo um ser sobrenatural, superior a todos os humanos por mais elevados que fossem. Diz-se que essa veneração tinha origem numa especial reminiscência de sua infância. Um dia, entrara com indiscreta curiosidade no quarto de Mestre Abraham, onde estragara por maldade voluntária uma pequena máquina, construída com muito engenho e empenho. O mestre, transtornado pela cólera ante tal intromissão, exprimiu sua reprimenda de maneira bastante brusca, com uma bofetada no príncipe-garoto, enxotando-o sem brandura corredor afora. Com as lágrimas brotando dos olhos, o jovem só pôde balbuciar: "*Abraham... Soufflet...*"[30] e, assim, o confuso amo considerara imprudência questionar o segredo terrível, que só apuraria se arriscando.

O príncipe sentia vivamente a necessidade de manter junto de si Mestre Abraham como o animador da máquina da corte; mas durante longo tempo suas tentativas de trazê-lo de volta mostraram-se inúteis. Somente depois daquele passeio fatídico, quando o Príncipe Irenäus perdeu seu reino ao instalar sua quimérica corte em Sieg-

30. Em francês: "bofetada".

hartsweiler, o mestre voltou a aparecer e, na verdade, não poderia chegar em momento mais oportuno. Pois além de...

(*Murr pr.*):... memorável circunstância que, servindo-me da expressão favorita do biógrafo, representou uma cisão em minha vida.

Leitores! Jovens, homens, mulheres, interessados pela virtude, pessoas sob cuja pele palpita um coração sensível! Vocês conhecem os doces vínculos com os quais a natureza nos enlaça, assim me compreenderão e amar-me-ão!

O dia fora bem quente e eu passara dormindo sob a estufa. O entardecer se aproximava e a brisa fresca entrava pela janela aberta. Despertei do meu sono, meu peito dilatou-se pela inexprimível sensação de gozo e dor, ao mesmo tempo irradiando os mais nostálgicos pressentimentos. Assim inebriado, alcei-me no expressivo gesto felino que os frios humanos chamam de "arquear-se dos gatos"!

Para fora convidava-me a natureza. Saí para o telhado e passeei sob os raios do sol poente. Nisso, distingui sons vindos do sótão, tão doces, íntimos, familiares, cativantes, que algo desconhecido me arrastava com força irresistível. Abandonei a bela natureza e, passando por uma pequena fresta, pulei do telhado para o sótão da casa. Ao pular, avistei de súbito uma gata grande e bela, com pintas em preto e branco, que, sentada numa posição confortável sobre as patas traseiras, emitia aqueles sons maviosos e me lançava agora olhares expressivos. Sentei-me em frente a ela. Cedendo momentaneamente ao instinto interior, experimentei responder ao canto harmonioso que a bichana em branco e preto entoava. Fui bem-sucedido; aquele momento, como gostaria aqui de registrar para os psicólogos pesquisadores de minha vida, significou o marco da autoconfiança no meu inato talento musical. A autoconfiança, como seria de se imaginar, desenvolveu em pouco tempo o talento em si. A branca e preta olhou-me mais atenta e zelosa, calou-se de repente e saltou, hostil, sobre mim! Eu, não esperando nada de bom, mostrei as unhas, mas imediatamente a gata gritou, enquanto as lágrimas rolavam:

— Filho! Meu filho! Venha para minhas patas, querido!

E, em seguida, abraçando-me com fervor junto ao peito:

— Sim! Você é meu filho, meu bom filhinho, parido sem muitas dores!

Aí comecei a ficar emocionado do fundo do coração, e a emoção já bastava para me convencer de que a gata preta e branca, de fato, era minha mãe, mas, não obstante, perguntei se estava plenamente convencida daquilo que afirmava:

— Ah! A semelhança, disse a pintada, a semelhança nos olhos, nos traços do rosto, na barba, no pelo, tudo me faz recordar do infiel e ingrato que me abandonou. Você é a imagem viva de seu pai, querido Murr (sem dúvida esse é o seu nome), mas espero que com a beleza de seu pai tenha adquirido também a maneira serena de pensar e os bons costumes de sua mãe Mina. Seu pai tinha um aspecto muito distinto, a testa apresentava uma dignidade imponente, os olhos verdes cintilavam plenos de compreensão e, em torno da barba e das bochechas, bailava sempre um sorriso encantador.

Essas vantagens de sua figura, bem como o espírito picante e certa ligeireza e elegância para caçar ratos, o fizeram conquistar meu coração. Mas o caráter duro e tirânico que conseguira dissimular por um bom tempo logo o traiu. É com pavor que lhe conto tudo isso! Quando você nasceu, seu pai foi tomado pelo ímpeto horrível de comê-lo junto com seus irmãos.

— Querida mãe — falei interrompendo a gata —, não condene com tanta severidade tal inclinação. O povo mais civilizado da Terra atribui aos próprios deuses o singular apetite de comer as crianças... Mas Júpiter foi salva e eu também o fui!

— Não o entendo, meu filho, mas me parece que você está dizendo bobagens ou querendo defender seu pai. Ah, não seja ingrato, você teria sido estrangulado e devorado pelo déspota sanguinário se eu não o tivesse corajosamente defendido com minhas garras afiadas, se não o subtraísse, ora fugindo para o porão, ora para o assoalho ou o sótão, das perseguições do abominável bárbaro.

Finalmente ele me abandonou! Jamais tornei a vê-lo! Contudo, meu coração ainda clama por ele! Era um belo gato! Pela sua fineza e por seus costumes gentis, muitos o tomavam por um conde viajante. Apesar do abandono cruel, acreditei ser possível desfrutar uma vida tranquila, cultivando o pequeno círculo doméstico com minhas obrigações maternais. Mas, veja só! O pior golpe ainda estava por vir. Ao retornar a casa, depois de um breve passeio, você e seus irmãos tinham desaparecido. No dia anterior uma velha descobrira meu esconderijo e de sua boca saíram toda a sorte de impropérios ameaçadores, feito afogamento e outras variações. Bem! Que sorte você estar salvo, meu filho! Venha mais uma vez para as patas da mamãe, querido!

A pintada mamãe acariciou-me com amor e quis saber os detalhes sobre minha vida. Contei-lhe tudo, sem me esquecer de mencionar minha esmerada educação e como chegara a obtê-la.

Mina pareceu pouco impressionada pelas raras qualidades do filhote, ao contrário do que eu poderia supor. Sim! Inclusive deu-me nitidamente a entender que, malgrado o espírito e a profundidade do meu saber, eu poderia enveredar-me por turvos caminhos e extraviar-me. Sobretudo, aconselhou-me a nunca revelar meus dons adquiridos ao Mestre Abraham, porque ele poderia querer aproveitar-se disso, submetendo-me à mais opressiva servidão.

— Sem dúvida — disse Mina —, não posso gabar-me de uma mente cultivada como a sua, todavia não sou de todo desprovida de pendores naturais e virtudes inatas. Entre eles disponho, por exemplo, da capacidade de fazer soltar chispas de meu pelo quando me acariciam. E quantas inconveniências esse único talento já me causou! Crianças e adultos não param de atormentar meu lombo a fim de obter tal fogo de artifício às minhas custas e, quando perco a paciência, esgueiro-me e tento me livrar do suplício mostrando as garras, o que me faz ser chamada de bicho selvagem e, às vezes, até ser surrada. Tão logo Mestre Abraham descubra seu conhecimento da escrita, querido Murr, ele o transformará em copista e lhe será então imposto como dever penoso aquilo que atualmente você pratica por prazer.

Ela ainda falou muitas outras coisas sobre as desvantagens dos estudos e minha relação com o mestre. Somente mais tarde pude concluir que aquilo que a princípio julgara aversão à ciência era na verdade a genuína sabedoria de vida, fruto de sua experiência.

Soube que vivia em condições precárias em companhia da velha senhora vizinha, e volta e meia passava dificuldades para suprir suas necessidades primárias. Isso me comoveu, o amor infantil despertou em meu peito com ardor, recordei-me da formosa cabeça de peixe que sobrara do jantar da noite anterior e decidi entregá-la à bondosa mamãe tão inesperadamente reencontrada.

Vejam só! Quem pode medir a inconstância dos corações de quem passeia à luz do luar! Por que razão o destino não cerra nosso peito ao jogo das desditosas paixões? Por que, frágeis juncos oscilantes, temos de nos inclinar ante à furiosa tempestade da vida? Destino hostil! Oh, apetite, teu nome é gato![31]

Com a cabeça do arenque presa ao focinho, trepei ao telhado qual o pio Enéas.[32] Minha intenção era entrar pela fresta! Então, caí num estado que, de maneira estranha, apartava-me de mim mesmo e, no entanto, na verdade continuava parecendo eu mesmo. Acredito ter-me expressado de forma clara, porque todos podem com facilidade reconhecer nessa descrição o toque do psicólogo que sonda as profundidades da alma. Prossigo! Um sentimento particular, entremeado de alegria e tristeza, dominou-me. Foi impossível resistir... E acabei por devorar a cabeça de arenque!

Amedrontado, eu ouvia o miado de Mina, pronunciando meu nome com voz embargada. Senti-me dilacerado pelo arrependi-

31. Essa é a primeira de duas citações da frase de *Hamlet* (ato I, cena 2): "*Frailty, thy name is woman*" — em português, segundo a tradução de Millôr Fernandes: "Fraqueza é teu nome, mulher".

32. Ao longo de *Eneida*, de Virgílio, o protagonista com frequência é chamado sob o vocativo "pio Enéas".

mento, pela vergonha, o que me fez saltar de volta ao quarto do mestre e me esconder debaixo da estufa. Lá, fui atormentado por visões assustadoras. Como a imagem de Mina, abandonada e desesperada, reclamando o alimento que eu lhe prometera, prestes a tombar desmaiada.

Ah! A brisa sutil entrando pela chaminé murmurava o nome Mina... Mina... Sussurravam os papéis do mestre e os estalos das cadeiras de junco, Mina... Mina... Lamentava a porta da estufa. Ah! Um amargo sentimento me partia o coração! Decidi convidar a pobrezinha para o leite do café da manhã assim que possível. Com isso, uma calma consoladora aqueceu-me e trouxe-me paz! Baixei as orelhas e adormeci!

Espíritos sensíveis, vocês certamente me compreendem! Se não são asnos, mas verdadeiros gatos honestos, então serão capazes de ver a tempestade em meu peito clareando o céu de minha juventude, semelhante ao benfazejo furacão que dispersa as nuvens negras e ilumina o horizonte. Por mais que a cabeça de arenque a princípio tenha me pesado na consciência, entendi na situação o poder do apetite e o sacrilégio de resistir à mãe natureza. Que cada um procure suas cabeças de arenque sem se preocupar com o vizinho, porque ele, conduzido pelos instintos do apetite, sempre saberá conquistar as suas.

Assim, encerro esse episódio de minha vida e...

(*Folha de macul.*):... nada mais horrível para um historiador ou biógrafo que se achar a cada instante como se cavalgasse um cavalo selvagem, tendo de saltar para um lado e para o outro por matas, pedras, campos e prados, buscando sempre caminhos abertos sem jamais os alcançar. Pois isso é o que sucede a quem assumiu para você, querido leitor, a incumbência de escrever o que pôde recolher sobre a vida extraordinária do mestre Johannes Kreisler. Com prazer, teria iniciado: na pequena cidade N*, ou B*, ou K*, numa segunda-feira de Pentecostes, ou de Páscoa, de tal ano, Johannes Kreisler viu a luz do mundo! Mas é preciso renunciar à bela ordem cronológica, porque o infeliz narrador somente tem acesso a notícias comunicadas em conversas fragmentadas, e ele é em seguida obrigado a assentá-las desordenadamente no papel sob o risco de sobrecarregar a memória. Antes do final do livro você provavelmente virá a saber, caro leitor, como foram passadas essas informações, como todos esses documentos foram obtidos e, quem sabe, então me desculpe o caráter fragmentário do conjunto, e talvez a mim também; apesar da aparente incoerência, mantenho o elo comum de todas as partes.

Justo nesse momento não há outra coisa a contar além de que, muito depois de o Duque Irenäus instalar-se em Sieghartsweiler numa bonita tarde de verão, a Princesa Hedwiga e Júlia passeavam pelo agradável parque em torno do palácio. A última claridade do sol poente estendia-se sobre a floresta como um véu dourado. Nenhuma folha se movia. As árvores e os arbustos esperavam em profundo recolhimento que o vento da tarde viesse acariciá-los. A tranquilidade da natureza só era interrompida pelo murmúrio do regato borbulhante sobre as pedras brancas. De braços dados, silenciosas, as moças caminhavam pelas aleias floridas, pelas pontes que cruzavam os meandros do regato, até chegar ao fim do parque, ao grande lago no qual o longínquo monte Geierstein se refletia com suas pitorescas ruínas.

— Que maravilha! — exclamou Júlia, com toda sua calma.

— Vamos até a cabana dos pescadores, disse a amiga. O sol da tarde arde de maneira insuportável e, de dentro, pela grande janela, descortina-se o Geierstein ainda mais belo que daqui, porque não temos a vista panorâmica, mas recortes.

Júlia acompanhou a princesa, e esta, ao entrar e ver a paisagem, manifestou o desejo de ter *crayon* e papel para desenhar a vista sob aquela apoteose de luz.

— Quase invejo sua habilidade para desenhar árvores, florestas, montanhas e lagos diretamente da natureza. Acredito ser capaz de desenhar bem como você, mas nunca conseguirei copiar uma paisagem natural, e serei tanto menos capaz quanto mais magnífica a vista. A alegria e o encantamento da contemplação não me permitiriam trabalhar.

Ao ouvir essas palavras, assomou ao rosto da princesa certo sorriso que, numa moça de dezesseis anos, se possa talvez qualificar de grave. Mestre Abraham, um tanto original em suas observações, comparava tal jogo muscular das expressões do rosto ao suave rebuliço na superfície da água, quando algo ameaçador está se movendo em suas profundezas... Basta, a princesa sorriu; mas ao abrir os lábios de rosa para responder, fizeram-se ouvir bem próximos alguns acordes soando rudes e selvagens, que levavam a crer que o instrumento tocado era outro, e não um violão comum.

A princesa emudeceu, e ambas, ela e Júlia, saíram correndo da cabana dos pescadores. Ouviram uma canção sucedendo-se à outra, ligadas pelos mais inesperados arranjos e exóticos acordes. Podiam escutar ademais uma sonora voz masculina, ora exaurindo toda a doçura da música italiana, ora abrupta, optando de repente por recitações fortemente entoadas ou melodias melancólicas. O violão foi afinado... Seguiram-se novos acordes, que ora eram interrompidos e o violão voltava-se a afinar... Ora palavras duras eram pronunciadas com ira... Ora outras melodias... Ora mais uma vez a afinação.

Curiosas para ver o estranho virtuoso, Hedwiga e Júlia foram se aproximando cada vez mais, até conseguirem ver um homem vestido de preto. Sentado sobre um rochedo à margem do lago, de costas para elas, ele entretinha-se ao produzir essa bizarra mistura de sons e palavras entrecortadas. Há pouco mudara completamente a afinação do instrumento e, após concentrado esforço, gritou:

— Está errado... Nenhuma pureza... Ora grave, ora alto demais!

Pegando com ambas as mãos o violão agora solto da tipoia azul que o sustivera ao ombro, ele o olhou fixamente e pôs-se a conversar com o instrumento:

— Diga-me, pequeno caprichoso, onde está sua harmonia, como devo tanger suas cordas para atingir a escala mais pura? Ou você pretende rebelar-se contra o próprio mestre e afirmar que meu ouvido foi deturpado pelo rumor monótono do compasso, e que minha inarmonia não passa de infantil hieróglifo? Na verdade, você está zombando de mim, embora minha barba esteja mais bem aparada que a do mestre Stefano Pacini.[33] Foi ele que depositou em seu seio o tom celestial e harmonioso, o que para mim é um segredo eterno e insondável.

Mais uma coisa, querido, se não quiser conceder-me o cânone de sol bemol, de sol sustenido e lá bemol ou dó sustenido e ré bemol — ou não me permitir outros acordes — coloco em seu encalço nove magistrais músicos alemães para repreendê-lo e domá-lo com palavras desarmônicas. Não vai ser possível refugiar-se nos braços de seu estimado amigo Stefano Pacini e nem dizer a última palavra como mulher birrenta. Ou você, por acaso, é ousado o bastante para crer que os espíritos escondidos em seu interior só obedecem às evocações de mágicos há muito extintos da face da Terra, enquanto nas mãos de um tolo...

Ao dizer as últimas palavras, o homem interrompeu bruscamente a fala, ergueu-se e olhou, imerso em divagações utópicas, em direção ao fundo do lago. As moças, assustadas com o comportamento insólito daquele homem, estavam como que enraizadas detrás dos arbustos, e nem conseguiam respirar ante o suspense.

Enfim, o homem desabafou aliviado:

— O violão é o instrumento mais miserável e imperfeito de todos, tem serventia apenas nas mãos de langorosos pastores perdidos de amor, sem a embocadura da avena, do contrário a teriam preferido soprar com vigor, fazendo reverberar o eco com cantigas pastoris de sutil nostalgia, e enviar lamentosas melodias às Emelinas[34] silvestres, enquanto reúne ovelhas aos alegres estalos de delicados chicotes.

---

33. Trata-se, muito provavelmente, de um instrumentista desconhecido, a quem nesta ficção o autor atribui a fabricação do violão.

34. Emelina é a protagonista da ópera *A família suíça*, original de Joseph Weigl (1746--1846).

Oh, Deus! Aos pastores, como estufas tristes[35] suspirando dilaceradas canções à noiva amada, ensine-lhes, pois, que o trítono só consiste em três tons e é abatido pela punhalada da sétima, depois entregue-lhes em mãos um violão! Mas aos sérios homens, um pouco instruídos, eruditos em conhecimentos gerais e informados sobre fatos da corte de Pequim e Nanquim, com os diabos!, nada entendem de pastoreio e ovelhas, e nem se importam com o prantear e o gemer! Tolo, o que está fazendo? Não esqueça o comentário do finado Hippel[36], segundo o qual um homem dando aulas de piano se lhe afigurava como um comedor de ovos crus. E você fica insistindo em pontear esse miserável violão? Tolo... Maldito seja!

Com isso, o homem arremessou o violão no meio do matagal para bem longe de si e afastou-se em seguida a passos rápidos sem flagrar as duas moças.

— Bem — disse Júlia, rindo após um instante —, o que você me diz, Hedwiga, dessa assombrosa aparição? Donde pode ter saído uma figura assim estranha, afinando-se tão bem com o instrumento e, então, com desprezo, atirando fora o pobre violão como se fosse uma caixa velha?

— Não está certo isso — respondeu Hedwiga, enquanto as bochechas enrubesciam, traindo um repentino arrebatamento de cólera —, não está certo isso, deixar o parque acessível a quem queira entrar.

— O quê? A seu alvitre, menina egoísta, o duque deveria isolar dos habitantes de Sieghartsweiler, não somente deles, mas de todos os viajantes estrangeiros, precisamente o caminho mais curto e aprazível? Você não pode estar falando sério!

35. "Como estufas tristes": referência extraída da peça *Como gostais*, ato II, cena 7, de Shakespeare.

36. Theodor Gottlieb von Hippel (1741-1796), autor do texto "*Über die Ehe*" [Sobre o casamento], no qual aconselha os homens a tocarem instrumentos como trombetas e tambores, e deixarem a música suave, criada a partir do piano e do canto, às mulheres.

— Você não tem noção do risco a que nos expomos. Quantas vezes saímos como hoje nós duas sozinhas, desacompanhadas dos empregados, pelas trilhas mais isoladas do bosque! E se, de repente, um malvado...

— Ei — interrompeu Júlia —, você tem mesmo medo de que desse ou daquele matagal possa surgir algum gigante feroz dos contos de fadas, ou um fabuloso cavaleiro que nos sequestre e nos leve ao seu castelo? Deus nos livre e guarde!

Mas, se você quer saber, me agradaria muito vivenciar uma pequena aventura nesse bosque solitário e romântico. Agora mesmo eu estava pensando na peça *Como gostais*[37], que durante meses nos foi proibida pela mamãe, até finalmente nos ler Lothario. Você não gostaria de fazer o papel de Celia, e eu o de sua fiel Rosalinda...[38] Que faremos a respeito do desconhecido virtuoso?

— Ah, o homem desconhecido! Acredite, Júlia, sua figura e seu palavreado esquisito incitaram em mim um inexprimível horror! Ainda tenho calafrios e sucumbo à sensação estranha do medo se apoderando de todo meu ser. Do fundo de minha alma eleva-se uma recordação, que luta em vão para avivar-se. A sensação é de tê-lo visto emaranhado numa história que me dilacerou o coração. Talvez tenha sido um mero sonho, cuja lembrança persiste adormecida. Esqueçamos isso! Com aquele comportamento absurdo e seu discurso incoerente, ele parecia um ser fantasmagórico talvez querendo nos atrair a um círculo mágico.

— Que imaginação fértil! — disse Júlia. — Por minha vez, transformo o fantasma negro com o violão em Monsieur Jacques ou mesmo no fiel Pedra-de-Toque[39], cuja filosofia soa como o discurso do desconhecido. O importante agora é resgatar o pobre coitado que o bárbaro atirou nos arbustos com tanta hostilidade.

37. *Como gostais*, de Shakespeare.

38. Celia e Rosalinda são personagens de *Como gostais*.

39. Monsieur Jacques e Pedra-de-Toque, idem.

— Júlia, o que você está fazendo?

Sem lhe dar a mínima atenção, Júlia já se enfiara na espessa mata e, após alguns instantes, retornava triunfante trazendo nas mãos o violão que o forasteiro atirara ao longe.

A princesa superou o temor e contemplou com atenção o instrumento, cuja forma gótica atestaria a antiguidade, se isso não se constatasse pelo ano de fabricação e nome do luthier, ambos nitidamente gravados no fundo da caixa de ressonância. Inscritas com água-forte, podia-se ler *Stefano Pacini, fec. Venet. 1532.*[40]

Júlia não pôde resistir à tentação de tanger um acorde no elegante violão, e quase se assustou com a potência do som produzido por um instrumento tão pequeno.

— Que maravilha! — gritou sem cessar de tocar.

Como estava acostumada a acompanhar o som instrumental com seu canto, não podia deixar de cantarolar de forma espontânea, enquanto seguia andando. Ao deter-se, a amiga disse:

— Toque, continue tocando esse violão enfeitiçado, pois talvez assim você consiga conjurar de volta ao Orco os hostis e malvados espíritos que tentam apoderar-se de mim.

— Que história é essa de maus espíritos, Hedwiga? Oxalá fiquem bem longe de nós duas, o que eu quero mesmo é cantar e tocar, porque nunca um instrumento se ajustou tão bem à minha voz que, aliás, parece soar bem mais bonita com esse acompanhamento.

Iniciou uma conhecida *canzonetta* italiana e se perdeu em toda a sorte de melismas, fugas ousadas e *capriccios*[41], dando livre curso à riqueza dos melodiosos sons abrigados em seu seio.

Se a princesa se assustou ao ver o forasteiro, Júlia estacou petrificada como estátua ao tomar outra trilha e deparar-se com ele bem à sua frente.

---

40. Em latim: abreviatura de "feito em Veneza".

41. *Capriccio* é uma peça de fantasia, apenas esboçada.

O homem, que provavelmente tinha em torno de 30 anos, estava vestido de negro à última moda. Nada em sua roupa era especial, incomum, mas sua aparência, no entanto, tinha um quê original e exótico. Embora a roupa estivesse limpa, era visível certa displicência, talvez menos pela negligência que pelo caminho empoeirado sobre o qual sem dúvida não pensara ao se vestir. Com o colete desabotoado, a echarpe ligeiramente enrolada, os sapatos cobertos de pó, mal deixando ver as fivelas, lá estava ele, um tanto ridículo, pois para proteger-se do sol baixara a aba de trás de seu pequeno chapéu de três pontas, destinado certamente a compor o vestuário, e a ser portado sob o braço. Abrira caminho através dos espessos arbustos do parque e, por isso, seus cabelos estavam repletos de picões. Lançou um olhar fugaz sobre a princesa e pousou em seguida os grandes olhos escuros em Júlia, cujo embaraço aumentara ainda mais devido às lágrimas que lhe encheram os olhos, como acontecia sempre em circunstâncias similares.

— E os tons celestiais — começou finalmente o estranho, com voz branda e grave —, silenciam em minha presença e refluem em lágrimas?

A princesa, dominando a primeira impressão que o aspecto daquele homem lhe causara, olhou-o orgulhosa e disse, então, num tom cortante:

— Sua repentina aparição nos assusta, meu senhor! A uma hora dessas não se espera encontrar forasteiros andando pelo parque do duque... Sou a Princesa Hedwiga.

Quando a princesa começara a falar, o homem se voltou rapidamente para ela, e agora a olhava nos olhos, mas sua fisionomia mudara. Desaparecera a melancolia nostálgica e os vestígios da alma profundamente agitada no mais íntimo, e um sorriso desfigurado aumentava a amarga ironia às raias do grotesco, do burlesco.

Como se perpassada por um raio, a princesa se deteve no meio da frase e abaixou os olhos, o rosto vermelho em brasa.

O homem ia abrir a boca para dizer qualquer coisa, mas Júlia começou:

— Não sei o que tenho para ficar chorando como uma criança flagrada roubando guloseimas! Sim, meu senhor, comi os doces, deliciei-me com os esplêndidos sons desse violão harmonioso. O violão é o culpado de tudo, e também por nossa curiosidade! Ouvimos sua conversa com o violão, os suspiros queixosos do pobre ao ser arrojado com cólera para bem longe; também isso nós presenciamos. Tocou fundo em meu peito, tal gesto, e precisei enfiar-me nos densos arbustos e recolher o formoso e amável instrumento. Bem, o senhor sabe como são as mulheres, dedilhei um pouco as cordas do violão e os dedos formigaram... Não pude largá-lo. Desculpe-me, senhor, e receba seu violão de volta.

Júlia estendeu o violão ao desconhecido.

E ele disse:

— É um violão de rara qualidade devido à nitidez do som, é de boa fabricação, mas em minhas mãos desajeitadas... Não, não são as mãos; dentro do meu peito repousa o gênio misterioso da harmonia, apaixonado por essas raridades, mas encerrado, incapaz de movimentar-se livremente. Ao contrário de sua alma, senhorita, em que ele se alça nítido em direção ao céu, brilhando em mil cores reluzentes como penas de pavão. Ah, senhorita! Quando você cantou, toda a nostalgia do amor, o encanto dos lindos sonhos cultivados, a esperança, a saudade ondeavam pela floresta e tombavam como o sereno orvalho refrescante em perfumados cálices das flores e no peito de rouxinóis atentos. Conserve o violão, você é a única digna dos segredos e da magia cativos dentro dele!

— O senhor o jogou fora — disse Júlia, enrubescendo.

— Sim — respondeu ele, abraçando com força o instrumento junto ao peito —, eu o atirei e o recebo intacto de volta; nunca mais sairá de minhas mãos!

Mais uma vez, sua fisionomia transformou-se de súbito na máscara burlesca, e sua voz soou sarcástica:

— Na verdade, o destino ou um espírito maligno pregou-me uma peça ao me fazer surgir *ex abrupto*, como os latinos e outros veneráveis dizem, ante vocês, respeitáveis senhoritas!

Oh, Deus! Clemente princesa, arrisque a olhar-me da cabeça aos pés. Poderá então se assegurar de que minhas vestes são apropriadas para uma visita. Minha intenção era passar por Sieghartsweiler e encontrar nessa boa cidade alguns conhecidos. Oh, Deus! Não me faltam contatos; pois o mestre de cerimônias do monsenhor seu pai não era meu íntimo? Tenho certeza que, se me visse aqui, me apertaria contra o peito de Atlas, e diria, comovido, oferecendo-me uma pitada de rapé: "Agora estamos na intimidade, meu caro, posso dar livre curso aos meus sentimentos e aos meus mais agradáveis pensamentos". Certamente eu teria sido recebido em audiência pelo piedoso Duque Irenäus, para, aí sim, lhe ser convenientemente apresentado, oh, princesa! Apresentado de modo a conseguir conquistar sua benevolência! Mas agora, no jardim, num lugar pouco adequado, entre tanques de patos e fossas de rãs, tenho de apresentar-me sozinho, para minha desgraça!

Oh, Deus! Se eu pudesse ao menos enfeitiçar algo, se pudesse simplesmente, do nada, metamorfosear essa nobre caixa de palitos (tira uma do bolso) num camareiro bem enfeitado da corte irenäica, ele me tomaria pela mão e diria: "Senhorita Princesa, este é este, aquele é aquele. Mas agora, *che far, che dir*! Piedade, piedade, princesa! Damas, senhoras!".

Com isso, o desconhecido ajoelhou-se diante da princesa e cantou com voz desafinada:

— *Ah, pietà, pietà, Signora*![42]

A princesa agarrou Júlia pelo braço e saiu correndo a não poder mais, aos gritos:

— É um louco, um louco fugido do hospício!

---

42. Assim se inicia a ópera *Miserere*, de Niccolò Jommellis (1714-1774). Em italiano: "ah, piedade, piedade, senhora!"

Pouco antes do pavilhão, a Conselheira Benzon veio ao encontro das duas moças que, ofegantes, quase lhe caíram aos pés.

— Que aconteceu, pelo amor de Deus? O que significa essa fuga precipitada?

Assim perguntou.

A princesa, transtornada como estava, não pôde fazer nada além de balbuciar explicações entrecortadas, algo sobre um louco desconhecido que as atacara.

Tranquila e discreta, Júlia contou tudo que ocorrera, e concluiu dizendo que o indivíduo não lhe parecera, em absoluto, louco, somente um irônico maganão, espécie de Monsieur Jacques adequado à comédia de Ardenas.[43]

A Conselheira Benzon as obrigou a repetir todos os pormenores, indagou sobre a aparência e o modo de andar, pediu que falassem sobre os trejeitos e o tom de voz do homem desconhecido, etc., etc. Então exclamou:

— Sim. Não há dúvida, é ele, certamente, ele mesmo e... Não pode ser outra pessoa.

— Quem, ele quem? — perguntou a princesa, impaciente.

— Calma, calma, querida Hedwiga, vocês exauriram inutilmente seu fôlego! O desconhecido que lhes inspirou tantos receios não é nenhum louco. Por mais inconvenientes e barrocas as maneiras que ele possa ter demonstrado, estou certa de que vocês se reconciliarão ao conhecê-lo!

— Espero jamais rever o desagradável insensato! — gritou a princesa.

— Hedwiga — sorriu a conselheira tentando acalmá-la —, não compreendo sua cólera contra o estrangeiro.

— Tampouco eu entendo essa fúria contra um homem desconhecido, Hedwiga — disse Júlia. — A mim parece até mesmo que

43. *Como gostais* se passa principalmente na floresta de Ardenas.

a incoerência de seu discurso possuía algo dirigindo-se à alma, em nada desagradável.

— Feliz de você por conseguir manter-se tranquila e serena, mas a mim, o sarcasmo desse homem terrível corta o coração... Benzon! Quem é, quem é o louco?

— Em poucas palavras lhes explicarei tudo. Há cinco anos, quando eu...

(*Murr pr.*):... convenceu-me de que no ânimo poético verdadeiramente profundo habita também a virtude infantil e a compaixão ante as angústias alheias.

Um acesso de melancolia, como os que acometem às vezes jovens românticos quando superam o embate das grandes e sublimes reflexões em seu íntimo, impeliu-me à solidão. Durante longo tempo, não visitei mais o telhado, o porão ou o sótão. Senti com aquele poeta as doces e idílicas alegrias numa casa pequenina, às margens de um regato sussurrante sombreado por espessas e frondosas trepadeiras de bétulas choronas. Entreguei-me aos sonhos, sob a estufa. Assim, portanto, não revi a querida mamãe com suas formosas manchas.

Nas ciências encontrei consolo e paz! Oh! Há algo de magnífico em torno do saber! Obrigado ao nobre homem inventor da ciência! Quão mais útil, mais esplêndido é esse invento em comparação ao daquele monge, o primeiro fabricante de pólvora, essa coisa repugnante como a morte, por sua natureza e seus efeitos. O julgamento da posteridade puniu com irônico desprezo o bárbaro, o infernal Barthold[44], através do espirituoso dito contemporâneo que se costuma dirigir ao estudioso sagaz, ilustre pela sabedoria e erudição: "Ele não inventou a pólvora!"

Para instrução dos jovens gatos promissores, não posso me abstrair de observar que, em minha ânsia de saber, saltava com olhos fechados à biblioteca do mestre e passava a ler o livro que me caísse às garras, fosse qual fosse o conteúdo. Através desse método de

44. A invenção da pólvora é atribuída a Berthold (ou Barthold), no ano de 1259.

estudo, meu espírito adquiriu flexibilidade e versatilidade e, meus conhecimentos, a riqueza polivalente e brilhante que a posteridade há de admirar em mim. Não mencionarei aqui os livros lidos nesse período de poética melancolia, primeiramente porque haverá um momento mais adequado para fazê-lo e, em segundo lugar, porque não li a maioria dos títulos, portanto, nunca os soube. Todos se darão certamente por satisfeitos com essa explicação, e não me acusarão de frivolidade biográfica.

Novas experiências me aguardavam.

Um dia, enquanto meu mestre imergia na leitura de um *in-folio*[45] aberto diante de si, eu ao seu lado, sob a escrivaninha, debruçava-me sobre uma bela folha de papel *royal*[46] e ensaiava a escritura grega, que parecia perfeitamente conveniente à minha pata. De repente, entrou um homem jovem, o qual estivera diversas vezes na casa do mestre e que me tratava com atenção amável, inclusive com a solene veneração pertinente ao reconhecido talento e à genialidade inata. Pois isso não se devia somente à atenção de cumprimentar-me sempre, após dirigir-se ao mestre, com as palavras: "Bom dia, gato!", mas, com uma mão delicada, também me coçava com doçura atrás das orelhas e acariciava-me o lombo, de maneira a encorajar-me a mostrar à luz do mundo meus talentos e minhas faculdades.

Hoje tudo seria diferente!

Porque hoje, como nunca acontecera antes, entrou atrás do jovem um monstro negro e peludo de olhos flamejantes que, quando me viu, se precipitou em minha direção. Acuado por um medo mortal, lancei-me num só pulo para cima da escrivaninha do mestre, emitindo sons desesperados de espanto, enquanto o monstro tentava alcançar a mesa fazendo um alvoroço infernal. Meu bom mestre,

45. Do latim *in-foliu*, "na folha". Refere-se ao livro no qual a folha é dobrada apenas em dois.

46. *Royal* é um formato inglês de papel.

tentando proteger-me, colheu-me em seus braços e me cobriu com o robe. Porém, o jovem o sossegou:

— Não se afobe, meu querido Mestre Abraham, meu poodle não machuca gatos, quer somente brincar. Deixe o gatinho solto, será divertido ver como travam conhecimento.

Meu mestre quis, de fato, pousar-me no chão, mas agarrei-me a ele e comecei a choramingar, o que ao menos me rendeu um lugar ao seu lado quando se sentou na cadeira. Encorajado por essa proteção e assentado com a cauda em torno de meu corpo, adotei uma posição sobre as patas traseiras, cuja dignidade e cujo nobre orgulho tinham de impor-se ao meu suposto adversário negro.

O poodle sentou-se no solo, na minha frente, mirou-me nos olhos e dirigiu-me palavras fragmentadas, naturalmente ininteligíveis para mim. Meu medo foi desaparecendo mais e mais e, em seguida, com ânimo sereno, pude notar que no olhar do cachorrinho nada se via além de benevolência e bonomia. Involuntariamente, comecei a manifestar meu estado de ânimo mais confiante por meio de suaves movimentos da cauda, e logo o outro também pôs-se a girar o curto rabinho de uma maneira graciosa. Oh, nossas almas se reconheciam, não havia dúvidas quanto à nossa afinidade espiritual!

— Como — perguntei a mim mesmo —, como a conduta incomum desse sujeito pôde ter-me inspirado medo e pavor? Que demonstram esses saltos, ganidos, latidos, corridas e uivos, além do vigor da juventude ardente de amor e prazer pela alegria libertária da vida? Sim. Sob o peito negro e peludo palpitam sentimentos virtuosos e a nobre poodlenidade!

Encorajado por essas reflexões, decidi dar o primeiro passo rumo à aproximação, ao vínculo estreito entre nossas almas, descendo da cadeira. No momento em que me espreguiçava e estirava-me, o cachorrinho encantou-se de uma vez e latia dando animados pulinhos pelo aposento! Manifestações de júbilo em esplêndida vitalidade! A partir de então, não havia realmente nada a temer, então desci de uma vez e fui me achegando ao novo amigo com passos ainda lentos e cautelosos.

Iniciamos o ato pleno de sentido simbólico que manifesta o íntimo conhecimento dos espíritos afins, a conclusão da aliança já firmada no fundo da alma, e que o sacrílego e estúpido humano designa com o vulgar e ignóbil termo "farejar".

Meu amigo negro não demorou a flertar com os ossos de frango que estavam em meu prato de comida. Como demonstração natural da educação cosmopolita e da cortesia, assenti de modo claro que fosse em frente. Comeu com surpreendente apetite, enquanto eu o olhava à distância. A ressalva é que eu separara o peixe assado e o escondera debaixo do leito. Após a refeição, empreendemos os jogos mais divertidos até, finalmente, como unha e carne, darmos várias cambalhotas e nos abraçarmos ternamente, jurando fidelidade e amizade eternas.

Não sei o que pode haver de risível e hilário no encontro de espíritos eleitos, a identificação entre primorosos ânimos juvenis; mas fui tomado de justa indignação ao ver meu mestre e seu jovem amigo soltando ruidosas gargalhadas a plenos pulmões.

A nova relação causou em mim um profundo impacto e, assim, ao sol, à sombra, sobre o telhado ou sob a estufa, eu não pensava, não sonhava nem sentia nada além de poodle, poodle, poodle! Com ele pude perceber a essência da poodlenidade em suas cores vibrantes e através dessa meditação originou-se a sisuda obra já mencionada: *Pensamento e intuição — O gato e o cão*. Analisei costumes, hábitos, línguas de ambas as espécies; provei que as diversas modificações de sua existência são peculiaridades de seus respectivos seres, semelhantes aos raios multicores produzidos pelo mesmo prisma. Abordei, sobretudo, o caráter linguístico, demonstrando que, como a língua é somente representação simbólica do princípio natural e configuração de som, não poderia existir, portanto, mais que uma língua; assim, o idioma dos felinos e o dos caninos, mais especificamente o dialeto poodleíno, não passava de ramificações do mesmo tronco, fato que explica a afinidade espiritual superior entre o cachorro e o gato. Tentando tornar mais inteligível a acepção proposta, eu oferecia uma gama de exemplos dentro de ambas as línguas, e chamava a atenção para as raízes comuns: au-au/miau--miau, hum-hum/rum-rum, cain-cain/ain-ain, etc.

Uma vez terminado o livro, senti o infrene estímulo de aprender a fundo o caninês, o que consegui graças a essa nova amizade com o Poodle Ponto, embora não sem esforço, pois para nós, gatos, o caninês consiste, de fato, num difícil idioma.

Os gênios, todavia, acabam se encontrando em todos os desafios; e justamente a genialidade ignora o célebre escritor humano[47], que elege o espírito parvo como prioridade para se aprender a língua estrangeira, pois esse melhor se adequaria à perfeita imitação das características da língua de um povo.

Naturalmente, meu mestre compartilhava essa opinião e queria instituir exclusivamente o conhecimento erudito das línguas estrangeiras, conhecimento que se opunha às conversações de salão, que, para ele, tergiversam sobre nada e para nada. Chegava ao extremo de considerar a língua francesa das damas e dos cavaleiros da corte uma espécie de doença, manifestando seus terríveis sintomas como ataques de catalepsia. Eu o ouvi fazer a seguinte afirmação ao valete de ordens do duque:

— Tenha a bondade, vossa excelência, de se observar bem. O céu os dotou de preciosos e sonoros órgãos fonadores, mas, quando se lhes acomete o francês, vossa excelência, vocês põem-se a ciciar, a sibilar, a roncar, desfigurando bastante os traços de seus rostos, inclusive a firme e grave compostura inerente se destitui, então, por toda classe de estranhas convulsões. Que outra coisa

47. A menção está relacionada com Georg Christoph Lichtenberg (1742-1799), nos *Escritos diversos*, volume I, Göttingen 1800, p. 280. Para o filósofo, a aprendizagem de uma nova língua prescindia da faculdade mnemônica, bem como do espírito brincalhão (keck).

poderia significar isso, senão a ação indigna de um duende fatal e pernicioso no seu íntimo?

O camareiro ria a mais não poder, e em seu riso verificava-se a hipótese formulada por Mestre Abraham sobre a enfermidade das línguas estrangeiras.

Num livro qualquer, um sensato erudito recomenda que se pense na língua estudada. O conselho é pertinente, sua aplicação, porém, não é desprovida de risco. Eu logrei, por exemplo, em pouco tempo, pensar em poodlês, mergulhei tão fundo e ampliei tanto meu raciocínio nessa língua, que, em detrimento disso, minha própria habilidade linguística retrocedeu, e eu mesmo não entendia mais meus próprios pensamentos.

Registrei a maioria dos pensamentos incompreendidos, assombrando-me com a profundidade dessa linguagem hermética compilada sob o título *Folhas de acanto*[48], a qual continuo sem entender.

Creio que os breves apontamentos de meus meses juvenis podem ser suficientes para propiciar ao leitor uma ideia clara de quem sou e de como cheguei a sê-lo. Impossível seria, contudo, separar-me da época dourada de minha vida curiosa e agitada sem mencionar ainda um último episódio, de certo modo um marco da minha passagem aos anos de maturidade. Os gatos jovens aprenderão, através da digressão, que não há rosas sem espinhos e, ao poderoso espírito aspirando nobreza, são colocados alguns obstáculos, algumas pedras pelo caminho, com as quais não pode evitar ferir suas patas. E a dor dessas feridas é atroz!

Sem dúvida, caro leitor, você talvez inveje minha época feliz de juventude, a estrela da sorte que brilhava sobre mim! Nascido em berço humilde, de família ilustre, embora sem recursos, beirei a

48. *Akhantusblätter* [Folhas de acanto] parodia o livro *Lotosblätter* [Folhas de lótus], de Isidorus Orientalis (pseudônimo do conde Otto Henrich von Loeben), de 1817.

morte na ignomínia, mas vi-me de repente transportado ao seio da fortuna do tesouro Potosi[49], à fonte da literatura! Nada travava minha educação, nada se opunha às minhas inclinações, eu avançava a passos de gigante rumo à plenitude que me transcendeu para além do século. Foi quando um aduaneiro me parou e exigiu de mim o tributo a que todos estamos sujeitos nesta vida!

Quem poderia imaginar, ciente dos laços da mais doce, mais íntima amizade, os espinhos ocultos que haveriam de me arranhar e me ferir, ferir até sangrar! Qualquer um que traga no peito um coração sensível deduzirá facilmente do que contei sobre minha ligação com o poodle Ponto, o quanto ele me era estimado, e se surpreenderá quando eu contar que foi ele o único responsável por uma catástrofe que quase representou minha ruína total, não tivesse velado por mim o espírito de um ilustre antepassado!

Sim, meu leitor! Eu tinha um antepassado, um antepassado sem o qual eu não existiria... Um honorável e excelente antepassado, distinto, de erudição e virtude a toda prova, imbuído de nobre filantropia, um homem de elegância e bom gosto à última moda — seja tudo isso dito *en passant*, no futuro falarei mais do digno varão —, e ele não era ninguém outro se não o célebre primeiro-ministro Hinz von Hinzenfeldt, conhecido pelo mundo inteiro sob o nome de Gato de Botas.[50] Como prometi, no futuro retornarei ao mais nobre dos gatos!

Poderia ter sido diferente? Por acaso eu teria como evitar, quando soube expressar-me fluentemente e de maneira rebuscada em poodlês com meu amigo Ponto, de referir-me àquilo que para mim consistia no sumo da existência, ou seja, a mim e às minhas obras? Assim, ele tomou conhecimento de meus dons especiais, de minha genialidade, de meu talento, e eis que descubro para minha enorme decepção que uma insuperável frivolidade, somada

49. Referência às minas de prata e ouro de Potosi da Bolívia.

50. Referência à peça de Tieck; ver nota 19.

a certa arrogância, tornavam o jovem Ponto indiferente às ciências e às artes. Em vez de admirar meus conhecimentos, assegurava não entender como eu poderia me dedicar a tais assuntos. Ele, por seu turno, concernente às artes, limitava-se a saltar sobre uma vara e pegar na água o gorro de seu dono. De resto, quanto às ciências, era de opinião que elas só embrulhariam o estômago de gente como ele e eu, e o enjoo nos faria perder completamente o apetite!

Foi durante uma conversa na qual me empenhei em modificar o ponto de vista do meu jovem e inconsequente amigo que algo impressionante aconteceu. Sem que eu me desse conta, saltou...

(*Folha de macul.*):... e com essa afetação fantástica, replicou Benzon, com essa ironia que corta o coração, você só instiga inquietude, confusão e total dissonância de todas as relações convencionais existentes.

— Oh, privilegiado mestre de capela, capaz dessas ressonâncias! — respondeu, rindo, Johannes Kreisler.

— Deixe de brincadeiras! — repreendeu-lhe a conselheira —, não tente se evadir pelas amargas zombarias! Eu o tenho muito bem seguro, querido Johannes! Sim, quero lhe chamar assim, com o terno nome Johannes, almejando pelo menos um ameno e brando caráter detrás da máscara de sátiro. Pois nunca me convencerei de que o extravagante sobrenome Kreisler não seja uma fantasia, ocultando outro nome de família bem diferente.

— Conselheira — disse Kreisler, enquanto todo seu rosto vibrava em mil rugas numa estranha contração muscular —, o que a senhora tem contra meu sobrenome? Talvez eu tenha tido outro, mas isso foi há longo tempo e, seguindo o conselho de Tieck em *Barba Azul*[51], posso dizer: "tive outrora um nome muito distinto, mas com o passar dos anos quase o esqueci, não passa hoje de uma vaga lembrança".

51. Ludwig Tieck (1773-1853), *O cavaleiro Barba Azul* (1797), ato II.

— Procure então avivar essa lembrança, Johannes — disse a conselheira, fixando nele seus olhos —, que certamente o nome quase esquecido lhe voltará à memória.

— Não é bem assim — respondeu Kreisler —, é impossível e chego a suspeitar que a confusa recordação advenha ainda da época anterior ao meu nascimento. Tenha a bondade, respeitável senhora, de contemplar meu modesto nome à luz adequada, e estou certo de que poderá achá-lo agradável quanto à forma, ao colorido e à fisionomia! Ademais, afaste-se um pouco, disseque-o com o bisturi gramatical e o conteúdo interior se mostrará mais e mais esplendoroso.

É improvável que a senhora, excelência, encontre a origem de meu nome na palavra *Kraus*[52] e, fazendo analogia com a expressão *Haarkräusler*[53], eu talvez viesse a ser considerado um enrolador de tons, ou mesmo um sujeito enrolador, porque se fosse assim, meu nome seria na verdade *Kräusler*. A senhora não pode renunciar à palavra *Kreis*[54], e queiram os céus que lhe venha então à mente a acepção dos maravilhosos círculos nos quais se move nosso ser, e dos quais não podemos nos esquivar, independentemente de nossos esforços. Nesses círculos gira Kreisler, e é provável que, cansado dos movimentos compulsórios da dança de São Vito, disputando com o insondável poder delimitador dos círculos do destino, ele às vezes anseie por algo que transcenda ao estômago, aliás, de constituição frágil, aspirando à liberdade.

E a dor ardente desse anseio talvez seja justamente a ironia que a senhora censura, embora a robusta mãe dê luz a um filho, e ele entre pela vida se impondo como um rei soberano. Refiro-me ao humor, que nada tem em comum com seu irmão bastardo, o escárnio.

— Pois é esse humor, filho malcriado da fantasia fértil e alucinada, amorfa, incolor, que vocês, homens de almas áridas, não sabem a

52. Em alemão: "esquisito".

53. Em alemão: "enrolador de cabelos".

54. Em alemão: "círculo".

quem dirigir por seu estado e dignidade, e precisamente o humor apresentado, com pretensão, como algo elevado e sublime, na verdade destrói os valores convencionais com amargo tom sarcástico.

Você sabe, Johannes, que a princesa ainda está fora de si devido à sua aparição e conduta no parque? Suscetível como é, ofende-se com a mais leve zombaria dirigida a ela. Além disso, você achou por bem apresentar-se a ela como um louco desvairado, inspirando-lhe tal horror, que se poderia recear pelo estado de saúde da moça. Sua atitude é imperdoável!

— Atitude tão imperdoável quanto a de uma princesinha querendo impressionar um forasteiro de aspecto honesto, encontrado ao acaso no parque público do senhor seu pai.

— Seja como for — prosseguiu a conselheira —, basta! Sua extravagante aparição no parque poderia ter resultado em funestas consequências. Se a princesa tiver mudado de opinião e resignado-se pelo menos à possibilidade de revê-lo, isso se deverá à minha Júlia. Ela, sozinha, tomou seu partido porque, em tudo que você fez ou falou, ela viu apenas o desabafo do humor afetado, em geral característico do ânimo profundamente ferido ou irritado. Em suma: Júlia, tendo lido há pouco a peça *Como gostais,* de Shakespeare, comparou-o ao melancólico Monsieur Jacques.

— Celestial e intuitiva criatura! — exclamou Kreisler, com os olhos se enchendo de lágrimas.

— Além disso, minha Júlia reconheceu em você, quando o viu dedilhando fantasias e ao mesmo tempo cantando e recitando, o sublime músico e compositor. Ela diz que brotou nela, naquele momento, uma sensação muito especial da música e, como que impulsionada por um poder invisível, foi levada a cantar e a tocar, fazendo-o tão bem como jamais fizera antes. Saiba, Johannes, que Júlia não poderia se conformar com a ideia de não voltar a rever o estranho do parque, porque, para ela, provavelmente trata-se de um gênio da harmonia de maravilhoso encanto, enquanto à princesa uma segunda aparição do gênero poderia ser fatal.

Como em geral as duas moças são muito ligadas por sentimentos similares, formando por assim dizer um coração único e uma alma una, acreditei com razão ver se repetindo ao inverso a cena de sua primeira infância: Júlia certa vez quis atirar ao fogo um polichinelo bem desajeitado que ganhara de presente, e a princesa, ao contrário, tomou o pequeno boneco sob sua proteção, dizendo ser seu predileto.

Kreisler a interrompeu, sorridente:

— Como um polichinelo, deixo-me atirar ao fogo pela princesa, e confio na clemência da encantadora Júlia.

— Fiel a seu caráter, tome a comparação a título de anedota, sendo quem é, não a levará a sério. De resto, você bem pode imaginar que eu o reconheci de imediato pela descrição que as moças fizeram de sua aparência, dos detalhes que esboçaram a respeito do encontro no parque. Tanto que, a despeito do ardente desejo de Júlia em revê-lo, eu mesma quis empreender a busca. Mas um instante depois, ela havia posto em ação todos que estavam às minhas ordens, fazendo revirar o parque inteiro, Sieghartsweiler toda, a fim de reencontrar você, a quem tanto carinho dedicava após o arrebatamento do breve encontro. Todas as nossas pesquisas foram infrutíferas, de modo que o julgamos perdido, tanto que me surpreendi ao vê-lo aqui, ante mim, hoje de manhã.

Júlia está nesse momento com a princesa. Que mudança de emoções se produzirá se ambas souberem agora de sua chegada! Mas gostaria de saber que motivos o trazem tão repentinamente quando o acreditávamos na cômoda posição de mestre de capela na corte do grão-duque, se é que julga justo e agradável tocar no assunto.

Quando a conselheira parou de falar, Kreisler mergulhou em reflexões profundas, com os olhos baixos e a mão apoiada sobre a fronte, como alguém procurando rememorar reminiscências longínquas.

— Na verdade — disse ele enfim —, é uma história banal, nem vale a pena contar. Mas o certo é que aquilo que a princesa tomou por confuso discurso de louco tem fundo verídico. Na realidade, eu me encontrava, quando tive a infelicidade de assustar a pequena suscetível no parque, numa viagem de visita, pois vinha exatamente de um encontro que tivera com o próprio sereníssimo grão-duque em pessoa. Dispunha-me a prosseguir e, em Sieghartsweiler, continuar minha peregrinação com outra extraordinária e agradável visita.

— Oh, Kreisler! — exclamou a conselheira, com leve sorriso, pois nunca se permitia gargalhadas, sem dúvida é mais uma de suas bizarrices. — Se não estou enganada, a corte do grão-duque fica no mínimo a trinta horas de distância de Sieghartsweiler.

— Assim é, de fato! — respondeu Kreisler — Mas o caminho é um jardim disposto em grande estilo; o próprio Le Nôtre[55] surpreender-se-ia. Se não acredita, estimada senhora, na minha jornada de visitas, imagine ao menos um sensível mestre de capela, com a voz harmoniosa na garganta e no peito, um violão a tiracolo, atravessando florestas exuberantes e majestosas, pradarias verdejantes, selvagens rochedos escarpados, estreitas veredas, sob as quais os regatos do bosque rumorejavam; pois bem, esse mestre de capela, em sintonia com o solo coral dos sons ambientes, pode facilmente ir caminhando à mercê dos sons e parar em qualquer parte do jardim, sem pretendê-lo. Talvez eu tenha chegado ao parque principesco da corte de Sieghartsweiler, ínfimo torrão da imensa natureza, dessa maneira! Você me contou das ordens distribuídas a todo o alegre grupo de caçadores no sentido de me apanhar feito cervo, e eu já sentira a íntima convicção de que minha presença aqui era indispensável e necessária. Necessidade imperiosa, pois, de todo modo, mesmo se insistisse em prosseguir com o roteiro aleatório, acabaria caindo na rede.

Você mencionou bondosamente como estimou conhecer-me. Não posso evitar, todavia, de pensar nos fatídicos dias confusos e

55. Andre Le Nôtre (1613-1700) foi o principal protagonista do estilo clássico francês de paisagismo. Planejou os jardins do Palácio de Versalhes e das Tuileries, em Paris.

de miséria geral quando o destino nos reuniu. Você me encontrou naquela época oscilando de um canto para o outro, incapaz de tomar uma decisão, cindido que eu estava no meu íntimo. Sua doce benevolência amparou-me como um céu, devolvendo aos meus olhos a alma amante feminina. Tentando consolar-me, você censurava e perdoava simultaneamente a loucura implacável de minhas ações, e as atribuía ao desolado desespero causado pela pressão das circunstâncias. Afastou-me então de companhias, eu mesmo tive de admitir, equivocadas; sua casa foi o pacífico e acolhedor asilo, no qual, honrando sua dor silenciosa, me fez esquecer de minha própria.

Seus conselhos e consolos foram o bálsamo contra um mal, sem que você atinasse à minha enfermidade. Não eram os ameaçadores acontecimentos capazes de destruir minha posição os que me afetavam com hostilidade. Fazia mesmo um tempo que eu desejava abandonar uma relação agonizante e prejudicial, porque já não tinha forças para revoltar-me contra o destino, que se incumbia de solucionar o dilema que eu mesmo não tivera energia tampouco discernimento suficientes para dirimir. Não! Quando me senti livre, o desassossego indescritível que me afetava desde a juventude, e que sem descanso venho enfrentando ao longo de minha vida, me abateu. Não é nostalgia; mas, diria o poeta, um desejo incerto e eterno provindo da vida superior, que nem se frustra tampouco se pode saciar porque nunca se satisfaz.

Muitas vezes surge uma necessidade imprecisa e louca de algo que busco, incansável, fora de mim, mas que se esconde no meu âmago, um segredo obscuro, a imagem enigmática de um paraíso supremo, que nem o sonho pode sonhar, mas apenas intuir, e a intuição me atemoriza com os tormentos de Tântalo.[56]

56. Na mitologia grega, Tântalo, rei de Lídia, fez servir o próprio filho num banquete oferecido aos deuses. Como castigo, Zeus condenou-o a padecer de fome e sede espantosas, com água à altura da barba e frutos ao alcance da mão, mas inatingíveis.

Na infância, a sensação apoderava-se de mim tão violentamente que, em meio às brincadeiras alegres com os companheiros, saía correndo pelos campos, pelos bosques, até alcançar as montanhas. Precipitava-me ao chão e soluçava desconsolado. Mais tarde aprendi a conter-me, mas não podia exprimir o martírio de minha alma quando, na mais animada roda de agradáveis e sinceros amigos, gozando os deleites da arte e da sociedade, principalmente se minha vaidade ascendia presunçosa por qualquer razão, uma súbita impressão se oferecia a meus olhos, e tudo me parecia medíocre, sem valor, embotado e morto, e transportava-me a um deserto sem nada que pusesse termo a meus pesares.

Só existe um anjo com poder sobre esse demônio maligno. É o espírito da música, sempre se exalando vitorioso de mim, e ante cuja onipotente voz todos os sofrimentos e opressões terrenos emudecem.

A conselheira tomou a palavra:

— Sempre acreditei que a música exercia um efeito exacerbado, de certo modo pernicioso, sobre você, Johannes. Ao executar qualquer grande obra, todo seu ser parecia arrebatado por ela, todas as feições de seu rosto se transformavam. Você empalidecia, incapaz de pronunciar uma palavra sequer, em meio a soluços e lágrimas. Pouco depois, atirava aos que desprezavam a obra daquele compositor toda sua ácida ironia e seu mordaz sarcasmo.

— Oh, conselheira! — disse Kreisler, fazendo suceder sem transição do tom melancólico em que vinha se expressando à sua ironia peculiar — Tudo isso é passado!

Você não acreditaria se eu lhe contasse que fui sábio e dócil na corte do grão-duque. Posso conduzir com a maior tranquilidade e comodidade o compasso de *D. Juan* e da *Armida*[57], posso acenar gentilmente à primeira cantora quando ela eleva ou desce de modo

57. *Don Giovanni* (1787), de Mozart, e *Armida* (1777), de Gluck, eram as óperas que Hoffmann considerava ideais à apresentação clássica dos temas românticos.

demasiado a gama a galope em brilhante cadência; sorrio e aceito um pouco de tabaco quando o mestre de cerimônias me segreda ao ouvido após ouvir as "Estações", de Haydn: "*c'est vraiment bien ennuyeux, cher maître de chapelle*".[58]

Posso inclusive escutar, com paciência, o esperto camareiro e organizador de espetáculos me provando com detalhes que Mozart e Beethoven não entendiam nada de canto, e que Rossini e Pucitta[59], ou como se chamem todos esses homenzinhos, estão à altura da música operística. Sim, estimada conselheira, minha experiência como mestre de capela foi bem útil para mim.

— Ora, Johannes, faça-me o favor. Lá vem você com a velha história de sempre. Percebo com clareza que nesse mato tem coelho, e desejo ardentemente conhecer o grave acontecimento que o forçou a fugir às pressas da corte, porque tudo nessa aparição repentina indica fuga.

Sem se exaltar, Kreisler fixou nela um olhar bem sério.

— Eu lhe garanto, senhora, que o pior motivo de minha expulsão da corte não se originou das relações com outras pessoas, mas de mim mesmo. Aquela inquietude de que eu falava anteriormente de modo grave acometeu-me com potência inimaginável e, por conseguinte, não suportei por mais tempo aquela vida. Você pode imaginar meu prazer em aceitar o cargo de mestre de capela na corte do grão-duque. Ingenuamente, acreditei que, vivendo somente para a arte adorada, uma posição assim condizente com meu gosto, eu poderia acalmar meu ânimo e domar o demônio maligno que sempre me persegue. Não tardei a me dar conta, cara conselheira, do erro que cometera. Permita-me descrever o modo como reduzem à insignificância a arte sagrada a que eu me consagro, as necessidades dos músicos diletantes, carentes de espírito do apuro refinado, a

58. Em francês: "foi realmente um tédio, caro mestre de capela".

59. Gioacchino Antonio Rossini (1792-1868) e Vicenzo Pucitta (1778-1861), ambos compositores italianos.

intensa agitação frenética de um mundo de marionetes, que cada vez mais me conduz à miserável indignidade de minha existência.

Numa manhã, tive uma reunião com o grão-duque a fim de conhecer suas intervenções nas celebrações que aconteceriam nos próximos dias. O organizador de espetáculos estava como de praxe presente à entrevista e atribuiu-me toda a espécie de disposições insensatas e carentes de sentido, às quais eu deveria me submeter. O assunto era, sobretudo, um prólogo de sua autoria, destinado ao momento máximo do festival de teatro, para o qual me incumbia de compor a melodia. Tendo em vista que na ocasião, conforme explicou ao príncipe lançando-me um olhar de menosprezo, não se ouviria a música erudita alemã, mas sim saborosas canções italianas, ele em pessoa compusera algumas deliciosas melodias e esperava que eu as arranjasse devidamente. O grão-duque não apenas o aprovava com louvor, bem como aproveitava o ensejo para informar-me que contava com a continuidade de minha formação, através do estudo dos italianos contemporâneos.

Como me senti miserável naquele momento! Como desprezei a mim mesmo! Todas as humilhações me pareciam o justo castigo à minha pueril e extravagante indulgência! Abandonei o palácio para não retornar mais! Queria pedir demissão na mesma noite, porém nem mesmo essa decisão acalentou-me, pois me via desterrado por um secreto ostracismo. Carregando a tiracolo o violão que levara para outra finalidade, mandei de volta à porta da cidade a carruagem encomendada e, liberto, saí ao ar livre e não cessei de caminhar ao léu, extraviando-me mais e mais para longe! O sol se punha, as sombras da montanha, do bosque, cresciam e tornavam-se bem escuras. A ideia de voltar à corte me era insuportável, aniquiladora. Gritei: "mas que raio de poder me obrigaria a retornar?".

Estava ciente de ter tomado o caminho de Sieghartsweiler e lembrei-me do velho Mestre Abraham, de quem recebera uma carta na véspera, na qual, antevendo minha situação desagradável na corte, convidava-me a vir visitá-lo.

— Como? — interrompeu a Conselheira Benzon — Então você conhece o velho extravagante?

— Mestre Abraham foi amigo íntimo de meu pai, meu preceptor, de certa maneira meu educador!

Bem, cara Benzon, agora você sabe exatamente como vim parar no parque do valente Príncipe Irenäus, e não terá, portanto, dúvidas quanto à minha condição de contar com calma e imprescindível exatidão histórica, e de forma agradável, o que sucede comigo mesmo. Em geral, como eu disse, toda a história de minha estada na corte se me afigura estúpida o bastante para fazer tombar de tédio quem se dê ao trabalho de ouvi-la de cabo a rabo. Queira apresentar os fatos à princesa como um antídoto calmante que abrande seu ânimo excitado.

E pensar que um honrado músico alemão, justo quando acaba de vestir meias de seda, de adotar maneiras distintas e de se pavonear num elegante coche, flagra-se de repente fugindo de Pavesi, Rossini, Pucitta e Fioravanti[60] e sabe Deus que *inis* e *ittas* mais, e vê-se impossibilitado de comportar-se com modos sensatos.

Espero e quero muito merecer seu perdão!

Mas saiba, querida conselheira, como poético eco da tola aventura, ao fugir embalado e açoitado pelos meus demônios, fui cativado pelo mais doce encanto. Satisfeito com o mal alheio, o maganão tratava de descobrir o profundo segredo guardado em meu peito quando o poderoso espírito da música vibrou nas cordas, e a melódica embriaguez despertou o consolo, a esperança, mesmo a nostalgia própria do amor indelével e da juventude imperecível. Júlia cantou!

Kreisler se calou. Tensa, a conselheira aguardava que ele continuasse. Como o mestre de capela parecia perder-se em devaneios, ela perguntou com fria amabilidade:

— Achou realmente belo o canto de minha filha, Johannes?

---

60. Stefano Pavesi (1778-1850) e Valentino Fioravante (1764-1837) eram compositores de ópera italianos.

Kreisler levantou-se com vivacidade, mas o que pretendia dizer foi abafado por um suspiro vindo do fundo do peito.

A conselheira prosseguiu:

— Bem, isso me alegra. No que concerne ao autêntico canto, Júlia tem certamente muito a aprender com você, querido Johannes, pois me parece algo decidido sua permanência aqui.

— Prezadíssima... — retomava Kreisler, quando a porta se abriu e Júlia entrou.

Ao ver o mestre de capela, um cálido sorriso transformou seu rosto encantador e um "ah!" escapou de seus lábios.

Benzon levantou-se, tomou a mão de Kreisler e o conduziu até Júlia, dizendo:

— Bem, minha filha, eis o estranho...

(*Murr pr.*):... o jovem Ponto saltou sobre meu último manuscrito, disposto ali do meu lado, pegou-o entre os dentes sem que eu pudesse impedi-lo e correu embalado de um lado para o outro. Enquanto o fazia, emitia uma risada perversa, e isso já deveria ter me alertado a suspeitar que, além de simples travessura juvenil, tinha algo mais em jogo a impulsioná-lo a agir de maneira tão maldosa. Logo, toda a verdade me seria revelada.

Poucos dias mais tarde, entrou pela porta de meu mestre o homem a cujo serviço se encontrava o jovem Ponto. Como vim a descobrir depois, ele era o cavalheiro Lothario, professor da escola de Sieghartsweiler. Depois das saudações habituais, o professor olhou em torno e, ao ver-me, disse:

— O senhor se importaria, querido mestre, se o gatinho saísse um pouco para podermos conversar?

— Por quê? Normalmente você gosta de gatos, professor, especialmente do meu favorito, o inteligente e amável Murr.

— Sim, convenhamos, sorriu irônico, pode ser inteligente e amável como queira, mas faça-me a gentileza, mestre, faça seu favorito retirar-se do recinto, pois preciso falar-lhe sobre assuntos que ele não deve escutar.

— Quem? — perguntou o mestre, olhando fixamente o professor.

— Bem, o seu gato! Suplico-lhe não me perguntar mais nada antes de satisfazer meu pedido.

— Sem dúvida é estranho, comentou o mestre, enquanto abria a porta do gabinete e me chamava para fora.

Obedeci à ordem, mas sem que ele notasse, retornei furtivamente e enfiei-me na prateleira inferior do armário de livros, de maneira a poder ter uma boa visão do gabinete e assistir a toda a conversa.

Sentando-se numa cadeira defronte ao professor, Mestre Abraham disse:

— Vejamos que segredo é esse, a ser guardado do meu pobre gato Murr.

Muito sério e compenetrado, o professor começou a falar:

— Antes de tudo diga-me, querido mestre, qual é sua opinião sobre o princípio segundo o qual toda criatura, pressupondo boa saúde e desconsiderando suas faculdades mentais, pode, através de uma educação especial regrada, tornar-se em pouco tempo um prodígio ainda na infância, um gênio nas ciências e nas artes?

— Que posso pensar sobre esse princípio além de que é tolo e sem sentido? O senhor pode, com facilidade, desde que a criança seja dotada da capacidade de compreensão semelhante à dos macacos, bem como de boa memória, incutir-lhe de modo sistemático o que lhe aprouver, e ela desembuchará tudo diante de outras pessoas quando comandada. Mas ao se submeter sem rebeldia a esse método detestável, o jovem demonstra ser completamente desprovido da genialidade natural.

O professor exclamou, veemente:

— Que espantoso! De fato, o funesto e tolo princípio abala toda fé na inteligência inteira, superior, inata, da força espiritual, que só pode ser criada pelo erudito, pelo artista! Ao diabo!

O mestre sorriu:

— Não se agite! Pelo que sei a Alemanha só viu um produto[61] criado por esse método de educação, sobre o qual o mundo comentou durante um tempo e esqueceu em seguida, ao se dar conta de que os resultados não eram tão bem-sucedidos. Além disso, o apogeu do experimento coincidiu com o período da moda dos meninos-prodígio, que viviam mostrando suas artes, exigindo pagamento de entrada, como macacos penosamente adestrados.

— O senhor diz isso agora, Mestre Abraham, e eu acreditaria se não conhecesse muito bem o velhaco oculto em você, se não soubesse dos mais extravagantes experimentos que você fez pela vida. Confesse, mestre, confesse! Em silêncio, o senhor vem empregando esse método como o mais secreto dos segredos, e sua intenção é superar o exemplo humano do qual acabamos de falar. O senhor queria terminar e apresentar o resultado aos seus discípulos para estupefação e assombro de professores de todo o mundo: "*non ex quovis ligno fit Mercurius*".[62] Em síntese: *quovis* está aí, mas não é mercúrio, e sim um gato.

— Mas o que você está dizendo? Um gato?

— Não negue — prosseguiu o professor —, não tente desmentir que andou testando o método de educação abstrato no pequeno gato, aqui mesmo neste gabinete. O senhor o ensinou a ler, a escrever, e ele fez tantos progressos que se julga autor, metendo-se até a escrever versos.

— Uau, essa é a maior asneira que ouvi na vida. Eu ser capaz de ensinar meu gato a ler, a ministrar-lhe as ciências! Diga-me, pois, que insanidades lhe passam pela cabeça, professor? Asseguro que não conheço nada sobre a educação de meu gato, hipotese, aliás, que considero inteiramente improvável.

---

61. Essa é uma referência ao menino-prodígio Karl Witte (1800-1883), cuja história foi documentada pelo pai, um pastor, no estudo em dois volumes intitulado: *Karl Witte ou Educação e História da formação do mesmo.*

62. Em latim: "não é de toda madeira que sai mercúrio" seria a tradução aproximada dessa expressão de alquimistas a respeito do volátil mercúrio.

— Ah, é mesmo? Então escute.

Ao mesmo tempo, retirou do bolso um caderninho, justamente o manuscrito roubado pelo jovem Ponto, e leu:

Nostalgia Suprema

Ah, que paixão move meu ser
esse tremor inquieto pressentindo
como alento do espírito quer se alçar
do impulso poderoso do gênio fluindo?

O que intenta a intenção
da vida: puro desejo de amar
incessante e ardente a almejar
no peito, angústia que palpita?

Transportado ao vasto reino do encanto
Lábios selados, palavras ou tons sem proferir
Suave esperança na primavera a florir.

Liberte-me do jugo e do peso das cadeias!
Sonhado, ansiado e no mais verde gramado
Erga-se, enfim, um coração alado!

Espero que o benevolente leitor não deixe de reconhecer a perfeição desse esplêndido soneto, brotado do cerne de minh'alma, e me admire tanto mais quando confesso ser essa uma das minhas primeiras composições. O professor, porém, em sua crueldade, o leu num ritmo deplorável, sem um pingo de ênfase, que nem deixou reconhecer a mim mesmo e, tomado pela cólera repentina inerente a um jovem vate, estive a ponto de sair de meu esconderijo e saltar-lhe à cara, a fim de fazê-lo sentir a agudeza de minhas garras. Reteve, no entanto, minha ira a prudente lembrança de que eu levaria a pior, se ambos, o professor e o mestre, se lançassem sobre mim, embora tenha me escapado um miau involuntário em tom grave. O rumor teria me traído, se simultaneamente Mestre Abraham não tivesse disparado mais uma vez a dar gargalhadas, atitude que me ofendeu mais que a perversidade do professor.

— Está bem, professor, você há de convir, o soneto em verdade é todo digno de um gato, mas sigo sem entender a graça; diga-me, por favor, aonde você quer chegar com essa história toda?

Sem responder ao mestre, o professor pegou o manuscrito e prosseguiu a leitura:

Glosa[63]

Por todos os caminhos se espalha o amor
Para si só, mantém-se a camaradagem
A cada passo dado com ardor
Há de se buscar a amizade.

Dolorosas, lânguidas queixas
ouço soar bem perto sempre
se os sentidos à dor se deixam
ou ao prazer, dizer não sei.
A mim mesmo sempre questiono
Se estou sonhando ou se estou desperto.

A esse sentir pulsando de dor
A linguagem certa, dê-lhe coração.
Seja no sótão, seja no porão,
Por todos os caminhos se espalha o amor!

63. O poema é uma citação da opereta *Claudine von Villa Bella* (1778), de Goethe.

Cicatriza-se a ferida
Que a dor de amor causou
Solitários, calmos dias.
Passados os rancores
Eis enfim a paz perseguida
Livre, a alma, de tantas dores!

Fino gato, deixe de história
Esperança positiva aflora.
Basta. Cultive a memória!
Mande o cachorro em boa hora
A amizade aguarda solitária!

Pensei,...

Mestre Abraham interrompeu a leitura do professor:

— Não, meu amigo, você está me deixando deveras impaciente. Você ou outro palhaço inventou a brincadeira de escrever versos com espírito de gato, e os atribui justamente a meu bom Murr, e passa agora a manhã toda me atazanando. A pilhéria não é de todo má, e agradaria sobretudo Kreisler que, sem dúvida, saberia enviesá-la e fazer o feitiço se voltar contra o feiticeiro. Deixe de preâmbulos! Diga-me com franqueza aonde quer chegar com essa história!

Fechando o manuscrito, o professor olhou bem sério nos olhos de Mestre Abraham:

— Essas folhas me foram trazidas dias atrás pelo meu cachorrinho Ponto que, como você sabe, mantém grande amizade com seu gato Murr. Sem dúvida, levava o manuscrito entre os dentes, assim como está acostumado a levar tudo, mas dessa vez o deixou intacto em meu colo, dando-me claramente a entender que não poderia tê-lo conseguido de outro que não fosse o amigo Murr.

Ao dar uma olhada, atraiu minha atenção de imediato a caligrafia muito especial e peculiar, mas ao ler umas poucas páginas passou-

-me pela cabeça, eu mesmo não sei como, a estranha suspeita de que parecia obra do seu gato. Por mais que a razão e a experiência de vida — à qual não podemos renunciar, e no final das contas acaba novamente consistindo em razão — tentasse me mostrar o despropósito da suspeita, pois seu gato não poderia ser capaz de escrever ou de versificar, eu não conseguia de modo algum abandonar a ideia.

Resolvi ficar observando seu gato e, como sabia por Ponto que Murr passava muito tempo no sótão, subi à minha própria mansarda e afastei um pouco algumas telhas, de maneira a permitir-me livre visão através das lucarnas do seu sótão.

O que vi? Acredite se quiser! No canto mais distante do sótão estava o gato! Sentado ereto ante uma escrivaninha sobre a qual havia papel e escritório, estava lá, coçando a fronte e o lombo com a patinha; escrevia e parava, escrevia outra vez, relia o texto que escrevera e ronronava, deliciado de puro prazer. E ao seu redor estavam espalhados diversos livros que, a julgar pela encadernação, tinham sido retirados de sua biblioteca, Mestre Abraham.

— Diabos o carreguem! Vou logo conferir se estão faltando livros.

Assim, pôs-se de pé e aproximou-se da estante. Ao ver-me, retrocedeu três passos e olhou-me cheio de espanto. Mas o professor gritou:

— Veja só, Mestre Abraham! O que você me diz? Nós dois acreditando que o pequeno inocente estava sentado no quarto onde foi trancafiado, e ele tinha se esgueirado para a estante, a fim de estudar, ou mais provavelmente nos espreitar. Tendo ouvido tudo, poderá tomar suas precauções.

— Gato — começou o mestre sem deixar de olhar-me espantado —, se eu descobrisse que você, contra sua natureza, vem de fato se dedicando a fazer versos ruins como os que o professor leu há pouco, ou estudando em vez de sair para caçar ratos, eu puxaria suas orelhas até machucar, ou mesmo...

A ameaça amedrontou-me, fechei os olhos e fingi estar dormindo:

— Mas não, não — prosseguiu o mestre —, olhe só, professor, como meu honrado gato dorme despreocupado, e diga-me com sinceridade se nesse semblante bondoso há algum vestígio de malícia dissimulada, do qual você o acusa... Murr, Murr!

Assim me chamava o mestre e não deixei de responder como de costume com meu grr-grrr, de abrir os olhos, de levantar-me e arquear-me cheio de charme.

O professor atirou-me o manuscrito à cabeça, encolerizado, mas fiz (na verdade a astúcia inata em mim o fez) como se ele quisesse brincar comigo, e tratei de rasgar as folhas, saltitando e dançando, espalhando papéis por todo o lado, e os pedaços esvoaçaram para lá e para cá.

— É evidente, meu caro professor, que você cometeu um ledo engano, e que Ponto esteve mentindo um pouco. Olhe só como trabalha o gato Murr: que espécie de poeta trataria assim o próprio manuscrito?

— Eu o adverti, Mestre Abraham, agora faça como bem entender.

Assim respondeu o professor e saiu.

Acreditei ter passado a tormenta, mas quanto me equivocava! Para meu enorme desgosto, o mestre pronunciou-se contra minha formação científica e, embora tenha agido como se não tivesse acreditado nas insinuações do professor, logo, contudo, seguia meus passos, privava-me do uso de sua biblioteca, trancando-a cuidadosamente à chave, e não permitia mais minha permanência entre os papéis de sua escrivaninha.

Tal foi a razão do sofrimento e dos tormentos de minha incipiente juventude! Nada mais amargo ao grande gênio que ver-se anônimo e ridicularizado, ou encontrar empecilhos quando espera estímulo! Mas quanto mais forte a pressão, tanto maior o alívio, quanto mais esticado o arco, maior a propulsão da flecha. A partir da interdição às minhas leituras, meu espírito tornava-se mais espontâneo e criava sem impressões alheias, a partir de si mesmo.

Na sombra melancólica à qual essas contrariedades me conduziram, passava constantemente meus dias e noites nos porões das casas, onde estavam armadas muitas ratoeiras e, também, reuniam-se gatos de várias idades e condições. A uma mente altamente filosófica não escapariam jamais as mais secretas relações da vida, e ela não cessa de intuir como a partir dessas relações se configuram pensamento e ação. Assim também pelos sótãos, atraiu minha atenção a interação entre as ratoeiras e os gatos. Como gato de nobre e autêntica condição, indignava-me constatar como aquelas máquinas fatais com sua ação eficaz provocavam grande sonolência nos jovens gatos. Tomei a pena e escrevi a obra imortal, mencionada anteriormente: *Sobre ratoeiras — Influência no modo de pensar e na destreza felina.* Nesse livreto, punha diante dos olhos dos amansados gatos novatos um espelho, no qual eram obrigados a enxergar a si mesmos: renunciando a toda força própria, indolentes, lerdos e lentos, à espera de que os ratos viessem comer o toucinho! Retirava-os de seu sono letárgico com palavras retumbantes. Além da utilidade que a obra oferecia, a escritura trouxe ainda um benefício adicional para mim, de não mais precisar caçar ratos a partir de então; e nem mais tarde, pois, por ter me expressado com tanta eloquência, a ninguém ocorreria pedir-me um exemplo de heroísmo na ação referida.

Assim, pude, finalizar o primeiro período de minha vida, e passar aos meses juvenis propriamente ditos, aproximando-me sempre mais da idade viril. Impossível negar ao querido leitor as últimas estrofes da esplêndida glosa que Mestre Abraham não quis ouvir até o fim. Apresento-a:

Pensei, resistir não sei
À fonte de seus amores
Se arbustos exalam odores
Sons sopram suaves, sublimes
E os olhos inebriados
Querem vislumbrar a bela

Assomando a brincar com a flor.
Deleito-me na frondosa aleia
Atendendo ao chamado dela
Que a meus braços corre airosa
De encontro ao profundo amor.

Mas, tão ardente saudade
Pode a razão cativar
Desfecho no prólogo antevejo
Dos saltos, abraços, desejo!
Alertas instintos das flamas amigas
Brilham aos raios da estrela Vênus!
Sim. Para um amigo encontrar
Entre suspiros dolentes
Seu nome a pronunciar
Cruzando portais e cercas
Há de se buscar a amizade.

(*Folha de macul.*):... justo na noite de ânimo alegre como há muito tempo não se observava nele. Tal disposição foi a causa do acontecimento imprevisto. Porque sem levantar-se e fugir como costumava fazer em situações similares, ele ouviu com calma, e mesmo com um sorriso bondoso, o arrastado e tedioso primeiro ato de uma espantosa tragédia composta por um jovem e esperançoso tenente de bochechas rosadas e cabelos encaracolados, que a lia com a pretensão do mais ditoso poeta. Quando o dito tenente, ao terminar, perguntou-lhe com veemência a opinião sobre a peça, limitou-se a assegurar ao jovem herói bélico e poético, com a mais branda expressão de íntimo regozijo espelhado no rosto, que o ato inicial continha belezas sublimes, cuja genial originalidade, guardadas as proporções, tinha antes igualmente encantado Calderon, Shakespeare e o moderno Schiller.

O tenente o abraçou com efusividade e revelou com gesto enigmático sua intenção de, com esse primeiro ato, agraciar num sarau toda uma sociedade de damas distintas, entre elas inclusive uma condessa que lia espanhol e pintava a óleo. Ao concordar com a grandiosa ideia, saiu rápido e rasteiro.

O conselheiro, por sua vez, dizia:

— Na verdade, não o estou entendendo hoje, meu querido Johannes, por essa sua amabilidade! Como lhe foi possível escutar essa peça insonsa com tanta tranquilidade e atenção? Senti um calafrio mortal quando ela se abateu sobre nós; desprotegidos, nem intuíamos o perigo e nos enlaçou sem salvação nas milhares de tramas dos versos intermináveis!

A cada instante, eu esperava que você fosse perder a paciência, como sempre acontece pelo motivo mais insignificante, mas você permanecia lá, impassível, inclusive com olhar de complacência e, ao final, quando me sentia já ínfimo e miserável, você despachou o infeliz com uma ironia que ele nem sequer estava em condições de captar, e nem se deu ao trabalho de adverti-lo quanto às situações futuras, de que a peça é demasiado morosa e longa, e precisaria ser consideravelmente reduzida.

— Ah! De que serviria semelhante conselho? — perguntou Kreisler. — Você pensa que um poeta como o nosso tenente empreenderia cortes em seus versos, e que eles não voltariam novamente a crescer em seguida? Você não sabe, meu caro, que os versos de nosso jovem poeta possuem a capacidade de regeneração das lagartas, cujos rabos se reproduzem se lhes podamos as raízes?

Mas se você, entretanto, pensa que escutei calmamente ao tenente, então está muito enganado!

A tormenta amainara, as ervas e florescências do jardim erguiam suas delgadas corolas e sorviam o delicioso néctar do céu caindo em gotículas das nuvens. Pus-me embaixo da macieira florida enquanto o eco distinto das montanhas, a voz tonitruante do trovão, ressoavam em minh'alma qual profecia de coisas indizíveis, e contemplei o azul do firmamento, que reluzia seu olhar aqui e acolá por entre as nuvens passageiras.

Durante esse tempo, então, meu tio me mandou para o quarto: para a cama, já! Com o camisolão florido, que eu não me lambuzasse e nem me molhasse na relva úmida de orvalho! Tampouco agora era ele falando, porém um papagaio velhaco ou estorninho atrás dos arbustos ou nos arbustos, ou sabe lá Deus onde mais se divertia a me atormentar com seu estilo empolado, rememorando as mais deliciosas ideias de Shakespeare. E isso era mais uma vez o tenente com sua tragédia!

Conselheiro, dê-se ao trabalho de observar que uma reminiscência infantil sequestrou-me de sua companhia e da do tenente. Tornei a ser realmente um menino de no máximo doze anos, no jardim de meu tio, com o mais belo robe florido de chita estampado jamais impresso por um tecelão e, em vão, conselheiro, você desperdiçou seu tabaco real porque não percebi nada além do aroma intenso de maçãs, nem sequer o olor azeitoso do versificador, sempre ungindo a cabeça sem nunca, no entanto, protegê-la contra o vento e a chuva com uma coroa; porquanto não se pode enfiar outra coisa sobre a cabeça se não couro e feltro, conformados num regulamentado barrete.

Basta, querido! De nós três, você era a única vítima propícia oferecendo-se à infernal espada trágica do herói poético. Pois enquanto eu, encolhendo cuidadosamente minhas extremidades, envolvia-me com a pequena camisola de dormir e, com a ligeireza dos doze anos e seis meses, saltava no jardim do qual falei, Mestre Abraham, você consumia três ou quatro folhas do mais belo papel pautado, recortando silhuetas de fantasmas. Assim, ele também escapuliu do tenente.

Kreisler tinha razão. Mestre Abraham sabia recortar cartolinas de tal modo que, na profusão de cortes e recortes sem desenho ou figura determinada, produzia perfis bizarros quando a sombra se projetava na parede. Se o mestre tinha aversão a toda leitura em voz alta, e detestando em particular os versos do tenente, ele não pôde evitar lançar mão, com ansiedade, do rígido papel pautado que jazia por acaso sobre a mesa do conselheiro, que o impeliu a tirar uma tesourinha do bolso e iniciar a ocupação que o distraiu por completo do atentado do tenente.

O conselheiro comentou:

— Escute, Kreisler, foi mesmo uma lembrança da infância que cativou sua alma e à qual posso atribuir sua doçura e sua benevolência de hoje? Escute então, querido amigo, assim como todos os que o estimam, sou extremamente ressentido por não conhecer os fatos de sua vida passada, porque você evita com hostilidade a mínima indiscrição, lançando intencionalmente véus sobre o pretérito, embora transparentes o bastante para suscitar a curiosidade através das imaginações possíveis de ser desfiguradas. Seja sincero com quem o brinda com confiança!

Kreisler fitou o conselheiro com olhos bem abertos, plenos de assombro, como alguém que, ao despertar de um sono profundo, vê um rosto desconhecido diante de si, e falou sério:

— No dia de São Crisóstomo[64], isto é, no dia 24 de janeiro do ano 17**, ao meio-dia, nasceu alguém com mãos, rosto e pés.

Foi quando o pai, tomando sopa de guisado, derramou no rebuliço de alegria uma colherada cheia do caldo pela barba. A parteira, embora não o tenha visto, riu de tal maneira comovida, que o tocador de alaúde, oferecendo ao recém-nascido seu último *Murki*[65], arrebentou com a mão todas as cordas do instrumento e jurou de pés juntos que, concernente à música, o pequeno Johannes seria eternamente ignorante. Mas o pai, então, limpando a barba lambrecada, profetizou patético: "Há de se chamar Johannes!" E o tocador de alaúde...

---

64. O aniversário de Hoffmann era dia 24 de janeiro; o dia de São Crisóstomo é, na realidade, no dia 27 de janeiro, data do aniversário de Mozart. Quando Hoffmann une ambas as datas, isso denota, assim como a alteração de seu terceiro prenome Wilhelm para Amadeus, sua admiração pelo compositor.

65. *Murki*: peça musical alegre, apreciada no século XVIII, com movimentos de notas graves em oitavas quebradas.

— Kreisler, eu lhe peço, disse o conselheiro interrompendo a narrativa, não se entregue a esse tipo de humor que, devo confessar, me tira o fôlego! Se lhe peço para contar sua autobiografia, estou querendo, na verdade, lançar um olhar sobre os acontecimentos de sua vida, desconhecida para nós. Você não poderá chamar de curiosidade esse interesse procedente da fonte do mais profundo carinho. E, diga-se de passagem, se você se apresenta de modo tão extravagante, deve então tolerar a crença unânime de que só mesmo uma série de acontecimentos fabulosos poderia moldar e configurar a forma psíquica de sua personalidade.

— Eis um erro crasso! — disse Kreisler, suspirando. — Minha juventude se assemelha a uma relva ressecada, sem viço ou florescência, de espírito e ânimo adormecidos em desconsolada solidão!

— Não, não! — exclamou o conselheiro — não é tanto assim. Sei que nessa relva viceja pelo menos uma pequena macieira em flor, cujo aroma supera em muito o do meu valioso tabaco. Pois bem, Johannes, fale mais sobre as lembranças da juventude que, como você disse, inundam hoje sua alma.

— Eu diria, Kreisler — disse Mestre Abraham, enquanto recortava a tonsura de um capuchinho agora pronto —, considerando sua disposição atual, não há nada melhor a fazer que nos abrir coração e alma, como quiser, e retirar de lá isso ou aquilo. Quero dizer, após ter nos contado como passeou debaixo de chuva contra a vontade de seu tio, e escutou de forma supersticiosa as profecias do agonizante trovão, bem poderia a partir de agora discorrer exatamente sobre tudo isso. Mas não minta, meu caro! Porque, você sabe, pelo menos desde que vem usando calças e cabelo em tranças, ninguém o conhece melhor que eu.

O músico ia responder, mas o mestre virou-se, rápido, ao conselheiro:

— O senhor não acreditaria, meu prezado, o quanto nosso bom Kreisler é devotado ao demônio da mentira, quando, fato muito raro, se trata de narrar qualquer incidente da infância. Na idade em que as crianças ainda dizem "papai", "mamãe" e aprendem a mover dedinhos no ar, ele já era sensível às mazelas do coração humano.

— Vocês estão sendo injustos comigo! — disse o mestre aos amigos, sorrindo gentilmente. — Como seria possível fazê-los crer em minha inteligência precoce, à maneira dos vaidosos?

E pergunto, conselheiro, se não lhe aconteceu de se apresentarem em seu espírito momentos iluminados de uma época, qualificada por estudiosos simplesmente como vegetativa, e à qual não admitem mais que o mero instinto, cuja excelência superior inclusive conferimos aos animais. Essa é, na minha opinião, uma questão essencial! Os primórdios do despertar da consciência nos permanecerá para sempre um mistério insondável! Se fosse possível reviver aquele instante novamente, o susto talvez nos matasse! Quem não sentiu o medo do primeiro momento depois de um sono profundo e inconsciente, ao ter de sentir-se a si mesmo, de tomar consciência de si mesmo!

Para não me perder em digressões, gostaria de considerar ainda como as fortes impressões psíquicas impregnam na fase embrionária um gérmen que cresce e vai se desenvolvendo com novas faculdades morais. Assim, toda a dor e o prazer daquele instante seguem vivos em nós, e são na verdade as suaves e nostálgicas vozes do amor as que, ao nos despertarem, dão-nos a impressão de ainda ouvi-las em sonho, reverberando em nós.

Mas sei a que o mestre se refere. Para irritá-lo de vez, meu querido Mestre Abraham, contarei-lhes a seguir, conselheiro, se me prometerem perdoar a infantilidade pouco sensível da narrativa, o caso de uma tia falecida que ele julga fictícia. Falarei, portanto, sobre o ensopado e o tocador de alaúde...

— Pare, pare! — interrompeu-o o conselheiro — Vejo que você está zombando de mim, e isso é contra toda moral e toda ordem!

— De jeito nenhum — continuou o mestre de capela. — Preciso, realmente, iniciar pelo tocador de alaúde, pois ele constitui o gonzo natural ligado ao som celestial a ninar a criança em doces sonhos.

A irmã caçula de mamãe era uma virtuose nesse instrumento hoje em dia relegado ao sótão musical. Homens eruditos, que sabiam ler, escrever e outras habilidades, verteram em minha presença lágrimas à simples lembrança dos sons produzidos pela *mademoiselle* Sophie.[66] Por isso não se deve levar a mal o fato de que, ainda menino, inconsciente de mim mesmo e incapaz de exprimir minhas sensações, eu sorvia em fartos goles toda a melancolia dos magníficos sons mágicos que a alaudista sabia fazer fluir do seu íntimo...

Aquele tocador ao lado do berço fora o professor da falecida, baixo de estatura e de pernas tortas, chamado *monsieur* Turtel, que usava uma peruca branca bem limpa presa por uma touca e uma capa vermelha. E se descrevo os pormenores é para provar que me lembro com nitidez de todas as pessoas que me cercavam naquela época, e nem Mestre Abraham, tampouco outra pessoa deve duvidar disso. Ainda me vejo, antes dos três anos, sentado no colo de uma moça, cujos olhos brandos me iluminavam tanto a alma, e cuja voz angelical ainda ouço falando e cantando para mim. Sei também perfeitamente como entreguei a essa pessoa todo meu amor e meu carinho. Ela era justamente minha tia Sophie!

Um dia, lembro-me muito bem, eu chorava ressentido a ausência dela. A servente conduziu-me a um quarto onde a tia jazia no leito, mas um velho senhor, sentado ao lado da cama, ergueu-se rápido e repreendeu severamente a moça, obrigando-nos a sair. Logo me vestiram, enrolaram-me em xales felpudos e me levaram à outra casa, na qual várias pessoas se disseram meus tios e tias e asseguraram que tia Sophie estava doente e eu poderia contagiar-me se ficasse ao lado dela. Após algumas semanas, trouxeram-me de volta à casa anterior. Eu chorava, clamando aos gritos por tia Sophie. Corri ao seu quarto, me acheguei aos pés da cama onde dormira e abri o cortinado. A cama estava vazia e outra pessoa, também uma tia,

66. A partir daqui, há algumas referências a uma personagem, talvez inspirada pela tia de Hoffmann: Charlotte Wilhelmine Doerfer, que morreu aos 23 anos de idade.

com lágrimas nos olhos, me disse: "você não a encontrará mais, Johannes, ela está morta e jaz sob a terra".

Lembro bem de minha incapacidade em atinar para o sentido daquelas palavras, mas hoje, recordando aquela situação, ainda estremeço com a comoção que se apoderou de mim. A morte pressionou-me contra sua fria couraça, seu calafrio perpassou o cerne do meu ser e, ante a experiência, petrificou-se todo o gozo dos primeiros anos de minha infância. O que fiz não sei, nem saberia jamais, não tivessem me repetido tantas vezes o incidente. Como eu, então, lentamente baixara o cortinado do leito e me detivera sério e silencioso por alguns instantes. Em seguida, ensimesmado e como se refletisse a respeito do que me tinham dito, deixei-me sentar numa cadeirinha disponível por ali.

A tristeza calma e silenciosa de uma criança em geral propensa à vivacidade e aos alegres folguedos levou às lágrimas tantos quantos presenciaram a cena, e teve algo de indescritivelmente tocante. Temeram inclusive uma influência prejudicial, porque permaneci semanas num estado de torpor, sem chorar, rir, brincar, responder às palavras amáveis ou prestar atenção ao que se passava ao meu redor.

Nesse ponto, Mestre Abraham pegou uma folha bastante recortada em cruzes e diagonais, susteve-a ante as velas acesas e, sobre a parede, foram projetados reflexos de silhuetas de monjas tocando instrumentos estranhos.

Kreisler riu ao ver o grupo de monjas musicistas:

— Sei muito bem o que você quer me lembrar com isso... Atrevo-me mesmo a discordar quando você me chama de indivíduo perturbador e imprudente, capaz de fazer desafinar, com a voz dissonante da minha estupidez, todo um convento de cantoras e instrumentistas.

Por acaso, na época em que você me levou ao convento das clarissas, a vinte ou trinta milhas de minha terra natal, a fim de ouvir a primeira música sacra realmente católica, eu não tinha o mais justo dos direitos à travessura, estando na flor da idade da molecagem? Naquela ocasião, o pesar doloroso há muito desaparecido do menino de três anos reacendeu-se de súbito com nova potência e encheu meu peito com arroubos mortais da mais dilacerante saudade! Pois não fiquei afirmando, contra toda e qualquer intenção de convencer-me do contrário, que não era outra pessoa senão a minha tia Sophie a tocadora da trombeta marinha, embora a pobre estivesse morta há tantos anos? Por que você me impediu de imiscuir-me no coro, onde voltaria a encontrá-la com seu vestido verde e seus laços cor-de-rosa?

Foi aí que Kreisler, olhando as sombras na parede, disse com voz embargada e comovida:

— É verdade! Tia Sophie estava entre as monjas! Subiu numa banqueta para manejar melhor o instrumento musical pesado!

Ao ouvir as palavras de Kreisler, o conselheiro postou-se diante dele e, interceptando sua visão das figuras na parede, pegou-o pelos ombros e aconselhou:

— Francamente, meu caro, seria melhor não se entregar aos devaneios com tamanha ênfase e deixar de falar quimeras, pois em toda minha vida jamais ouvi falar da tal trombeta marinha.

Mestre Abraham riu, atirando sobre a mesa a folha e todo aquele convento de monjas musicais, e fazendo a amada tia Sophie sumir rapidamente com a trombeta marinha:

— Meu digníssimo conselheiro, o mestre de capela Johannes Kreisler é como sempre um homem razoável e tranquilo, e não um fantasioso louco como muitos o julgam. Naturalmente não é possível que uma alaudista, após a morte, queira tocar o instrumento que ela ainda hoje talvez faça ouvir em um ou outro convento religioso para admiração de todos os ouvintes? Se a trombeta marinha realmente existe? Para confirmar sua existência, vamos procurar o termo no léxico musical de Koch.[67]

O conselheiro abriu o livro e leu em voz alta:

Trombeta marinha:

67. O léxico musical a que o personagem alude, de 1802, é de autoria de Heinrich Christoph Koch (1749-1816).

Esse antigo e simples instrumento de arco consiste em três finas réguas de sete pés de comprimento, cuja parte que pousa no chão tem de seis a sete polegadas, mas a parte superior pouco mais de duas, e estão coladas entre si formando um triângulo, de maneira que o corpo poligonal, com uma espécie de caixa de ressonância, vai se estreitando de baixo para cima. Uma das três pequenas réguas serve de caixa de ressonância, equipada com cravelas e uma única corda de tripa de carneiro um pouco grossa. Para tocar, o executante pousa o instrumento levemente inclinado diante de si, apoiando a parte superior do mesmo contra o peito. Com os dedos da mão esquerda à altura das notas, o músico comprime a corda com suavidade, enquanto a mão direita movimenta o arco sobre a corda, como no violino. O som peculiar do instrumento, parecido com o som produzido pelo trompete em surdina, explica-se pelo cavalete no qual repousa a corda, sobre a caixa de ressonância. O cavalete tem forma semelhante à de um sapatinho de salto muito baixo e bico fino.

— Construa para mim semelhante instrumento, Mestre Abraham, pediu o conselheiro com olhos brilhantes, abandonarei meu violino de puas[68], não voltarei a tocar o eufônio[69] e surpreenderei a corte e a cidade tocando as mais exóticas melodias com a trombeta marinha.

— Pois vou construí-lo, meu caro! — concordou o mestre. — E que o espírito da tia Sophie o inspire com o vestido verde de tafetá.

O conselheiro abraçou o mestre com entusiasmo, mas Kreisler se meteu entre eles, meio nervoso, dizendo:

— Não façam papel de bufões como eu mesmo sempre o fiz um dia, pois estão sendo ímpios com quem dizem amar. Contentem-se por ter lançado um jato de água fria sobre minha testa ardente com a descrição comovente de um instrumento musical há tanto tempo não ouvido, e guardem silêncio sobre a tocadora de alaúde.

---

68. Inventado em 1740, o violino de puas possui uma caixa de ressonância em forma de meia-lua.

69. O eufônio é um instrumento musical muito semelhante ao bombardino.

Pois bem, conselheiro! Já que você queria ouvir sobre minha juventude, e o mestre recorta silhuetas grotescas relacionadas com os episódios daquela época, o senhor pode ter uma edição de meus esboços biográficos enriquecidos com as ilustrações do mestre.

Mas ao ler o artigo de Koch, lembrei-me de seu colega lexicógrafo Gerber[70], e vi-me como um cadáver sobre a mesa para a dissecação biográfica. O relatório poderia ser o seguinte: não surpreende constatar no organismo do jovem, circulando por veias e artérias, puro sangue musical, pois esse foi o diagnóstico de muitos de seus consaguíneos, justamente por essa razão, consanguíneos.

De fato, a maioria de meus tios e tias, o mestre já sabia e você acaba de saber que não eram poucos, dedicavam-se à música, quase sempre tocando instrumentos já àquela época muito raros e alguns deles atualmente desconhecidos e, assim, somente em sonhos me dou conta dos magníficos recitais aos quais com dez, doze anos de idade, assisti em família. Isso talvez explique nos primórdios de minha educação certo pendor para uma formação musical às vezes censurada como sendo demasiado fantasiosa.

Se você, conselheiro, puder conter as lágrimas ao ouvir a execução do antiquíssimo instrumento viola de amor[71], dê graças a Deus por sua vigorosa constituição. Eu, por meu turno, solucei consideravelmente ao ouvir o Cavalheiro Esser[72] tocá-la; mais ainda numa época anterior, quando a tocou para mim um homem de grande prestígio, ao qual o terno se assentava muito bem, também um tio.

---

70. Ernst Ludwig Gerber (1746-1819): organista da corte de Sondershausen (cidade alemã), autor de um *Historisch-biographisches Lexikon der Tonkünstler* [Léxico histórico-biográfico do músico], de 1791-2.

71. Instrumento musical da antiga família das violas de braço, que tinha as mesmas propriedades da viola contemporânea, sendo em geral dotada de duas ordens de cordas, das quais sete, essenciais, eram afinadas segundo o acorde perfeito em ré maior.

72. Cavalheiro Esser: Karl Michael Ritter von Esser (nascido em 1740) foi naquela época um virtuoso tocador do instrumento.

Assim por diante, fascinava-me ainda a interpretação de outro parente à viola da gamba[73], embora o tio tutor[74] que me educou, ou melhor, que não me educou mas sabia tocar com virtuosismo bárbaro a espineta[75], tenha lhe reprovado com razão a falta de ritmo. O pobre foi objeto de não pouca zombaria na família, pois descobriram que ele, após uma sarabanda[76], dançara com toda sua alegria um *menuett à la Pompadour*.

Eu poderia continuar lhes narrando diversas curiosidades dos saraus musicais familiares, bem extravagantes em sua espécie, mas traços grotescos os fariam rir e o *respectus parentelae* me interdiz de estimular-lhes gargalhadas sobre meus estimados parentes.

O conselheiro comentou:

— Johannes! Com sua jovialidade, você não se incomodará se eu tanger uma corda no seu íntimo, cujo contato talvez provoque sofrimento. Ouvimos muito falar sobre seus tios e tias, mas jamais de seu pai e de sua mãe.

— Meu caro amigo! Precisamente hoje estava pensando... Não! Basta de recordações, sonhos, não falemos do instinto que hoje despertou toda a dor sentida e não compreendida em minha primeira infância para logo abrandar meu ânimo, semelhante ao repouso misterioso da floresta na bonança quando cessa a tempestade.

Sim, mestre! Você tem razão, eu estava sob a macieira e escutava a voz profética do trovão! Pode imaginar a sombria aflição experimentada durante anos, se eu acrescentar que a morte de minha

73. A viola da gamba era um instrumento musical que se apoiava entre os joelhos, como o atual violoncelo.

74. Por meio do personagem o escritor Hoffmann talvez esteja se referindo ao seu tio e tutor, Otto Wilhelm Doerfer.

75. A espineta é um antigo instrumento de cordas percutíveis e teclado, cujas mecânica e técnica são semelhantes às do cravo.

76. A sarabanda é uma dança popular espanhola surgida no século XII, cujo desenvolvimento aconteceu sobretudo no século XVI. O andamento vivo e o caráter lascivo acabaram se transformando num estilo mais grave e majestoso.

mãe[77], coincidindo também nessa época, não me causou impressão tão profunda?

Não lhe devo explicar por que meu pai me abandonou, ou foi obrigado a me deixar aos cuidados dos irmãos e irmãs de mamãe, pois tramas análogas transbordam dos romances e comédias de Iffland.[78] Basta lembrar que passei anos de minha infância, inclusive parte da juventude, em desconsolada solidão e a atribuo ao isolamento pela perda dos pais. Um bom pai é sempre melhor que qualquer bom tutor, creio eu, e me arrepia a pele pensar em pais que, com sua fria imprudência, enviam os filhos àquela instituição onde os pobres são limitados e adestrados conforme um padrão, sem o menor respeito pelas individualidades, pois o desenvolvimento peculiar da personalidade de uma criança ninguém além dos pais é capaz de ver brotar com clareza.

No que concerne a essa educação, ninguém deverá se espantar com meus defeitos e minhas imperfeições, porque meu tio entregou-me à arbitrariedade dos preceptores particulares; nem fui à escola alguma, tampouco podia, juntamente com outros meninos de minha idade, causar incômodo brincando pela casa solitária que o tio celibatário ocupava com um velho criado taciturno. Lembro-me apenas de três episódios distintos nos quais meu tio saiu de sua imperturbável e indiferente apatia a fim de ocupar-se de minha educação, dando-me sempre um beliscão nas respectivas oportunidades. Portanto, recebi três beliscões durante minha infância. E eu poderia, querido conselheiro, já que me predisponho à autobiografia, contar-lhe uma trilogia romântica, mas me concentrarei na história do segundo beliscão, em vista de seu extremado interesse pela minha educação musical, e não lhe será indiferente saber como cheguei a compor pela primeira vez.

77. A mãe do escritor Hoffmann, Luise Albertine Hoffmann, morreu em 13/3/1796, com a idade de 48 anos.

78. August Wilhelm Iffland (1759-1814) foi autor de mais de 60 peças sobre a vida familiar.

Meu tio possuía uma bela biblioteca, na qual eu podia me esbaldar e ler à vontade. Um dos primeiros livros a cair em minhas mãos foi *Confissões*, de Rousseau. Devorei o livro, não escrito para um garoto de doze anos, o que talvez tenha semeado o gérmen de algumas desgraças em meu peito. Mas somente um acontecimento, entre todos daquele agitado período, detém minha atenção, fazendo-me negligenciar todo o restante.

O relato do jovem Rousseau teve sobre mim o efeito de um raio: o trecho em que, quando estimulado pelo poderoso espírito da música em seu íntimo, embora sem o mínimo conhecimento de harmonia, contrapontos e outras técnicas, o autor decide compor uma ópera; assim, abre o cortinado em seu quarto, cai na cama para entregar-se plenamente à inspiração de sua imaginação, e percebe a obra brotando da alma qual um sonho magnífico! Dias e noites pensei naquele instante mágico, que me parecia ser a bênção suprema da vida do menino Rousseau. Com frequência, era como se a graça se estendesse a mim também, e nesses momentos só dependeria de minha decisão elevar-me ao paraíso, pois o espírito musical vibrava em mim com vigor semelhante. Dominado por essa ideia, resolvi imitar meu modelo.

Numa tarde tempestuosa de outono, quando o tio saíra de casa contra seus hábitos, desci imediatamente o cortinado e pulei para sua cama, a fim de, como fizera Rousseau, receber uma ópera em espírito. Não obstante a excelência das preliminares indispensáveis à atração do espírito poético, ele manteve-se ausente com obstinada teimosia! Em lugar de esplêndidos pensamentos que deviam vir à tona, zunia em meus ouvidos uma medíocre canção, cujo texto deplorável começava com "eu só amava Ismênia, e Ismênia só amava a mim"[79], e por mais que tentasse me concentrar — "agora entra o sublime coro dos sacerdotes: acima do sarcasmo dos deuses" — e rechaçar tais pensamentos, não deixava de escutar a melodia que prosseguia me embalando num ritmo monótomo até me fazer cair

79. Canção popular do século XVIII.

num sono pesado. Fui despertado por vozes afobadas e uma fumaça asfixiante, que não me permitia respirar! O quarto inteiro foi invadido por uma nuvem espessa e lá estava meu tio apagando os restos de cortina flamejantes ao lado do guarda-roupas e pedindo água ao criado, que corria a acudir carregando tinas abundantes e despejando sem cessar água no fogo. A fumaceira se esvaiu aos poucos pela janela:

— Onde está o pássaro de mau agouro?

Eu sabia muito bem a quem meu tio estava se referindo, de modo que permaneci imóvel no meu canto, como um rato emboscado, até ele descobrir meu esconderijo. Então gritou:

— Fora daí! — e estendeu a mão para ajudar-me a levantar:

— Esse Barrabás quer incendiar a casa inteira!

Quis explicar, com toda a tranquilidade, respondendo às suas perguntas, que o jovem Rousseau fizera do mesmo modo, como constava nas *Confissões*, e compusera uma ópera séria na cama; além disso, eu não entendia a origem do fogo.

— Rousseau? Composição? Ópera séria? Imbecil!

E aplicou-me o beliscão de que falei, o segundo na ordem cronológica, que me deixou estarrecido e mudo de susto, e a comoção fez-me ouvir mais uma vez, nitidamente, o estribilho: "eu só amava Ismênia", etc., etc. Desde então, sinto verdadeira aversão tanto por essa canção, como pelo entusiasmo de compor.

— Como surgiu afinal o fogo? — quis saber o conselheiro.

— Até o momento — respondeu Kreisler — é um enigma para mim a origem daquele incêndio na cortina, alastrando-se depois para um bonito camisolão de dormir do meu tio e três ou quatro topetes que ele usava à guisa de estudos parciais de peruca inteira. Para mim, foi como se tivesse levado o beliscão não por causa do fogo do qual não tive culpa, mas por ter tentado compor. Curiosamente, a música era o único segmento de minha educação a que o tio fazia-me dedicar com rigor, embora o preceptor, enganado por ocasional resistência de minha parte, julgasse-me absolutamente antimusical.

Tanto fazia a meu tio se, além de música, eu estudasse ou deixasse de estudar outras disciplinas. Às vezes se declarava desgostoso por ser difícil obrigar-me aos exercícios de música, então seria de se supor que ele se encheria de alegria quando, após alguns anos, o espírito musical agitou-se poderoso dentro de mim, superando os demais; contudo, mais uma vez, esse não foi definitivamente o caso. Ele limitou-se a sorrir com brandura ao me observar tocando alguns instrumentos com certo virtuosismo e compondo uma ou outra peça para satisfação dos mestres e dos diletantes. Sim, limitava-se a sorrir e a dizer quando me elogiavam:

— De fato, meu pequeno sobrinho é louco o bastante...

— Admira-me o fato de seu tio contrariar sua vocação, ao invés de lhe oferecer estímulo. Tanto quanto sei, sua carreira como mestre não é de longa data, refletiu o conselheiro.

Enquanto projetava na parede a imagem de uma pequena e cômica silhueta humana, Mestre Abraham acrescentou sorrindo:

— Nem de larga data... Tenho de sair em defesa do tio e anunciar ao mundo que, se o mestre de capela Johannes Kreisler tornou-se conselheiro diplomático e atormentou-se com uma atividade profissional incompatível com sua índole, ninguém é menos culpado que o caro tio!

— Quieto, mestre! — pediu Kreisler —, e pare de projetar a silhueta de meu tio na parede. Mesmo se o perfil dele fosse assim tão ridículo, eu não gostaria nem um pouco de fazer piadas sobre o velhinho, que está morto há tanto tempo.

— Você está se excedendo em sensibilidade hoje — respondeu Mestre Abraham, mas Kreisler nem lhe deu atenção e virou-se para o conselheiro.

— Com certeza o meu caro amigo lamentará ter insistido para eu narrar minha biografia, pois não expus mais que bagatelas bem ordinárias, que se sucedem aos milhares pela vida. É provável que você estivesse esperando ouvir relatos extraordinários. Mas esteja certo, não foi mero capricho do destino, nem o impulso dado à minha educação, e sim o curso normal da vida que me conduzia paulatinamente a uma via que não me interessava trilhar.

Não sei se você pensou nisso algum dia, mas em toda família sempre desponta alguém que, graças à genialidade ou à conjugação feliz de condições favoráveis, se sobressai em matéria de prestígio. Convertido em herói, essa pessoa torna-se pivô das atenções, a quem os parentes erguem seus humildes olhares, cuja voz imperativa se faz ouvir em frases decisivas ante as quais qualquer apelação é impotente. Foi o caso do irmão caçula de meu tio. Ele escapou do ninho familiar musical e galgou o posto de conselheiro diplomático, personagem importante e próximo do príncipe. Sua ascensão levou a família a um estado de deslumbramento inabalável. Seu nome era saudado com gravidade solene. Quando alguém dizia "o conselheiro diplomático escreveu", ou "o conselheiro diplomático manifestou-se assim e assado", todos escutavam com deferência.

Acostumado desde a infância a considerar meu tio um homem que atingira o sumo objetivo da aspiração humana, não pude deixar de seguir seus passos de forma natural. O retrato do tio ilustre pendia na sala de visitas, eu não poderia acalentar desejo maior que andar por aí penteado e trajado como o homem do quadro. Meu tutor concretizara o sonho e, na verdade, com dez anos, devo ter ficado encantado com um topete apontado para o céu, o traje verde pintassilgo cheio de minúsculos pespontos prateados, as meias de seda e uma pequena adaga. A aspiração infantil continuou prosperando até a idade adulta e, para me estimular ao estudo da mais árida ciência, bastava mostrar-me que tal curso me possibilitaria ser conselheiro diplomático, assim como meu tio. Que a arte transbordante em meu coração pudesse ser uma autêntica aptidão, a única tendência sensata em minha vida, ocorria-me tanto menos, já que estava acostumado a ouvir falar de música, pintura, poesia e outras atividades agradáveis como meios de entretenimento e diversão.

A rapidez com a qual, sem manifestar hesitações, eu avançava nos estudos com os estímulos de meu tio rumo à corte, rumo à carreira de certo modo por mim eleita, não me deixava sequer duvidar por um instante do caminho equivocado pelo qual vinha trilhando. A meta foi alcançada, retroceder era absurdo até que, em determinado ponto, a arte vingou-se de minha deserção, na medida em que a constatação de uma existência vã e perdida me assolou com dor inconsolável por estar cativo a correntes inquebrantáveis.

— Qual foi, então, a catástrofe salvadora que o liberou das correntes? — perguntou o conselheiro.

— Não diga isso — respondeu Kreisler —, a libertação chegou tarde demais. Minha história é similar à daquele prisioneiro que, finalmente libertado após tanto tempo afastado do tumulto mundano e da luz diurna, não conseguiu gozar a liberdade dourada e sentiu saudade da vida no cárcere.

— Essa é outra de suas confusas invenções, Johannes, comentou Mestre Abraham, com ela você atormenta os outros e a si mesmo. Ora, vamos! Admita que a sorte sempre o agraciou com privilégios, mas de quem é a culpa se você não manteve um curso normal, se seguiu ora para a direita, ora para a esquerda! Não seria sua própria culpa? Sei que tem razão quando se reporta à sua infância. Sua estrela brilhava especialmente e...

SEGUNDA PARTE

Experiências de vida do jovem
Eu também estive nas arcádias[80]

(*Murr pr.*):

— Seria insano e ao mesmo tempo extremamente curioso — falou certa vez meu mestre consigo mesmo — se esse gato pequeno e cinzento, escondido debaixo da estufa, possuísse de fato as capacidades inventadas pelo professor.

Hum! Se fosse assim, eu poderia tirar partido da situação e enriquecer-me, bem mais do que com a moça invisível. Eu o colocaria numa jaula e sairia exibindo suas habilidades ao mundo; todos

80. "*Et in Arcadia ego*": expressão símbolo da exaltação idílica da paisagem grega das arcádias na poesia pastoral. Schiller a citou no poema "Resignation", de 1784, e Goethe na primeira edição de *Viagem à Itália*, de 1816.

pagariam caro para vê-lo. Um gato cientificamente formado sempre valerá mais que um menino precoce a quem obrigam memorizar coisas incoerentes. Além disso, com ele eu poderia economizar um escrevente! Preciso pensar seriamente no assunto.

Ao ouvir as insidiosas palavras de Mestre Abraham, lembrei--me da advertência da minha inesquecível mamãe Mina e, evitando demonstrar com o mínimo gesto ter entendido suas palavras ameaçadoras, propus-me firmemente a ocultar minha educação de modo mais cauteloso.

Passei a escrever e a ler somente à noite e, ao fazê-lo, reconhecia com gratidão a bondade da Providência que conferiu à minha inestimável espécie algumas vantagens em comparação às criaturas bípedes que, sabe-se lá por qual motivo, se autodenominam senhores da criação. Posso garantir, por exemplo, como durante meus estudos jamais precisei recorrer aos fabricantes de velas, nem aos de querosene, porque o fósforo de minhas pupilas reluzia na noite mais escura. Assim, meus escritos estão ao abrigo da censura dirigida a algum escritor da Antiguidade, cujas obras, na opinião de seus contemporâneos, recenderiam à lamparina.

Intimamente persuadido, entretanto, das perfeições com as quais a natureza me favoreceu, devo confessar que todos os seres trazem em si alguns defeitos, por sua vez condicionantes de dependência. Sem falar dos aspectos físicos, considerados não naturais pelos médicos, ainda que a meu ver sejam, sim, naturais. Esta dita dependência, eu gostaria de observar, manifesta-se com nitidez tão somente com relação ao nosso organismo psíquico. Convenhamos, não é um fato tácito que um peso nas asas às vezes freia nosso voo, sem que saibamos o que é, de onde vem, quem nos prende?

Melhor mesmo seria lembrar que todo vício provém do mal exemplo a que nos sujeitamos seguir, devido à debilidade de nossa natureza. Cabe quanto a isso ainda acrescentar a acusação óbvia de que o gênero humano, sobretudo, parece destinado a dar maus exemplos.

Jovem gato a percorrer essas linhas, você sem dúvida experimentou, algum dia na vida, uma disposição inexplicável para si mesmo. Preguiçoso, arreliento, teimoso, guloso, nada lhe apetecia, estava sempre lá onde não devia, estorvando a todos de modo insuportável? Pois bem, console-se, oh, gato! Não se trata de uma particularidade de seu caráter, de sua alma, o princípio dessa condição alarmante. Não! É um tributo pago à influência que nos governa! Console-se, oh, gato! Pois tampouco eu tive melhor sorte!

Em meio às minhas elucubrações, sentia um terrível enjoo, como se saturado de alimentos indigeríveis e, por conseguinte, sem mais nem menos me enroscava e pegava no sono sobre o livro que estivesse lendo ou o manuscrito que estivesse escrevendo. Tal indolência só aumentava, de modo que, no final, já não podia ler nem escrever, nem saltar, nem correr, nem conversar com os amigos no sótão ou no telhado. Uma inclinação irresistível conduzia-me a fazer tudo que atinasse com o intuito evidente de desgostar meu mestre e a seus amigos, ou incomodá-los.

Enquanto durou a malfadada disposição, Mestre Abraham contentou-se no início em afugentar-me dos locais que eu escolhia para dormir, nos quais ele agora não me tolerava mais, até ver-se, afinal, obrigado nessas situações a escorraçar-me dali.

Constantemente saltando sobre o escritório do meu mestre e balançando a cauda de um lado para o outro, acabei sem querer por introduzir a ponta no grande tinteiro e traçar belas figuras pelo chão e pelo canapé. Isso exasperou o bom homem a quem provavelmente não agradava o gênero artístico. Fugi para o pátio onde me aguardava sorte ainda mais funesta.

Um gato grande, de aspecto imponente, vinha há algum tempo manifestando seu desagrado ante minhas maneiras; infelizmente escolhi justo o momento em que ele estava prestes a abocanhar a refeição para tentar tomar-lhe um bom pedaço, e ele sem a menor cerimônia aplicou-me uns tabefes de ambos os lados da fuça, deixando-me atordoado e com duas orelhas sangrando. Se não me engano, o digno senhor devia ser meu tio, pois os traços de Mina evidenciavam-se em sua fisionomia, como a característica barba da família. Em poucas palavras, fiz tantas besteiras nesse período que meu mestre vivia dizendo:

— Não sei o que está acontecendo com você, Murr! Talvez esteja entrando nos anos de malcriação.

Ele estava certo, eu entrava na sinistra idade da malcriação, e haveria de superá-la seguindo o exemplo dos humanos que, segundo assinalei, foram os que criaram a atroz disposição, condicionados pela sua natureza. Eles referem-se ao fenômeno como fase, embora alguns indivíduos da espécie jamais superem tal fase em toda sua vida. Mais afortunados, os gatos contam não com anos, mas com semanas de malcriação; eu, por minha vez, escapei delas literalmente por um golpe violento, o qual poderia ter-me custado uma pata ou algumas costelas. Na verdade, posso dizer, saltei a fase da malcriação de maneira veemente.

Preciso contar essa história.

No pátio da casa de meu mestre, ficava uma máquina de quatro rodas, guarnecida no interior por ricos e macios estofamentos, uma caleça inglesa, conforme vim a aprender depois. Conhecendo-me à época, era natural o desejo de subir ao interior dessa carruagem e instalar-me confortavelmente sobre as agradáveis almofadas onde passaria a cochilar e a sonhar grande parte do dia.

Certa vez, a sensação de um arranque brusco, seguido de um barulho confuso e um movimento apavorante, despertou-me no preciso momento em que passavam diante de minha alma saborosas imagens de coelhos assados e outras delícias. Quem poderia descrever meu espanto ao me dar conta de que toda a máquina se movia provocando um estrondo ensurdecedor, balançando-me de um lado para o outro sobre o estofado? O medo crescente transformou-se em desespero, o que me fez saltar de forma atabalhoada para fora da máquina, e foi quando escutei gargalhadas sarcásticas de demônios infernais e suas provocações: "gato, gato, fu, fu!", grasnando atrás de mim. Saí em disparada, enquanto me choviam pedregulhos. Refugiei-me num recinto escuro, onde caí sem sentidos.

Finalmente tive a impressão de estar ouvindo passos indo e vindo acima de minha cabeça, e deduzi a partir daquelas passadas — já experimentara sensação semelhante — que me encontrava sob uma escada. Assim era, de fato!

Não tardei a sair dali. Mas, oh céus! Que provas novas ainda me estavam destinadas! Ruas intermináveis abriam-se diante de mim em todas as direções, com uma multidão de pessoas desconhecidas circulando em todos os sentidos. Uma angústia lancinante apoderava-se de mim, somada ao estrépito das carruagens, aos latidos dos cachorros. Sim, no final, com movimentos uniformes e ligeiros, surgiu até mesmo uma tropa, cujas armas reluziam ao sol; e bem próximo de mim, alguém bateu de modo repentino e vigoroso um imenso tambor, fazendo-me involuntariamente dar um salto de três varas.

Compreendi, então, que estava no mundo, dentro do mundo o qual, à distância e do alto do meu telhado, eu contemplava às vezes com melancolia e curiosidade. Pois bem! Eu me achava em meio ao mundo agora, um estrangeiro sem experiência alguma. Com cautela, passeei bem rente às paredes das casas da rua e me deparei com alguns jovens de minha espécie. Tentei entabular conversa com eles, mas se limitavam a lançar-me olhares chispantes e a seguir caminho. "Frívola juventude", refletia, "você não faz ideia de quem é esse que cruzou seu caminho. É assim que os espíritos superiores atravessam o mundo sem ser reconhecidos, sem ser apreciados. É a sina da sabedoria dos mortais."

Contando com maior apreço dos homens, e para atrair suas atenções, arrisquei alguns miaus que supunha harmoniosos e sedutores, mas todos passavam frios e desinteressados, ignorando-me por completo.

Enfim, vi um menino de bonitos cabelos loiros cacheados, que passou a me chamar, olhando-me com afeto e estalando os dedos: "Minho, Minho!" "Bela alma, você me compreende", pensei, ao pular e aproximar-me ronronando, cordial. Ele começou a me acariciar, mas quando imaginei poder abandonar-me por inteiro àquela amável acolhida, deu um puxão tão forte em minha cauda, que soltei um berro de desespero. O pérfido pareceu então encantado com a repercussão do seu ato, porque riu com gosto, agarrou-me e tentou repetir a dose. Inflamado de cólera e do desejo de vingança, cravei minhas garras em suas mãos, em seu rosto, de modo que me deixou escapulir, irrompendo em seguida num grande berreiro. Mas, a seguir, ouvi um comando: "Tyras, Cartouche! Peguem!" Dois enormes cães vieram em cima de mim, latindo alto. Eu corria a perder o fôlego, e eles no meu encalço — estava perdido!

Cego pelo medo, trombei na vidraça de um porão, caindo e fazendo tinir e espalhar cacos de vidro e mais uns vasos de flor no interior da casa. Uma mulher que trabalhava sentada a uma mesa levantou-se e exclamou: "besta asquerosa!" e, com um pedaço de pau, avançou em minha direção. Contudo, as garras estendidas, os olhos faiscantes de ódio e o grito estridente que lancei fizeram-na hesitante, de modo que, como se diz naquela tragédia[81], o bastão erguido para golpear pareceu paralisado no ar, e ela permaneceu como a imagem de um tirano neutralizado entre a força e a vontade!

Nesse instante, a porta se abriu, esgueirei-me veloz por entre as pernas do homem que adentrava e fiquei aliviado ao sair da casa e ver-me mais uma vez na rua. Exausto e exaurido pelas emoções vivenciadas, descobri finalmente um cantinho solitário, onde pude desfrutar de um breve repouso. Mas um novo tormento, uma fome devoradora, passou a martirizar-me. Pensei então com grande pesar no bom Mestre Abraham, de quem o destino me separara. Como reencontrá-lo? Olhei ao meu redor com o coração abatido e, como não via chance alguma de achar o caminho de volta para casa, as lágrimas afluíram aos meus olhos.

81. É uma referência a *Hamlet*, ato II, cena 2.

Uma nova esperança reacendeu em mim quando percebi do outro lado da rua uma menina de semblante meigo, sentada a uma mesinha repleta de pães e salsichas apetitosas. Ao me aproximar, ela sorriu; e para apresentar-me a ela como um jovem bem-educado e de costumes galantes, arqueei-me de modo mais gracioso que nunca. Seu sorriso converteu-se em gargalhadas. "Ah! Eis enfim uma alma compadecida, um coração amigo! Oh céus! Que bálsamo para o peito ferido!", pensei, e puxei para baixo uma salsicha. Mas a menina imediatamente soltou um grito e se o pesado toco de madeira que ela me tacou tivesse de fato me acertado em cheio, eu não teria comido nem aquela salsicha conquistada no momento de confiança na lealdade e na filantrópica virtude da garota, nem nenhuma outra. Fiz um último esforço para fugir daquele monstro que vinha me perseguindo, até conseguir alcançar um canto onde, sossegado, pude comer a salsicha.

Após o repasto frugal, meu espírito adquiriu certa serenidade. Um sol benfazejo aqueceu-me o pelo e fez-me apreciar, por alguns instantes, o valor da vida terrena. Ao chegar, porém, a noite fria e úmida, sem dispor do leito macio da casa do mestre para o repouso, congelando-me de frio e mais uma vez atormentado com a fome no despertar da manhã seguinte, fui tomado por um desconsolo às raias do pânico.

— Eis, dizia a mim mesmo com amargura, eis o mundo a que você almejava do cima do seu telhado, o mundo no qual ansiava encontrar a virtude, a sabedoria e a moralidade da formação superior! Os selvagens! Não usam suas forças a não ser para agredir, sua razão a não ser para humilhar, sua ação indecorosa a não ser para aviltar os ânimos aptos a sentir mais profundamente!

Fugir, fugir desse mundo de hipocrisia e falsidade! Acolha-me em sua fresca sombra, doce porão pátrio! Oh sótão, estufa, oh saudosos e inesquecíveis momentos de ócio e solidão, pelos quais meu peito anseia com ardor! A constatação de minha condição miserável me acabrunhava e, assim, cerrei os olhos e chorei amargamente.

De repente, ruídos familiares chegaram aos meus ouvidos.

— Murr! Murr! Querido amigo, de onde você saiu? O que aconteceu?

Abri os olhos e vi o jovem Ponto à minha frente.

Por mais que ele tivesse me ofendido, sua inesperada aparição me trouxe consolo. Esqueci a injúria que me fizera, contei-lhe todo meu infortúnio, expus-lhe entre lágrimas meu triste desamparo e minha desorientação, e concluí queixando-me da fome que me desvairava.

Em vez de, como eu supunha, socializar-me solidariedade, o jovem Ponto pôs-se a rir:

— Veja só como você é biruta, caro Murr! Primeiro, o maluco se enfia numa caleça que não lhe pertence, adormece, assusta-se quando ela arranca, salta ao mundo, assombra-se por não conhecer ninguém quando assoma à porta de casa e por ser hostilizado devido às travessuras pueris; e é tão ingênuo que nem consegue encontrar o caminho de volta ao seu dono.

Meu amigo, você sempre se gabou de sua ciência, sua formação, e veja só: abandonado, desprotegido, sem que as sublimes faculdades de seu espírito possam apaziguar sua fome ou mostrar-lhe o rumo de casa. E agora, se aquele que você julgava inferior não tiver compaixão, você morrerá na miséria e ninguém vai querer saber de seus conhecimentos, seus talentos, tampouco algum dos poetas que você supunha seus iguais escreverá um *hic jacet*![82] no lugar onde você expirar!

Está notando, Murr, como, apesar de tudo, eu também frequentei escola e sei fazer citações em latim? Mas você está faminto, pobre gato, antes de qualquer outra coisa precisamos satisfazer a essa necessidade básica. Venha comigo!

O jovem Ponto saltou à frente com alegria e eu o acompanhei abatido, compungido por suas palavras que em meu desolado es-

82. Em latim: "aqui jaz!"

tado de ânimo me pareciam bem pertinentes. Mas me sobressaltei quando...

(*Folha de macul.*):... para o editor dessas folhas, o evento mais auspicioso do mundo ter podido apreender toda a estranha conversa entre Kreisler e o pequeno conselheiro. Com isso, ele foi capacitado a pôr diante de seus olhos, querido leitor, pelo menos umas poucas cenas da juventude desse homem singular, cuja biografia ele se sente quase intimado a escrever. Concernente ao colorido e à nitidez, ele é de opinião de que essas imagens sem dúvida podem ser consideradas características e significativas. Pelo menos depois do que contou a respeito da tia tocadora de alaúde, não se pode mais negar que a música, com toda sua magnífica nostalgia, com seus arroubos celestiais, crescia em mil fulgurações no peito do jovem, e ninguém se surpreenderá se esse peito, caso ferido, verter imediatamente sangue quente do coração.

Em especial, interessava ao editor conhecer dois detalhes da vida do mestre de capela. Em primeiro lugar, a maneira pela qual Mestre Abraham foi introduzido na família e influenciou o pequeno Johannes. Por outro lado, o acaso que provocou a fuga do honrado Kreisler da corte, e que o converteu em mestre, profissão à qual ele deveria ter-se dedicado desde a juventude e, portanto, uma prova irrefutável da fidedignidade da Providência, que dispõe realmente cada um no lugar e no momento corretos. Algo se pesquisou sobre isso, e você, oh leitor, deverá sabê-lo.

Em primeiro lugar, preciso contar que em Göniönesmühl, onde Kreisler nasceu e foi educado, vivia um homem bizarro e extraordinário no jeito de ser e nas atitudes. Além disso, o vilarejo Göniönesmühl era há muito tempo o genuíno paraíso para tipos originais entre os quais Kreisler crescia. Essas personalidades extravagantes cunharam, ainda, uma impressão tanto mais indelével em seu espírito, pois durante a infância não convivia com outros camaradas.

Aquele homem, homônimo do célebre humorista, se denominava A. Liscov[83] e fabricava órgãos, *métier* que ele às vezes desprezava profundamente, enquanto, noutras, enaltecia aos céus, não deixando assim saber sua real posição a respeito. Conforme informou Kreisler, a família falava sempre com muita admiração sobre o senhor Liscov. Consideravam-no artista habilidoso e lamentavam apenas que suas idiossincrasias e seu comportamento nada convencional o apartassem do resto do mundo. Seria uma sorte especial se algum dia o senhor Liscov tivesse disponibilidade para restaurar e afinar o piano. Mas corriam também a respeito dele algumas anedotas um tanto insólitas, que atiçavam a fantasia do jovem Kreisler, de modo que, sem conhecê-lo, traçou na imaginação uma imagem do homem que ansiava encontrar. Assim, quando o tio anunciou que o senhor Liscov poderia, talvez, consertar o piano estragado, o menino passou a especular todas as manhãs se o afinador finalmente viria naquele dia. O interesse de Johannes pelo desconhecido senhor Liscov transformara-se em autêntica e deslumbrada veneração, desde que escutara pela primeira vez os sons do maravilhoso órgão da catedral, que o tio não frequentava salvo em raras ocasiões. Foi quando o menino soube que não fora outro senão o senhor Liscov quem construíra a esplêndida peça. A partir de então, apagou-se a imagem formada do senhor Liscov, dando lugar a outro preconceito bem distinto. Na opinião do menino, o homem deveria ser bem alto e belo, imponente, de voz forte, sonora, e certamente vestido de sobrecasaca cor de ameixa com galões dourados, como usava o padrinho cônsul, cujo vestuário sofisticado sempre lhe inspirava elevado respeito.

Um dia, quando Johannes e o tio estavam juntos à janela aberta, viram um tipo passar disparado rua abaixo, trajando um sobretudo *roquelaur* de *bourracan*[84] verde claro, cujas mangas soltas

---

83. Homônimo do célebre humorista Christian Ludwig Liscov (1701-1760), autor de sátiras.

84. *Roquelaur* é um modelo de casaco longo para viagem, que recebeu o nome do Duque von Roquelaure; enquanto *bourracan* é trama de lã espessa e pesada.

estufavam-se ao vento. Um pequeno chapéu de três pontas estava enfiado marcialmente sobre a peruca pulverizada de branco, e uma longa trança serpenteava caída sobre as espátulas. Pisava com força, fazendo retinir o pedregulho da rua, e a cada passo dava um contundente golpe no solo com o grande bastão espanhol que portava. Ao passar defronte à janela, lançou ao tio um olhar penetrante com seus chispantes olhos negros, sem responder à saudação recebida. O pequeno Johannes sentiu um calafrio e, naquele instante, era como se quisesse rir do sujeito e não conseguisse, porque algo lhe oprimia o peito.

— Eis o senhor Liscov! — disse o tio.

— Eu sabia — respondeu Johannes, e pode ser que soubesse de fato.

O senhor Liscov não tinha uma figura imponente, tampouco usava sobrecasaca cor de ameixa com galões dourados como o padrinho cônsul, mas sim, de maneira bastante estranha, o senhor Liscov correspondia com exatidão à imagem que o menino fizera dele antes de ouvir seu portentoso órgão. No entanto, Johannes ainda não havia se recuperado de sua sensação, comparável a um forte susto, quando de súbito o senhor Liscov se deteve, deu meia volta e correu à janela, fazendo uma respeitosa reverência ao tio e fugindo dali em seguida entre risadas.

O tio se perguntou:

— Isso lá é comportamento de homem feito e direito, com experiência e estudo, e que como privilegiado organista está entre os artistas distintos a quem a lei do país permite o porte de adaga? Alguém poderia supor que ele já de manhã bebeu um trago a mais ou fugiu do hospício. Mas de uma coisa estou certo: ele logo vai retornar e colocar o piano em ordem.

O tio tinha razão. No outro dia, o senhor Liscov apareceu, mas em vez de iniciar o conserto do piano, pediu ao pequeno Johannes que tocasse. O menino sentou-se num banquinho colocado sobre livros, com o senhor Liscov em frente a ele, com ambos os braços apoiados na extremidade do piano e observando-o atentamente. Mas a situação o desconcertou e fez os minuetos e árias do velho caderno de música soarem por demais atrapalhados. O senhor Liscov se manteve sério, mas de repente o menino escorregou e desapareceu sob o piano, pois o organista lhe empurrara o tamborete com brusquidão, e agora dava estrepitosas gargalhadas. Muito envergonhado, Johannes foi se levantando e, nesse mesmo instante, o homem estava sentado ao teclado e, com um martelo retirado da sacola, batia com violência sobre o pobre instrumento sem misericórdia, como se quisesse destroçá-lo.

— Liscov, o senhor perdeu o juízo? — gritou o tio.

Mas o pequeno Johannes, indignado e perplexo com aquele comportamento insensato, apoiou-se com bastante força contra a tampa do piano, fazendo-a bater com um barulho surdo, e o senhor Liscov precisou retroceder rápido para não levar uma topada em cheio na cabeça.

— Tio, esse homem não é o habilidoso artista que construiu o maravilhoso órgão da catedral, não pode ser, não passa de um tolo, comportando-se como um menino mal-educado!

O tio assustou-se com a ousadia do sobrinho, mas o senhor Liscov fitou-o longamente e disse:

— Ele é mesmo um *monsieur* curioso! — e depois de retirar as ferramentas da sacola, permaneceu trabalhando sem dizer uma única palavra durante algumas horas.

A partir daí, começou a decidida predileção do fabricante de órgãos pelo jovem. Quase diariamente, vinha à casa e soube em breve conquistá-lo, na medida em que descortinava-lhe um novo mundo, colorido, no qual seu espírito ativo podia exercitar-se com liberdade.

Não era naturalmente normal ou digno de elogio o fato de Liscov, um homem velho, instigar o rapazinho às mais cômicas travessuras que, com frequência, dirigia ao próprio tio; e esse prestava-se bem às pilhérias, pois dava abundante motivo para troças, dado seu entendimento limitado das coisas e dotado como era de modos bem hilários.

É importante ter sempre em conta a relação de Kreisler com seu tio, quando ele se queixa do desconsolado abandono de seus anos de infância, ao atribuir àquela época a existência de uma feição singular em sua personalidade com frequência atormentada por essa cisão. Talvez não houvesse mesmo meio de respeitar o homem que, chamado a ocupar o papel de pai, se mostrava ridículo em todo seu ser e em seus atos.

Liscov queria cativar o rapazinhoda melhor maneira, e teria sido bem-sucedido se a natureza mais nobre e elevada de Johannes não tivesse se sublevado. Por um lado, as reconhecidas qualidades do fabricante de órgãos denotavam uma inteligência sagaz, uma sensibilidade arraigada e uma suscetível irritabilidade. Todavia, seu senso de humor não era aquela disposição rara e particular do ânimo refletindo sobre a vida com suas limitações, e dotada de faro para distinguir e apreciar inconveniências; mas sim, tão somente, certa impertinência aliada ao talento para expressá-la, a imperiosa necessidade de mostrar-se extravagante. Esse era o estilo da ironia mordaz que se irradiava de Liscov, a malícia com a qual perseguia de modo incansável, até os ínfimos recônditos, tudo e todos que tolhessem sua liberdade. Precisamente essa zombaria perversa feria a delicada alma do menino e o impedia de nutrir pelo organista uma afeição profunda, como se lhe oferecia o amigo paternal com a melhor das intenções. Não se pode, entretanto, negar a maneira como o estranho fabricante de órgãos foi fundamental para nutrir e cultivar o gérmen do humor inerente à personalidade do garoto, o qual viria a prosperar e a desenvolver-se a contento.

O senhor Liscov falava constantemente do pai de Johannes, de quem fora o amigo mais íntimo nos anos de juventude, para desvantagem do tio tutor, que vivia se perdendo nas sombras quando o irmão era trazido à clara luz do sol. Assim, certa vez, ele elogiava o espírito musical do pai e zombava do método inadequado empregado pelo tio para ensinar ao garoto os primeiros elementos musicais. Johannes, cuja alma vivia arrebatada pelo pensamento naquele que lhe fora tão próximo, embora não o tenha conhecido, queria ouvir cada vez mais. Mas, abruptamente, Liscov calou-se, baixou os olhos, como que preocupado por uma súbita ideia que lhe ocorrera.

— Aconteceu alguma coisa, mestre? — perguntou Johannes. — O que o comove dessa maneira?

Como se saísse de um sonho, respondeu:

— Sabe, Johannes, lembra-se de quando puxei-lhe o tamborete, fazendo-o cair sob o piano porque você precisava tocar-me os mais horríveis *murkis* e minuetos de seu tio?

— Nem me faça, por favor, lembrar o dia em que o vi pela primeira vez. O senhor parecia sentir prazer em perturbar uma criança.

— Criança, diga-se, bastante grosseira! — completou Liscov. — Jamais poderia imaginar àquela altura que você pudesse vir a se tornar um bom músico; portanto, filhinho, dê-me o prazer de ouvir um coral bem interpretado no *Positiv*. Eu darei o fole.

É preciso ressaltar aqui como aquele homem apreciava toda espécie de jogos fantásticos. Quando Johannes era menor, Liscov jamais deixava de alegrá-lo, trazendo a cada visita um mimo surpreendente. Se o menino recebia uma maçã que se rompia em cem pedaços ao ser descascada, ou algum biscoito de forma rara, o jovem adolescente, por sua vez, se regozijava ora com esse, ora com outro incrível produto de magia natural; e mais tarde o rapaz passou a ajudar o cientista a construir máquinas óticas e a cozinhar tintas miraculosas de simpatia[85], entre outras coisas. Mas o suprassumo dos engenhos artísticos que o homem preparara para o menino era o órgão *Positiv* de oitava coberta[86], com cubos

85. No original, "*sympathetische Wundertinten*", que são tintas que se tornam visíveis após certos procedimentos.

86. O tubo coberto soa uma oitava mais grave do que os que não possuem cobertura.

feitos de papel, imitando assim a obra de arte do antigo fabricante do século XVII chamado Eugenio Casparini[87], exposta no Museu Imperial de Viena.

O estranho instrumento musical de Liscov emitia um som cuja força e encanto seduziam irresistivelmente, e o menino dizia que nunca podia tocá-lo sem se emocionar, pensando em algumas melodias sacras de sincera devoção. Nesse pequeno órgão sem pedal, portanto, Johannes tocava naquela ocasião para o organista. Após atender ao pedido do amigo e tocar alguns corais, passou ao hino "*Misericordias domini cantabo*"[88], uma composição recente. Quando Johannes terminou, Liscov levantou-se de súbito com um sorriso meigo, e o cerrou contra o peito, dizendo:

— Estúpido! Por que você fica aí mangando de mim com essa lamentável cantilena? Se eu não o tivesse auxiliado com o fole, não teria saído nada a contento. Mas agora vou deixá-lo, amigo. Oxalá você encontre outro foleiro que o queira tão bem quanto eu!

O riso precedera as palavras e o pranto seguiu-se a elas. Liscov abandonou o aposento, batendo a porta com violência atrás de si. Logo voltou a assomar a cabeça e disse com ternura:

— Não pode ser de outro modo... Adeus, Johannes! Se seu tio sentir falta do jaleco de *gros de Tours*[89] estampado com flores vermelhas, diga que o roubei para fazer um turbante com o qual serei apresentado ao grande sultão! Adeus, Johannes!

Ninguém entendeu a razão pela qual o senhor Liscov abandonou de forma tão repetinda a agradável cidade de Göniönesmühl, sem revelar a ninguém o seu destino.

O tio comentou:

---

87. Eugenius Casparini (1623-1706) foi um famoso fabricante de órgãos.

88. Em latim: "cantarei misericórdia ao Senhor".

89. Jaleco feito com tecido semelhante à seda, fabricado originalmente em Tours, na França.

— Fazia bastante tempo que eu vinha suspeitando que o espírito inquieto partiria mesmo qualquer dia desses. Apesar dos belos órgãos que sabia fabricar, sempre achei que ele condizia com o provérbio "quem não tem competência não se estabelece". Ainda bem que nosso piano está em perfeitas condições. Eu não me preocuparei tanto com aquele sujeito extravagante.

Johannes não concordava com o tio, pois sentia saudade de Liscov. Depois de sua partida, Göniönesmühl lhe parecia uma prisão lúgubre. Dessa maneira, portanto, resolveu sem demora seguir o conselho do amigo e procurar pelo mundo outra pessoa para calcar o fole. Como terminara os estudos, o tio permitiu que ele fosse para a capital e se instalasse sob as asas do diplomata-conselheiro, e assim se confirmou esse rumo.

Nesse ponto, o presente biógrafo se irrita terrivelmente porque chega ao segundo momento da vida de Kreisler sobre o qual prometera contar ao querido leitor, qual seja: de como perdeu o cargo de diplomata-conselheiro e, de certo modo, de como foi expulso da corte; mas ele se dá conta de que todas as notícias disponíveis a esse respeito são incoerentes, incompletas, superficiais e dispersas. Assim, basta contar que logo após Kreisler assumir a posição do tio falecido e tornar-se diplomata-conselheiro, um colosso coroado[90] visitou o duque na capital. O visitante estreitou seu melhor amigo nos braços de ferro de modo tão cordial e vigoroso, que o pobre duque com isso acabou perdendo a respiração vital. O colosso possuía um quê irresistível de se impor, era preciso satisfazer seus desejos, mesmo se isso, como de fato aconteceu, resultasse em total miséria e confusão. Alguns consideravam aquela amizade do poderoso um tanto embaraçosa, queriam inclusive opor-se a ela, mas, ao fazê-lo, confrontavam-se com o funesto dilema de ver-se obrigados a reconhecer a excelência daquele afeto

90. Hoffmann refere-se às invasões empreendidas pelo imperador Napoleão Bonaparte. De 1804 a 1815, vários territórios, entre os quais, nesse caso mais especificamente, da antiga Prússia, são anexados ao império francês.

ou de procurar fora do país outro ponto a partir do qual fosse possível enxergar o poderoso sob uma luz mais adequada.

Kreisler encontrava-se entre esses.

Apesar de seu caráter diplomático, ele manteve a inocência e a simplicidade e, por isso, em certos momentos não sabia pelo que optar. Numa ocasião, por exemplo, perguntou a uma formosa dama enlutada qual era sua opinião sobre os diplomatas-conselheiros. Após uma série de frases gentis, ela concluiu dizendo, com franqueza, que não podia ter em alta estima um diplomata-conselheiro, sobretudo enquanto ele se ocupasse com entusiasmo da arte, sem devotar-se exclusivamente a ela.

— Muito bem, amável senhora — disse Kreisler —, assim seja!

Quando calçou as botas de viagem e foi se despedir com o chapéu na mão, não sem a emoção e a dor da partida, a viúva enfiou-lhe no bolso a nomeação de mestre de capela da corte do grão-duque que invadira o país de Irenäus.

Nada mais resta a dizer a não ser que a viúva era de fato, como se imagina, a Conselheira Benzon, cujo marido falecera há pouco tempo. Uma curiosa observação quanto a ela é que justamente naquela época, quando...

(*Murr pr.*):... Ponto aproximou-se correndo da menina vendedora de pães e salsichas, a mesma que ameaçara me matar quando me dirigi a ela tão amavelmente.

— Ponto! Ponto! Poodle Ponto! O que você está fazendo? Cuidado com essa bárbara sem coração!

Gritava eu atrás do cachorrinho, e ele, sem prestar atenção aos meus apelos, contudo, seguiu seu caminho, e o acompanhei à distância, para dar no pé e cair fora em caso de perigo. Chegando à mesa, ele se ergueu sobre as patinhas traseiras e fez alguns passos e saltos encantadores em torno da menina, que se alegrou com aquela festa. Chamou-o então para junto de si e Ponto deitou a cabeça em seu regaço; mais uma vez, saiu saltitante em torno da mesa e olhou a menina com olhos muito vivos.

— Quer uma salsicha, cachorrinho fofo? — perguntou a menina.

Ponto mostrou seu júbilo abanando a cauda. De modo muito simpático, ela escolheu, para meu imenso espanto, uma das salsichas mais rotundas e apetitosas e lhe deu. Em sinal de gratidão, ele ainda inventou novas piruetas e depois veio ter comigo, correndo com a salsicha na boca e a depositando aos meus pés:

— Eis, meu caro, sacie sua fome!

Quando terminei a refeição, Ponto convidou-me a segui-lo de novo, a fim de reconduzir-me à casa do Mestre Abraham. Caminhávamos devagar, um ao lado do outro e, assim, não foi difícil iniciar uma conversação razoável. Comecei:

— Bem, caro amigo Ponto, reconheço que você consegue se virar bem melhor do que eu nesse mundo. Eu nunca teria conseguido dobrar o coração daquela selvagem, como você logrou com enorme facilidade. Mas, permita-me uma observação! Em suas maneiras com a vendedora de salsichas tinha qualquer coisa contra a qual meu amor próprio se rebela. Talvez uma certa lisonja submissa, uma abnegação de si mesmo, da nobreza natural. Não, meu bom poodle, eu não seria capaz. Não me submeteria a atuar de modo tão cordial, a perder o fôlego com manobras de aproximação e pedir com humildade como você fez. Quando tenho muita fome ou um apetite especial por algum prato, limito-me a pular à cadeira, atrás do mestre, e explicitar meu desejo com um suave ronronar. É mais uma forma de lembrá-lo das suas obrigações de prover minhas necessidades do que propriamente um pedido de favor.

Ponto achou muita graça na minha observação:

— Oh Murr, meu bom gato! Você pode ser habilidoso literato, perito em vários assuntos dos quais eu não tenho a menor noção, mas não sabe nada da vida real e acabaria perecendo de fome e miséria devido à sua ignorância quanto às coisas do mundo. Para começo de conversa, direi-lhe que seu julgamento seria completamente diferente antes de comer a salsicha, pois as pessoas famintas são bem mais gentis e dóceis, e pensam de um jeito diferente das saciadas. Ademais, você se engana bastante quanto à minha suposta submissão.

Você está careca de saber que a dança e os saltos são meus grandes prazeres, que faço isso às vezes para meu próprio deleite. Se às vezes apresento minhas artes de adestramento diante do público humano apenas para me exercitar, então é porque me divirto com isso, embora os bobos imaginem que minha intenção é proporcionar-lhes distração. Eles acreditam nisso, embora não seja o caso.

A cena que você acabou de presenciar é uma ilustração precisa do que lhe digo. A menina tinha de perceber de imediato que eu visava a salsicha e nada mais! Imagine, uma simples desconhecida, e eu ali exibindo minhas habilidades diante dela como se fosse uma pessoa muito querida! Mas sentiu-se lisonjeada com isso e meu êxito deveu-se justamente à sua alegria. O homem que sabe viver, quando faz algo em benefício próprio, precisa dar a entender aos outros que está fazendo algo pelo bem alheio; assim, por sua vez, os outros se sentem compelidos a agradar e a fazer aquilo que a gente quer. Algumas pessoas dão a impressão de ser altruístas, submissas, modestas, devotadas e à mercê do outro sem terem em mente senão a si mesmas, a quem o outro serve inadvertidamente. O que lhe apraz, portanto, chamar de lisonja submissa, não passa de sensata conduta mundana, que tem por fundamento o conhecimento e a exploração das fraquezas alheias.

— Oh Ponto! — repliquei — Você é um cidadão do mundo, concordo e admito: conhece a vida bem melhor que eu. Por outro lado, porém, acho inconcebível que suas artes singulares de fato lhe rendam benefícios. Quase caí de susto, por exemplo, quando na minha presença você portou a seu amo um pedaço de carne assada, sustendo-o inteiro entre os dentes, sem saborear um naco que fosse, até seu dono lhe dar permissão.

— E diga-me, caro Murr — pediu Ponto —, o que aconteceu depois?

— Ambos, seu dono e o Mestre Abraham, não pouparam elogios e serviram-lhe um prato cheio de carne assada que você devorou com grande apetite.

— Você há de convir, prezadíssimo Murr, que se eu tivesse comido o pedaço de carne ao levá-lo à boca, teria recebido um tratamento assim tão generoso? Admita, oh jovem inexperiente, é preciso saber fazer pequenos sacrifícios para se conquistar um bem maior.

Muito me admira ver que, apesar das intensas leituras, você não conheça o significado de "antes perder a lã que a ovelha". Confesso, com a pata no coração, que se eu achasse um belo assado longe dos olhos dos outros, certamente o comeria sem esperar autorização de meu senhor, sobretudo se estivesse seguro de não estar sendo observado. Pois é muito natural que o indivíduo não se comporte de maneira semelhante num local isolado e sem público. Sem contar que ser honesto nas pequenas coisas é um princípio impregnado da sabedoria universal.

Durante alguns instantes guardei silêncio, refletindo sobre os princípios que Ponto acabara de expor. E ocorreu-me ter lido em algum lugar[91] que cada um deve agir de tal maneira que o motivo que o levou a agir possa ser convertido em lei universal, ou que todos ajam como ele; e me esforcei em vão para pôr essa máxima em consonância com a esperteza mundana de Ponto. Conjecturei, então, nesse momento, que ele talvez demonstrasse toda aquela amizade objetivando algum benefício próprio em meu detrimento, e expressei minha desconfiança sem relutar.

— Como você é tolinho — exclamou Ponto, rindo. — Não se trata de você. Você não tem condições de me oferecer vantagens ou de me causar desvantagens. Não tenho inveja de suas ciências

---

91. Em alemão: "*Handle so, dass die Maxime deines Willens jederzeit zugleich als Prinzip einer allgemeinen Gesetzgebung gelten könne.*" Trata-se de um jogo de palavras a partir do imperativo categórico de Kant (1788). *Crítica da razão prática*, § 7.

mortas, suas aspirações não coincidem com as minhas e se tiver o propósito de hostilizar-me, sou superior a você em força e destreza. Um salto, uma mordida forte com meus dentes afiados e você estaria liquidado.

Assaltou-me um grande temor ante meu próprio amigo, o que aumentou ainda mais quando um grande cachorro negro o saudou com intimidade, e ambos falaram em voz baixa, espiando-me com olhos brilhantes.

Com orelhas baixas, fiquei quieto num canto. Mas o negro logo se despediu e Ponto achegou-se a mim, de volta:

— Venha, amigo!

— Oh, céus! Quem era o grave indivíduo, talvez alguém com grande conhecimento do mundo, como você? — perguntei atordoado.

— Acho até que você está com medo de titio Escaramuça. Não satisfeito por ser gato, quer agora virar coelho?

— Mas — perguntei interrompendo-o, porque seu tio me lançava olhares furiosos —, vocês estavam cochichando sobre mim em segredo?

— Não vou lhe ocultar, meu bom Murr, que meu velho tio, moroso e antiquado, atém-se a preconceitos ultrapassados da antiga geração. Ele estranhou nossa convivência, porque a desigualdade de nossa condição deveria impedir qualquer ligação entre nós. Garanti que você era um jovem de espírito cultivado, de maneiras afáveis, e contei-lhe que muitas vezes nos divertíamos juntos. Ele então me permitiu conversas esporádicas e discretas, contanto que eu nunca sonhasse apresentá-lo à sociedade dos cachorros, onde sua presença não seria apreciada, pois as pequenas orelhas trairiam instantaneamente sua origem inferior e seriam consideradas indecentes pelos ágeis poodles de orelhas compridas. Prometi não incidir nessa inconveniência.

Se àquela época eu já tivesse uma noção de meu ilustre antepassado, o Gato de Botas que galgou cargo e nobreza, amigo íntimo do rei Gottlieb[92], teria sido capaz de demonstrar com facilidade ao amigo Ponto que qualquer assembleia canina deveria sentir-se honrada com a presença de um descendente de família tão ilustre. Contudo, ainda não saído de minha obscuridade, tive de suportar a crença de ambos, Escaramuça e Ponto, de que seriam superiores a mim. Seguimos caminhando em silêncio.

Bem à nossa frente, ia um jovem que lançou de súbito uma exclamação de alegria, e teria infalivelmente me ferido muito ao retroceder, se eu não tivesse pulado para o lado. Outro jovem veio então abraçá-lo. Os dois se jogaram um nos braços do outro, como num reencontro de amigos separados durante longo tempo. Permaneceram um pouco à nossa frente conversando de mãos dadas, e logo se despediram com um terno adeus. O cachorrinho que eu vira primeiro seguiu o amigo durante alguns instantes com o olhar, e entrou em seguida numa casa próxima. Ponto parou, eu o imitei. Nós vimos uma janela abrir-se no segundo pavimento da casa onde o jovem entrara, e uma formosa cachorrinha assomou à janela, seguida pelo tal jovem. Ambos riam muito, observando o outro que se afastava ao longe. Ponto ergueu os olhos e murmurou entre dentes algumas palavras incompreensíveis para mim.

— Por que você se detém, amigo Ponto? Por que não avançamos? — perguntei.

Mas Ponto não se deixou perturbar, balançando vivamente a cabeça e seguindo o caminho em silêncio.

Ao chegarmos a uma agradável praça cercada de árvores e ornada com estátuas, ele disse:

— Vamos parar um pouco aqui, bom Murr. Não me sai da lembrança a imagem dos dois jovens se abraçando na rua. São amigos como Damon e Pílades.

92. Em *O Gato de Botas*, peça de Ludwig Tieck mencionada à nota 19, o jovem Gottlieb herda o gato e, com sua ajuda, acaba se tornando rei.

— Damon e Pítias![93] — corrigi. — Pílades era o amigo de Orestes[94], quem o colocava fielmente na cama, vestia-lhe a bata e servia-lhe chá de camomila, sempre que o pobre homem era atormentado pela fúria e pelos demônios. Dá para perceber como você não é especialmente versado em História, amigo Ponto.

— Talvez! Mas conheço muito bem a história dos dois amigos e vou contá-la para você com todos os detalhes, tal como já a ouvi do meu amo umas vinte vezes. Quem sabe, além de Damon e Pítias, Orestes e Pílades, você não acrescente o terceiro par de amigos, Walter e Formosus. Formosus é o homem que esteve a ponto de esbarrar em você na alegria de rever o dileto amigo Walter. Naquela bela casa com janelas envidraçadas mora um velho presidente milionário, o qual Formosus soube lisonjear, pois é um sujeito bem esclarecido e amável, e sucedeu-lhe conquistar a posição de um filho para o ancião.

Ocorreu a Formosus, de súbito, perder toda a alegria; empalideceu, adoeceu e, num quarto de hora, suspirava dez vezes do fundo do peito, como se quisesse expirar a vida. Era incapaz de interessar-se pelo que se passava ao seu redor. Durante muito tempo, o presidente instou em vão com o jovem para revelar a causa de sua secreta danação; descobriu afinal que Formosus estava perdidamente apaixonado pela sua filha única. O velho contrariou-se com a descoberta, pois tinha outros planos em mente para a filha: não pretendia casá-la com um rapaz sem eira nem beira. Mas, ao notar que o pobre vinha definhando mais e mais, resolveu averiguar qual era a opinião de Ulrike a respeito do pretendente. A filha baixou

93. Damon e Pítias foram protagonistas de uma grande prova de amizade em Siracusa, na Sicília, sob o império do rei Dioniso. Schiller faz uso do mito na balada "Damon e Pythias", de 1799.

94. Mitologia grega: quando matou sua mãe Clitamnestra e vagava alucinado, perseguido por lembranças, Orestes contou com a companhia inseparável do amigo Pílades. Machado de Assis fez uma belíssima citação do mito clássico com o conto "Pílades e Orestes", lançado em 1903.

os olhos e respondeu balbuciante que, embora Formosus, retido sem dúvida pela modéstia, não tivesse diretamente se declarado, ela não deixara de perceber seu amor há muito tempo, porque era algo muito evidente. A propósito, ela gostava do jovem, sim, e se não houvesse impedimento e o querido papai não tivesse algo contra... Em suma, Ulrike abriu o coração como as moças fazem em circunstâncias semelhantes. Na primeira oportunidade, o presidente disse a Formosus: "levante a cabeça, meu jovem. Esteja satisfeito e contente: você terá minha Ulrike!" e, assim, os dois ficaram noivos.

Todos se encantaram com a felicidade do rapaz, com exceção de alguém que caiu em desgosto e desespero: justamente Walter, amigo dileto e de infância do noivo. Ele conhecera Ulrike, falara com ela e se enamorara ainda mais perdidamente do que o próprio Formosus! Desculpe, amigo Murr, estou sempre me referindo ao amor e à paixão, e duvido que você, gato, conheça o sentimento.

— No que me concerne — repliquei —, não creio ter amado ou estar amando, porque estou consciente de não ter vivenciado essa condição que os poetas descrevem. Não podemos nos fiar nos poetas, todavia, pois pelo que aprendi através de minhas leituras, o amor não pode realmente ser outra coisa além de um estado de enfermidade psíquica manifestando-se às vezes no gênero humano, similar à loucura parcial na qual se confunde um objeto por outro. Por exemplo: uma moça gorda e roliça vestida de meias se passar por deusa. Enfim, querido poodle, prossiga com o relato sobre os amigos Formosus e Walter.

— Walter — prosseguiu Ponto, saltando ao pescoço do amigo e falando entre lágrimas: — Você está roubando a bem-aventurança de minha vida, mas como é você, desejo-lhe sorte, é meu consolo; adeus, querido amigo, adeus para sempre! — Em seguida, fugiu em disparada em direção à floresta fechada com intenção suicida. Entretanto, não se matou porque, no desespero, esquecera completamente de carregar a pistola, e limitou-se assim a protagonizar alguns ataques de loucura, que se repetiriam pelos dias seguintes.

Um dia, Formosus, que não via o amigo nos últimos tempos, entrou furtivo na casa de Walter e se deparou com ele ajoelhado, chorando ante o retrato a pastel de Ulrike, que se via emoldurado, envidraçado e dependurado na parede.

— Não — exclamou Formosus, apertando o amigo contra o peito —, não posso suportar seu suplício, sacrifico com gosto minha felicidade a seu favor! Renuncio a Ulrike; já convenci o velho pai a aceitá-lo como genro! Ulrike o ama, talvez sem saber! Peça sua mão, pois estou de partida! Adeus! — Quando Formosus quis partir, Walter tentou detê-lo, mesmo estando ainda um tanto entorpecido, como se sonhasse. Não conseguia crer na veracidade de tudo o que lhe dissera o amigo, até receber das mãos do presidente um bilhete manuscrito com a caligrafia de Formosus, mais ou menos nos seguintes termos: "Nobre jovem! Você venceu, e é com pesar que o deixo, mas honro sua amizade, que se iguala ao heroísmo registrado em tempos antigos. Não tenho objeções contra a pretensão de Walter, homem de ótimas qualidades e boa situação financeira, de casar-se com Ulrike!" Formosus, de fato, viajou, Walter pediu a mão de Ulrike e a obteve.

O presidente mais uma vez escreveu a Formosus, cobrindo-o de louvores e sondando-o sobre o pagamento de uma indenização, embora, como se sabe, ele não fizesse jus a uma, mas como um modesto testemunho de profunda afeição, talvez aceitasse uns três mil táleres. Formosus respondeu a carta do velho, contando quão ínfimas eram suas necessidades, que o dinheiro nada representava para ele e não lhe traria felicidade, somente o decorrer do tempo consolaria sua perda; ninguém tinha culpa senão o destino cruel acendendo no coração do amigo querido o amor por Ulrike. Entretanto, aceitava, sim, os três mil táleres, sob a condição de serem remetidos a uma pobre viúva que vivia com a filha única, num endereço designado, e assim foi feito.

Tempos mais tarde, Walter escreveu a Formosus: "Não posso viver sem nossa amizade, retorne!" Ao voltar, Formosus, há muito desejoso de uma posição respeitável e lucrativa, logo soube que o amigo se demitira a seu favor do cargo que desempenhava. Naturalmente aceitou de bom grado a oferta e, com exceção da frustrada esperança com relação à Ulrike, sua situação era bastante confortável. A cidade e o país admiravam a luta generosa travada entre os dois amigos, e a conduta deles foi comparada a de notáveis heróis da Antiguidade.

— De fato — falei quando Ponto se calou —, depois de conhecer a história de ambos, penso que são realmente dotados de muita nobreza e sentimentos elevados, e seus sacrifícios recíprocos de fidelidade nada têm em comum com sua filosofia de vida.

— Hum! — respondeu Ponto, sorrindo com malícia —, depende! É preciso acrescentar alguns fatos desconhecidos do público em geral, os quais apurei em parte através de meu amo, em parte por conta própria. O amor de Formosus pela rica filha do presidente não devia ser tão arrebatador quanto supunha o ancião. No supremo estágio da paixão, após penar durante o dia, o jovem jamais se absteve de render visitas, noite após noite, a uma jovem e formosa modista. Quanto à doce e angelical Ulrike, ele percebeu que, tão logo se tornou sua noiva, converteu-se na encarnação de um pequeno demônio. Além do mais, recebeu de fonte segura desagradáveis informações sobre a vida amorosa da senhorita Ulrike na corte e, ao constatar que o coração da noiva não era tão noviço, Formosus foi tomado de repentina e irresistível generosidade, não hesitando em renunciar à rica donzela pelo bem do amigo.

Walter se enamorara de fato da moça, ao vê-la vestida com muito luxo e elegância numa reunião social. Para Ulrike, por sua vez, era indiferente qual dos dois se tornaria seu esposo. Walter tinha, é verdade, uma posição respeitável e lucrativa, mas, não obstante, dera passos em falso na administração de suas finanças, o que o estava levando à ruína. Preferiu demitir-se antes disso em prol do amigo, salvando a honra com um gesto impregnado de sinais da mais nobre intenção.

Os três mil táleres foram remetidos a uma velha senhora, de aparência honesta, que constava ora como mãe, ora como servente daquela mencionada modista. Nesse episódio, por exemplo, ela participou evocando essa dupla condição. No recebimento do dinheiro, como mãe; em seguida, como servente, ao repassá-lo e ganhar em troca uma comissão daquela moça, querido Murr, que nós vimos à janela com Formosus.

Cientes do modo exagerado como se superaram em matéria de nobres intenções, Formosus e Walter se evitaram durante longo tempo, a fim de escapar das trocas mútuas de elogios. Isso explica a efusão de suas saudações, quando o acaso os reuniu hoje na rua.

No mesmo instante, ouviu-se um barulho terrível. Pessoas corriam de um lado para o outro e gritavam:

— Fogo! Fogo!

Os cavalos empinavam na rua, as carruagens precipitavam-se estrepitosas. Da janela de uma casa vizinha saíam turbilhões de chama e fumaça.

Ponto pôs-se a correr, e eu, tomado de pavor, galguei uma escada apoiada na parede de uma casa e logo me encontrei em segurança sobre o telhado. De repente, tudo me pareceu...

(*Folha de macul.*):... e chegou a mim às furtadelas, disse Duque Irenäus, sem o mestre de cerimônias pedir minha permissão, sem deixar-se preceder pelo valete de câmara em serviço. De resto, ele me agrada, é um homem bastante amável. O senhor me disse que era um simples e mero músico? Inclusive de certa condição?

Mestre Abraham confirmou que Kreisler vivera de modos bastante distintos, gozara mesmo da grande consideração de cear à mesa principesca, e só mesmo a devastadora avalanche daqueles tempos o retirara desse convívio. Mas, a propósito, ele não desejava que erguessem o véu com o qual velava seu passado.

— Isso demonstra sua dignidade — comentou o Duque Irenäus. — Quem sabe é um nobre, barão ou conde? Não é preciso ir muito longe com ilusões, contudo, tenho uma queda para o mistério. Foi uma época maravilhosa, após a Revolução Francesa, quando os marqueses fabricavam lacre e os condes tricotavam boinas, sem pretender ser mais que senhores humildes, se divertindo no grande baile dos disfarces. Bem, voltando ao senhor von Kreisler! Benzon é perspicaz em assuntos dessa natureza, ela o elogiou e me recomendou. Reconheço de imediato um homem de bem pela maneira como carrega o chapéu debaixo do braço.

O príncipe acrescentou ainda alguns elogios ao aspecto exterior de Kreisler, fazendo o mestre acreditar na possibilidade de concretização de seus projetos. Ele na verdade pretendia introduzir o amigo do peito naquele simulacro de corte e retê-lo, assim, como mestre de capela, em Sieghartsweiler. Porém, quando insistiu no assunto, o príncipe replicou com firmeza que a ideia estava fora de cogitação, explicando:

— Decida o senhor mesmo, mestre, se seria possível atrair um homem tão cativante assim ao círculo restrito de minha família, tê-lo concomitantemente como mestre de capela e, por conseguinte, como meu empregado. Poderia oferecer-lhe um cargo na corte, como *Maître de Plaisir* ou *des Spectacles*, mas ele entende a fundo a matéria musical e é versado na arte teatral. Não abro mão daquele princípio defendido por meu finado pai, segundo o qual o mestre de capela não deve entender de música nem de outras artes sob sua direção, pois, do contrário, passa a interessar-se em demasia pelas pessoas às suas ordens, como músicos, atores, etc. Assim, que o senhor von Kreisler conserve a máscara de mestre de capela estrangeiro e conviva conosco nos salões da residência principesca, seguindo o exemplo de um homem distinto[95] que vinha tempos

95. Hoffmann talvez esteja se reportando a Alessandro, conde de Cagliostro, na realidade Giuseppe Basamo (1743-1795), que se dedicava à fabricação de ouro e conjuração de espíritos. Uma das figuras mais importantes do ocultismo, Cagliostro foi muitas vezes taxado de charlatão e, sobre ele, foram contadas inúmeras histórias, tendo sido até mesmo protagonista da peça *Der Groß-Cophta*, de Goethe. Num ensaio sobre essa personalidade, Walter Benjamin conta que o homem não somente

atrás divertindo os círculos mais seletos com caretas encantadoras, usando a abjeta máscara de um vil histrião.

Ademais, gritou às costas do mestre que se retirava, como de certo modo o senhor parece estar desempenhando o papel de *chargé d'affaires*[96], posso apontar-lhe duas atitudes ofensivas, talvez meros hábitos que ele tenha adquirido no passado. O senhor com certeza me entenderá. Em primeiro lugar, ele me olha firme e de frente quando lhe dirijo a palavra. Tenho olhos extraordinários, capazes de lançar olhares fulminantes como outrora o Imperador Friedrich, o Grande. Nem camareiro, nem pajem algum se atreve a alçar a vista quando lanço meu implacável olhar e indago ao *mauvais sujet*[97] se ele voltou a endividar-se, ou se comeu guloseimas. Mas o senhor von Kreisler posso encarar como bem quiser, ele nem se importa e ainda me sorri de modo seguro, obrigando-me a baixar os meus próprios olhos. O homem também possui um estilo singular de falar, responder e conduzir uma conversa, às vezes forçando-nos a julgar nossas palavras totalmente desprovidas de senso, como se de certo modo fôssemos tolos... Por São Januário, Mestre Abraham, isso é insuportável, e o senhor precisa ver se ele consegue renunciar a tais hábitos.

O mestre prometeu ao Duque Irenäus satisfazer-lhe a solicitação e estava prestes a insistir novamente no outro assunto, quando o outro mencionou a especial aversão que a Princesa Hedwiga manifestava contra Kreisler, e assinalou, depois de algum tempo, que a criança vinha sendo assaltada por estranhos sonhos e imaginações, razão pela qual o médico prescrevera um tratamento à base de leite na próxima primavera. Hedwiga estava momentaneamente obce-

---

tornou-se célebre, como foi mesmo idolatrado em toda a Europa por dezenas de milhares, que o tinham quase como um santo por suas "artes de curandeiro"; isso, sobretudo entre 1760 e 1780, auge do Iluminismo.

96. Em francês: "encarregado de negócios".

97. Em francês: "sujeito malvado".

cada com a ideia de que Kreisler fugira do hospício e, na primeira oportunidade, causaria algum problema.

— Diga-me você mesmo — continuou o príncipe —, se esse homem sensato apresenta de fato um mínimo traço de desarranjo mental.

Mestre Abraham respondeu que Kreisler certamente era tão doido quanto ele próprio, mas às vezes se comportava com modos um pouco peculiares e tombava num estado comparável ao do Príncipe Hamlet, o que na verdade só o tornava mais interessante.

— Tanto quanto sei — tomou a palavra o príncipe —, o jovem Hamlet era um excelente príncipe de antiga e prestigiada dinastia, não obstante de vez em quando inventasse o capricho biruta de levar toda a corte a tocar flauta. As pessoas de categoria mais elevada podem se dar ao luxo de incorrer nessas aberrações, pois isso lhes confere respeito. O que num indivíduo sem títulos se qualifica de absurdo, nelas se distingue tão somente como uma cabriola agradável de um espírito transcendente, que há de suscitar assombro e admiração. O senhor von Kreisler deveria se conformar num caminho reto, mas já que ele prefere imitar o Príncipe Hamlet, talvez motivado por suas predominantes inclinações musicais, a aspiração pode ser considerada uma tentativa sublime. É perdoável o fato de que ele às vezes queira se comportar no estilo extravagante.

O mestre parecia fadado a não mais se retirar dos aposentos do Duque Irenäus, pois esse voltou a chamá-lo para saber donde provinha a estranha aversão da Princesa Hedwiga contra Kreisler. O mestre contou sobre a entrevista de Kreisler com a princesa e Júlia no Parque de Sieghartsweiler, e ponderou que o estado de exaltação no qual se encontrava o moço na ocasião talvez pudesse ter exercido uma influência perniciosa sobre uma dama de nervos delicados.

O príncipe exprimiu com veemência a esperança de que Kreisler não tivesse vindo a pé a Sieghartsweiler, mas sim numa carruagem, que o aguardara vez ou outra, em certas aleias mais largas, pois só os aventureiros vulgares saíam viajando a pé.

Mestre Abraham lembrou o exemplo de um bravo oficial da Antiguidade[98], que caminhara de Leipzig a Siracusa sem repor as solas das botas uma vez sequer; quanto a Kreisler, no entanto, estava convencido de que a carruagem, de fato, o aguardara em alguma aleia. A convicção tranquilizou o príncipe.

Enquanto transcorria esse diálogo nos aposentos do Duque Irenäus, na casa de Benzon Johannes sentava-se ao magnífico piano outrora construído pela hábil Nannette Streicher[99], e acompanhava Júlia no longo e langoroso recitativo de Climnestra da ópera *Ifigênia in Áulis*[100], de Gluck.

Infelizmente o presente biógrafo se vê levado, se há de ser fiel o retrato, a representar o herói como figura insólita, que aos olhos do tranquilo observador, parece um louco devido ao seu entusiasmo musical. E a narrativa adquire conotação digressiva para tentar refletir a apologia do canto de Júlia: "Quando você cantou, toda a nostalgia do amor, o encanto dos doces sonhos cultivados, a esperança, a saudade, recorreram pela floresta e tombaram serenos como o orvalho refrescante em perfumados cálices das flores e no peito de rouxinóis atentos". Com isso, Kreisler não atribui um valor especial à voz da moça! Mas sem demais digressões e lamentando aos céus jamais tê-lo escutado pessoalmente, o biógrafo pode asseverar ao caro leitor que o canto de Júlia deve mesmo possuir algo de misterioso, de fantástico. Homens impassíveis, que nunca se alteravam com o exame de um processo intrincado, o aspecto de uma moléstia fatal, a degustação de um patê de *foie gras* recen-

98. Johann Gottfried Seumes (1763-1810) narra o episódio no relato de viagem "*Der Spaziergang nach Syrakus im Jahre 1802*" [O passeio em Siracusa no ano de 1802]. Tieck o cita na peça/conto de fadas *Leben und Tod des kleinen Thomas genannt Däumling* [Vida e morte do pequeno Thomas chamado Polegar], III, 7.

99. Nanette Streicher (1769-1833) era fabricante de pianos, esposa de Andreas Streicher, que o poeta Schiller acompanhou ao fugir de Stuttgart.

100. *Ifigênia in Áulis* é a ópera de Gluck estreada em 1774, e o recitativo de Clitemnestra corresponde ao ato III, cena 6.

temente trazido de Strassburg, ou o contato no teatro com Gluck, Mozart, Beethoven e Spontini[101], me disseram muitas vezes ser impossível ouvir o canto de Júlia sem emocionar-se quase até as lágrimas. Certa inquietude, contudo impregnada de indescritível bem-estar, apoderava-se deles por inteiro, e os constrangia a fazerem papel de palhaço e a se comportarem com modos chocantes, qual jovens escritores de versos, cheios de fantasia. Some-se ainda a essas circunstâncias que, certa vez, quando Júlia cantou na corte, o Príncipe Irenäus gemeu audivelmente e, ao fim do recital, saiu correndo atrás da moça, trouxe-lhe as mãos até os lábios e disse muito lacrimoso: "Querida donzela!". O mestre de cerimônias ousa afirmar que o príncipe teria beijado a mão de Júlia e, ao fazê-lo, algumas quantas lágrimas teriam escorrido pelas faces; mas a pedido da camareira o pormenor foi suprimido, por indecoro e inconveniência, ao bem da corte.

Júlia, capaz de uma voz plena e sonora, cantava com o arrebatamento que jorrava de uma alma profundamente comovida, e bem podia residir nisso a magia maravilhosa e indelével que também hoje exercia. Os ouvintes suspendiam a respiração enquanto ela cantava no sarau do qual vínhamos falando, com Kreisler a acompanhando ao piano. Todos sentiam o peito pungido por uma dor tênue e suave; somente alguns segundos depois, ao fim da música, o arroubo se manifestou num caloroso e desmedido aplauso.

Apenas Kreisler permaneceu sentado, mudo e rígido, recostado em sua cadeira. Depois se levantou, lento e silencioso, e Júlia o fitou com olhar interrogativo: "Estive mesmo tão bem?". Mas, ruborizando-se, baixou o olhar quando ele levou a mão ao coração e sussurrou com voz embargada: "Júlia!", para em seguida furtar-se com discrição ao círculo fechado das damas.

101. Gaspare Spontini (1774-1851) foi um compositor italiano, durante certo tempo intendente de ópera em Berlim. Prosseguiu desenvolvendo o estilo dramático de Gluck.

Com grande esforço, a Conselheira Benzon lograra convencer a Princesa Hedwiga a comparecer ao sarau, no qual o mestre de capela também estaria presente. A princesa cedeu, afinal, quando a conselheira lhe expôs o quão ridículo seria evitar um homem por ele não pertencer à massa de seres ordinários semelhantes entre si como moeda corrente, e por ter às vezes opiniões um tanto quanto irreverentes. Além disso, Kreisler recebeu o apoio do príncipe e, assim, ficou difícil para a princesa perseverar na sua idiossincrasia. Ela soube mover-se e volver-se com tanta habilidade que Kreisler, inofensivo e submisso como era, e importando-se sinceramente com a reconciliação, não pôde aproximar-se, apesar de todos seus esforços. Através de astuciosa tática, ela soube empregar manobras ardilosas. Surpreendida, Benzon, atenta a tudo, não pôde reprimir a lividez ao ver a princesa cruzar de repente o círculo das damas e, sem mais nem menos, abordar o mestre.

Absorto em reflexões, Kreisler foi despertado do enleio pela voz da princesa. Ela indagou se ele era o único que não tinha gestos nem palavras capazes de exprimir o aplauso conquistado por Júlia.

— Excelentíssima princesa — respondeu Kreisler num tom que traía emoção —, segundo a consagrada opinião de famosos escritores, os abençoados que têm sensações e expressões são privados da palavra. Acho que estive no céu!

— Nossa Júlia é, portanto, um anjo iluminado, pois pôde lhe descerrar as portas do paraíso. Agora, suplico-lhe, abandone por alguns instantes o paraíso e dê ouvidos a uma pobre criatura terrena como eu!

Ela fez uma pausa, como se esperasse que ele dissesse alguma coisa. Mas Kreisler a olhava fixamente, em silêncio. Hedwiga baixou os olhos e virou-se com rapidez, de modo que a leve echarpe resvalou de seus ombros. Kreisler a segurou na queda. A princesa vacilou. Num tom relutante e inseguro, como se lhe custasse dizer o que decidira em seu íntimo, falou enfim:

— Conversemos sobre coisas poéticas, de maneira prosaica. Sei que o senhor vem ministrando aulas de canto a Júlia, e reconheço o quanto ela, desde então, evoluiu em voz e eloquência. Isso me fez nutrir a esperança de que o senhor estaria em condições de elevar um talento medíocre como o meu. Creio...

Ela gaguejou, envergonhando-se. Benzon interveio e assegurou que a princesa estava sendo injusta consigo mesma ao qualificar o próprio talento de medíocre, pois sabia tocar muito bem o piano e cantava com voz bastante expressiva. Kreisler, a quem a princesa em seu embaraço parecia de súbito amável sobre todas as medidas, lançou uma torrente de expressões corteses, e concluiu confessando que nada poderia torná-lo mais feliz que o consentimento para assisti-la nos estudos de música.

A princesa ouviu o mestre com visível complacência e, quando ele terminou, ainda que um olhar significativo de Benzon a advertisse de sua singular aversão contra esse homem gentil, ela respondeu à meia-voz:

— Sim, Benzon, você tem razão, às vezes me comporto sem dúvida de maneira pueril!

No mesmo instante, pegou sem olhar a echarpe que Kreisler ainda sustinha e agora lhe estendia. Nem ele soube como foi que tocou ligeiramente a mão da princesa. Mas como numa corrente elétrica, um calafrio poderoso percorreu-lhe todos os nervos, e ele se sentiu prestes a desfalecer.

Semelhante a um raio de luz que atravessa nuvens escuras, Kreisler escutou a voz de Júlia:

— Cantarei mais uma vez, meu caro senhor Kreisler; não me concedem um momento de repouso. Gostaria de tentar o belo dueto que o senhor vem me ensinando ultimamente.

Benzon tomou a palavra:

— O senhor não pode se recusar a acompanhá-la, caro mestre de capela. Venha! Ao piano!

Incapaz de dizer uma só palavra, Kreisler se sentou ao piano e tocou os primeiros acordes do dueto, meio aturdido e tomado de estranha embriaguez.

Júlia começou:

— "*Ah che mi manca l'anima in si fatal momento*!"[102]

É necessário dizer que as palavras do dueto exprimiam simplesmente, à maneira italiana, a separação de dois amantes. *Tormento* rimava, é óbvio, com *momento* e *sento*, e não faltava *Abbi pietade o cielo*, nem *la pena di morir.* Kreisler compusera o trecho em suprema exaltação da alma e com tal fervor, que a interpretação inevitavelmente arrebatava qualquer um a quem a criação tivesse dotado de ouvidos, mesmo os mais insensíveis. A execução do dueto representava um desafio, pois Kreisler, ao compô-lo, aspirava tão somente à máxima expressão, sem ocupar-se do que pudesse ser mais exequível ou cômodo para a cantora. Assim, ela iniciou de forma tímida, com voz titubeante, e ele não muito melhor. Mas logo ambas as vozes se alçaram majestosamente sobre as ondas do canto como dois alvos cisnes nadando lado a lado em harmoniosos movimentos de asas até as nuvens de um dourado resplendor, que se esvaíam agonizantes em terno abraço amoroso, até que longos suspiros anunciavam a morte iminente em meio à ruidosa tempestade dos acordes, e o último *addio* brotava do peito em lancinante grito de dor atroz.

Nenhum dos presentes deixou de emocionar-se profundamente, muitos derramando lágrimas copiosas; até mesmo Benzon confessou que, tampouco no teatro, em nenhuma cena de despedida bem representada sentira algo semelhante. Júlia e o mestre de capela foram cobertos de elogios, as interpretações, tanto de um como do outro, comentadas com entusiasmo e a composição saudada com mais mérito do que talvez merecesse.

102. O texto pertence a uma obra de Hoffmann, o sexto dos *Seis duetinos italianos para soprano e tenor* (composto em 1819).

Durante a canção, a Princesa Hedwiga demonstrou com estardalhaço sua comoção interior, embora se esforçasse para dissimular seu interesse. Junto dela sentava-se uma moça cortesã de bochechas rosadas, predisposta tanto ao riso quanto ao pranto, e a quem a princesa murmurava toda sorte de coisas ao ouvido sem obter resposta, senão fragmentos soltos pronunciados no temor do desrespeito à conveniência da corte. Com a mesma intenção, como se não escutasse o dueto, ela se dirigia às vezes à Benzon sentada igualmente perto dela, e falava de assuntos aleatórios, mas a conselheira lhe pediu, com seriedade, para aguardar até o fim do recital. Enfim, logo que Júlia e Kreisler terminaram, ela ergueu seus olhos cintilantes e o rosto ardente, falando tão alto que sobrepujava os aplausos.

— Certamente me será permitido expressar minha opinião. O dueto ao qual acabamos de assistir tem, sem dúvidas, qualidades como composição, e minha Júlia cantou muito bem. É, contudo, adequado e admissível num círculo agradável de amigos, no qual deve predominar a conversação amena, a apresentação de produções extravagantes que dilaceram o coração e cuja impressão poderosa e destruidora não se pode superar? Esforcei-me para cerrar os ouvidos, o meu peito, não sucumbir aos sentimentos dolorosos exprimidos na canção plena de escárnio para com nosso mundo interior tão facilmente vulnerável. Com gosto, entrego minha fragilidade à sua ironia, mestre de capela, com gosto admito o quanto a impressão do dueto me aborreceu. Não há, por acaso, algum Cimarosa ou Paisiello[103], cujas músicas melhor condigam com o ambiente social?

— Meu Deus! — exclamou Kreisler, com o habitual tique incessante do rosto vibrando quando o humor se alterava no íntimo. — Meu deus, clementíssima princesa! Quão inteiramente eu, mísero mestre de capela, compartilho sua bondosa e sábia opinião!

103. Domenico Cimarosa (1749-1801) e Giovanni Paisiello (1740-1816) , compositores de ópera italianos.

Não seria contra a moral e a etiqueta expor os sentimentos do peito com toda a melancolia, com toda a dor e os arroubos ali guardados, ao invés de se compor adequadamente com a pose da mais perfeita gentileza e conveniência? De que adiantam os métodos de extinção do fogo de nafta preparados pelo bom-tom? Verte-se tanto chá, tanto refresco, tanta conversa séria, além é claro de muita conversa fiada, e não obstante surge um ou outro sacrílego incendiário que consegue lançar fogo e fazer as chamas se elevarem, brilharem e reluzirem ainda mais que a luz da lua! Sim, princesa! Sou o mais infeliz dos mestres, incorri vergonhosamente na blasfêmia com esse espantoso dueto que percorreu toda a audiência qual infernal fogo de artifício e, oh desgraça! Admito, incendiou tudo! Fogo! Fogo! Tragam água!

Kreisler correu ao almaço de papelão que continha os cadernos com as partituras e esparramou a papelada em busca de uma música específica, *La Molinara*[104], de Paisiello. Sentou-se ao instrumento e começou a tocar o *ritornello* da bonita *ariette*, com a qual se introduz a moleira em cena:

— Mas, caro Kreisler! — disse Júlia muito tímida e assustada.

Kreisler, porém, se ajoelhou com ambos os joelhos diante de Júlia e suplicou:

— Caríssima e encantadora Júlia! Tenha piedade dessa elevada sociedade, ofereça um brando consolo aos ânimos exaltados, cante a *Rachelina*! Se você se recusar, não me restará outro recurso senão abandonar-me ao desespero, a cujo limiar me encontro; em vão você puxará pelos panos o coitado *maître de la chapelle*, pois quando você chamar com a habitual delicadeza: "fique conosco, oh Johannes!", ele já terá partido até Aqueronte[105], arriscando graciosos passos do balé dos demônios. Assim, preciosa, cante!

---

104. Em italiano: *A moleira*, ópera composta em 1788.

105. Mitologia grega: Aqueronte era um dos riachos que circundavam as profundezas do inferno, e através do qual as almas precisam cruzar.

Júlia atendeu ao pedido de Kreisler, mas não, segundo parecia, sem certa repugnância. Tão logo a *ariette* acabou, ele começou o conhecido dueto cômico do notário com a moleira.

O canto de Júlia, em voz e estilo, convinha ao trágico e ao patético. Entretanto, ao cantar motivos cômicos, ela dispunha sempre de seu humor, pois era a encantadora amabilidade personificada. Quanto a Kreisler, ele se apropriara da maneira singular e bizarra dos bufões italianos e, nesse estilo musical, optava pela redundância. Sua voz não soava como de praxe, adaptando-se aos mil matizes da expressão dramática e, enquanto cantava o jogo animado de sua figura, provocaria o riso mesmo no mais circunspecto Cato.[106] Não podia ser diferente, e todos manifestaram sua alegria com espontâneas gargalhadas.

Embevecido, Kreisler beijou a mão de Júlia, mas essa se esquivou de modo brusco, bastante desgostosa:

— Ah, mestre! Eu não consigo acostumar-me com seus estranhos caprichos. As passagens súbitas de um extremo ao outro me cortam o coração! Rogo-lhe, querido Kreisler, que não volte a exigir de mim uma canção cômica, por mais bonita que seja, quando em mim ainda reverberarem os sons da mais profunda melancolia. Sei como fazer, posso me obrigar a isso, mas o exercício me exaure as forças e me adoece. Não me peça isso novamente! Promete, caro Kreisler?

O mestre de capela ia responder, no mesmo instante, contudo, a princesa Hedwiga o abraçou com força, rindo e falando com modos que aos olhos de uma preceptora pareceriam bastante escandalosos e inadequados a pessoas de seu estrato social:

— Deixe-me dar um abraço na mais encantadora, de melhor voz e mais jovial entre todas as moleiras! Você enganaria a todos os barões, funcionários e notários do mundo, e pode inclusive...

O resto se perdeu misturando-se ao estalo de risos que se seguiu às palavras; depois, virando-se para o mestre de capela, disse:

106. Marcus Porcius Uticensis (95-46 a. C.) é o símbolo do estoicismo romano.

— Eis-me agora plenamente reconciliada consigo, caro Kreisler! Oh, compreendo enfim seu humor oscilante! É esquisito, confesso, muito esquisito! Somente da ambiguidade das mais variadas sensações, dos mais desencontrados sentimentos, surge o sublime! Sou muito grata, de coração, grata a você, mestre! Consinto que me beije a mão!

Kreisler tomou a mão que se oferecia e, mais uma vez, embora não com o mesmo ímpeto, sentiu o choque da descarga elétrica, pelo que teve de relutar um instante antes de tocar com os lábios os delicados dedos nus de Hedwiga. Inclinou-se então com grande deferência, como se ainda fosse diplomata-conselheiro. Mas logo em seguida, sem que soubesse explicar o motivo, a sensação física lhe pareceu ridícula. E disse a si mesmo, quando a princesa o deixou:

— Talvez a princesa seja uma espécie de garrafa de Leyden[107], flagrando pessoas honestas com choques elétricos ao seu principesco arbítrio!

Hedwiga saltava, bailava pelo salão, ria, cantarolava "*la Rachelina molinara*" e, entre abraços e beijos, ora com uma, ora com outra dama, assegurava que nunca fora tão feliz, e essa alegria devia ao mestre. A cena repugnava deveras à séria Benzon, que não pôde deixar de chamar a moça à parte e cochichar-lhe ao pé do ouvido:

— Por favor, Hedwiga! Que comportamento!

Com olhos cintilantes, a princesa respondeu:

— Estava pensando, querida Benzon, que por hoje basta de reprimendas. Vamos nos deitar, é o melhor que faremos!

E, com isso, pediu sua carruagem.

Se Hedwiga transbordava de eufórica alegria, Júlia, ao contrário, se tornava quieta e triste. Com a cabeça apoiada sobre a mão, ela encontrava-se sentada ao piano. A palidez e os olhos velados demonstravam que o desgosto se convertera em padecimento físico.

107. O físico Cunäus inventou em 1746, em Leyden (Holanda), um condensador elétrico com o formato de uma garrafa.

Também em Kreisler se extinguira o fogo brilhante do humor. Evitando toda e qualquer conversa, ele foi se aproximando da porta aberta com passos discretos. Benzon interceptou-o, e ele esclareceu:

— Não sei por que, hoje estou com uma espécie de mau humor...

(*Murr pr.*):... como se estivesse em casa, tão familiar, um apetitoso aroma que nem eu mesmo sabia de qual delicioso assado rescendia chegava em nuvens azuladas sobre os telhados, e vozes simpáticas vindas de longe na brisa vespertina sussurravam brandas ao meu ouvido: "Murr, querido, onde estiveste por tanto tempo?".

O que no peito contrito
Com um raio de gozo estremece
E leva o espírito aos céus?
Divinal vontade eu pressinto?
Sim! Desperte, coração amado,
Ouse arrojar heroicos atos!
Eis, transformada em prazer e risos
A dor amarga da morte fria.
Há esperança — sinto cheiro de assado!

Assim cantei e me abandonei a belos sonhos, sem dar atenção ao terrível barulho do fogo! Mesmo aqui sobre o telhado ainda haveriam de perseguir-me as espantosas manifestações da grotesca vida mundana, pela qual eu me imiscuíra. Pois quando menos esperava, saiu da chaminé um desses horríveis monstros que os humanos chamam de limpadores de chaminé. Ao me ver, o negro maroto gritou:

— Saia fora, gato! — e me atirou a vassoura.

Esquivando-me de ser alvejado, saltei ao telhado vizinho e desci pela calha. Ninguém poderia descrever minha incrível surpresa, minha emoção, quando me dei conta de que me encontrava na casa de meu bravo mestre. Com cuidado, trepei de lucarna em lucarna, mas todas estavam fechadas. Aumentei inutilmente minha voz, mas ninguém me ouvia. A névoa de fumaça se erguia em torvelinho da casa em chamas atravessada por mil jatos de água, e vozes gritando confusas vinham somar-se ao quadro cada vez mais aterrador. Então, abriu-se uma lucarna e Mestre Abraham assomou em seu robe amarelo.

— Murr, meu bom Murr, aí está você! Entre, entre, meu grisalhinho! — gritou, amigável, ao ver-me.

Eu, por meu turno, não deixei de testemunhar por todos os meios ao meu alcance o quanto estava também satisfeito: festejamos um magnífico momento de reencontro. Saltei para dentro pela lucarna do sótão, e ele me acariciou com tanta ternura que lhe exprimi o prazer que me proporcionava com langorosos ronronados.

— Ah, ah! Meu jovem! — riu o mestre — Você está bem, porque retornando ao lar agora, talvez após longa peregrinação, não percebe a perigosa situação que estamos vivendo. Quase gostaria de ser como você, um gato inofensivo e despreocupado, que não liga a mínima para fogo ou bombeiros, nem perde móveis no incêndio, pois o único móvel de sua alma imortal é você mesmo!

Dizendo essas palavras, tomou-me nos braços e desceu comigo ao gabinete. Tão logo entramos, o professor Lothario, seguido de outros homens, adentraram atrás.

— Suplicamos, Mestre Abraham, pelo amor dos céus! O senhor está correndo o maior perigo, o incêndio está atingindo seu telhado. Permita que carreguemos seus pertences.

O mestre explicou secamente que em arriscados acidentes similares o zelo irrefletido dos amigos muitas vezes é mais nocivo que o próprio risco, pois o que se salva do fogo vai em geral para o diabo, embora de maneira menos trágica. Ele mesmo tivera outrora um amigo ameaçado pelo incêndio que, a despeito do mais bem intencionado entusiasmo, acabou jogando grande quantidade de porcelana chinesa pela janela, a fim de evitar que se queimasse. Se quisessem, no entanto, poderiam enfiar com muita calma num baú três gorros de dormir, algumas camisas e outras vestimentas, entre as quais deviam prestar especial atenção às calças de seda, além da roupa íntima numa maleta e livros e manuscritos em cestos; mas agradeceria muito se nem com um dedo mínimo encostassem no maquinário. Como o telhado ardia em chamas, ele queria partir com o mobiliário.

— Mas só depois, assim encerrou o discurso, de dar alimento e bebida ao meu bom companheiro de quarto e amigo, que retornou há pouco bastante cansado de longas viagens; depois vocês podem trabalhar!

Todos riram muito ao se dar conta de que o mestre não se referia a nenhum outro senão a mim.

Deliciei-me com a refeição, e a doce esperança que acalentara no telhado em tons maviosos então se concretizou. Quando me saciei, ele sentou-me num cesto, pôs do meu lado uma tigela cheia de leite, que cobriu com delicadeza, e falou:

— Espere para saber o que será de nós, meu gatinho, espere quieto na penumbra e no aconchego. Beba sua bebida predileta para entreter-se, pois se você ficar passeando pela casa vão lhe pisotear a cauda ou as patinhas no frenesi do resgate. Se for preciso fugir, eu mesmo o levarei comigo, para que você não se extravie por aí novamente.

E voltando-se, enfim, para os outros homens:

— Os senhores não acreditariam, prezados cavalheiros prestadores de socorro, como o pequeno e grisalho gatinho do cesto é inteligente e esperto. O historiador da natureza Gall[108] afirma que os gatos dessa espécie, embora dotados dos mais refinados órgãos para a malandragem e a intrujice, seriam totalmente destituídos do senso de orientação, mas meu gato Murr é uma maravilhosa exceção à regra. Há alguns dias, senti sua falta e lamentei a perda, mas qual não foi minha surpresa quando ainda há pouco voltou,

108. Franz Joseph Gall (1758-1828), médico, fundador da frenologia. Naquela época, suas observações sobre a relação da forma cerebral e a capacidade mental causaram grande sensação.

utilizando para isso, devo supor, os telhados como uma rota propícia e conhecida. A boa criatura atestou não somente perspicácia e sagacidade, porém, ao mesmo tempo, fidelidade, e minha afeição por ele cresceu ainda mais.

O elogio do mestre rendeu-me um alegre bem-estar interior e a sensação de superioridade sobre toda minha espécie, sobre toda uma multidão de gatos sem senso de orientação, e estranhava o fato de não ter eu mesmo anteriormente me dado conta de quão extraordinária era minha faculdade de entendimento. Sem dúvida, não ignoro a ajuda que o jovem Ponto me prestara ao conduzir-me ao caminho certo, e o acaso do limpador de chaminés enxotando-me para o telhado de meu mestre, o qual não teria achado sem auxílio. Mas nesse ínterim passei a acreditar não ser mais possível duvidar da veracidade do elogio que meu mestre me dirigira. Como disse, aquilo elevou minha autoestima e o sentimento afiançava-me uma verdade. Li em algum lugar que o elogio infundado proporciona maior orgulho do que o merecido. Mas tal raciocínio é aplicável exclusivamente aos humanos; gatos sagazes estão livres dessas associações torpes. E penso com segurança que eu, sem Ponto e o limpador de chaminés, teria encontrado de qualquer forma o caminho de volta para casa. Ambos, aliás, parecem ter confundido o correto curso de minhas reflexões. A pequena dose de sabedoria mundana da qual o jovem Ponto se gabava eu teria adquirido num outro contexto, embora as parcas experiências que vivenciamos juntos tenham me fornecido bom material para a amistosa correspondência com a qual disfarcei o relato de minha viagem. Em qualquer jornal matutino ou vespertino, tanto nas folhas elegantes como nas eruditas, essas cartas poderiam causar sensação, pois nelas prevalecem com força e energia as mais notáveis feições de mim mesmo, o que é de maior interesse para todo leitor.

Contudo, bem sei que, quando os senhores redatores e editores perguntam “quem é esse Murr?” e descobrem tratar-se de um gato, logo comentam zombeteiros: “Um gato! E pretende escrever!". Se eu tivesse o humor de Lichtenberg e a profundidade de Hamann[109] — dos dois escutei muita coisa boa, não devem ter escrito tão mal para humanos, mas eles estão mortos, condição funesta para todo escritor e poeta que sonha ser imortal — e repito, se eu tivesse o humor de Lichtenberg e a profundidade de Hamann e recebesse de volta o manuscrito, talvez porque devido às minhas garras não me julgassem apto a escrever de forma divertida... Isso me ofenderia!

Oh, preconceito! Preconceito que clama aos céus, como você domina o homem, sobretudo aquele a quem chamamos de editor!

O professor Lothario e seus acompanhantes fizeram uma grande balbúrdia ao meu redor, o que, pelo menos a meu ver, era um exagero para a simples embalagem de umas toucas de dormir e umas calças de seda.

Daí a pouco, uma voz rouca gritou lá de fora:

— Fogo na casa!

— Oh! — exclamou o mestre — O perigo aumenta, mas mantenham a calma, senhores! Volto logo e continuaremos a empacotar.

Assim dizendo, ele se retirou às pressas.

Dentro do cesto, comecei a ser tomado pelo medo. O barulho estrepitoso das chamas, a fumaça entrando pelos quartos, tudo só fazia aumentar meus temores! Toda espécie de pressentimentos nefastos surgiam-me então! Se o mestre me esquecesse, eu morreria impunemente em meio às flamas! Senti — o medo terrível pode desculpá-lo — um comichão bastante desagradável no ventre.

Oh, eu pensava, e se o mestre for uma pessoa falsa e invejosa de minha sabedoria? E se tiver me colocado no cesto para livrar-se de mim? E se eu estiver condenado a perecer no fogo ardente? E se essa bebida de inocente brancura... "E se for um veneno preparado

109. Georg Christoph Lichtenberg (1742-1799) consagrou-se por seus aforismos satíricos. — Johann Georg Hamann (1730-1788) foi um escritor alemão de Königsberg, conhecido como o "mago do norte", devido à linguagem obscura e hermética.

com astuta arte para levar-me à morte?"[110] Esplêndido Murr, até na iminência angustiante da morte você pensa em jâmbicos, não perdendo de vista o que leu em Shakespeare e em Schlegel.[111]

Nesse instante, Mestre Abraham pôs a cabeça pela porta e nos sossegou:

— O perigo passou, cavalheiros! Sentem-se sossegados à mesa e bebam à vontade das garrafas de vinho da prateleira. Quanto a mim, subirei ao telhado para bombar mais água. Mas, espere, antes quero ver como se comporta meu gatinho!

Então ele entrou em casa, levantou o cobertor da cesta onde eu estava, dirigiu-me algumas palavras carinhosas, certificou-se de meu bem-estar e perguntou, inclusive, se eu desejava comer um passarinho frito. A tudo respondi com expressivos miaus e estirando-me preguiçosamente, o que o mestre tomou com acerto por sinais evidentes de que eu estava satisfeito e pretendia permanecer na cesta. Assim, ele recobriu-me.

Como me convenci das boas intenções que o mestre nutria a meu respeito! Deveria envergonhar-me de minha ingrata desconfiança, se a vergonha fosse um sentimento adequado a um homem de espírito nobre. Ao fim, pensei, o medo terrível, a desconfiança intuindo maldade não fora talvez nada além de delírio poético ao qual os homens geniais às vezes se inclinam, bem como ao ópio embriagador. Essa conclusão me acalmou de vez.

Mal o mestre deixara o gabinete, pude observar do meu reduto o professor fazer um gesto misterioso aos outros homens, apontando para mim, como se tivesse algo importante a comunicar. Em seguida, cochichou tão baixo que eu não teria ouvido uma palavra sequer se os céus não tivessem equipado minhas orelhas pontudas com uma audição deveras sensível:

---

110. Citação livre de *Romeu e Julieta*, IV, 3, de Shakespeare.

111. Murr refere-se ao autor da tragédia, Shakespeare, e ao seu tradutor do inglês para o alemão, August Wilhelm von Schlegel (1767-1845).

— Vocês sabem que vontade eu sinto agora? Gostaria de erguer aquele cobertor, abrir o cesto e enfiar a faca na garganta daquele gato desgraçado que agora, não duvido nada, está zombando de nós com sua arrogante presunção.

— Que história é essa, Lothario — perguntou um dos homens —, de matar o belo gato, o preferido de nosso caro Mestre Abraham? E por que você está cochichando?

O professor então lhes contou, sempre em voz baixa, que o mestre me iniciara de maneira incomum e misteriosa no segredo das ciências e, por isso, conforme revelara o poodle Ponto, agora eu escrevia e compunha poemas, com o intuito de mistificar os mais excelentes eruditos e poetas.

— Oh! — prosseguiu Lothario, com ira contida —, consigo prever Mestre Abraham, que independentemente disso, já goza da absoluta confiança do duque, e acabará impondo suas vontades com esse maldito gato. A besta se converterá em *magister legens*[112], receberá o grau de doutor e, como professor de estética, ministrará cursos sobre Ésquilo, Corneille, Shakespeare! Vou ficar louco! O gato acabará me dilacerando as entranhas, e suas garras são bem pontudas!

Diante do discurso de Lothario, o professor de estética, todos ficaram atônitos. Um deles considerou impossível um gato aprender a ler e a escrever, porque esses elementos científicos demandariam certa capacidade de reflexão, nem mesmo presente em todo ser humano, a obra-prima da criação, quanto menos numa besta vulgar!

Mas então tomou a palavra um homem bem sério, segundo pude apreender de meu cesto:

— Querido professor, o que você está chamando de besta vulgar? Não há criatura vulgar! Com frequência, perdido em silenciosa contemplação, sinto o mais profundo respeito por asnos e outros animais utilitários. Não compreendo por que um agradável animal

112. Em latim: "mestre conferencista".

doméstico, com natural e bem-aventurada disposição, não poderia aprender a ler e a escrever, e por que um animalzinho dessa espécie não poderia elevar-se a erudito e poeta!

Acham que é algo inédito? Nem vou me reportar ao clássico *As mil e uma noites*[113] como a melhor fonte histórica, plena de pragmática autenticidade, mas tão somente, querido amigo, ao Gato de Botas, um protótipo cheio de nobreza, entendimento penetrante e ciência profunda.

Encantado com o elogio destinado ao gato que, como dizia uma clara voz interior, tinha necessariamente de ser meu ilustre antepassado, não pude reprimir dois ou três espirros. O orador interrompeu a fala e todos se voltaram intimidados em direção ao cesto.

— *Contentement mon cher*![114] — disse finalmente o homem sério, continuando: — Se não me engano, querido esteta, você mencionou antes um certo poodle Ponto, o qual lhe revelara as faculdades do gato. Isso me faz lembrar o cachorro Berganza de Cervantes[115], de cujas recentes aventuras me inteirei lendo um livro novo[116] bastante inusitado. Também esse cachorro nos dá um exemplo relevante da naturalidade e da possibilidade de ilustração dos animais.

— Mas — retomou o outro a palavra —, querido amigo, que exemplos são esses? Do cachorro Berganza fala Cervantes, um escritor de romances, como se sabe; e a história do Gato de Botas é um conto de fadas retratado pelo senhor Tieck com tamanha vivacidade diante de nossos olhos, que somos tentados a crer nela de fato. Assim, você evoca dois poetas como se tivessem autoridade histórica

113. É provável que o personagem afirme isso porque as parábolas e histórias instrutivas de *As mil e uma noites* representam imenso manancial de referência sobre animais dentro da literatura.

114. Em francês: "saúde, meu caro!"

115. O cachorro Berganza é o personagem do conto "*Coloquio de los perros*", do escritor espanhol Cervantes.

116. Hoffmann está se referindo ao seu próprio conto, "Notícias acerca das mais recentes aventuras do Cachorro Berganza", publicado em 1814.

e psicológica; porém, poetas não passam de consumados fantasistas maquinando e expressando histórias completamente imaginárias. Diga-me, como pode um homem sábio qual o senhor recorrer a poetas para argumentar a verdade daquilo que é contrário ao bom senso? Lothario é professor de estética e, como tal, é aceitável às vezes que fuja da raia, mas o senhor...

— Alto lá! — pediu o homem sério. — Não se exalte, meu caro. Tenha a bondade de notar o seguinte. Como estamos tratando do maravilhoso, do inacreditável, bem se pode recorrer a poetas, pois historiadores entendem patavina do assunto. Se o gato se expressa com engenho e belas letras e tem de ser apresentado como ciência pura, o melhor argumento de sustentação são célebres escritores, em cuja palavra se pode fundamentar.

Eu lhes darei o exemplo de um médico famoso[117], já que, também sendo médico, você certamente se dará por satisfeito. Esse famoso doutor, em sua representação do magnetismo animal, a fim de trazer à luz nossa relação com o espírito universal, a existência de uma sensível capacidade intuitiva, se apoia em Schiller[118] e no personagem Wallenstein, que diz: "Na vida humana há momentos" e "tais vozes existem, não há dúvida", etc. A sequência vocês mesmos podem ler na tragédia.

— Ora essa! — riu o médico. — Você está mudando de assunto, introduzindo o magnetismo. Acabará por afirmar que, além de todos os maravilhosos efeitos conhecidos, o magnetismo também é capaz de incutir ciência na mente de gatos predispostos.

— Por que não? — respondeu o primeiro. — Quem pode dizer como o magnetismo age sobre os animais? Os gatos, por conterem o fluído elétrico, como você sabe melhor que nós...

---

117. Carl Alexander Kluge (1782-1844), autor de "*Versuch einer Darstellung des animalischen Magnetismus als Heilmittel*" [Ensaio de uma representação do magnetismo animal como medicina], 1811.

118. O personagem "homem sério" cita a peça *Wallensteins Tod* [A morte de Wallenstein], II, 3, verso 897 e V, 3, verso 3.483.

Pensando de repente em Mina, em suas queixas sobre experimentos similares para os quais servira de cobaia, assustei-me tanto que lancei um forte miau!

— Para o orco! — gritou o professor, assustado. — Para o orco com todos seus horrores, o gato infernal nos escuta, nos entende. Espere! Vou estrangulá-lo agora mesmo com minhas próprias mãos!

Mas o sujeito grave o deteve:

— Você está perdendo o juízo, professor! Jamais permitirei que faça o mínimo mal a esse gatinho pelo qual nutro imensa estima sem nem conhecê-lo de fato. Chego quase a acreditar que você está com inveja dele, porque faz versos. Não se preocupe, o pequeno grisalho nunca chegará a professor de estética. Não está claro nos vetustos estatutos acadêmicos que, devido aos abusos, nenhum asno pode tornar-se professor, e que o decreto se estende obviamente a animais de todos os gêneros e espécies, assim sendo também aos gatos?

— Pode ser — respondeu, despeitado, Lothario. — Esse gato talvez não chegue a *magister legens*, tampouco a professor de estética. Mas pode ser que como escritor, mais dia menos dia ele desponte ao encontrar editor e leitor e, assim, nos surrupie uns bons honorários.

— Não vejo motivo algum pelo qual ao bom e amável gato, o favorito de nosso mestre, se deva negar o acesso a uma carreira, na qual tanta gente se pavoneia sem dignidade. A única precaução a tomar seria talvez forçá-lo a cortar as garras afiadas, e isso é tudo que podemos fazer por ora, para nos assegurarmos de que não nos ferirá quando tornar-se autor.

Todos se levantaram. O esteta pegou a tesoura. Pode-se imaginar em que cilada me encontrava. Resolvi, naquele instante, lutar com bravura de leão contra o ultraje que me pretendiam inferir e marcar para o resto da vida quem primeiro se atrevesse. Mas naquele exato momento, Mestre Abraham entrou e dissipou meu medo, que já se transformava em desespero. Ele abriu a cesta e, ainda transtornado, saltei e escondi-me sob a estufa.

— O que aconteceu a esse gatinho? — perguntou, desconfiado, o mestre aos homens paralisados, torturados por remorsos e incapazes de responder.

Por ameaçadora que fosse minha condição na prisão, senti uma íntima satisfação pelo que o professor dissera sobre minha suposta carreira, bem como por sua admitida inveja. Sentia de antemão o barrete de doutor à minha frente, vendo-me na própria cátedra! Seriam minhas conferências as mais procuradas pela juventude ávida de saber? Os estudantes, tão corteses, certamente interpretariam mal se o professor lhes solicitasse não trazer cachorros à aula. Pois nem todo animal da espécie tem o bom caráter de Ponto, ou é digno de confiança, principalmente os cães de caças com suas orelhas pendentes; estão sempre instigando briga e forçando os seres mais educados de minha espécie às desagradáveis expressões de ira, como bufar, arranhar, morder, etc., etc.

Quão fatal seria...

(*Folha de macul.*):... somente a senhorita de faces rosadas que Kreisler vira na casa de Benzon.

— Faça-me o favor, Nanette — disse a princesa —, desça e peça para levarem os cravos ao meu pavilhão, esses domésticos são muito indolentes, não fazem nada direito.

A senhorita levantou-se de um pulo, inclinou-se com muita cerimônia e logo saiu correndo da casa como um pássaro diante da liberdade.

— Não posso — voltou-se Hedwiga para Kreisler — cantar nada se não estiver a sós com o professor, que representa o papel de confessor, a quem se pode confiar os pecados sem pudores. Ao senhor há de parecer estranha nossa rígida etiqueta e o fato de eu estar sempre cercada de damas da corte como se fosse a rainha da Espanha.

Nós deveríamos gozar de mais liberdade, pelo menos aqui na nossa bela corte de Sieghart. Se o príncipe estivesse no palácio, eu não poderia ter despachado Nanette, que durante meus estudos musicais se aborrece tanto quanto me incomoda. Tentemos novamente, com certeza será melhor.

Kreisler, a paciência em pessoa durante a aula, iniciou mais uma vez a peça que a princesa vinha treinando, mas por mais que se empenhasse e ele a ajudasse, ela sempre se equivocava no ritmo e no tom, cometendo erros atrás de erros. Enfim, com as faces ardentes, pôs-se em pé de um salto, correu à janela e contemplou o parque. O mestre de capela acreditou ver a princesa chorando aos soluços, e achou sua primeira aula, toda aquela cena, um tanto penosa. Tudo o que poderia fazer era esforçar-se para que o hostil humor da princesa cedesse precisamente ao poder da música. Logo, ele se abandonou às melodias mais suaves, percorrendo o teclado do piano em rodeios rebuscados com contrapontos e melismas cheios de arabescos com uma facilidade e um sucesso de execução que surpreenderam a si mesmo e o fizeram esquecer por completo a princesa, juntamente com as árias e a impaciência inescrupulosa.

— Que deslumbrante está o Geierstein à luz do entardecer! — disse Hedwiga sem se voltar.

Nesse momento, dedicado que estava a resolver uma dissonância, Kreisler não pôde admirar o idílico cenário de Geierstein suspirado pela princesa.

— Em todo o planeta, não existe um lugar mais sedutor que o parque de Sieghart — continuou a princesa, agora num tom mais alto e veemente.

Desta vez, o mestre de capela, após tocar um hábil acorde final, teve de ir até a janela juntar-se a Hedwiga, respondendo com gentileza ao convite à conversação:

— De fato, caríssima princesa, o parque é exuberante, e me encanto sobretudo porque tantas árvores são cobertas de folhagem verde, o que me é admirável não só nas árvores, como nos arbustos e nas gramíneas. A cada primavera agradeço ao Criador por a natureza voltar a ser verde, e não vermelha, o que seria criticável em uma paisagem e jamais se encontra nos trabalhos dos melhores paisagistas, como por exemplo em Claude Lorrain ou Berghem, tampouco em Hackert[119], que somente confere um pouco de cor ao fundo de suas pradarias.

Kreisler ia continuar falando quando, no pequeno espelho colocado ao lado da janela, viu o rosto mortalmente pálido, muito transtornado, de Hedwiga, e o calafrio que fez estremecer seu corpo inteiro forçou-o a se calar.

Até que a princesa, enfim, rompeu o silêncio ao dizer num tom melancólico e sem se virar, olhando fixamente para fora:

— Kreisler, o destino quer me apresentar ante seus olhos como assediada por estranhas imaginações... Uma tonta oferecendo-se à mercê dos exercícios de seu humor afiado. É hora de esclarecer que é porque você me transplanta a um estado comparável a um ataque de nervos. Falarei às claras! Uma confissão sincera me aliviará o peito e me propiciará a possibilidade de suportar sua presença. Quando o vi pela primeira vez no parque, sua aparição e sua conduta me encheram do mais profundo espanto, sem que eu soubesse explicá-lo! Na verdade, era uma lembrança de infância que, de repente, emergiu de minhas reminiscências com toda a nitidez de seu horror, e eu a vinha tomando por um atormentado pesadelo.

Em nossa corte vivia um pintor chamado Ettlinger, muito bem considerado pelo príncipe e pela princesa, e cujo talento se poderia qualificar de notável. A galeria possui várias pinturas admiráveis de sua autoria, com a figura da princesa presente em todas elas, numa ou noutra constelação, em meio a um grupo histórico. Porém, a mais bela das pinturas, a que suscita o unânime elogio dos especialistas, está dependurada no gabinete do príncipe. É um retrato da duquesa, pintado na época do apogeu de sua beleza e, embora ela

---

119. Claude Lorrain, na verdade Claude Gellé (1600-1682), pintor que se tornou conhecido por seus quadros de paisagens suaves. — Nicolaes Pietersz Berghem (1620-1683), holandês, pintor de paisagens ao estilo italiano. — Philipp Hackert (1737-1807), pintor classicista, sobretudo de paisagens italianas, muito admirado em sua época. Goethe dedicou-lhe o ensaio "Philipp Hackert".

não tivesse posado para ele, é incrivelmente fiel, como se a imagem tivesse sido roubada do espelho.

Leonhard, assim pelo primeiro nome se conhecia o pintor na corte, era um homem doce e bondoso. Dediquei a ele toda a afeição de que é capaz um coração de três anos, e não queria perdê-lo nunca. Ele brincava comigo sem cessar, pintava-me quadrinhos coloridos e recortava para mim silhuetas de papel. De súbito, talvez depois de um ano, ele desapareceu. A mulher incumbida de minha primeira educação disse-me chorando que o senhor Leonhard morrera. Fiquei inconformada, não queria mais permanecer na sala onde brincáramos juntos. Sempre que possível, escapava da vigília de minha governanta, das damas, e perambulava pelo palácio gritando alto o nome: Leonhard! Pois sempre duvidei que tivesse de fato morrido, preferindo pensar que estivesse escondido em algum canto do palácio.

Foi então que, certa noite, quando a governanta me deixou por uns instantes, esgueirei-me do aposento a fim de procurar a duquesa. Ela me diria onde estava o senhor Leonhard e me devolveria. As portas do corredor estavam abertas, assim pude chegar sem empecilhos à escadaria principal; subi e, no pavimento superior, entrei ao acaso no primeiro quarto que encontrei aberto. De repente, vi abrir-se com violência uma porta, bem aquela à qual eu estava prestes a bater, e que supunha conduzir aos aposentos da duquesa. De lá saiu um homem de roupas estraçalhadas, de cabelos emaranhados. Era Leonhard. Ele fitou-me longamente, com olhos terríveis e faiscantes. Seu rosto estava pálido como o de um cadáver, cavado, irreconhecível.

— Ah, senhor Leonhard — exclamei —, que aspecto é esse? Por que o senhor está tão branco, com os olhos febris me encarando desse jeito? Estou com medo do senhor! Oh, seja bondoso como sempre, pinte para mim algumas figuras coloridas!

Então Leonhard pulou sobre mim soltando uma gargalhada selvagem, como um relincho, e um fragmento de corrente que parecia prendê-lo pela cintura retiniu atrás dele. Acocorando-se ao meu lado, falou com voz rouca:

— Ah! Ah! Princesinha! Quadros? Sim, agora posso pintar... Pintarei um quadro para você e para sua formosa mãe! Concorda que sua mãe é formosa? Peça a ela para não me transformar novamente, não quero mais ser o miserável homem Leonhard Ettlinger: ele morreu há tempos! Eu sou o abutre vermelho e posso pintar após comer raios de cor! Só posso pintar quando tenho sangue quente para o verniz... Preciso de seu sangue, princesinha!

Dizendo isso, me pegou, puxou-me para si, descobriu-me o pescoço e tive a impressão de ver o brilho de uma pequena faca em sua mão. Meus gritos agudos de susto atraíram os criados, que se lançaram sobre o louco. Mas ele os derrubou com força de gigante. No mesmo instante, ouviu-se um barulho na escada, e um homem alto e robusto entrou aos gritos: "Meu deus, ele escapou! Que desgraça! Mas espere só, sujeito dos infernos!". Ao ver esse homem, o louco pareceu perder as forças e caiu chorando no solo. Prenderam-no com as correntes que o homem trouxera e o levaram, enquanto emitia gemidos dilacerantes de animal feroz acorrentado.

Você pode imaginar com que violência essa cena desagradável afetou a menina de quatro anos de idade. Tentaram me consolar, me explicar o que era uma pessoa perturbada. Sem entendê-lo de todo, senti contudo um inominável frêmito no meu íntimo, que sempre reincide se vejo um louco e, também, quando penso na condição miserável comparável a um tormento contínuo e ininterrupto. Tal qual um irmão, você se parece com o infeliz, Kreisler. Sobretudo seu olhar, com frequência vago, faz-me recordar com nitidez de Leonhard, e isso me inquietou tão logo o vi; sua presença às vezes ainda me atormenta.

Bastante comovido, Kreisler não conseguia proferir uma única palavra. Sempre tivera a ideia fixa de que a loucura o espreitava[120],

120. "Ânimo de humor exaltado — tenso ante a ideia da loucura, que sempre me ocorre. Por que dormindo ou desperto eu penso tanto na loucura?" (Diário de Hoffmann, 6/1/1811).

como uma ave de rapina esperando para dar o bote, e que algum dia o assolaria. Sentia por si mesmo um horror semelhante ao que a princesa confessara também sentir em sua presença, e lutava com o arrepiante pressentimento de que ele próprio tentara, em sua perturbação, matar a princesa.

Depois de um breve silêncio, Hedwiga continuou:

— O infeliz Leonhard amava minha mãe em segredo, e esse amor, por si só um despropósito, acabou por conduzi-lo à fúria e à demência.

Com o feitio próprio dos momentos em que cessava a tormenta no espírito, Kreisler disse entre brando e sério:

— Assim, no peito de Leonhard não brotou o amor do artista.

— O que você quer dizer com isso, mestre?

Sorrindo com delicadeza, ele respondeu:

— Certa vez, numa peça tremendamente cômica, escutei um arlequim reportar-se a alguns artistas diletantes com a alocução "Vocês, boas pessoas e maus músicos".[121] Penso também que existem duas categorias de indivíduos: a categoria das boas pessoas, que são maus músicos ou não o são em absoluto, e a outra, dos autênticos músicos. Mas ninguém precisa se sentir prejudicado por ser isso ou aquilo, ao contrário, cada um pode viver feliz à sua maneira.

As boas pessoas se enamoram rapidamente pelos olhos bonitos, abrem os braços para a pessoa agradável em cujo semblante irradiam tais olhos, e a encerram num círculo, estreitando-a cada vez mais, até chegar a um anel de noivado, que enfiam no dedo da amante, como *pars pro toto*. Você entende um rudimento de latim, não é mesmo, minha cara princesa... Como *pars pro toto*, isto é, como elo de uma cadeia usada para levar a pessoa amada ao cárcere do matrimônio.

121. A fonte original mencionada é *Ponce de León* (1804), de Clemens Brentano. O personagem Valerio, um arlequim, fala com o mestre e refere-se aos músicos de um vilarejo com essa alocução. Apesar de nunca ter grande repercussão, inspirou Georg Büchner (1813-1837) a compor a comédia *Leonce e Lena*, publicada em 1842.

Enquanto o fazem, gritam muito: "Oh, Deus!" e "Oh, céus!", ou se são devotos da astronomia, "Oh, estrelas!"; se têm inclinação para o paganismo, "Oh, deuses! Ela é minha, a mais bela, que preenche todas as minhas esperanças e anseios!". Assim, com alarde, as boas pessoas creem estar imitando os músicos, mas não estão, porque esses em matéria de amor se comportam de modo distinto. Para os artistas em geral, sobretudo os músicos, o amor se exala como conto, imagem, poema!

Ah, querida, acredite! Esteja certa! Todo músico autêntico que com seus braços e mãos nada fazem além de música aceitável, seja com a pena, com o pincel ou mesmo por outro meio, esse, de fato, não estende em direção à verdadeira amada senão seus espirituais tentáculos, desprovidos de mãos e dedos com os quais, através de conveniente delicadeza, se pega o anel de compromisso e o põe no dedinho da adorada. Daí, não é preciso recear alianças vis e falidas, nem se importar se a dileta do coração é princesa ou filha do padeiro, desde que não seja uma coruja.[122] Ditos músicos, quando enamorados, criam refinadíssimas obras com o êxtase celestial, e não morrem na miséria tampouco enlouquecem.

Sendo assim, acho bem incomum o senhor Ettlinger ter enlouquecido, embora ele pudesse, ao estilo dos músicos autênticos, ter amado quanto quisesse, sem prejudicar a ilustre senhora duquesa!

O tom faceiro que o mestre de capela imprimiu passou inadvertido à princesa, confundido ou superado pelo eco da corda que ele tangia — no coração feminino, ela tinha mesmo de ser mais tensa e vibrante.

Reclinando-se no encosto da poltrona e apoiando a cabeça sobre a mão, reflexiva, Hedwiga exclamou:

— O amor do artista! Ser amada dessa maneira... Oh, deve ser uma bela dádiva do céu! Um sonho, mero sonho...

Kreisler tomou a palavra:

---

122. Em *Hamlet*, IV, 5: "O senhor diz que a coruja era filha do padeiro?"

— Querida princesa, você não parece muito predisposta aos sonhos e, no entanto, somente neles adquirimos asas de borboleta com as quais podemos fugir do estreito e seguro cárcere e nos alçar cintilantes e coloridos aos mais elevados horizontes. Afinal de contas, todo mundo tem um gosto nato pelo voo, e conheci pessoas sérias e honestas que logo ao entardecer se enchiam totalmente de champagne, como de um gás útil que lhes fazia subir noite adentro, a um tempo balão e passageiro.

— Ser amada assim... — repetiu a princesa, ainda mais enlevada que antes.

Quando ela se calou, Kreisler prosseguiu:

— A respeito do amor do artista, conforme me esforçava para descrevê-lo, a querida princesa tem em mente, é natural, o mau exemplo do senhor Leonhard Ettlinger: um músico desejando amar à maneira das pessoas boas, motivo pelo qual seu perfeito juízo acabou sensivelmente abalado. Mas por isso mesmo, creio que o senhor Leonhard Ettlinger não era um músico autêntico! Esses guardam a dama eleita com amor e não aspiram mais que cantar, escrever, pintar em sua honra. Na excelência da cortesia, os artistas se assemelham aos galantes cavaleiros medievais, são até preferíveis, pois não agem com modos sanguinários, nem se lançam sobre povos gentis, na falta de dragões e gigantes, somente para homenagear a dama amada.

Como se despertasse de um sonho, a princesa exclamou:

— Não! Não é possível acender no peito do homem tão puro fogo vestal! Que é o amor do homem senão uma arma pérfida da qual se serve para celebrar sua vitória e a derrota da mulher, sem que com isso ele se torne feliz?

Kreisler ia confessar o assombro que lhe causava uma opinião dessas vinda de uma moça de dezessete, dezoito anos. Todavia, a porta se abriu e o Príncipe Ignatius apareceu. O mestre de capela aliviou-se por encerrar assim uma conversa que ele interiormente comparava a um arranjo em dueto, no qual cada voz precisa manter-

-se fiel ao seu caráter peculiar. Enquanto a princesa sustentava o triste *adagio*, não recorrendo senão raramente a um *mordente* ou a um *trino*, ele, por excelência um bufo cômico/cantor, intervinha vez por outra com uma legião de breves *parlandos*.[123] E o conjunto era uma obra-prima da composição e da interpretação dramática, tanto que ele ficaria feliz se pudesse continuar assistindo à princesa e a si mesmo, de algum camarote ou alguma cadeira reservada. Com uma xícara quebrada na mão, o Príncipe Ignatius entrou, chorando e soluçando.

É preciso lembrar que o jovem príncipe, apesar de seus vinte anos, não podia abandonar os brinquedos favoritos da infância. Amava sobretudo brincar durante horas a fio com uma coleção de xícaras, que ele enfileirava à sua frente, em cima da mesa, alterando às vezes a disposição das filas, ora pondo a amarela ao lado da vermelha, ora a verde ao lado da vermelha, e assim por diante. Fazendo isso, alegrava-se em todo o seu ser, como uma criança satisfeita e serena.

A catástrofe da qual agora se lamentava fora ocasionada pelo seu cachorrinho que, inesperadamente, pulara sobre a mesa, quebrando a xícara mais preciosa. A princesa o consolou com a promessa de encomendar de Paris uma xícara da última moda. Com isso, ele deu-se por satisfeito e um sorriso se expandiu por todo seu semblante. Nisso, pareceu notar a presença do mestre de capela. Dirigiu-lhe a pergunta, se também possuía xícaras bonitas. Kreisler, que fora instruído por Mestre Abraham sobre como responder à questão, assegurou que não, de modo algum possuía xícaras bonitas como as do excelente senhor, e que lhe era de todo impossível empregar tanto dinheiro nelas, como ele fazia.

123. Tipos de ornamentos, isto é, floreados não necessários ao desenvolvimento das linhas musicais harmônicas ou melódicas, mas que servem para decorar ou ornamentar as mesmas.

— Veja você — disse Ignaz[124], encantado —, eu sou príncipe, posso dar-me ao luxo de ter belas xícaras como quiser, mas você não pode porque não é e, sem dúvida, por ser príncipe, as belas xícaras...

Xícaras e príncipes, príncipes e xícaras se confundiram num discurso cada vez mais embolado e Ignatius ria, brincava e batia palmas de pura alegria.

Hedwiga baixou os olhos, ruborizada, e se envergonhou do irmão imbecil. Ela receava a zombaria de Kreisler, o que era injusto, pois pela sua natureza, ele tomava a conduta do jovem príncipe por acesso de loucura que suscitava compaixão e, mesmo que isso não fizesse diferença, causava um clima tenso. A fim de distrair o pobre das xícaras quebradas, a princesa pediu a ele que organizasse a pequena biblioteca disposta dentro de um armário envidraçado. Muito contente e com um sorriso escancarado, o príncipe começou a retirar os livros caprichosamente encadernados e a organizá-los pelo formato, de maneira que o acabamento dourado, virado para fora, formava uma fileira reluzente.

A senhorita Nanette entrou correndo e exclamou:

— O príncipe, o príncipe com o príncipe!

— Oh, Deus! — disse a princesa —, minha *toilette*, Kreisler! Ficamos conversando e não vimos o tempo passar. Esqueci completamente de mim, do duque e do príncipe.

Sumiu então com Nanette para o aposento contíguo. Príncipe Ignaz não se deixou perturbar e continuou concentrado. A carruagem de cerimônia do palácio adentrava quando Kreisler chegou embaixo, ao pé da grande escadaria e os dois pajens do duque em gala desciam do carro descoberto. Isso há de ser explicado em detalhe.

O Príncipe Irenäus não abandonava os velhos hábitos e, portanto, considerando que não se fazia mais algum pobre coitado de pés ligeiros correr em roupas de pagem diante dos cavalos como

124. A grafia do nome varia: ora Ignaz, ora o latinizado Ignatius.

um animal acossado, ele escolhera dentre seus numerosos servidores domésticos dois corredores, ambos gentis e com certa idade, bem-alimentados e assediados apenas vez ou outra por moléstias abdominais advindas da vida sedentária. O príncipe era demasiado filantropo para exigir de algum criado que se transformasse num galgo qualquer, mas a fim de manter a devida etiqueta, quando ia de gala, os dois corredores o precediam numa carruagem descoberta e nos pontos oportunos. Moviam um pouco as pernas e simulavam corrida autêntica por exemplo, nas ocasiões em que se reuniam os basbaques. Era interessante de se ver. Assim, os corredores acabavam de apearem-se, os camareiros entravam pelo portal e lhes seguia o Príncipe Irenäus, acompanhado por um jovem de aspecto garboso, num rico uniforme da guarda napolitana, estrelas e medalhas ao peito.

— *Je vous salue, Monsieur de Krösel*[125] — cumprimentou o príncipe ao ver Kreisler. Ele dizia Krösel em vez de Kreisler, quando em ocasiões festivas e solenes falava francês e não lhe ocorria nenhum nome alemão.

O príncipe estrangeiro — porque a senhorita Nanette certamente se referira ao jovem garboso ao anunciar a chegada do príncipe junto de outra nobre companhia — cumprimentou o mestre com um fugaz meneio de cabeça, sem deixar de andar, forma de saudação inaceitável na opinião de Kreisler, mesmo vindo de personagens ilustres. Assim, ele inclinou-se até o solo de modo tão burlesco que o mestre de cerimônias, que em geral tomava Kreisler por um trocista e achava graça em seu comportamento, não pôde evitar uma risadinha.

O jovem príncipe lançou ao mestre um olhar fulminante com seus olhos escuros e murmurou entredentes:

— Imbecil! — e acelerou o passo para seguir o duque, o qual se voltou para ele com suave gravidade.

125. Em francês: "eu o saúdo, senhor Krösel".

— Para um guarda italiano, o sereníssimo senhor fala um alemão razoável — gritou Kreisler ao mestre de cerimônias, rindo sonoramente. — Diga-lhe, excelência, que em revanche posso servi-lo com o refinado napolitano e, mesmo não falando um reto-romano elegante, pelo menos consigo tagarelar num sofrível veneziano como uma máscara de Gozzi[126], embora não coloque X antes de U. Diga-lhe, por favor, excelência!

Mas já sua excelência subia a escada com os ombros levantados como blindagem e proteção para os ouvidos.

A carruagem principesca que normalmente transportava o mestre de capela a Sieghartsweiler estacionou e o velho boleeiro, abrindo a portinhola, indagou se o senhor gostaria de embarcar. Mas, no mesmo instante, acorreu um menino de recados da cozinha, descabelando-se aos prantos:

— Ah, que azar!

— O que aconteceu? — perguntou Kreisler.

— Ah, uma desgraça — respondeu o menino, chorando com ainda mais veemência. — Lá dentro está o *chef* de cozinha, alucinado, querendo cravar no próprio ventre um facão de *ragout*, porque sua excelência ordenou que a ceia seja servida imediatamente e lhe faltam mariscos para a ensalada italiana. Ele gostaria de ir pessoalmente à cidade, no entanto o senhor cavalariço nega-se a preparar os cavalos sem autorização do senhor príncipe.

— Podemos remediar o problema — disse Kreisler. — O *chef* de cozinha embarca nessa carruagem e vai escolher os mais belos moluscos de Sieghartsweiler, enquanto eu passeio a pé até a cidade — e, assim, correu em direção ao parque.

126. Conde Carlo Gozzi (1720-1806), dramaturgo da *commedia dell'arte*, autor de *fiabe* (fábulas) hoje bastante conhecidas através das versões em ópera: *Turandot*, *L'amore delle tre melarance*, *La donna serpente*, etc. A seus personagens, ele atribuía o dialeto de Veneza, sua cidade natal.

— Grande alma, espírito nobre, simpático cavalheiro! — gritou-lhe o velho boleeiro, com os olhos rasos de lágrimas.

Nas flamas do crepúsculo, as montanhas que escondiam o horizonte brilhavam aos últimos raios do sol e o dourado e ardente resplendor deslizava pela pradaria, pelas árvores, pelos arbustos, impulsionado pelas suaves brisas vespertinas que se alçavam rumorosas.

Kreisler deteve-se no meio da ponte que cruzava sobre um largo braço do lago até a cabana de pescadores, e baixou a vista à água, na qual se refletia com brilho mágico o parque com magníficos arranjos de folhagens vicejantes, o Geierstein cercado por ruínas alvas. O manso cisne que atendia ao nome de Blanche veio nadando em sua direção com o portentoso pescoço erguido, as asas cintilantes debatendo-se com delicadeza.

— Blanche, Blanche! — chamou Kreisler, alto, estendendo ambos os braços. — Cante sua mais bela melodia, não creia que isso causará sua morte![127] Enquanto canta, recline-se ao meu peito e os sons encantadores serão meus, somente eu perecerei em ardente nostalgia. Você flutuará em amor e vida sobre as ondas acariciantes!

Nem o próprio Kreisler sabia o que de súbito o comovia; apoiou-se à balaustrada e cerrou involuntariamente os olhos. Então, ouviu o canto de Júlia e uma dor sutil perpassou todo seu ser. Nuvens lúgubres passavam pelo céu e espalhavam vastas sombras sobre as montanhas e a floresta, semelhantes a véus negros. Um trovão surdo retumbou no horizonte, o vento da noite soprou mais forte, os riachos sussurravam e, em meio a tudo, as notas da harpa eólia soaram límpidas como longínquas notas de um órgão; as aves noturnas levantaram voo assustadas através do arvoredo.

127. Em Hoffmann, a música e a fascinação por essa arte muitas vezes pode levar à morte.

O mestre de capela despertou dos sonhos e viu sua obscura figura refletida na água. Era como se Ettlinger, o pintor louco, estivesse contemplando-o do fundo do lago.

— Ah! Você está aí, querido duplo, bravo cúmplice. Escute, honesto rapaz, você tem até uma boa aparência para um pintor que perdeu as estribeiras e quis usar com presunçosa arrogância sangue principesco, em vez de nanquim. Bom, Ettlinger, acho que afinal, fazendo-se de maluco, você debochou de ilustres famílias! Quanto mais o olho, mais distingo suas boas maneiras e, se você quiser, permitirei à Princesa Maria amá-lo agora sem empecilhos, você é um homem importante, de procedência e condição. Mas, caso queira que a duquesa continue a aparecer em seus retratos, você deverá imitar o amador que igualava as pinturas ao retratado através de habilidosas pinceladas nesse último! Bem! Se algum dia o lançarem injustamente ao orco, portarei-lhe as novidades! Saiba, respeitado morador de manicômio, que as feridas que causou à pobre menina, a bela Princesa Hedwiga, ainda não cicatrizaram de todo, a dor às vezes a leva a cometer sandices sinistras. Você golpeou o coração da menina com tal contundência, que sempre lhe jorra o sangue fervente ao ver sua máscara, assim como os cadáveres sangram se o assassino se aproxima. Não atribua a mim, meu caro, o fato de ela considerar-me um fantasma — culpa sua, aliás. Mas quando tento lhe demonstrar que não sou um espírito impertinente, senão o mestre de capela Kreisler, surge para me interromper o inoportuno Príncipe Ignaz, atacado, como se diz, por uma *fatuitas* ou *stolidititas*, que, segundo Kluge[128], seria uma espécie muito agradável de capricho. Não copie todos os meus gestos, pintor, quando falo seriamente com você! Outra vez? Se não

128. A edição alemã Insel (1967) e a tradução espanhola Cátedra (1997) apontam uma confusão quanto à informação. Johann Christian Reil teria afirmado isso no ensaio "*Rhapsodien über die Anwendungen der psychischen Curmethode auf Geisteszerrüttungen*" [Rapsódias sobre o emprego do método de tratamento psíquico em pessoas perturbadas], Halle, 1803, e não C. A. F. Kluge, no ensaio mencionado à nota 117.

temesse um resfriado, pularia sobre você e lhe daria uma surra. Vá para o diabo, mímico de uma figa!

Kreisler afastou-se rapidamente.

Escurecera bastante, os relâmpagos brilhavam através das nuvens negras, trovões retumbavam e a chuva começava a cair em grossas gotas. Kreisler dirigiu-se à cabana de pescadores, donde escapava uma luz clara e deslumbrante. Não longe da porta, ao resplendor da luz, Kreisler viu seu vivo retrato, seu próprio eu correndo junto a ele. Tomado de profundo pavor, precipitou-se ao interior da cabana e deixou-se cair numa cadeira, pálido como um cadáver.

Mestre Abraham, sentado ante uma mesinha sobre a qual uma lâmpada espalhava seu clarão, lendo um grande *in-folio*, levantou-se sobressaltado e aproximou-se de Kreisler:

— Pelo amor de Deus, o que aconteceu, Johannes, de onde você vem a essa hora da noite, espantado desse modo?

Com esforço, Kreisler se controlou e respondeu:

— Não há nada além do fato de que nós somos dois, isto é, eu e meu duplo, que saiu do lago e me perseguiu até aqui. Tenha piedade, mestre, pegue seu punhal e abata o canalha... Ele está louco, acredite em mim, e pode nos pôr ambos a perder. Ele conjurou a tormenta lá fora. Os espíritos se agitam nos ares, e seu coral dilacera o peito humano! Mestre, mestre, atraia o cisne, peça-lhe uma canção. Meu canto petrificou-se, pois esse eu tocou meu peito com a mão fria de morto, a melodia do cisne me aquecerá e o obrigará a retornar ao lago como simples reflexo.

Mas mal Kreisler acabara, Mestre Abraham riu bem alto e disse:

— Eis o que sucede ao criativo inveterado, ao consumado vidente! No que se refere ao organista tocando arrepiantes corais lá fora, no parque, devo informar que o som vem do vento da noite vibrando as cordas da harpa eólia.[129] Sim, sim, Kreisler, você escutou a harpa eólia montada na extremidade do parque, entre os pavilhões.

---

129. O abade Gattoni de Milão mandou estender quinze cabos de aço de uma torre a

Quanto ao seu duplo, que correu junto com você ao lume de minha lâmpada astral, se sairmos da cabana poderei demonstrar-lhe como tão logo eu saia da porta, também terei a companhia do meu eu, e qualquer um ao fazê-lo terá de tolerar semelhante *chevalier d'honneur* ao seu lado.

O mestre saiu à porta e, de pronto, via-se dois mestres lado a lado, à claridade daquela luz. Kreisler percebeu o efeito de um espelho oculto e ficou contrariado, como todo homem que vê esmaecer em fato o prodígio no qual cria firmemente. Ao homem agrada mais o terror paralisante à explicação cética do que lhe parece fantasmagórico; este mundo não lhe é suficiente, anseia penetrar nos mistérios de um outro, que se manifeste sem matéria.

— Não posso entender sua estranha inclinação para truques — disse Kreisler. — Você prepara o prodigioso, semelhante ao hábil cozinheiro que usa toda a sorte de ingredientes para compor o molho e acredita que as pessoas, cuja fantasia é semelhante ao estômago do guloso que se enfastiou, precisam ser estimuladas por invencionices. Nada mais insípido que descobrir por trás dos malditos artifícios que oprimem o peito uma explicação natural.

— Natural, natural! — exclamou o mestre. — Como homem de bastante entendimento, você deveria saber como nada acontece de forma natural nesse mundo, absolutamente nada! Ou você está pensando, caro senhor mestre de capela, que por sermos capazes de produzir determinado efeito com os meios à nossa disposição, temos também a causa do efeito afluindo claramente do misterioso organismo aos nossos olhos? Você sempre demonstrou grande respeito pelos meus truques, embora jamais tenha visto a obra-prima.

— Você está falando da moça invisível? — perguntou o mestre de capela.

---

outra, afinando-os de maneira que marcavam a escala diatônica. A cada mudança atmosférica, as cordas soavam mais fortes ou mais fracas, dependendo da medida dessa alteração. O instrumento foi chamado de harpa eólia.

— Sem dúvida! — continuou Mestre Abraham. — Precisamente, essa arte poderia ter lhe mostrado como o mais simples e explicável dos mecanismos entra amiúde em conexão com os prodígios mais misteriosos da natureza e, assim, tem mesmo que produzir efeitos sobrenaturais, principalmente se se toma a palavra em sua acepção literal.

— Hum! — disse Kreisler —, se você proceder conforme a conhecida teoria do som, se souber ocultar com habilidade o aparato e dispuser de uma criatura espirituosa e esperta...

— Oh, Chiara! — gritou o mestre, as lágrimas assomando-lhe aos olhos. — Oh, Chiara, minha inocente e doce criança!

Nunca Kreisler vira o velho tão comovido, pois longe de ceder às sensações melancólicas, costumava rir delas.

— O que tem com Chiara? — perguntou Kreisler.

Sorrindo, o mestre respondeu:

— É sem dúvida ridículo apresentar-me hoje ante você como um sensível velho maluco, mas os astros querem levar-me a falar sobre um episódio de minha vida, sobre o qual guardo silêncio há tantos anos.

Venha, Kreisler! Veja esse imenso livro, é o mais curioso de minha biblioteca, herança de um prestidigitador chamado Severino. Eu estava ocupado a ler e a observar a ilustração da pequena Chiara, quando você irrompeu no recinto, transtornado, depreciando minha magia no exato instante em que me regozijava com as recordações do belo prodígio, que remontam a uma bela época de minha vida!

— Conte, mestre, para que possamos chorar juntos!

— Não é muito estranho — começou o mestre — que eu, normalmente um jovem robusto e de bom aspecto, além de muito ambicioso, tenha adoecido pelo excesso de zelo e pela ânsia de fama, quando trabalhava com o órgão da igreja matriz de Göniönesmühl? O médico prescrevera: "Corra, querido organista, percorra o mundo, as montanhas, os vales, tanto quanto permitirem suas pernas!" Segui tal conselho, pois gostava de introduzir-me em todos os lugares como mecânico e presentear as pessoas com interessantes engenhocas. Fui bem-sucedido e ganhei bastante dinheiro.

Certa ocasião, porém, encontrei um homem chamado Severino, que desdenhava de mim e de minhas artes, e algumas razões quase me levariam a crer, assim como o povo, que ele possuía um pacto com o diabo, ou pelo menos com outros espíritos mais honestos. A maior ovação era suscitada por seu oráculo feminino, um engenho mais tarde chamado de moça invisível. No meio do aposento, suspenso no teto, pendurava-se uma esfera do mais fino e translúcido cristal, e dali saíam, como um alento cálido, respostas às perguntas dirigidas à criatura invisível. O que seduzia o espectador não era somente a característica inexplicável do fenômeno, mas também a voz fantasmal da invisível tangendo as cordas sensíveis do coração, o acerto de suas palavras, o autêntico dom para a profecia — tudo proporcionou ao artista uma infinita afluência de público.

Eu instava frequentemente com ele, falava de meus engenhos mecânicos, mas ele desprezava, embora num sentido diferente do seu, Kreisler, toda minha sabedoria. Insistia em me fazer construir um órgão de água para seu uso doméstico, apesar de eu ter lhe mostrado que, segundo afirma o falecido Meister[130] de Göttingen em seu tratado "*De veterum Hydraulo*", semelhante *hydraulus* não tinha serventia nenhuma e não poupava senão umas libras de ar, que a gente — graças a Deus! — ainda podia adquirir gratuitamente por todo o lado.

Enfim, Severino me confessou que precisava do instrumento para acompanhar a voz da invisível, e prometeu revelar-me o segredo se eu jurasse pelo Santo Sacramento não o empregar nem o desvendar a outrem, não obstante duvidasse ser possível imitar um

130. Albert Ludwig Friedrich Meister (falecido em 1788) escreveu *Sobre os órgãos hidráulicos dos antigos.*

gesto impregnado de sutil mistério — como outrora Cagliostro[131] falando de seus êxtases sublimes às mulheres. Minha vontade de ver a invisível levou-me a prometer construir-lhe um órgão hidráulico. A partir de então, concedeu-me toda a confiança e testemunhou até mesmo apreço por eu auxiliá-lo voluntariamente em seus trabalhos.

Um dia, quando eu me dirigia à sua casa, vi uma multidão reunida na rua. Contaram-me que um homem bem-vestido caíra desmaiado no chão. Abri caminho entre os curiosos e reconheci Severino, que acabavam de erguer e transportar a uma casa próxima, aonde o acompanhei. Um médico que passava por acaso ocupou-se dele com alguns medicamentos. Com um longo suspiro, Severino abriu os olhos e me lançou um olhar pavoroso abaixo do cenho franzido em convulsão; nele ardiam todos os horrores da luta contra a morte. Seus lábios tremiam, tentou falar, não conseguiu. Por fim, deu algumas fortes pancadas com a mão no bolso do jaleco. Enfiei minha mão no bolso e tirei um molho de chaves.

— São as chaves de sua casa? — perguntei, e ele assentiu com a cabeça. — Esta — prossegui — é a chave do gabinete ao qual você permitiu-me entrar. — Assentiu novamente. Quando eu ia continuar indagando, começou a gemer e a expectorar, gotas de suor porejavam de sua testa, abriu os braços e os arqueou em círculo, imitando o gesto de alguém que carrega um pacote. O médico disse:

— Ele quer que o senhor pegue o aparato... Talvez morra... Deverá conservá-lo para si? — Severino aquiesceu com mais ímpeto, chegando a gritar "corre!", e tombou mais uma vez enfraquecido.

Agitado pela curiosidade e pela expectativa apressei-me incontinenti à sua casa, abri o gabinete onde devia estar trancada a misteriosa invisível, e qual não foi meu espanto ao encontrá-lo completamente vazio. A única janela que clareava tinha as cortinas fechadas, de modo que a luz só se filtrava, e um grande espelho pendia da parede em frente à porta, ante o qual me situei por acaso.

131. Cagliostro. Vide nota 95.

Olhando minha imagem iluminada ao débil vislumbre reinante no aposento, fui tomado por uma sensação singular, como se estivesse sentado na cadeira isolada de uma máquina elétrica. Foi então que a voz da moça invisível disse em italiano:

— Deixe-me somente hoje, pai! Não me açoite tão cruelmente, afinal de contas você agora está morto! — Num movimento rápido, abri a porta do quarto, deixando entrar a plena luz do dia, mas não pude ver alma vivente! — Foi bom, pai — disse a voz — foi uma boa ideia ter mandado o senhor Liscov, mas ele não permitirá mais que o senhor me bata, ele romperá o encanto e o senhor não terá como sair do túmulo onde jaz, revolva o quanto quiser, pois agora é um morto e não pertence mais à vida!

Você bem pode imaginar, Kreisler, como me arrepiei todo, porque não via ninguém, entretanto a voz soava cristalina a meus ouvidos.

— Diabos — disse em voz alta para encorajar-me — se eu visse ao menos um mísero frasco, quebrá-lo-ia e o *diable boiteux* se libertaria do cativeiro e estaria diante de mim, mas não vejo nada. — Tive a impressão de reconhecer alguns suspiros reverberando pelo gabinete, provenientes de um engradado encostado num canto, embora o julgasse muito pequeno para comportar alguém. Contudo, aproximei-me, abri o ferrolho e o destampei: enroscada como um verme lá estava uma menina, que me encarou com olhos enormes e maravilhosos e estendeu-me os braços, quando eu disse: — Saia, cordeirinho, saia, minha pequena invisível! — Tomei-lhe a mão que ela me oferecia, e um frêmito elétrico percorreu meus membros.

— Alto lá, Mestre Abraham! — gritou Kreisler. — O que significa isso? Quando pela primeira vez toquei a mão da Princesa Hedwiga por acaso, tive a mesma sensação, e sempre sinto o mesmo efeito, embora mais fraco, quando ela tem a bondade de dar-me a mão!

— Oh, oh! — respondeu o mestre. — Talvez nossa pequena princesa seja uma espécie de *Gymnotus electricus* ou Raja torpedo, ou *Trichiurus indicus*, como de certa maneira minha querida Chiara também o foi, ou quem sabe somente um esperto camundongo doméstico a quem o bravo senhor Cotugno[132] deu um forte beliscão quando pego pelo lombo para ser dissecado. Mas provavelmente você não tem a intenção de fazer o mesmo com a princesa, não é? Noutra ocasião nos reportaremos à princesa, voltemos à minha invisível.

Quando retrocedi, sobressaltado pela inesperada descarga do pequeno torpedo, a moça falou em alemão, com voz terna e encantadora:

— Ah, não leve a mal, senhor Liscov, mas não consigo evitá-lo, a dor é demasiado forte — Sem me deixar deter pelo assombro, peguei com delicadeza a pequena nos ombros e a retirei da abominável prisão. Vi diante de mim uma franzina criatura, do tamanho de uma menina de doze anos, mas que teria pelo menos dezesseis, a julgar pelas suas formas. Olhe você mesmo o livro, a ilustração é parecida, e vai admitir que não é possível existir fisionomia mais impressionante, mesmo considerando a dificuldade de reproduzir o fogo dos seus belíssimos olhos negros, inflamáveis no íntimo do ser. Todo aquele que não é apaixonado pela pele branca como a neve e pelos cabelos lisos, reconheceria a beleza de seu rostinho, porque a sua pele era muito morena e os cabelos de um negro ardente. Chiara — você já conhece o nome da moça invisível — caiu de joelhos à minha frente, o sofrimento a fazia chorar muito, quando ela disse em francês, com uma expressão irresistível: "*Je suis sauvée!*".[133] Senti-me invadido por forte compaixão, sem poder evitar pressentimentos misteriosos.

Trouxeram então o cadáver de Severino, pois um segundo ataque o matara, instantes após minha partida. Tão logo Chiara viu o corpo,

132. S. C. Domenico Cotugno (1736-1822) foi um médico napolitano cuja anedota é mencionada em Kluge (na mesma obra citada na nota 117).

133. Em francês: "estou salva!".

as lágrimas secaram, ela olhou o homem morto com um semblante grave e, em seguida, afastou-se quando as pessoas recém-chegadas a observavam e comentavam, rindo, que ela talvez pudesse ser a moça invisível. Não me conformei em deixar a mocinha só ao lado do defunto; os bondosos locatários se dispuseram a acolhê-la em casa. Mas ao entrar no gabinete, depois de todos terem se retirado, Chiara estava sentada diante do espelho num estado incomum. Com os olhos fixos na imagem refletida, era como se nada visse, tal qual uma lunática. Sussurrava palavras ininteligíveis, mas essas, aos poucos, foram se tornando cada vez mais nítidas e, enfim, intercalando alemão, francês, italiano e espanhol, falou de coisas que pareciam relacionadas com pessoas ausentes. Notei, bastante aturdido, que era o horário preciso no qual Severino normalmente fazia o oráculo feminino falar. Depois de um tempo, Chiara fechou os olhos e pareceu cair num sono profundo. Tomei a pobre criança em meus braços e a levei aos proprietários da casa.

Na manhã seguinte a encontrei calma e serena, como se experimentasse pela primeira vez a plena liberdade, e confessou-me tudo o que eu desejava saber. Embora você sempre dê muita importância à origem, mestre de capela, espero que não fique chocado ao saber que minha pequena Chiara não passava de uma boêmia que, acompanhada por um bando de gente de sua casta, era conduzida por soldados. Quando fizeram uma parada, e ela se queimava ao sol do mercado de alguma grande cidade, Severino passou por ali e topou com a menina de oito anos, perguntando:

— Homem branco, quer conhecer o futuro? — Severino a contemplou fixamente nos olhos e a deixou ler as linhas de sua mão, mostrando-se muito impressionado. Deve ter intuído um dom bem especial na mocinha, pois, de imediato, dirigiu-se ao tenente da polícia, guia da fila de ciganos prisioneiros, e fez uma oferta generosa em troca da jovem cigana. O tenente da polícia declarou de forma áspera que aquilo ali não era mercado de escravos; por outro lado, porém, explicou que, como a criança nem deveria estar entre os detentos e vivia aprontando na casa de correção, ele estaria, nesse caso, à disposição, se o interessado quisesse pagar a quantia de dez ducados para os pobres da cidade. Severino foi logo pegando os ducados na bolsa. Chiara e a avó, ambas tendo escutado a negociação, começaram a chorar e a gritar frente à possibilidade iminente de se separarem. Nesse momento, então, o tenente interveio, meteu a velha senhora numa carroça que estava pronta para partir, e enfiou os reluzentes ducados no bolso, talvez pretendendo entregá-los mais tarde aos miseráveis da cidade, enquanto Severino arrastava a pequena Criara. Tentou tranquilizá-la como podia, comprando ali mesmo no mercado onde a encontrou um vestidinho novo e empaturrando-a com guloseimas.

O velhaco já tinha àquela época o truque da moça invisível em mente e, por certo, descobriu na miúda cigana as convenientes predisposições ao desempenho do papel que planejava atribuir-lhe. Além de uma cuidadosa educação, trabalhou também nas condições de seu organismo, aparentemente apto a atingir o estado de elevação. Com frequência, por intermédio de certos artifícios, Severino provocava nela o estado de exaltação, durante o qual um espírito profético inspirava a criança — pense em Mesmer[134] e em suas terríveis operações — e a punha assim sempre que fosse necessário prever.

Um funesto acaso o fez compreender como ela se tornava especialmente suscetível, e seu dom de penetrar no eu alheio crescia de maneira imensurável, a ponto de quase transformá-la numa alma sem corpo, quando ela experimentava a dor. A partir daí, o homem monstruoso passou a açoitá-la com crueldade toda vez que almejava nela o transe. Fora a terrível tortura a que era submetida, Chiara,

---

134. Franz Anton Mesmer (1734-1815) foi um médico austríaco, fundador do magnetismo animal, conhecido por mesmerismo. Em 1779 publicou *Dissertação sobre a descoberta do magnetismo animal.* Trabalhou em Viena e em Paris e, em ambas as cidades, foi acusado de charlatanismo e curandeirismo.

a desgraçada criança, precisava manter-se oculta e viver por dias encolhida naquele engradado quando Severino se ausentava, a fim de evitar que alguém tomasse conhecimento do segredo. Ademais, acompanhava Severino em viagens, sempre dentro da caixa. O destino da pequena era mais triste, mais desditoso que o do famoso anão de Wolfgang von Kempelen[135], obrigado a fantasiar-se de turco e a jogar xadrez.

No escritório de Severino, encontrei uma grande soma em dinheiro, ouro e valores, com os quais garanti à menina uma boa renda. Destruí o aparato destinado ao oráculo, ou seja, as instalações acústicas no quarto e no gabinete, desmontei ainda outros engenhos não transportáveis, mas conforme a vontade expressa do homem, herdei e mantive alguns segredos de seus truques. Isso feito, despedi-me com pesar de Chiara, a quem os locatários queriam adotar como filha, e abandonei o lugar.

Um ano se passara, eu queria voltar à Göniönesmühl, onde o louvável magistrado pedia-me o conserto do órgão da igreja, mas o céu tinha especial prazer em apresentar-me às pessoas como prestidigitador, e fez com que um maldito truão tivesse o poder de me explorar através de atestados e concessões, forçando-me assim a viver novamente na qualidade de famoso mecânico itinerante escamoteando para sobreviver. Isso tudo aconteceu nas proximidades de Sieghartsweiler.

Uma noite, eu limava e lixava uma caixa mágica quando a porta se abriu e uma criaturinha feminina entrou, dizendo: "Não, não podia suportar mais a saudade, senhor Liscov. Tinha de encontrá-lo a qualquer custo. O senhor pode me obrigar a fazer o que

---

135. Barão Wolfgang von Kempelen (1734-1804) foi o inventor, entre outros, de um androide com aparência de turco, que jogava xadrez. Dentro da máquina automática, entretanto, escondia-se um anão. Em 2005, o escritor alemão Robert Löhr obteve muito sucesso com o romance *Der Schachautomat* (traduzido por André del Monte e Kristina Michahelles como *A máquina de xadrez*, Rio de Janeiro, Record, 2007), uma criação fictícia a partir da história de Kempelen.

quiser", e pulou ao meu pescoço, quis inclinar-se aos meus pés, mas a sustive — era Chiara! Mal reconheci a menina, estava bem mais alta, mais encorpada, sem que isso tivesse prejudicado as delicadas formas de seu crescimento! "Querida e meiga Chiara!", exclamei emocionado, e a apertei contra meu peito. "Não é verdade que o senhor tolerará minha presença ao seu lado, pois lhe devo a liberdade de minha vida?" Ao mesmo tempo, abriu de maneira precipitada uma mala que o postilhão acabara de portar, e deu ao sujeito uma gorjeta que o fez saltar de alegria e sair gritando: "Diabos, que morena linda!"; da mala retirou esse livro e me deu, explicando: "Tome, senhor Liscov! Eis o livro que o senhor esqueceu, é o melhor da herança de Severino". Enquanto eu começava a folhear o livro, ela pôs-se a desempacotar a roupa íntima e os vestidos com a maior naturalidade.

Você bem pode imaginar, Kreisler, que a moça deixou-me numa situação embaraçosa. Mas já é hora, rapaz, de aprender a ter consideração por mim. Afinal, eu o ajudei a roubar de seu tio as peras maduras e a pendurar no lugar as de madeira pintadas, ou ainda a colocar água estercada no regador com o qual ele aguou as calças brancas de linho estendidas no quarador para clarear, tornando-as duras como mármore. Em poucas palavras, pelo fato de eu tê-lo iniciado nas maiores peraltices, você provavelmente me julga um homem desalmado, só capaz de artes similares. Não se gabe, rapaz, de sua sensibilidade, pois veja, assim como você o faz constantemente, cá estou eu também chorando de emoção.

A essas palavras, o ancião se aproximou da janela e olhou o parque. A tempestade cessara e, do bosque, era possível ouvir os pingos caindo das folhas sacudidas pelo vento. Ao longe, do castelo, vinham sons de animada música de baile.

— Creio que o Príncipe Hektor está abrindo a *partie à la chasse*[136] com alguns saltos...

136. Lapso de Hoffmann: em francês, seria *partie de chasse*, ou seja, "caçada".

— E Chiara? — perguntou Kreisler.

Mestre Abraham voltou a narrar, inclinando-se mais na poltrona, exausto:

— Você faz bem em lembrar-me de Chiara, meu filho. Nesta noite, preciso sorver à última gota o cálice amargo das recordações. Ah! Enquanto Chiara brincava de um lado para o outro, e seus olhos irradiavam a mais pura alegria, senti que me seria de todo impossível separar-me dela algum dia: ela teria de ser minha esposa. Entretanto, ainda ponderei: "Mas Chiara, o que farei com você?" Bem séria, ela aproximou-se de mim e respondeu: "No livro, o senhor encontrará a descrição exata do oráculo e, de mais a mais, o senhor viu as instalações. Quero ser sua moça invisível!" Atônito, exclamei: "Chiara! O que você está sugerindo? Está me tomando por um Severino?". "Oh, nem pensemos mais nele...", respondeu-me.

Ao cabo disso tudo, meu caro Kreisler, é desnecessário lhe contar os pormenores, pois você sabe perfeitamente que assombrei o mundo com minha moça invisível e, com certeza, pode imaginar como me desagradava a ideia de estimular minha querida Chiara recorrendo a artifícios, ou de algum modo, de limitar sua liberdade. Chiara me indicava, ela mesma, o momento quando se sentia mais apta, mais desejosa de desempenhar o papel da invisível, e então falava meu oráculo.

Certas constelações, das quais você no futuro tomará conhecimento, trouxeram-me a Sieghartsweiler, onde quis surgir cercado por uma névoa de mistério. Encontrei uma casa um pouco afastada, de propriedade da viúva do cozinheiro ducal, pela qual em pouco tempo fiz chegar à corte o rumor sobre meus truques fabulosos. Tudo aconteceu conforme meus planos. O duque, pai do Príncipe Irenäus, procurou-me e Chiara foi a feiticeira que, animada por força sobrenatural, abriu-lhe de tal maneira o coração e deixou-o, na ocasião, ver com clareza muitas coisas até então confusas. Chiara tinha se convertido em minha esposa, vivia na casa de uma família confiável na cidade, e vinha ver-me na obscuridade da noite; assim, sua presença continuava sendo mantida em segredo.

Veja, Kreisler, os homens são tão apegados aos milagres e prodígios, que o truque da moça invisível cessaria de gerar a admiração e a curiosidade se percebessem que ele é exequível graças à participação de alguém em carne e osso. Por terem descoberto que a pequena cigana falava do gabinete, os habitantes da cidade onde morrera Severino passaram a considerá-lo embusteiro depois disso, sem valorizar o engenho das instalações acústicas que deixavam o som provir da bola de cristal.

O velho duque morreu, eu estava saturado do truque e das mentiras indispensáveis para manter em segredo a existência da minha Chiara, queria mudar-me para Göniönesmühl com minha querida esposa e voltar a construir órgãos. Então, certa noite, quando deveria representar o famoso papel pela última vez, Chiara não compareceu e precisei dispensar a plateia insatisfeita. Meu coração palpitava, cheio de pressentimentos temerosos. Na manhã seguinte estive em Sieghartsweiler para averiguar. Ela tinha saído, sim, no horário habitual.

O que foi, Kreisler? Por que você está me encarando? Espero que não faça nenhuma pergunta impertinente. Você sabe, Chiara desapareceu sem deixar vestígios... Nunca mais tornei a vê-la!

Mestre Abraham levantou-se depressa e debruçou-se à janela. Um profundo suspiro arejou as gotas de suor que brotavam da ferida aberta. Com o silêncio, Kreisler honrou a profunda dor do ancião. Por fim, o mestre voltou a falar:

— Você não pode retornar à cidade, mestre, já é meia-noite. Os duplos perversos circulam pelo parque, como você sabe, e sortilégios ameaçadores nos espreitam. Então, durma aqui esta noite. Seria um despropósito...

(*Murr pr.*):... ser que tais profanações ocorreram em locais sagrados — quero dizer, no auditório. Sinto-me sufocado, com meu coração oprimido, incapaz de escrever e, apesar de inundado por pensamentos sublimes, interrompo o trabalho e saio a passear um pouco!

Sinto-me melhor ao retornar ao escritório. Mas aquilo que inunda a alma assoma ordinário aos lábios, bem como à pena do poeta! Ouço Mestre Abraham contar que leu num livro antigo a história de um cavalheiro singular, em cujo ventre uma *Materia peccans*[137] fazia ruídos, e não podia sair senão pelas pontas dos dedos. Mas o homem punha um límpido papel branco sob a mão e recolhia, assim, tudo que queria expelir da essência maligna, e denominava a secreção como sendo poemas criados em seu íntimo... Considerei aquilo uma sátira maldosa, mas é certo, às vezes vibra em mim uma sensação inusitada, eu diria um transe espiritual, alcançando até as patas, que são então levadas a transcrever os pensamentos presentes em meu espírito. Justamente agora o sinto... Pode vir a prejudicar-me, os gatos enlouquecidos podem tornar-se agressivos em sua cegueira, inclusive deixar-me sentir suas garras, mas tenho de expressá-lo! Meu mestre passava a manhã inteira lendo um enorme *quartant*[138] encadernado em couro suíno e, quando ao fim saiu na hora costumeira, deixou o volume aberto sobre a mesa. Ávido de ciências que sou, apressei-me logo a descobrir o tipo de livro que meu mestre estudava com tamanha concentração. Nada mais, nada menos que a formosa e esplêndida obra do antigo Johannes Kunisperger sobre a influência natural dos astros, planetas e doze signos zodiacais. Exatamente! Não é sem razão que chamo a obra de formosa e esplêndida, pois, à medida que a lia, mais se me mostravam com toda a transparência os milagres de minha existência, de minha passagem pela vida terrena.

Ah! Enquanto escrevo, flameja sobre minha cabeça o radioso astro que, com fiel similaridade, cintila no interior de meu cérebro, e eu mesmo sou um cometa iluminado em elevada glória, atraves-

137. Em latim, termo para descrever algum tipo de substância patogênica.

138. O *quartant* era um antigo formato de livro, maior que os atuais.

sando o universo, profético e ameaçador. Assim como o cometa eclipsa a luz de todas as estrelas, da mesma maneira você, gato, ou outro animal ou homem, desaparece sob uma sombra obscura, a meu lado, se não os alumio com os raios de minha genialidade. Não obstante a natureza divina que de mim se emana, espírito fulgurante que encarno pela cauda, não sou menos obrigado a compartilhar a sina dos mortais! Meu coração é demasiado generoso, sou demasiado sensível, com prazer quisera eu unir-me amável aos mais frágeis, e isso me faz cair em tristeza e dor. Pois me dou conta a cada instante de minha extrema solidão; não pertenço ao século em que vivo, porém a outro porvir de superior formação, pois não há uma alma capaz de admitir meus méritos. E a admiração me propicia, contudo, uma alegria infinda, mesmo o elogio dos jovens gatos, comuns e carentes de educação, faz-me um bem indescritível. Sei como impressioná-los e deixá-los estupefatos, mas de que adianta se, por mais que se esforcem, não atingem o devido tom apologético, limitando-se a gritar "Miau, miau!". Preciso pensar na posteridade que saberá apreciar meus predicados. Se hoje escrevo uma obra filosófica, quem há de penetrar a sagacidade de meu espírito? Se me debruço a compor uma obra de teatro, onde estão atores para interpretá-la? Se me dedico a um trabalho literário, se escrevo, por exemplo, críticas — o que é pertinente pois pairo acima de tudo, como poeta, autor, artista, como um potencial modelo inalcançável, como um ideal de perfeição e, assim, o único capaz de emitir sentença competente -, quem poderá compreender meus pontos de vista, compartilhar comigo as ideias? Existiriam patas ou mãos à altura de colocar sobre minha fronte o virtuoso laurel? Sim, só vejo uma alternativa, hei de fazê-lo eu mesmo, e ai de quem se atreva a me retirar a coroa. Sem dúvida, há bestas invejosas, com frequência sonho que estou sendo atacado por elas; imaginando então ser preciso defender-me, lanho meu rosto com as próprias armas afiadas e firo com dor meu semblante gracioso. A autoconfiança decresce assim de modo considerável, mas não pode ser de outro modo. Considerei recentemente um ultraje dissimulado à minha virtude e excelência que o jovem Ponto, na rua com outros amigos cachorros, conversasse sobre as novidades do dia sem sequer mencionar-me, embora eu estivesse sentado à lucarna do sótão, em meu torrão, a apenas seis passos dele. Não menos me aborreci quando o mandrião, ouvindo meus reproches quanto a isso, tentou convencer-me de que sinceramente não me vira.

Mas é chegada a hora, almas afins de uma posteridade nobre — ah! Quisera que essa posteridade estivesse em meio ao presente e, imbuída de reverente opinião sobre a grandeza de Murr, expressasse tal opinião em alto e bom-tom, acima de qualquer outro rumor, limpidamente audível e destacada! Isso mesmo! Que vocês fiquem conhecendo um pouco mais sobre as vivências de Murr em sua juventude. Escutem, então, boas almas, um episódio curioso de minha biografia.

Estávamos em idos de março, os belos e cálidos raios de sol primaveril incidiam sobre o telhado, quando uma chama consumia meu peito. Há dias me assediava uma angústia premente, uma ansiedade desconhecida e enigmática. Acalmei-me um pouco, mas só para cair num estado que eu jamais pressentira. De uma lucarna não longe de mim surgiu silenciosa e impassível uma criatura — oh! Como desejaria pintar a musa! Ia toda de branco, somente um pequeno gorro de veludo negro cobria-lhe a delicada fronte, bem como meias pretas vestiam as delgadas patas. Um fogo indelével animava seus olhos verdes e o movimento sutil das orelhas pontiagudas deixava intuir virtude e espírito, e as formas ondulantes da cauda exprimiam graça e feminilidade.

A suave criatura pareceu não me notar, contemplou o sol, cerrou os olhos e espirrou. Ah, o som reverberou dentro de mim em ondulantes calafrios, meu pulso disparou, o sangue ferveu em minhas veias. Meu coração queria explodir — um arroubo pungente, contido e desconcertante revelou-se ao exterior num miado prolongado. A pequena voltou a cabeça em minha direção e me observou: espanto, timidez, doce temor infantil no olhar. Patas invisíveis me atraíam a ela com poder irresistível. Mas no momento em que me lancei para capturá-la, a formosa desapareceu atrás da chaminé, lépida como o pensamento! Vaguei pelo telhado, entre a fúria e o desespero, proferindo as interjeições mais lamuriantes, tudo em vão... Não voltou! Ah, que estado! Logo tudo me enfastiava, perdi o apetite, repugnava as ciências e perdi o ímpeto para ler ou escrever.

— Céus! — gritei no dia seguinte, após procurar a encantadora por todos os lados, sobre o telhado, no sótão, no porão, nos corredores da casa, e regressar, desolado, da busca inútil.

Tendo em meus pensamentos e ante meus olhos somente a imagem da criatura que me desconcentrava, mesmo o peixe assado servido pelo mestre me mirou da tigela com o olhar daquela que eu almejava, levando-me a exclamar nos píncaros do arrebatamento:

— É você, adorada? — e o devorei num bote.

— Céus, oh, céus! Será o amor?

Desconfiado, resolvi ilustrar-me sobre meu estado como um jovem de erudição, e iniciei logo em seguida, ainda que com esforço, os estudos de *De arte amandi*[139], de Ovídio, bem como de *A arte para amar*, de Manso,[140] mas nenhum dos sintomas do amor descritos nesses compêndios se adequava a mim. Ocorreu-me, finalmente, haver lido em alguma obra[141] que a indiferença e uma barba por fazer seriam marcas indiscutíveis do apaixonado! Olhei-me ao espelho e... Céus, minha barba estava por fazer! Céus, sentia-me indiferente! Absolutamente convencido de que estava amando, senti uma inebriante consolação penetrando minha alma. Decidi, antes de tudo, fortalecer-me com uma refeição substancial

139. Ele se refere ao poeta romano Ovídio (43 a.C.-17 d.C.), autor de *A arte de amar*.

140. *Die Kunst zu lieben: ein Lehrgang in 3 Büchern* [A arte para amar: um curso em 3 livros].

141. Em *Como gostais*, de Shakespeare.

e partir, sem demora, à procura da criatura que se tornara a dona de meu coração!

Um feliz presságio me dizia que ela estava sentada à frente do prédio, então desci as escadas e a encontrei realmente! Oh, que reencontro! Como se agitava em meu peito o êxtase, o gozo indizível do amor. Miesmies, mais tarde descobriria seu nome, estava sentada numa posição bem elegante sobre as patas traseiras, e se limpava passando as patinhas muitas vezes nas faces, nas orelhas. Mas para realçar a graça que a natureza lhe dera, ela não carecia das vis artes da *toilette*. Mais humilde e menos arrojado que da primeira vez, aproximei-me e sentei-me a seu lado. Ela não fugiu, encarou-me diretamente com olhos inquisidores, até baixar o olhar.

— Belíssima, disse baixinho, seja minha!

Confusa, respondeu:

— Ousado gato, quem é você? Por acaso me conhece? Se for sincero e confiável, assim como eu, então diga e jure que me ama de verdade.

Entusiasmado, clamei:

— Oh, pelos horrores do orco, pela lua sagrada, por todos os planetas e as estrelas que hão de cintilar no límpido firmamento, juro que a amo!

— Eu também o amo — sussurrou a pequena, e inclinou a cabeça com terna timidez.

Queria apatá-la, pleno de fervor, quando dois gatos gigantescos saltaram sobre mim com diabólicos grunhidos, agredindo-me sem piedade com unhas e dentes e, para piorar, revolveram-me pelo esgoto, de modo que fiquei todo encharcado de água suja. Tão logo me safei das garras daquelas feras trogloditas, indiferentes à minha inferioridade física, subi as escadas chorando amedrontado. Ao ver-me, Mestre Abraham disse sorrindo:

— Murr, Murr! Que aparência é essa? Aposto que estava fazendo peraltices como o cavaleiro no jardim encantado e acabou se dando mal.

Ao dizer isso, o mestre fez ecoar, para meu desgosto, uma estrondosa gargalhada. Após encher um recipiente com água morna, mergulhou-me lá dentro algumas vezes sem cerimônia alguma, fazendo-me perder visão e audição entre espirros e bufadas, enrolou-me em flanelas e estendeu-me em meu cesto. Estava a ponto de perder os sentidos, a raiva e a dor física me impediam de mover um músculo que fosse. Finalmente, o calor surtiu em mim um efeito benéfico e as ideias mais uma vez se ordenaram. Queixei-me:

— Ah, que novas amarguras a vida me traz! Eis portanto o amor, que em tão belos versos celebrei, o bem supremo a nos conceder o inexprimível gozo que deverá nos elevar aos céus! Ah! A mim ele atirou à lama! Renuncio a essa paixão que me trouxe mordidas, um abominável banho no esgoto e um humilhante cueiro de flanela!

Assim tomei uma decisão! Mal me libertei do cueiro e me senti melhor, contudo, Miesmies tomou de novo meus pensamentos, fazendo-me esquecer a ultrajante surra suportada e o propósito: reconheci que ainda a amava. Com sofreguidão, tentei conter-me e voltei a ler Ovídio, como um gato erudito e razoável, porque me lembrava de passagens com receitas contra o amor. Li os versos:

"*Venus otia amat. Qui finem quaeris amoris,*
Cedit amor rebus, res age, tutus eris!"[142]

Seguindo o preceito, quis reagir com renovado zelo nas ciências, mas de cada página Miesmies me saltava aos olhos. Eu pensava, lia, escrevia Miesmies... O autor, eu refletia, tem de referir-se a outro trabalho, e como ouvira outros gatos afirmarem que a caça de ratos era um entretenimento agradável e prazeroso, imaginei ser possível considerar a caça como *rebus.*[143] Assim, logo ao escurecer, fui ao sótão e percorri os lúgubres corredores, cantando:

142. "Vênus ama o ócio! Se queres deixar de amar, entregue-se a uma atividade, pois o amor foge das atividades, e será salvo!" (*Remedia amoris*, de Ovídio)

143. Declinação da palavra latina *res*: coisa.

"Na floresta me esgueirei, atento e varonil,
Ao ombro vinha trazendo, já armado meu fuzil..."[144]

Ah, ao invés das feras que acreditava prender, via eu na realidade a imagem querida assomando por todos os lados dos abismos! As penas de amor dilaceraram meu coração tão facilmente suscetível ao sofrimento! E eu disse: "volva os olhos misericordiosos a mim, aurora virginal, faça com que Murr e Miesmies, abençoados, encontrem seu caminho". Pleno de esperança, implorei o prêmio da vitória. Miserável! Com olhos vendados ela fugia, tímida, telhado afora! Digno de compaixão, eu mergulhava cada vez mais no sentimento que uma estrela hostil parecia ter me insuflado ao peito para minha absoluta ruína. Furioso, rebelando-me contra o destino, voltei a Ovídio e li seus versos:

"*Exige, quod cantet, si qua est sine voce puella,*
Non didicit chordas tangere, posce lyram."[145]

— Ah, reencontrarei a alva e airosa criatura, lá onde a vi pela primeira vez — exclamei —, pedirei que cante e, caso emita uma única nota falsa, então estarei salvo!

O céu estava claro e a lua, testemunha do amor, fulgurava em todo seu brilho quando subi ao telhado, a fim de espreitar minha amada. Durante longo tempo, perambulei pelos arredores sem vê-la, e meus suspiros se converteram em queixas de amor. Finalmente, entoei uma canção em melancólicos acordes, que falava mais ou menos assim:

"Sussurrantes bosques, murmurantes fontes,
Pressentimentos em ondas afluentes,

---

144. "Canção do caçador", de Goethe.

145. "Se a moça não tiver voz, exija que cante,/ se não sabe dedilhar cordas, busque a lira."

Partilhem meu lamento!
Preciso de auxílio, sejam clementes:
Miesmies, a bela, onde a encontro?
Juventude, plena de amor,
A doce prenda, onde pode estar?
Console o temor!
Console o gato em exaltado langor,
Luar, oh luar! Como cálido alento
Ajude-me a encontrar
Aquela que é puro amor.
Dor furibunda, atroz tormento!
Bom conselheiro, corra a aliviar
Das pesadas correntes o triste amante.
O gato amoroso, ei-lo suplicante!"

Observe, querido leitor! Um poeta de valor não carece de andar em meio a um bosque sussurrante ou junto a uma fonte murmurante e, não obstante, os pressentimentos afluem em ondas, e nelas é possível vislumbrar e falar com elegância de tudo o que quiser, e como quiser. Se alguém se admirou da sublimidade dos versos anteriores, respondo-lhe com modéstia que me encontrava em êxtase, num embevecimento apaixonado. Como todos sabem, aquele acometido pela febre do amor, embora em geral mal possa rimar mel e fel, delírio e martírio — e digo mais, caso nem dessas prosaicas rimas se lembre mesmo se esforçando — de repente poetiza aos borbotões, os mais inauditos versos jorram caudalosos e se eternizam.

A humanidade deve a esses êxtases de criaturas comuns obras realmente notáveis, e com isso também as Miesmies humanas de medíocre beleza gozam durante certo tempo de elevada reputação. Se é assim com a madeira seca, imagine com a verdejante. Quero dizer que, se inclusive reles prosadores se transformam pelo amor em poetas, imagine as pérolas que se pode esperar dos autênticos poetas tomados pelo amor! Bem! Eu não me encontrava num bosque ruidoso, nem junto a uma fonte murmurante, estava sim, num desértico e elevado telhado, contando apenas com o brilho da lua e, todavia, com versos magistrais implorei ajuda aos bosques e às fontes e ondas, por fim ao próprio Ovídio, que me assistiram no padecimento amoroso. Na busca da tão sonhada dama, não debalde invoquei auxílio em tons de triste saudade: vinda de trás da chaminé, surgiu a formosa caminhando com passos ligeiros e sedutores.

— É você, querido Murr, cantando assim maviosamente?

Indaguei com alegre surpresa:

— Como você me conhece, criatura angelical?

— Ah, gostei de você à primeira vista — respondeu —, e doeu-me fundo no peito ver meus dois primos truculentos jogarem-no à lama de modo tão deplorável!

Eu a interrompi:

— Deixemos de lama, bela criança... Oh, diga-me, como se chama...

Ao que ela seguiu dizendo:

— Informei-me sobre sua situação e soube que seu nome é Murr, e que não somente recebe o indispensável para sobreviver de seu bondoso amo, como também desfruta de comodidades luxuosas que talvez pudessem ser compartilhadas com uma delicada esposa. Oh, eu o amo muito, bondoso Murr!

— Céus! — exclamei, encantado. Será um sonho ou será verdade? Razão, contente razão, não perca a estribeira! Ah, ainda estou na Terra? Ainda estou sentado no telhado? Ou pairando entre as nuvens? Continuo sendo o gato Murr? Ou um homem da lua? — Venha aos meus braços, amada! Mas, antes, diga-me seu nome, belíssima!

— Sou Miesmies! — ciciou a pequena, com cândida timidez e sentando-se bem junto de mim.

Como ela era linda! Seu pelo alvo cintilava à luz prateada da lua, seus verdes olhos feiticeiros irradiavam centelhas incandescentes.

— Você...

(*Folha de macul.*):... tivesse sabido disso um pouco antes, querido leitor, teria lhe informado. Queira Deus, no entanto, que eu não seja forçado a omitir informações relevantes novamente. Como eu dizia, ao pai do Príncipe Hektor aconteceu como ao Duque Irenäus: sem saber como, perdeu o reino de um dia para o outro. O Príncipe Hektor, a quem nada atraía menos que a vida pacífica e tranquila, e que, embora tivesse perdido o reino queria reinar, ou pelo menos comandar, alistou-se a serviço da França e se distinguiu por bravura, mas, quando um dia ouviu uma moça tocar "você conhece o país onde ardem os limões"[146], partiu de imediato rumo ao lugar onde tais limões ardem de fato, quer dizer, Nápoles; e, depondo o uniforme francês e endossando o napolitano, galgou o posto de general com a velocidade digna de príncipe. Quando o pai do Príncipe Hektor morreu, o Príncipe Irenäus abriu o grande livro no qual ele mesmo inscrevera as cabeças coroadas da Europa, e anotou o passamento do amigo duque e companheiro de infortúnio. Feito isso, ficou por longo tempo contemplando o nome do Príncipe Hektor, e logo gritou bem alto:

— Príncipe Hektor! — e fechou o *in-folio* com um estrondo que fez o mestre de cerimônias retroceder três passos, assustado.

O Príncipe Irenäus levantou-se, andou lentamente dentro do aposento de um canto ao outro e cheirou tanto rapé quanto necessário para ordenar toda uma miscelânea de ideias. O mestre de cerimônias discorreu muito sobre o defunto senhor que, além de riquezas, possuía coração amável; e também sobre o jovem Príncipe Hektor, glorificado em Nápoles pelo monarca, pelo reino, etc. O Príncipe Irenäus parecia não prestar atenção a isso, de súbito parou ante o mestre de cerimônias e dirigiu-lhe o terrificante olhar *a la* Friedrich, o Grande, falando com veemência: "*peut-être*"[147], até desaparecer no gabinete contíguo.

146. Parodiando a consagrada frase do personagem Wilhelm Meister, de Goethe: "você conhece o país onde florescem os limões".

147. Em francês: "talvez".

— Meu Deus! — disse o mestre de cerimônias — O sereníssimo duque tem certamente pensamentos importantes, quem sabe até planos.

Assim era. Irenäus considerou a riqueza do outro príncipe, suas alianças com cabeças coroadas, a possibilidade que existia de ele deixar a espada pelo cetro, concluindo, enfim, que o matrimônio do príncipe com a Princesa Hedwiga traria consequências vantajosas. Cercado de grande sigilo, o valete enviado pelo duque para testemunhar condolências a Hektor pela morte do pai foi incumbido de fazer deslizar ao interior do bolso principesco um pequeno retrato de Hedwiga, bem logrado com exceção da cor da cútis. Há de se observar que, na verdade, a beleza da princesa teria sido qualificada de perfeita, se o tom de sua tez tendesse menos ao amarelo. Daí que a luz de velas a favorecia bastante.

O valete cumpriu o encargo secreto do príncipe — a ninguém, nem sequer à Princesa Hedwiga, revelara suas intenções — com muita habilidade. Quando o príncipe viu a imagem, caiu no mesmo deslumbramento que seu colega principesco de *A flauta mágica*. Como Tamino, esteve a ponto de gritar, se não de cantar:

— Esse retrato é de uma beleza imponente!

Ou:

— É amor essa sensação? Sim. Só pode ser amor!

Entre os príncipes, o amor não é determinante para se esposar uma moça, mas o Príncipe Hektor não foi movido por outra razão além dessa, ao escrever ao Príncipe Irenäus a fim de lhe solicitar permissão de candidatar-se à mão e ao coração da Princesa Hedwiga.

O Príncipe Irenäus respondeu que aquiescia com alegria e desejava ardentemente o casamento, em memória do finado príncipe e pelo apreço que lhe dedicara, considerando ser possível renunciar ao cortejo. Porém, como era necessário atentar ao decoro, o príncipe deveria enviar a Sieghartsweiler um homem de devida circunspecção, já com a outorga de poderes a fim de fazer representar-se nas bodas e no salto com botas e esporas, seguindo a antiga e bela tradição. O príncipe respondeu:

— Irei pessoalmente, meu príncipe!

O duque ficou contrariado, achava o enlace por procuração mais romântico, sublime e aristocrático. Mas ficou satisfeito ante a perspectiva das festividades, consolou-se unicamente imaginando a possibilidade de celebrarem a ocasião antes das núpcias em meio à pompa e solenidade, quando pretendia condecorar o Príncipe Hektor com a grande cruz de uma ordem doméstica fundada por seu pai, que não tinha membros-cavalheiros. Portanto, o Príncipe Hektor visitaria Sieghartsweiler a fim de esposar Hedwiga e receber, por acréscimo, a grande cruz da tal ordem inexistente. Encantado com a discrição do duque sobre a intenção, ele pediu a manutenção do segredo principalmente no que dizia respeito à princesa, querendo assegurar-se do total amor dela antes de apresentar o pedido formal. O Príncipe Irenäus não entendeu direito o que Hektor pretendia com isso, respondendo que tanto quanto sabia e lembrava, a forma de assegurar-se do amor antes das bodas nunca fora hábito em famílias nobres.

Ao chegar, quando o príncipe viu Hedwiga pela primeira vez, cochichou ao seu ajudante, em diálogo napolitano, incompreensível para os demais circunstantes:

— Por todos os santos! É formosa, mas nascida não longe do Vesúvio, pois um fogo transparece em seus olhos.

O Príncipe Ignaz já se informara oportunamente se em Nápoles havia xícaras bonitas e quantas delas possuía o Príncipe Hektor, de maneira que esse, após receber todo um espectro de saudações diversificadas, queria voltar-se para Hedwiga, mas as portas se abriram e o Príncipe Irenäus o convidou a assistir à cena solene preparada na sala de cerimônia, para a qual tinham sido convocadas todas as pessoas que, a qualquer título, estivessem à altura de ser recebidas na corte. Ressalvava-se mesmo com menor rigor o critério de escolha dos convivas que em outras ocasiões, porque o círculo social de Sieghartsweiler era provinciano. A Conselheira Benzon e sua filha estavam presentes.

A Princesa Hedwiga estava quieta, ensimesmada, apática, não parecendo reparar nem mais nem menos no garboso estrangeiro vindo do sul que em qualquer outro novo indivíduo apresentado na corte, e perguntava bem-humorada à pequena Nanette, sua dama de honra, se ela ficara louca, pois suspirava sem cessar sobre a beleza do príncipe e dizia jamais ter visto um uniforme tão elegante como aquele.

O Príncipe Hektor começou então a ensaiar galanteios diante da princesa; ela, quase magoada pelo ímpeto de seus doces arroubos, perguntou por Nápoles, pela Itália. O príncipe descreveu um paraíso no qual ela caminharia como deusa reinante. Mostrou ser um mestre na arte de dirigir-se às damas, compondo suas falas como um hino de louvor e adulação à beleza de cada uma. Mas em meio ao hino, a princesa separou-se dele e foi falar com Júlia, que estava perto. Apertou-a contra seu peito, a chamou por nomes carinhosos, e disse ao príncipe que se aproximava um tanto constrangido pela fuga:

— Essa é minha querida irmã, minha magnífica e bondosa Júlia!

Ele lançou um longo e estranho olhar à Júlia, fazendo-a ruborizar-se e afastar-se timidamente em direção à mãe, que estava atrás dela. Mas Hedwiga voltou a abraçá-la:

— Minha querida Júlia! — e as lágrimas lhe saltaram dos olhos.

Benzon perguntou com ternura:

— Princesa, por que esses arroubos exaltados?

Sem dar-lhe atenção, a princesa volveu-se para o príncipe que, nesse ínterim, achava um termo para a torrente de palavras, e se a princípio ela estivera silenciosa e reservada, agora se dispunha a uma alegria efusiva. Hedwiga estava amável como nunca e, o príncipe, inteiramente arrebatado. O baile, afinal, teve início. Após várias contradanças, ele resolveu introduzir uma dança peculiar do reino de Nápoles e, em pouco tempo, logrou transmitir aos dançarinos a coreografia básica, de maneira que tudo saía às mil maravilhas, sobressaindo-se a sutileza e a essência apaixonante da dança.

Ninguém, porém, entendeu tão claramente esse aspecto como Hedwiga, que dançava com o príncipe. Ela pediu que repetissem e, em seguida, insistiu em uma terceira execução da música, pois só agora teria aprendido os passos, ignorando as advertências de Benzon, que via com preocupação uma suspeita mancha pálida em seu rosto.

O príncipe estava animado. Deslizava pela pista com Hedwiga, cujos movimentos eram a graça em pessoa. Numa das muitas voltas prescritas na dança, o príncipe apertou com ímpeto a bela contra seu peito, mas, no mesmo instante, ela sucumbiu desmaiada em seus braços.

O Duque Irenäus considerou que pior estorvo num baile da corte seria impossível, e só o fato de estarem no campo desculpava tais inconveniências. O próprio Hektor carregou a dama inconsciente ao sofá do aposento anexo, e a senhora Benzon molhou a testa da desfalecida com a loção forte que o médico da família tinha à mão. Esse, por sua vez, diagnosticou o desmaio como descomplicado acidente nervoso, devido ao calor da dança, e que logo passaria. Tinha razão. Poucos segundos depois a princesa já abria os olhos, com um profundo suspiro. Ao saber do restabelecimento de Hedwiga, o príncipe abriu caminho no cerrado círculo de damas que a rodeava, abaixou-se junto ao sofá e lamentou amargamente ser o único culpado pela ocorrência, o que lhe partia o coração. Assim que o viu, porém, a princesa gritou com grande aversão:

— Fora! Fora! — e tombou mais uma vez sem sentidos.

— Venha! — pediu o duque ao Príncipe Hektor, puxando-o pela mão. — Venha, querido príncipe, você ignora, mas a princesa mostra-se às vezes sujeita a estranhos devaneios. Sabe Deus sob que forma você surgiu ante seus olhos nesse momento! Imagine, caro príncipe, que ainda criança — que fique cá entre nós — a princesa me tomou um dia inteiro pelo Grande Mogol e quis que eu montasse a cavalo em pantufas, desejo ao qual cedi para lhe proporcionar prazer, desde que não fosse preciso sair do jardim.

O Príncipe Hektor riu sem cerimônia na cara do duque e gritou pedindo sua carruagem.

Benzon e Júlia pernoitaram no castelo, a pedido da duquesa. Ela conhecia a influência psíquica da conselheira sobre a filha. De fato, também nessa situação, a companhia da sábia conselheira agiu como um lenitivo. Hedwiga foi aos poucos recobrando a consciência enquanto Benzon lhe dirigia afetuosas palavras.

A princesa afirmou nada menos que, durante o baile, o príncipe se transformara num monstro semelhante a um dragão, enfiando em seu coração um dardo agudo e incandescente. Benzon sossegou-a:

— Deus nos proteja! Talvez ele seja o próprio *mostro turchino* da *fiabe* de Gozzi.[148] Que fantasia! Com certeza no final cederá, assim como sucedeu a Kreisler, que você antes considerava um louco perigoso.

— Jamais! — respondeu, categórica, e acrescentou sorrindo: — É verdade, não gostaria que meu bom Kreisler de repente se tornasse um *mostro turchino* feito o Príncipe Hektor!

Quando na manhã seguinte Benzon, que velara ao lado da princesa, foi procurar a filha, encontrou-a pálida, abatida, com a cabeça pendida de pomba enferma.

— Que aconteceu, Júlia? — perguntou assustada, pois não estava acostumada a ver a filha daquele jeito.

— Ah, mamãe! Não me leve mais às reuniões sociais, meu coração palpita pressuroso quando me lembro da noite anterior. Há algo funesto com esse príncipe. Quando me olhou, perturbou minha alma. Um raio mortal partiu de seus olhos escuros e inquietos e, se tivesse me acertado, pobre de mim, teria sido destruída... Não ria, mamãe, é verdade! Era o olhar do assassino elegendo a vítima, aquela a quem matará de medo antes mesmo de desembainhar o punhal! E repito, um sentimento sinistro, assim o diria, estremeceu-me com um frêmito dos pés à cabeça! Dizem que o basilisco possui no olhar um venenoso

148. *Il mostro turchino* [O monstro azul], comédia de Carlo Gozzi, de 1864.

raio de fogo, que mata instantaneamente quem se atreve a olhá-lo. Pois bem, o príncipe tem o poder fatal desse monstro.

Rindo alto, a conselheira disse:

— Bem, vou acabar acreditando no *mostro turchino*, pois o príncipe, considerado um dos cavalheiros mais belos e sedutores do mundo, apareceu a duas moças em forma de dragão, de basilisco. Da princesa eu ainda poderia esperar essas bizarrices, mas de minha suave filha, minha doce menina, nunca...

— Sobre Hedwiga — interrompeu Júlia —, não sei que força maligna tenta arrancá-la de meu coração, lançar-me na luta de uma doença alarmante, latente em seu íntimo. Sim, chamo o estado da princesa de doentio, e ela nada pode fazer. Quando ontem se desvencilhou do príncipe e me acariciou, abraçou-me, senti seu ardente calor, sua febre. E a dança, aquela dança repugnante! Mamãe, você sabe o quanto odeio as danças nas quais aos homens é permitido nos cerrar em seus braços. Para mim, é como se fosse necessário renunciar a todo o decoro e à moral, e outorgar-lhes um poder que, pelo menos nos mais suscetíveis dentre eles, provocará inevitavelmente desagradáveis consequências. Hedwiga não podia cessar de bailar a tal dança latina que se tornava mais e mais asquerosa aos meus olhos. E nos olhos do príncipe cintilava a pura alegria diabólica ante a presa...

— Ficou maluca, filha? Que ideias extravagantes. Enfim, não posso censurar sua opinião sobre tudo isso. Seja fiel à sua maneira de pensar, mas não seja injusta com Hedwiga; não questione sobre o que há entre ela e o príncipe, deixe de pensar nisso. Se quiser, cuidarei, durante certo tempo, de evitar que você veja Hedwiga ou o Príncipe Hektor. Não, sua paz não há de ser perturbada, querida filha! Venha aqui...

E a abraçou com toda sua maternal afeição.

— Sem dúvida — disse Júlia, apertando seu rosto febril contra o peito da mãe — devo à inquietude os pesadelos que tanto me transtornam.

— O que você sonhou?

— Era como se eu caminhasse — respondeu a filha — por um jardim viçoso. Em meio à densa e escura vegetação, floresciam violetas e rosas, cujo aroma inebriava o ar. Um fulgor resplendente do brilho da lua se diluía em música e canto. Os raios dourados tocavam as árvores e flores, que vibravam de gozo ao toque. Os arbustos sussurravam, as fontes rumorejavam nostálgicos suspiros. Então percebi que eu mesma era o canto ecoando pelo jardim, mas à medida que os sons perdiam força, eu também fenecia em dolorida melancolia!

Uma voz cálida me consolou, então: "Não. O som é bem-aventurança e não destruição. Eu a sustentarei com braços fortes, pois em seu âmago está o canto eterno como saudade!". Era Kreisler, dizendo essas palavras à minha frente. Uma celestial sensação de esperança e consolação inundava meu ser e, não sei como, mamãe, me fundi ao peito de Kreisler, quando então fui sentindo-me encadeada por braços férreos e uma voz irônica exclamou: "Não resista, miserável, já está morta e agora será m...". Era o príncipe que me prendia. Com um berro de pavor, despertei.

Agasalhei-me e abri a janela para arejar o quarto, que estava abafado e úmido. Ao longe, avistei um homem olhando as janelas do palácio com um *Dollond*, mas logo foi se distanciando pela aleia de uma maneira singular e grotesca, pensei comigo mesma, executando *entrechats* e outros passos de balé, agitando os braços no ar, e acredito mesmo tê-lo ouvido cantar em voz alta. Reconheci Kreisler, ao mesmo tempo precisei rir muito de seu jeito cômico e o tomei por um espírito benfazejo, protegendo-me contra o perigo do qual o príncipe me ameaçava.

Foi como se, só então, a essência de Kreisler se tornasse nítida, e eu compreendesse seu humor malicioso, que às vezes leva um ou outro a se sentir ferido, sequela de sua natureza leal e sincera. Quisera correr ao parque, quisera poder queixar-me a ele sobre meu terrível sonho!

— Foi um sonho bobo, atenuou a mãe, e a sequência ainda pior. Você precisa de descanso, Júlia. Uma soneca matinal pode fazer-me bem, e eu mesma também pretendo dormir algumas horas.

Assim dizendo, Benzon saiu do quarto e a filha seguiu o conselho.

Quando acordou, o sol do meio-dia entrava pela janela e um forte perfume de violetas e rosas exalava pelo recinto.

— Que é isso? — perguntou Júlia, impressionada. — Meu sonho! — e, ao olhar ao redor, viu sobre o braço do divã onde estivera cochilando um formoso ramalhete com aquelas flores. — Kreisler, meu querido Kreisler! — disse, feliz, pegando as flores e perdendo-se em divagações.

Príncipe Ignaz mandou perguntar se poderia vê-la por uma horinha. Júlia vestiu-se rapidamente e correu ao aposento no qual ele a aguardava munido com toda uma cesta de xícaras de porcelana e bonecas chinesas. A bondosa Júlia brincou horas inteiras com o príncipe, que lhe inspirava profunda piedade. Não lhe escapava com relação a ele uma palavra de zombaria, sequer de desprezo, como às vezes sucedia aos outros, sobretudo à Princesa Hedwiga, daí que, para o rapaz, a companhia de Júlia estava acima de tudo, tanto que chegava a chamá-la de sua pequena noiva. Dispuseram as xícaras, ordenaram as bonecas, e Júlia pronunciava uma saudação ao chanceler japonês em nome de um miúdo arlequim (ambos os bonecos postavam-se um à frente do outro), quando entrou Benzon.

Ela contemplou alguns instantes a brincadeira, e disse à Júlia, dando-lhe um beijo na fronte:

— Minha filha querida!

Entardecia. Júlia, que obtivera permissão da mãe para não comparecer ao jantar, estava só em casa, esperando a mãe. Ouviu então passos ligeiros se aproximarem, a porta se abriu e, pálida como um cadáver, de olhos esbugalhados e toda vestida de branco, fantasmagórica, entrou a princesa.

— Júlia! — disse em voz baixa e rouca. — Chame-me de extravagante e insensata, mas não me prive de sua amizade! Preciso de seu consolo, sua compaixão. O excesso de emoção e a incurável fadiga causada pela dança fatídica me causaram mal-estar, que agora passou, já estou melhor! O príncipe foi a Sieghartsweiler... Tenho de tomar ar fresco, vamos passear no parque!

Quando ambas, Júlia e a princesa, chegaram ao final da aleia, um filete de luz despontou da cerrada folhagem, de onde escutaram cantos de devoção:

— É a litania vespertina da Capela de Santa Maria — disse Júlia.

— Sim — disse a princesa —, vamos lá rezar! Reze por mim também, Júlia!

Sensibilizada com o estado de ânimo da amiga, Júlia respondeu:

— Rezemos pedindo que nos livrem dos espíritos hostis, que eles jamais tenham poder sobre nós, e que nossos corações puros e piedosos não sejam maculados por seduções infernais.

Ao chegarem à capela, situada na extremidade do parque, saíam os aldeões que tinham cantado a ladainha ante a imagem de Maria, enfeitada com guirlandas de flores e iluminada por muitas lâmpadas. Ajoelharam-se ao genuflexório e os cantores que estavam ao lado do altar começaram a cantar a "*Ave maris stella*", recém-composta por Kreisler. Introduzido com suavidade, o canto foi se tornando mais forte e poderoso no trecho "*dei mater alma*", até os tons "*felix coeli porta*"[149] se esvaírem pelas asas do vento da tarde.

As moças mantinham-se ajoelhadas, concentradas em fervorosa devoção. O sacerdote murmurou orações e, de muito longe, como um coro de vozes angelicais do velado céu noturno, ressoava o hino "*O sanctissima*", que os aldeões entoavam enquanto retornavam às suas casas. Por fim, o sacerdote lhes deu a bênção. Elas puseram-se de pé e se abraçaram. Um sentimento estranho, mistura de dor e prazer, parecia querer alçar-se com violência de seu peito, e as

149. Em latim, respectivamente: "Santa mãe de Deus" e "feliz porta do céu".

gotas de sangue afloradas do coração ferido eram ardentes lágrimas que vertiam de seus olhos.

— Foi ele! — sussurrou a princesa.

— Sim, foi ele! — respondeu a amiga, com cumplicidade.

Num silêncio impregnado de presságios, o bosque aguardava o surgimento da lua que desbordara por todos os lados seu ouro reluzente. O coro dos fiéis, ainda audível na paz da noite, parecia sair ao encontro das nuvens que se inflamavam douradas, indo depositar-se no alto das montanhas, assinalando o curso do astro luminoso ante o qual as estrelas empalideciam.

— O que nos emociona tão intensamente e dilacera nosso peito com mil dores? Ouça como a canção distante penetra em nossos corações como se quisesse nos confortar. Nós oramos e, do cume das nuvens douradas, os anjos devotos nos falam da bem-aventurança divina.

— Sim, minha querida Júlia — respondeu com firmeza a princesa. — Sobre as nuvens há salvação e alegria, e eu desejaria ser levada por um anjo do céu até as estrelas, antes que tenebrosa desgraça caia sobre mim. Gostaria de morrer, mas se me carregassem para o túmulo ducal, os antepassados, lá encerrados, não creriam em minha morte e despertariam da mortal rigidez para uma vida horrorosa, a fim de me expulsar. Então, nem faria parte do mundo dos vivos, nem dos mortos, não encontraria refúgio em parte alguma!

— O que você está dizendo, Hedwiga, por todos os santos, o que você está dizendo? — perguntou Júlia, chocada.

— Uma vez tive um sonho semelhante — prosseguiu a princesa com voz firme e indiferente. — Mas pode ser também que no túmulo algum ameaçador antepassado tenha se transformado em vampiro e venha me sugando o sangue. E que daí advenha meus recorrentes desmaios.

— Você está doente, muito doente, querida amiga. E o vento noturno lhe faz mal. Apressemo-nos!

Assim dizendo, enlaçou pela cintura a princesa, que se deixou levar, submissa.

A lua pairava agora sobre o Geierstein. Em mágica iluminação, folhagens e árvores sussurravam e ciciavam de mil delicadas maneiras às carícias da brisa noturna.

— Que belo! — exclamou Júlia. Oh, é bom estar no mundo! Não nos oferece a natureza seus mais fabulosos encantos, como uma bondosa mãe aos filhos amados?

— Você acha? — perguntou a princesa, pensativa, continuando em seguida. — Quisera você não tivesse me compreendido bem, e peço-lhe considerar minhas últimas palavras como expressão de um momento de indisposição. Você ainda não conhece a dor destruidora da vida. A natureza é cruel, não ampara senão seus filhos robustos, os frágeis ela abandona fornecendo-lhes inclusive armas terríveis contra sua existência.

Oh, você sabe como a natureza para mim não passa de uma galeria de pintura, quadros expostos a fim de inspirar as forças do espírito e a habilidade das mãos, mas agora tudo mudou, já não sinto nada, não pressinto nada além do espanto. Preferiria vagar por salões iluminados, entre pessoas interessantes, a estar a sós com você nessa noite enluarada.

Júlia inquietou-se ao perceber que Hedwiga se tornava cada vez mais débil e esgotada, de maneira que precisava empregar esforços para mantê-la erguida e fazê-la seguir caminhando. Finalmente chegaram ao palácio. Ali pelas cercanias, no banco de pedra à sombra do sabugueiro lilás[150], sentava-se uma figura envolta em trajes sombrios. Tão logo Hedwiga a viu, gritou cheia de alegria:

— Bendita seja a Virgem e todos os santos, ei-la! — e correu de súbito fortalecida, soltando-se de Júlia e dirigindo-se à figura que se levantou e disse com voz surda:

— Hedwiga, minha pobre menina!

---

150. Os antigos achavam que em cada sabugueiro morava uma curandeira morta durante a Inquisição.

Júlia então viu que se tratava de uma mulher vestida dos pés à cabeça com túnicas pardas, cujas sombras não permitiam distinguir os traços de seu rosto. Com um pressentimento, Júlia se deteve.

Ambas, a mulher e a princesa, se sentaram no banco. A mulher afastou-lhe com delicadeza os cabelos caídos à fronte, apoiou em seguida as duas mãos nela, e falou brandamente num idioma que Júlia não se lembrava de ter ouvido antes. Após Júlia contemplar as duas durante certo tempo, a mulher a chamou:

— Moça, corra ao palácio e traga as camareiras. Faça com que levem a princesa para dentro. Ela caiu num sono pesado e despertará sã e serena.

Sem dar margem à perplexidade, Júlia atendeu de imediato ao pedido da mulher. Ao voltar com as camareiras, encontrou Hedwiga cuidadosamente coberta por sua echarpe, entregue de fato a um sono ameno.Por sua vez, a mulher sumira.

— Diga-me — perguntou Júlia na manhã seguinte, quando a princesa despertou muito bem disposta, sem vestígios do delírio interior que a amiga receava. — Por Deus, diga-me quem era a mulher milagrosa?

— Não sei — respondeu Hedwiga. — Eu a vira uma única vez na vida. Lembra-se da ocasião em que fui acometida por uma doença fatal e os médicos me desenganaram? Certa noite eu a vi ao pé de meu leito, e ela me ninou com brandura, como ontem, e caí também num sono restaurador, até acordar em perfeita saúde. Ontem, portanto, foi a primeira vez que a revi, talvez tenha voltado a ressurgir com a intenção de me amparar, creio nisso com sinceridade. Faça o favor de guardar segredo sobre essa aparição, não deixe ninguém perceber, por palavra ou gesto, que algo extraordinário nos aconteceu. Pense em Hamlet, e seja meu querido Horácio! É certo que deve existir alguma circunstância misteriosa envolvendo a mulher, mas mantenhamos entre nós duas o segredo, que julgo perigoso investigar. Afinal, basta-me estar curada e feliz, livre dos fantasmas que me atormentavam.

Todos se impressionaram com o pronto restabelecimento da saúde de Hedwiga. O médico afirmou que o passeio noturno à capela da Virgem surtira um efeito drástico através da comoção de todos os nervos, e ele na verdade havia esquecido de prescrevê-lo expressamente.

Benzon disse para si mesma:

— Hum! A velha esteve com ela. Que passe dessa vez.

É chegada a hora da fatal pergunta do biógrafo.

— Você...

(*Murr pr.*):... então você me ama, querida Miesmies. Oh, repita mil vezes para enlevar-me mais e mais e eu possa dizer palavras débeis e insensatas como convém a um herói do amor criado pelo melhor dos novelistas! Mas, querida, você já conhece minha surpreendente inclinação para o canto e minha perícia nessa arte, se importaria, cara, de cantar algo para mim?

— Ah — desculpou-se Miesmies. — Querido Murr, tampouco eu careço da experiência na arte do canto, mas você sabe como acontece com as jovens cantoras quando cantam pela primeira vez diante de mestres e especialistas. A insegurança, o acanhamento, cerra-lhes a garganta e os mais belos sons, *trill* e *mordentes*, ficam engasgados feito espinha de peixe. Logo, torna-se impossível cantar uma ária, e vale em geral a regra de se iniciar com um dueto. Se lhe convir, ensaiemos um curto dueto, meu caro.

Assenti. Entoamos o terno dueto "À primeira vista meu coração voou até você", etc., etc. Miesmies iniciou insegura, porém não tardou a animar-se com meu possante falsete. Sua voz era magnífica, sua maneira sutil, a elocução arredondada; em suma, ela provou ser excelente cantora. Eu estava encantado, embora percebesse que meu amigo Ovídio me deixara na mão. Ao superar tão bem o *cantare*, não havia mais por que *chordas tangere* [dedilhar cordas], e nem sequer tinha sentido pedir o violão.

Em seguida, Miesmies interpretou com rara perfeição a ária conhecida como "*Di tanti palpiti*", etc., etc. Da força épica da recitação, ela foi se alçando à autêntica suavidade felina do *andante*. A ária parecia ter sido composta sob encomenda para ela e, assim, meu coração transbordava, fazendo-me emitir um inevitável suspiro de deleite. Ah! Com essa ária Miesmies teria atraído um mundo de almas sensíveis de gatos! Depois cantamos ainda outro dueto, trecho de uma ópera recente, o que também nos saiu às mil maravilhas, pois era como se tivesse sido escrita para nós. As celestes *roulades* fluíam naturalmente majestosas de nosso peito, porque em sua maioria consistiam em escalas cromáticas. Aproveito a ocasião para informar que nossa espécie é cromática e, desse modo, todo músico que pretenda compor algo para nós deverá preparar arranjos cromáticos para as melodias e tudo o mais. Infelizmente, esqueci quem foi o autor do dueto, homem sensível e atento, um compositor de grande gabarito.

Enquanto cantávamos, subira ao telhado um gato preto que nos assistia com olhos brilhantes:

— Faça a gentileza de manter-se longe, querido amigo — adverti —, se não quer que eu lhe arranque os olhos e o empurre daqui do alto do telhado.

Mas eu sabia que o jovem vestido de negro era um excelente baixista, e propus cantarmos uma composição da qual nem gosto tanto, que, todavia se adequava à iminente separação de Miesmies. Cantamos "Se não puder revê-la, minha querida!". Mal me assegurava junto ao negro de que os deuses me protegeriam contra isso, quando um enorme caco de telha zuniu entre nós e uma voz mal-humorada berrou:

— Se esses malditos gatos calassem a boca!

Cheios de um medo mortal, fugimos para o sótão.

Oh, bárbaros sem coração nem senso artístico, insensíveis aos mais emocionantes lamentos de inexpressável nostalgia e amor, somente predispostos à vingança, à morte e à perdição!

Assim, aquilo que deveria me livrar de minhas penas amorosas não fez mais que agravá-las. Miesmies era tão musical que nós podíamos improvisar belíssimos arranjos em conjunto. Ela terminou por cantar, de modo magnífico, minhas próprias melodias, e essa feliz coincidência me tornou completamente ensandecido e, ao mesmo tempo, pálido, débil, miserável. Após me angustiar bastante, ocorreu-me ainda um último e desesperado remédio capaz de curar a funesta paixão. Decidi pedir-lhe coração e pata. Ela aceitou e, tão logo nos tornamos um casal, percebi com rapidez a dor de amor se consumindo a olhos vistos. Com apetite eu tomava a sopa de leite, comia o assado, recuperei meu humor jovial, minha barba recobrou sua ordem, meu pelo o antigo e formoso brilho, porque voltei a dedicar mais atenção que antes ao asseio, ao passo que Miesmies não se limpava mais.

Em todo o caso, como fizera anteriormente, compus ainda alguns versos aprimorados com a arrebatadora expressão de onírica sutileza, até convencer-me afinal de ter alcançado o ápice da sublimidade. Dediquei à bondosa ainda um volumoso livro, cumprindo com isso, mesmo do ponto de vista literário-estético, tudo o que se poderia exigir de um gato honesto e fielmente apaixonado. Ademais, minha Miesmies e eu levávamos uma vida feliz e de doméstica frugalidade sobre a esteira estendida à porta de Mestre Abraham.

Mas nenhuma ventura nesta vida é eterna! Não tardei a observar que em minha presença ela estava sempre dispersa, respondendo às minhas perguntas com evasivas, deixando escapar suspiros profundos e cantando sem cessar canções de amor, que a exauriam e cansavam. Se eu perguntava, preocupado, o que se passava, ela me acariciava as faces com ternura e respondia:

— Nada! Absolutamente nada, meu bom e querido papaizinho!

Contudo, não era sincera. Com frequência, eu a esperava na esteira, procurava-a inutilmente no porão, no sótão e, quando enfim a achava e dirigia-lhe delicadas censuras, então se desculpava alegando saúde frágil. Um médico gato prescrevera inclusive uma temporada em *spa*. Mais uma vez suas justificativas estavam longe de me satisfazer. Adivinhando sem dúvida o humor que eu não ousava exprimir, cobria-me de carinhos, mas, mesmo com esses gestos, havia algo estranho, não sei explicá-lo bem, que me arrefecia ao invés de acalentar-me. Sem suspeitar que o comportamento de Miesmies podia ter alguma razão especial, percebia como ia se extinguindo gradativamente a última centelha de meu amor pela bela, e como em sua presença me acometia um tédio mortal. Foi inevitável, assim, que acabássemos optando por seguir cada um seu próprio caminho. Entretanto, se por acaso coincidia de nos encontrarmos na esteira, nos reconciliávamos langorosos, tal qual os esposos mais afetuosos, os amantes mais apaixonados.

Um dia, o gato negro que fizera o baixo no nosso primeiro concerto veio me render uma visita na casa de meu mestre. Conversou comigo em termos enigmáticos e capciosos, perguntando-me, intempestivo, como estava minha relação com Miesmies. Em suma: percebi que o gato negro guardava algum segredo em seu coração e hesitava em abrir o jogo. Por fim o fez. Um jovem gato, recém-chegado de campanha militar, vivia na vizinhança às custas de pequena pensão que um bodegueiro lhe pagava em forma de escamas de peixe e restos de comida. De boa aparência, constituição robusta, trajava um uniforme estrangeiro, negro, cinzento e amarelo; por sua testemunhada bravura ao limpar os ratos de um imenso celeiro com o auxílio de poucos companheiros, levava ao peito a ordem do toucinho defumado e chamava a atenção de todas as moças e senhoras dos arredores. Todos os corações se alavam diante desse gato empertigado e ousado, que trazia a cabeça arrebitada e lançava olhares inflamados por onde passasse. Ele, assegurou o negro, apaixonara-se por Miesmies, e ela correspondia a esse amor. Era fato sabido e consumado que todas as noites mantinham encontros sigilosos e amorosos atrás da chaminé do sótão.

— Muito me admira, prezado amigo — disse o negro —, que você não tenha notado tudo isso há muito tempo com sua habitual sagacidade, mas gatos que amam são, com frequência, cegos. Sinto muito que a obrigação da amizade me leve a abrir-lhe os olhos, porque sei como você é louco pela sua dileta esposa.

— Oh, Muzius! — assim se chamava o negro. — Oh, Muzius! Se sou um tolo por amá-la? Sim! Adoro-a! Todo meu ser pertence a ela! Não! Ela não pode fazer isso comigo, a alma fiel! Muzius, seu negro caluniador, receba a recompensa pela sua infâmia!

Elevei a pata armada contra ele. Muzius olhou-me paciente e falou, amigável:

— Não se deixe abater por essa ninharia, amigo. Você compartilha sua maldita sina com pessoas excelentes, a vil inconstância é generalizada, sobretudo entre os pares de nossa espécie, infelizmente.

Deixei cair a pata erguida e, tomado pelo desapontamento, dei alguns saltos raivosos e uivei com fúria:

— Será possível? Será possível? Oh, céu! Oh, Terra! Não falta mais nada, inferno! Quem me fez isso? O gato pintalgado? E ela, a bondosa esposa, sempre fiel e leal, como pôde ultrajar com tal perfídia aquele que outrora ao seu seio repousava, entregando-se ditoso a suaves e abençoados delírios de amor? Oh, lágrimas, fluam até a ingrata! Por mil demônios, não pode ser! Que vá para o diabo o sujeito pintalgado da chaminé!

— Acalme-se! — dizia Muzius. Você está se entregando demais à fúria dolorosa. Se quer em seu desconsolo cometer suicídio, posso conseguir um eficaz veneno mata-ratos. Abstenho-me porém de fazê-lo, pois acima de tudo você é um bom sujeito e seria uma lástima para toda a espécie a perda de tão jovem vida. Console-se, deixe Miesmies agir como bem queira, afinal, há tantas gatas maravilhosas no mundo. Adeus, meu estimado!

Tranquilamente enrolado sob a estufa, e refletindo ainda sobre as revelações que me haviam sido feitas por Muzius, senti em meu peito algo como um secreto alívio. Agora pelo menos sabia o que se passava com Miesmies e tivera fim a torturante incerteza. Mas se a conveniência demandava em primeiro lugar a expressão do desespero, exigia agora que eu fosse tirar satisfação com o inimigo pintalgado.

Ao chegar a noite, espreitei o par de amantes escondidos atrás da chaminé e, então, acerquei-me deles com as palavras:

— Maldito e bestial traidor! — vociferei, saltando com violência sobre meu rival. Mas ele, muito superior em força, como eu infelizmente bem tarde o reconheci, pegou-me e golpeou-me com crueldade, arrancando-me tufos de pelos, até fugir rapidamente aos saltos. Miesmies, que como era de se esperar sentira-se mal no primeiro instante e jazia ainda sem sentidos, tão logo me aproximei restabeleceu-se de pronto e correu ágil atrás do amante, seguindo-o pela lucarna. Abatido, com as orelhas sangrando, retornei à casa do mestre, maldizendo a maldita ideia, já deixando de considerar uma vergonha ceder Miesmies integralmente ao gato pintalgado.

Que destino hostil, pensei, por um amor romântico e celestial sou atirado à lama, a felicidade doméstica não me trouxe mais que essa surra cruel!

Na manhã seguinte, qual não foi meu assombro ao sair do quarto do mestre e encontrar Miesmies na esteira.

— Bom Murr — disse, serena e calma —, sinto que não o amo tanto quanto antes, e isso me provoca uma dor infinda!

— Querida Miesmies! — respondi ternamente. — Corta-me o coração, mas por minha vez, preciso confessar que desde os últimos incidentes, você se tornou indiferente para mim.

Ela prosseguiu:

— Não me leve a mal, doce amigo, mas há muito tempo você vem sendo completamente insuportável!

— Deus poderoso! — gritei, entusiasmado. — Que afinidade de almas! Sinto que o mesmo acontece comigo em relação a você.

Então, uma vez consoantes quanto à incompatibilidade de gênios e à certeza de que deveríamos nos separar para a eternidade, nos abraçamos afetuosos e choramos com lágrimas de alegria e arrebatamento.

Separamo-nos em seguida, cada um intimamente convencido da nobreza e da grandeza de espírito do outro, tecendo elogios mútuos a quem se interessasse em ouvir.

— Eu também estive nas arcádias! — exclamei, e me entreguei às belas artes e às ciências mais zeloso do que nunca.

(*Folha de macul.*):... dizia Kreisler, eu falo de coração, essa tranquilidade é a meu ver mais ameaçadora que a tormenta furiosa. Na corte que o Príncipe Irenäus editou em formato de doze avos com fios dourados, tudo se move agora na bonança sombria que precede a tempestade avassaladora. Inutilmente, o nosso senhor, êmulo de Franklin, oferece sem cessar as festas mais mirabolantes à guisa de para-raios. Os raios cairão, talvez chamusquem seu próprio traje de gala. No momento, é espantoso que Hedwiga, com toda sua aura, se assemelhe a uma melodia fluindo em notas claras e diáfanas, e não mais em acordes selvagens e ansiosos de seu peito melindrado, mas... Bem! Ela passeia com transfigurado orgulho afável, de braços dados com o garboso napolitano. Júlia sorri para ele à sua encantadora maneira, tolera as galanterias que o príncipe, sem tirar os olhos de quem lhe foi destinado, lança por tabela com habilidade mais certeira do que se o fizesse diretamente. Entretanto, conforme me confidenciou Benzon, Hedwiga sentira-se oprimida pelo *mostro turchino* e a gentil e tranquila Júlia, a criatura divina, via o condecorado general em forma de basilisco vilão! Oh almas intuitivas e sábias! Vocês de fato tinham razão! Diabos, não lera eu na História Geral de Baumgarten que a serpente que nos tirou do paraíso se pavoneava com gibão de escamas brilhantes? Me lembro disso quando vejo Hektor ornado em ouro. Aliás, Hektor era outrora um nobre mastim que por mim nutria incrível amor e fidelidade. Quisera estivesse ainda comigo, assim poderia atiçá-lo às pernas do xará real quando esse se espraiasse airoso entre as encantadoras amigas! Ou, diga-me Mestre, já que conhece tantas artes, como em ocasião conveniente me transformar em vespa e turbar de tal modo o mastim real que ele saia do seu amaldiçoado conceito?

— Eu o deixei terminar, disse Mestre Abraham, e agora pergunto, você é capaz de me ouvir em silêncio quando eu revelar certas coisas que justificam essas intuições?

— Sim, sou capaz, respondeu Kreisler. Afinal, não sou eu um regente sério? Não no sentido filosófico de ser sério por reger, mas pela faculdade própria de me manter impassível na alta sociedade quando uma pulga me pica.

Por incrível que pareça, comentou Mestre Abraham, um acaso singular permitira-lhe conhecer detalhes importantes sobre a vida do príncipe:

— Você tem razão quando o compara à serpente do paraíso. Sob modos corteses, ele dissimula venenosa corrupção, melhor dizendo, perversidade. Sou testemunha de que ele pôs os olhos na formosa Júlia.

— Ho, ho! — gritou o regente, dando grandes passadas pelo gabinete. — Pássaro brilhante, é esse então seu canto? O príncipe é um gaiato ladino colhendo ao mesmo tempo com garras gulosas os frutos oferecidos e os proibidos? Ah, doce napolitano, você não imagina que Júlia tem a seu lado um fiel mestre de capela, armado com música o bastante para lhe acertar, tão logo você se aproxime, com um maldito acorde de quatro por cinco que há de dissolvê-lo. O mestre cumprirá o dever, isto é, irá aniquilá-lo, caçando-o com uma bala no cérebro ou trespassando-lhe o corpo com uma espada!

Assim dizendo, Kreisler desembainhou a espada, assumiu posição de combate e perguntou ao mestre se sua valentia era suficiente para espetar um canino real.

— Sossegue, Kreisler! — respondeu o mestre. — Tais proezas não serão necessárias para arruinar a jogada do príncipe. Existem para tanto outras armas, que as colocarei em suas mãos. Ontem, quando eu estava na cabana dos pescadores, o príncipe passou com seu valete de ordens e nenhum deles me viu. "A princesa é bonita!", disse Hektor, "mas a jovem Benzon é divina. O meu sangue ferveu assim que a vi... Ela há de ser minha antes que eu peça a mão de Hedwiga. Você acha que ela será implacável comigo?" "Mas que mulher já resistiu ao seu charme, estimado senhor?", respondeu o valete. "Com os diabos", prosseguiu o príncipe, "a criatura, no entanto, parece uma criança angelical...", "... e inocente", completou, rindo, o valete, "criaturas angelicais e inocentes sucumbem surpreendentes e tolerantes ao ataque do homem disposto a vencer, submetem-se então a tudo como à vontade de Deus, terminando por sentir paixão violenta pelo vencedor! Tudo isso é possível!". "Seria estupendo, mas como poderia encontrar-me a sós com ela?" O valete de ordens sossegou-o: "Nada mais simples. Sempre a vejo passeando sozinha pelo parque. Quando...". Então suas vozes se perderam à distância e não pude ouvir a sequência da conversa. É provável que tenham tramado pôr em prática algum plano infernal, o que precisamos impedir. Se eu não tivesse certos motivos para evitar uma confrontação com Hektor, o impediria pessoalmente. Assim, você precisará se incumbir de ir a Sieghartsweiler e vigiar o passeio habitual de Júlia, quando ela sair à tardinha a fim de alimentar o cisne manso. Tudo me leva a acreditar que o italiano dos infernos esteve espionando esse momento. Pois bem, receba a arma, o instrumento necessário para o êxito na luta contra o príncipe vilão!

Mais uma vez o biógrafo se espanta com as contínuas interrupções que fragmentam esta narrativa. Teria sido conveniente apor neste ponto as instruções fornecidas pelo mestre ao mestre de capela, porque mesmo se a arma surgir mais tarde, lhe será, prezado leitor, impossível apurar certas relações. O infeliz biógrafo pede, todavia, sua paciência, caríssimo, pois não está informado das palavras de instrução, através das quais aparentemente o bravo foi iniciado num segredo de relevância. Esteja certo! Antes do final do livro, estimado leitor, o mencionado biógrafo aposta seu polegar direito como o segredo terá vindo à luz. Basta saber que, quando o sol começou a declinar, Júlia caminhava cantarolando pelo parque em direção ao lago, levando no braço um cestinho com pão branco, e parou sobre a ponte, não longe da cabana de pescadores. Kreisler se escondia entre os arbustos e portava um *Dollond* ante os olhos, com o qual via distintamente os arredores através das folhagens que o ocultavam. O cisne veio se aproximando, Júlia atirou migalhas na água, que ele comia, guloso. Cantando em voz alta, não se deu conta do Príncipe Hektor que vinha se achegando a ela com rapidez. Ao vê-lo de chofre bem junto a si, estremeceu de susto. Ele tomou-lhe a mão, a levou ao peito, aos lábios, e apoiou-se bem perto dela à balaustrada da ponte. Enquanto o príncipe falava com paixão, Júlia continuava alimentando o cisne Blanche com os olhos fixos na água.

— Não faça esse trejeito infame e galante, potentado! Não vê como estou bem perto e posso punir sua insolência? Oh, Deus, por que suas faces se colorem mais e mais de vermelho púrpuro, bela e celestial criatura? Por que você olha de maneira assim estranha? Você sorri? Sim, é o sopro ardente e venenoso ante o qual seu coração se abre como o broto ao raio de sol, para tanto mais inesperadamente fenecer.

Assim falava Kreisler, olhando a cena com o potente *Dollond.* O príncipe também começou a atirar pedaços de pão, mas o cisne os recusou e rompeu num desvairado alvoroço. Hektor enlaçava Júlia e deixava cair as migalhas como se tentasse dar a entender ao cisne que, na verdade, era Júlia que o estava alimentando. Ao fazê-lo, sua face quase roçava a de Júlia.

— Isso, vigarista, agarre sua presa bem firme, ave de rapina, aqui na mata alguém o tem na mira e logo lhe abaterá as asas brilhantes, fazendo sua caça furtiva fugir por água abaixo!

O príncipe deu o braço a Júlia e ambos dirigiram-se à cabana dos pescadores. Mas quando estavam passando ao lado de Kreisler, ele saiu do esconderijo e inclinando-se numa profunda vênia diante do príncipe, disse:

— Uma tarde magnífica, um céu límpido, um aroma refrescante; o senhor príncipe deve estar se sentindo como na bela Nápoles!

— Quem é você? — perguntou o duque, com rispidez.

Júlia, no entanto, soltou-se de imediato de seu braço e avançou amável até Kreisler, lhe estendendo a mão:

— Que felicidade revê-lo, amigo Kreisler! Você sabe que senti ardentemente sua falta? Minha mãe sempre me repreende por eu comportar-me como uma menina chorona e mimada quando você se ausenta um só dia. Adoeceria de desgosto se acreditasse que você deixaria de assistir-me em meu canto.

— Ah! — exclamou o príncipe, lançando olhares furiosos ora a Júlia, ora a Kreisler. — Você é o *monsieur de Krösel.* O Duque Irenäus falou muito bem a seu respeito.

— Que o céu abençoe o nosso bom senhor — disse o mestre, enquanto todo seu rosto vibrava —, sendo assim, a partir dessa intercessão favorável, talvez eu conquiste sua poderosa proteção. Tenho a forte impressão de que desde o primeiro momento você me dedicou sua benevolência, já que quando nos cruzamos, teve a iniciativa de chamar-me de imbecil, e imbecis podem ser muito úteis.

— É preciso admitir que você é bem espirituoso, senhor! — interrompeu o príncipe.

— Absolutamente — disse Kreisler —, não vejo graça nesse caso. Desejaria ir a Nápoles e, no Porto Molo, compor algumas boas canções de pescadores e de bandidos. Como você, caríssimo príncipe, é bondoso e amante da arte, quem sabe poderia dar-me algumas recomendações.

— Repito — interrompeu-o novamente o príncipe —, o senhor é um homem espirituoso e agradável. Mas não quero detê-lo em seu passeio. Adeus.

— Imagine, respeitosa excelência! Não posso perder a ocasião de apresentar-me diante do senhor com todos os meus talentos. Como estão se dirigindo à cabana dos pescadores, onde há um pequeno piano, espero que a senhorita Júlia tenha a bondade de cantar um breve dueto comigo.

— De todo o coração — aquiesceu a moça, tomando o braço de Kreisler.

O Príncipe Hektor apertou os lábios e avançou, orgulhoso. Enquanto caminhavam, Júlia sussurrou ao ouvido de Kreisler:

— Que situação singular!

No mesmo tom baixo, ele respondeu:

— Oh, Deus! Tu estás envolta em sonhos que te atormentam, quando a serpente se aproxima para fazer-te perecer com a picada venenosa!

Júlia o observou com lívido assombro. Somente uma vez, num momento de supremo entusiasmo musical, ele se dirigira a ela com *tu*.

Após o dueto, o príncipe, que durante o canto aclamara "brava, bravíssima!", rompeu num caloroso aplauso. Cobriu as mãos de Júlia com beijos afogueados, jurou jamais ter se emocionado tanto com uma canção, e pediu permissão para beijar-lhe os lábios celestiais dos quais afluía a torrente de néctar dos sons do Éden.

Júlia retrocedeu, acanhada. Kreisler interpôs-se, dizendo:

— Meu gracioso senhor, preciso crer que meu talento musical em nada o impressionou, pois não recebi sequer uma palavra elogiosa, embora eu, como compositor e bom cantor, julgue ter tantos méritos quanto a senhorita Júlia. Talvez eu não decepcione num outro campo, sou bastante experiente com a pintura e terei a honra de mostrar-lhe uma imagem que retrata uma pessoa, cuja notável biografia e morte curiosa me são bem familiares, e sempre estou disposto a contá-la a quem se interessar.

— Homem insuportável! — resmungou o príncipe.

Mas Kreisler já retirara de seu bolso uma delicada caixa contendo uma imagem que ele estendeu e apresentou ao príncipe.

Hektor olhou o retrato e o sangue sumiu de suas faces, os olhos se arregalaram, os lábios estremeceram e, xingando "*maledetto*", foi embora.

— O que era? — perguntou Júlia, evidentemente aterrada. — Por favor, não me esconda nada.

— Uma bobagem — respondeu Kreisler, ardil. — Veja, cara senhorita Júlia, como o bondoso príncipe atravessa a ponte com passadas tão largas quanto lhe permitem as pernas. Deus! Esquece inteiramente seu papel de amante, renega a bela natureza, nem olha o lago, não procura alimentar o cisne o bom... Diabo!

O mestre de capela afastou-se da janela à qual estivera e contemplou, comovido, a moça diante dele com mãos entrelaçadas, como se quisesse implorar ao bom espírito que a livrasse do medo que a fazia desmontar em lágrimas.

— Não — disse Kreisler —, nenhuma dissonância maculará a harmonia celeste que reina em sua alma, criança. Os demônios percorrem o mundo, disfarçados com uma máscara enganadora, mas eles não terão poder sobre você. Fique sossegada, Júlia! Permita-me o silêncio, tudo passou!

Nesse momento, Benzon entrou bastante alterada:

— Que aconteceu? O Príncipe Hektor cruzou comigo agora feito um estabanado, sem me notar. Perto do palácio, o valete veio ao seu encontro, conversaram agitados um com o outro, então me deu a entender que o príncipe incumbia o ajudante de alguma missão importante, pois enquanto ele ia às pressas em direção ao palácio, o valete correu também apressado ao pavilhão onde mora. O jardineiro me informou que vocês dois estiveram juntos sobre a ponte e eu pressagiei algo desagradável... Corri para cá! O que aconteceu?

Júlia contou tudo à mãe.

— Segredos? — perguntou, lançando, aborrecida, um olhar sagaz a Kreisler.

— Excelente conselheira, em algumas situações o homem deve ficar de boca fechada, porque, caso contrário, fala besteiras incoerentes e se sujeita a irritar pessoas sensatas.

E tudo ficou por isso mesmo, embora Benzon se mostrasse magoada com o silêncio do mestre. Kreisler acompanhou-as até o palácio, depois se pôs a caminho de Sieghartsweiler. Tão logo ele desapareceu em meio às árvores, o valete surgiu do pavilhão e seguiu o mesmo rumo. Logo após, fez-se ouvir, ao longe no parque, um disparo de pistola.

Naquela mesma noite, o Príncipe Hektor deixou Sieghartshof. Desculpou-se por escrito junto ao anfitrião e prometeu voltar brevemente. Quando pela manhã o jardineiro vasculhou o parque com seus ajudantes, encontrou o chapéu de Kreisler, com vestígios de sangue. Todos os esforços para encontrá-lo foram infrutíferos. Diz...

segundo volume

TERCEIRA PARTE

Os meses de aprendizagem
O jogo caprichoso do acaso

(*Murr pr.*): Saudade, ardente desejo que preenche o peito, mas quando ao fim se conquista a meta a duras penas, o desejo se converte em glacial indiferença e se rejeita o bem conquistado, como um velho brinquedo. Contudo, do precipitado gesto de desdém brota o remorso amargo, luta-se mais uma vez; e a vida prossegue oscilando entre desejo e indiferença. Eis o gato. Essa exposição descreve minha espécie a qual conta também com o soberbo leão, por isso mesmo o famoso Hornvilla, de Tieck, em *Oktavian*, o chama de grande gato.[151]

151. Trata-se do personagem Hornvilla de *Kaiser Oktavianus* [Imperador Otaviano], peça escrita por Tieck em 1804.

Sim, repito, assim e não de outro modo é o gato: o coração felino é um órgão bem volúvel.

A primeira obrigação do biógrafo honrado é ser sincero e não dissimular os próprios defeitos. Com sinceridade, pata ao peito, quero confessar, portanto, que apesar do indizível zelo com o qual me dedicava às ciências e artes, de repente a lembrança da terna Miesmies vinha interromper por completo meus estudos.

Pensava agora que não devia tê-la abandonado com tanta facilidade, não devia ter desdenhado um coração fiel quando momentaneamente deslumbrado por quimeras. Ah! Mais de uma vez, às voltas com problemas de Pitágoras (à época eu me dedicava à matemática), de súbito uma gentil patinha vestida de luvas negras deslizava entre mim e as linhas de catetos e hipotenusas, e lá estava ela, a encantadora Miesmies, com seu charmoso gorro de veludo negro cobrindo a delicada fronte, e do verde de seus olhos doces me acertava certeiro o olhar cintilante com a mais branda censura. Que belos saltos, que belo enrolar e serpentear de cauda! Ia apatá-la com o entusiasmo de um amor reinflamado, no entanto, a miragem sedutora e enganosa se esvanecia.

Esses sonhos da arcádia do amor me acabrunhavam numa melancolia que acabaria prejudicando a carreira eleita de poeta e erudito, principalmente porque em pouco tempo degenerou numa lassidão à qual eu não era capaz de resistir. Com violência, tentava arrancar-me desse estado preguiçoso, tomar uma atitude rápida, voltar a procurar Miesmies. Mas bastava patear o primeiro degrau da escada, a fim de subir às regiões superiores onde eu acreditava poder encontrar a bela e, de súbito, assaltava-me a vergonha e a timidez, retrocedendo a pata e me enfiando triste sob a estufa.

Apesar das penas psíquicas, gozava então de um bem-estar físico extraordinário: cresci de forma notável, se não em ciência, pelo menos em corpulência e, quando me olhava ao espelho, observava com prazer minha figura, cheia de charmoso frescor, assimilando um ar cada vez mais imponente.

Até o mestre notou a modificação de meu estilo de vida. É verdade que antes ronronava e dava graciosos pulos quando ele me servia refeições, rolava a seus pés, dava cambalhotas, saltava-lhe ao colo assim que, ao levantar-se de manhã, ele me chamava:

— Bom dia, gato Murr!

Agora não fazia nada disso e me conformava com um leve miau!, aliado ao movimento langoroso e respeitável que o leitor deve certamente conhecer pelo nome de "arquear-se dos gatos". Sim, eu desprezava mesmo o jogo do pássaro, até então apreciado passatempo. Sua descrição pode inclusive ser instrutiva para jovens ginastas e atletas de minha espécie. Meu mestre amarrava várias penas de escrita a um longo barbante e as deixava subir e descer pelo ar, voar de verdade. Espreitando num canto e calculando o instante exato, eu pulava em cima das penas até conseguir alcançá-las e despedaçá-las de todo. Às vezes, dedicava-me ao jogo com paixão, eu tomava as penas de fato por pássaros e me animava de tal modo que o corpo e a mente se exercitavam, equilibravam-se e se fortaleciam. É! Mesmo esse jogo eu desdenhava naquele período, e permanecia deitado quieto em minha almofada, por mais que o mestre agitasse o monte de penas à minha frente.

Um dia, quando as plumas acariciavam meu nariz e roçavam a almofada, e eu mal me dignava a erguer um pouco a pata ao ar, Mestre Abraham disse:

— Gato, você não é mais o mesmo, está ficando cada dia mais lerdo e preguiçoso. Acho que está dormindo e comendo demais.

Essas palavras do mestre surtiram o efeito de um raio de luz incidindo sobre minha alma! Só às recordações de Miesmies, ao perdido paraíso de amor, eu atribuía minha terrível tristeza, mas agora me dava conta de que a vida terrena exigia seus direitos e me apartava dos estudos sublimes. Há coisas na natureza que permitem inferir claramente a encadeada psique sacrificando sua liberdade moral aos caprichos do tirano chamado corpo físico. Entre esses caprichos incluo em primeiro lugar o delicioso mingau de farinha, leite adoçado e manteiga, seguido por uma grande almofada bem acolchoada com crina de cavalo. O mingau adoçado a servente de meu mestre sabia prepará-lo com muita habilidade, de modo que todas as manhãs eu devorava com apetite dois pratos transbordantes. Após esse lauto desjejum, todavia, as ciências não me apeteciam, pareciam-me comida seca, de nada adiantava abandoná-las para mergulhar na poesia. As mais célebres obras, dos autores mais modernos, as mais conhecidas tragédias, não podiam atrair por um minuto que fosse meu espírito, o que me levava a cair em pensamentos digressivos; involuntariamente, introduzia a servente e a comparava aos autores, verificando que, melhor que os escritores, ela era capaz de dosar gradações de temperança, doçura, consistência.

Infeliz e sonhadora confusão do gozo espiritual e físico! Se é que posso denominar sonhadora tal confusão, pois os sonhos se alçavam e levavam-me a procurar o segundo capricho perigoso, a almofada larga e acolchoada com crina de cavalo, a fim de tirar uma gostosa soneca. Eu dormia e surgia-me a suave aparição da encantadora Miesmies! Céus, assim tudo se relacionava: mingau de leite, desprezo pelas ciências, melancolia, almofada, natureza antipoética, recordações de amor! Mestre Abraham tinha razão: eu comia e dormia em demasia! Com que seriedade estoica me propus a ser mais moderado, mas a natureza do gato é frágil, as mais ponderadas decisões fracassavam diante do aroma agradável do mingau, diante da almofada convidativa e aconchegante.

Certo dia, saindo de casa, o mestre comentou com alguém no corredor:

— De acordo, por mim tudo bem, talvez lhe agrade a companhia. Mas se fizerem bagunça, saltarem sobre a mesa, quebrarem o tinteiro ou qualquer outro objeto, mando os dois para fora.

Após dizer essas palavras, o mestre abriu a porta e deixou entrar ninguém mais, ninguém menos, que meu amigo Muzius. Quase não o reconheci. Seu pelo que em geral era liso e brilhante estava embaraçado, tinha olhos afundados para dentro da cabeça, seu comportamento, que sem dúvida sempre fora áspero mas tolerável, apresentava agora um quê de arrogância e brutalidade.

— E aí? — bufou. — A gente se encontrando mais uma vez... É preciso buscá-lo debaixo dessa maldita estufa? Humm, com licença!

Aproximou-se do prato e devorou o peixe assado que eu reservara para a tarde.

— Diga — falou mastigando —, por onde diabos você se meteu? Por que não se deixa mais ver em nenhum telhado, ninguém dá notícia sua em nenhum local onde quer que haja animação?

Declarei que após renunciar ao amor de Miesmies, eu me ocupava apenas das ciências, abrindo mão dos passeios. Não sentia a mínima falta de companhia, porque na casa do mestre, afinal, dispunha de tudo o que o coração pode desejar: mingau, carne, peixe, cama macia e assim por diante. A quietude e a placidez eram os bens mais valiosos a um gato de minha índole. Tanto mais precisava, por isso, cuidar para não pôr tudo a perder, pois eu infelizmente intuía que o meu amor pela pequena Miesmies não se extinguira por completo; voltar a vê-la poderia com facilidade arrastar-me a precipitações das quais mais tarde me arrependeria seriamente.

— Depois você pode guardar mais disso para mim!

Assim falou Muzius, limpando com a pata recurvada o focinho, a barba e as orelhas e, em seguida, tomando assento bem junto de mim sobre a almofada. Depois de ronronar alguns segundos em sinal de satisfação, com miados e gestos amáveis, continuou:

— Meu bom irmão Murr, sorte sua eu tomar a iniciativa de visitá-lo na clausura. Você corre o maior dos perigos que um gato jovem e valente dotado de espírito nos miolos e vigor nos membros pode correr, ou seja, o perigo de virar vilão, um abominável filisteu.[152]

Você alega que as ciências o absorvem sobremaneira, não lhe restando tempo útil para estar com outros gatos. Desculpe, irmão,

152. Impregnado de ironia, o adjetivo "filisteu" surge com frequência na literatura de Hoffmann, nas referências ao burguês de espírito vulgar e estreito.

isso não é verdade! Seu aspecto definitivamente não é de um estudioso, de um rato de biblioteca, mas, ao contrário, você está gordo e ensebado. Creia, essa vida desgraçada e confortável que você leva o deixa preguiçoso e lerdo. Você vai se sentir bem diferente se tiver de compartilhar nossa luta para obter uns parcos restos de peixe ou caçar passarinho.

Interrompi meu amigo:

— Eu sempre pensei que você levasse uma vida boa...

— Falaremos sobre isso numa outra ocasião — respondeu-me, incomodado —, por favor, não se refira a mim com impertinência até que tenhamos brindado como irmãos... Naturalmente você é filisteu, não entende nada disso.

Tendo eu pedido desculpas, meu amigo prosseguiu mais sereno:

— Como dizia, seu estilo de vida é um desastre, irmão Murr. Precisa sair, desbravar-se para o mundo...

— Céus! — exclamei, estupefato —, o que você está me dizendo, irmão Muzius! Sair para o mundo? Esqueceu-se do episódio que lhe contei, sobre minha aventura mundana numa caleça inglesa? Sobre os perigos que me ameaçavam e sobre como meu bom amigo Ponto teve de me socorrer e trazer-me de volta ao Mestre Abraham?

— Ah, claro! Justamente aí entra o bom Ponto! O hipócrita, convencido, truão e palhaço de uma figa! Tomou conta de você porque não tinha nada melhor a fazer naquela hora, porque o divertia. Se você fosse procurá-lo nas assembleias de cães, ele não o reconheceria, chegaria a agredi-lo com mordidas por você não ser um igual. Justo ele que, ao invés de introduzi-lo no mundo real, o entretém com histórias de humanos. Sim, querido Murr, essa experiência mostrou-lhe um mundo completamente diferente deste seu! Acredite no que lhe digo ao pé da letra: o estudo solitário não lhe servirá para nada e lhe será até prejudicial. Porque com isso você segue sendo filisteu burguês, e não tem nada mais insípido e pedante que filisteu erudito!

Confessei com franqueza ao amigo Muzius que não entendia patavina da expressão filisteu, não sabia seu significado. Ao que ele respondeu, sorrindo cheio de simpatia, o que o fazia até parecer bonito.

— Irmão Murr, em vão eu tentaria explicar-lhe isso, pois jamais lhe seria possível compreender a acepção filisteu enquanto você mesmo for um! Caso se satisfizer por ora com alguns traços elementares do gato filisteu, poderei...

(*Folha de macul.*):... um espetáculo incomum. A Princesa Hedwiga estava no meio do aposento, carregando no semblante uma palidez mortal e o olhar inerte. O Príncipe Ignaz brincava com ela como uma marionete: elevava seu braço que, em seguida, caía pesado quando ele largava. Ele a empurrava com delicadeza, e ela andava; se a mandava parar, ela ficava imóvel, até que decidiu instalá-la numa poltrona, onde afinal permaneceu assentada. Tão distraído estava o príncipe na brincadeira que nem viu que outras pessoas tinham entrado.

— O que você está fazendo, Ignaz?

Assim perguntou-lhe a duquesa, e ele então respondeu, rindo e esfregando as mãos uma na outra, que a mana agora se tornara obediente e atendia a todos os seus desejos, não o contrariando ou brigando com ele, como de costume. E voltou mais uma vez a divertir-se, comandando a princesa como um militar, dando-lhe novas posições e fazendo-a sempre a se posicionar, enfeitiçada, no lugar designado; ele então ria alto e dava pulos de contentamento.

— Isso é insustentável, disse a duquesa em voz baixa e embargada, enquanto as lágrimas acorriam-lhe aos olhos.

No entanto, o médico da família foi até o príncipe e pediu num tom severo e peremptório:

— Deixe disso agora, estimado príncipe!

Em seguida, conduziu a princesa pelo braço e a fez deitar-se com brandura numa *ottomane* encostada a um lado do quarto, e fechou as cortinas.

— Nada pode ser mais benéfico para a princesa que o repouso nesse momento, por isso peço ao príncipe que se retire — disse, dirigindo-se à mãe.

Ignaz escutou a recomendação com má vontade, queixou-se aos soluços que muitas pessoas que nem eram príncipes ou nobres se compraziam em contrariá-lo. Ele queria continuar brincando com a irmã, a quem amava mais que à mais bela xícara, e o médico não tinha por que mandá-lo sair.

— Vá para o quarto, querido príncipe — disse a mãe, com carinho. — Hedwiga precisa repousar, alimentar-se, em seguida a senhorita Júlia virá.

— A senhorita Júlia! — exclamou o príncipe, rindo e pulando como criança. — Ah, que bom! Quero mostrar a ela as novas ilustrações e contar que estou na história do rei dos mares como príncipe salmão condecorado!

Com isso, beijou com cerimônia a mão da duquesa e estendeu a sua ao médico, a fim de que ele a beijasse. Mas o outro se limitou a tomá-lo pela mão e a conduzi-lo até a porta. O príncipe aceitou ser expulso desse modo.

A duquesa, cheia de dor e esgotamento, tombou na cadeira com a cabeça entre as mãos e lamentou em voz baixa, com expressão de profundo sofrimento:

— Que pecado mortal terei cometido para merecer esse castigo... Um filho condenado à eterna infância... Como se não bastasse, agora Hedwiga... Minha Hedwiga! — suspirou a princesa-mãe, perdida em reflexões sombrias.

O médico da família, nesse ínterim, fizera a princesa tomar, a muito custo, umas tantas gotas de um medicamento, e pedira às camareiras que levassem ao quarto a princesa, que se mantinha no mesmo estado de insensibilidade. Instruiu-as também a chamá-lo em seguida à menor mudança de quadro. Depois, voltou-se para a duquesa:

— Senhora, por mais estranho e preocupante que possa parecer a condição da princesa, creio poder assegurar-lhe que ela logo voltará a si, sem conservar vestígios ou sequelas do mal. Hedwiga está sofrendo uma espécie tão rara de catalepsia que alguns médicos célebres jamais terão a oportunidade de observar na prática. Por isso, considero uma sorte..., o médico estacou, gaguejando.

— Ah — comentou a princesa-mãe, em tom amargo. — Logo reconheço o médico pragmático indiferente aos mais insuportáveis padecimentos, contanto que a paciente forneça material para suas observações.

O médico prosseguiu sem dar atenção à censura da duquesa:

— Li recentemente num livro científico o exemplo de um caso bastante semelhante ao de Hedwiga. Uma dama — assim conta meu autor — foi de Vesoul a Besançon para encerrar um processo mercantil. A relevância do negócio, a preocupação de que a perda da causa a levaria à miséria, encheram-na de uma inquietude, convertendo-se logo em seguida numa excitação de todo seu ânimo. Passava as noites em claro, comia pouco, caía de joelhos na igreja e rezava com muita exaltação, enfim, seu estado anormal se manifestava de diversas maneiras. No dia em que o processo deveria ser decidido, foi acometida por um ataque que as pessoas tomaram por uma apoplexia. Os médicos a encontraram sentada numa poltrona, inerte, com os olhos febris elevados ao céu, as pálpebras imóveis, os braços erguidos e as mãos entrelaçadas. Seu rosto, antes pálido e triste, apresentava-se mais vívido, sereno e agradável como nunca. Sua respiração fluía regular e relaxada, o pulso suave, lento, quase como o de alguém que dorme tranquilo. Seus membros estavam flexíveis e prestavam-se sem resistência a todas as posições. Mas aqui se expressa a doença e a coincidência dos dois casos: a partir da posição em que são colocados, os membros nunca fazem movimentos voluntários. Puxando o queixo para baixo, a boca se abre e permanece aberta. Se um braço é levantado, e depois o outro, eles não caem ao lado do corpo; se os puxa em arco para as costas, forçando-os então para cima, uma pessoa saudável não suportaria manter essa posição durante muito tempo, ao passo que a doente consegue. Era possível inclinar seu corpo à vontade, pois sempre mantinha o equilíbrio. Parecia inteiramente desprovida de sensibilidade: sacudiram-na, beliscaram, atormentaram, fizeram-na andar sobre brasas, gritavam à sua orelha que ganharia o processo — tudo em vão. Ela não dava sinal espontâneo de vida. Pouco a pouco voltou a si, embora pronunciasse palavras desconexas. Finalmente...

— Prossiga — pediu a duquesa quando o médico hesitou. — Não me esconda nada, mesmo que seja a coisa mais horrível! Foi isso? A dama enlouqueceu?

— Basta acrescentar que o gravíssimo estado da dama se manteve por apenas quatro dias e, em Vesoul, aonde retornou, curou-se por completo, não sendo possível perceber a mínima sequela de sua enfermidade penosa e incomum.

Enquanto a duquesa perdia-se novamente em turvas reflexões, o médico se estendeu a respeito dos medicamentos que pensava ministrar no tratamento da princesa, e se embaralhou no final das contas nas tais demonstrações científicas, como se falasse numa junta médica com os mais eruditos especialistas.

Após alguns instantes, a duquesa interveio:

— Para que servem os pródigos remédios produzidos pela ciência, se a cura põe em risco a lucidez do espírito?

O médico refletiu em silêncio e respondeu:

— Senhora, o exemplo da milagrosa catalepsia daquela dama de Besançon demonstra que a enfermidade tinha uma causa psíquica. Quando a mulher voltou a recobrar algum sentido, o tratamento consistia em estimular sua disposição com palavras encorajadoras de que ganharia o processo. Os médicos experientes concordam que a enfermidade provém de uma forte e repentina comoção. A Princesa Hedwiga é extremamente suscetível, talvez pudesse ser dito que o funcionamento de seu sistema nervoso é anormal. Tudo indica que seu estado decorre de alguma comoção e, portanto, é preciso investigar a causa para poder influir psiquicamente com sucesso sobre ela. A partida abrupta do Príncipe Hektor... Bem, cara duquesa, talvez a senhora possa ver com maior discernimento que um médico, e pôr nas mãos deste o melhor remédio para a cura de Hedwiga.

Fria e orgulhosa, a princesa-mãe levantou-se e respondeu:

— Mesmo a mulher burguesa guarda para si os segredos do coração feminino! As princesas de sangue real só expõem seus sentimentos à igreja e aos servidores de confiança, entre os quais não se inclui o médico!

Ele ergueu-se exaltado:

— Quem pode apartar tão nitidamente a saúde do corpo e da alma? O médico é o segundo confessor. É preciso permitir-lhe o acesso às profundidades do espírito, se não se quer correr o risco de errar. Pense na história daquele príncipe enfermo, senhora duquesa...

— Basta! — interrompeu a princesa-mãe, quase com indignação. — Nunca me deixarei demover a algo tão indecoroso. Tampouco acredito que algo indecoroso tenha afetado a mente ou a sensibilidade física da princesa.

Assim ela se retirou e o deixou ali plantado.

O médico ficou falando consigo mesmo:

— Singular mulher, essa duquesa! Acredita ser capaz de persuadir os outros e a si mesma de que a massa com a qual a natureza amalgama alma e corpo é especial em pessoas da aristocracia, de modo algum comparável àquela empregada conosco, pobres filhos da terra de origem burguesa. Nem dá para ver que a princesa possui coração, assim como o cortesão espanhol ao recusar as meias de seda com que os bondosos flamengos queriam presentear sua rainha, pois, segundo ele, era indiscreto lembrar que a rainha espanhola tinha pés como outras mulheres! Entretanto, aposto que é no coração, laboratório de toda dor feminina, onde se deve buscar a causa do terrível mal nervoso a que sucumbiu a Princesa Hedwiga.

O médico pensava no súbito sumiço do Príncipe Hektor, na suscetibilidade da princesa, no modo apaixonado de seu comportamento — conforme lhe haviam dito — junto ao príncipe e, assim concluía que alguma questão amorosa ferira a moça a ponto de adoecê-la. Já se verá se as suspeitas do médico tinham ou não fundamento.

No que concerne à duquesa, talvez compartilhasse semelhante opinião e, justamente por isso, todas as indagações e interpretações do médico lhe pareciam inconvenientes, já que a corte rechaçava o sentimento profundo como indecoroso e ilícito. Além do mais, ela possuía sim, coração e alma, mas o raro e ridículo meio a que se dava o nome de etiqueta pousava como um fantasma ameaçador em seu peito, impedindo que o mínimo suspiro ou o menor sinal de vida interior se expressasse. Por isso, ela precisava engolir em seco as cenas como às que assistira entre o príncipe e a princesa, e evitar, orgulhosa, quem não pretendia mais que ajudar Hedwiga.

Enquanto isso acontecia no castelo, fatos dignos de ser contados se passavam no parque. No bosque, à esquerda da entrada, o mestre de cerimônias retirou um estojinho dourado do bolso, limpou-o umas tantas vezes com a manga da camisa após cheirar uma dose de rapé, e ofereceu-o ao valete de ordens do Príncipe Irenäus, dizendo:

— Estimado amigo, sei como você aprecia as joias delicadas, então aceite o presente como simples testemunho de minha benevolência, com a qual sempre poderá contar. Mas diga lá, meu prezado, como foi o estranho e singular passeio no parque?

— Receba meus humildes agradecimentos — respondeu o valete do Príncipe Irenäus, metendo a tabaqueira de ouro no bolso e prosseguindo logo após pigarrear levemente. — Esteja certo de que nosso estimado senhor está muito alarmado desde o instante em que a graciosa Princesa Hedwiga, não se sabe como, perdeu os cinco sentidos. Hoje esteve parado à janela durante meia hora, tamborilando com seus nobres dedos da mão direita de modo tão terrível sobre a vidraça de cristal, que a fazia tinir e retinir. Não eram marchas alegres e animadas, como costumava dizer meu cunhado trompetista da corte. Sua excelência sabe que meu falecido cunhado, trompetista da corte, era um homem inteligente. Sabia fazer soar o *dó maior* como um demônio, o *dó menor* e seu *sol maior* soavam como o canto do rouxinol, e no que diz respeito às *Prinzipalblasen*...[153]

Impaciente, o mestre de cerimônias interrompeu o tagarela:

— Sei, eu sei de tudo isso. Sei como o senhor seu cunhado era um sujeito habilidoso, mas o que fez, o que disse sua alteza após tamborilar marchas na vidraça?

— Fez... Não fez grande coisa, respondeu o valete de ordens, com um muxoxo. Sua alteza voltou-se, olhou para mim com seu olhar cintilante, tocou a campainha de modo aterrador e, simultaneamente, berrava "François, François!". "Às ordens, caro senhor, já estou aqui!". Irado, resmungou "Idiota, por que não diz logo?", e ordenou: "Meu traje de passeio!". Fiz como mandado. O príncipe se dignou a vestir a roupa de seda verde sem condecorações e saiu ao parque. Proibiu-me de segui-lo, mas, respeitável excelência, é preciso saber onde meu estimado senhor se encontra, para o caso de se suceder alguma desgraça. Bem! Segui-o às furtadelas e pude apurar que se dirigiu à cabana de pescadores.

— Ao Mestre Abraham! — exclamou o mestre de cerimônias, estarrecido.

— Isso mesmo — confirmou o valete, fazendo uma expressão de mistério.

— Foi à cabana de pescadores — repetiu o mestre de cerimônias —, à cabana de pescadores para ver Mestre Abraham. Sua excelência jamais havia visitado o mestre na cabana de pescadores!

Fez-se um silêncio pressuroso, mas logo o mestre de cerimônias continuou a falar:

— Depois contou alguma coisa?

153. A partir do século XVII, na Alemanha, a técnica de trompete passava a distinguir *Prinzipalblasen* de *Clarinblasen*, "soprando um alarme" e "soprando". O primeiro estilo começava a ser julgado apropriado para sinais e marchas com trompetes no exército; enquanto o estilo de delicada e sutil embocadura, mais suave, que tocavam no registro de clarino, era associado aos solos de concertos em igrejas.

— Nada — replicou o ajudante do príncipe, de maneira significativa. — Porém, prosseguiu sorrindo com astúcia, numa das janelas da cabana, voltada para a vegetação mais cerrada, há um buraco por onde é possível escutar cada palavra do que se diz lá dentro... Poderia...

Entusiasmado, o mestre de cerimônias pediu:

— Meu prezado, se quisesse fazê-lo...

— Farei-o! — respondeu o valete de ordens.

Já ia se esgueirando e saindo da mata fechada em silêncio, mas topou com o Príncipe Irenäus retornando ao palácio, e passou tão próximo dele que quase se trombaram. Um respeitoso temor o fez recuar:

— "*Vous êtes un grand* imbecil" — trovejou o príncipe, enquanto ao mestre de cerimônias limitou-se a um frio "*dormez bien*!", distanciando-se rumo ao castelo com o valete de ordens atrás dele.

Atônito e confuso, o mestre de cerimônias permaneceu ali e murmurou:

— Cabana de pescadores, Mestre Abraham, *dormez bien*!

Em seguida, decidiu ver o chanceler e deliberar sobre a extraordinária circunstância, e se era possível descobrir que constelações estariam conjurando para produzir os últimos fatos na corte.

Mestre Abraham conduzira o Príncipe Irenäus até aquela moita de arbustos onde ele encontrou o valete e o mestre de cerimônias, e dali retornara, pois o duque não desejava que da janela do palácio alguém o visse em companhia do mestre. O leitor sabe a que ponto o príncipe conseguiu esconder sua visita ao mestre na cabana de pescadores. Mas outra pessoa, além do mestre de cerimônias, espreitava os passos do príncipe sem fazer-se notar.

Quase chegando à sua casa, o mestre teve a surpresa de encontrar a Conselheira Benzon saindo inesperadamente das trilhas adjacentes que estavam um pouco escuras. Com um sorriso amargo, ela o interpelou:

— Então o Duque Irenäus veio aconselhar-se com você, Mestre Abraham! Convenhamos! Você é o autêntico esteio da residência ducal, faz chegar ao pai e ao filho sua sabedoria e experiência, quando um bom conselho é caro e inacessível.

— Além disso — a interrompeu o mestre —, existe uma conselheira que é a estrela brilhante, cuja luz fulgura a verdade e sob cuja influência vive um pobre e velho construtor de órgãos, que assim pode seguir sua modesta vida sem ser incomodado.

— Não faça gracejos irônicos, mestre, a estrela brilhante empalidece pondo-se no horizonte, extinguindo-se enfim de todo. Os mais estranhos acontecimentos parecem fadados a entrecruzar-se neste solitário círculo familiar, a que uma pequena cidade e mais algumas dezenas de pessoas habitantes num castelo se acostumaram a chamar de corte. A partida súbita do tão aguardado noivo, o estado lamentável de Hedwiga... Tudo isso teria de abater o duque, se ele não fosse um homem desprovido de sentimentos.

O mestre a interrompeu:

— Nem sempre foi essa sua opinião, senhora conselheira.

— Eu não o compreendo — disse ela em tom depreciativo, olhando-o com olhos duros e, depois, virando o rosto ligeiramente.

O Duque Irenäus, com a confiança que dedicava a Mestre Abraham, e a despeito da superioridade intelectual que costumava exibir, deixara de lado os salamaleques principescos e abrira seu coração na cabana de pescadores. Por outro lado, ele calara sobre os últimos incidentes à Benzon, não obstante todas suas instâncias sobre o assunto.

O mestre sabia disso, portanto o ressentimento da conselheira não chamava sua atenção, embora se surpreendesse de que, fria e discreta como ela era, não soubesse dissimular melhor esse ressentimento.

Mas sem dúvida a conselheira sofria arduamente por ver o monopólio de tutela que exercia sobre o príncipe ameaçado em conjuntura tão crítica e relevante. Por certas razões que talvez mais tarde venham à tona, o enlace da Princesa Hedwiga com o Príncipe Hektor era um desejo premente da conselheira. Estando em jogo a união, ela então considerava como ameaça qualquer intervenção de terceiros no assunto. Aliás, via-se pela primeira vez cercada de segredos inescrutáveis, pela primeira vez o Duque Irenäus se calava em sua presença. Poderia haver ofensa mais grave para ela, acostumada a reinar no jogo da corte imaginária?

Mestre Abraham estava perfeitamente a par de que a calma imperturbável é o melhor a se opor a uma mulher irritada; com isso, não disse sequer uma palavra, mas se aproximou de Benzon. Imersa em preocupações, ela se debruçava à ponte já conhecida do leitor. Encostada à balaustrada, Benzon contemplava distraída a densa floresta, a qual o sol poente dourava com seus últimos raios. Sem voltar-se, ela comentou:

— Que belo entardecer!

— Tão belo, calmo e sereno qual uma alma pura e sem remorsos.

— O senhor não pode levar-me a mal — prosseguiu a conselheira, abandonando o tom íntimo que sempre predominava nas conversas com o mestre. — Digo, por sentir-me melindrada vendo como o Príncipe Irenäus o elege como confidente e o consulta quanto a uma questão que uma dama experiente saberia elucidar melhor. O duque deveria ter-me dito em pessoa o que acabei obtendo por outra via, mas não posso mais que louvar com bom grado a maneira como o aconselhou, querido mestre. Particularmente preciso confessar meu comportamento nada irrepreensível. Nem a curiosidade feminina, tampouco o profundo interesse pelas questões da família real, o desculpam. Saiba, mestre, que estive espreitando sua conversa com o príncipe, ouvindo cada palavra...

Ao ouvir a confissão de Benzon, o mestre experimentou um sentimento de ironia sarcástica mesclada com amargura profunda. Do mesmo modo que o valete de ordens do duque, ele atinara também ao orifício escondido justamente do lado de uma das janelas da cabana de pescadores, que permitia escutar toda a conversa que se passasse no interior. Mediante ardilosa instalação acústica, todavia, ele lograra transformar o som das palavras pronunciadas ali dentro num ruído confuso e incompreensível, do qual não se podia distinguir uma sílaba. Por isso, o mestre sorria interiormente, achando deplorável a conselheira usar tal subterfúgio a fim de descobrir os segredos que ela própria intuía, mas não o príncipe. Logo, ele não poderia tê-los confiado ao Mestre Abraham. Mais tarde se saberá o que o príncipe disse ao ancião na cabana.

— Oh, minha graciosa senhora — disse o mestre —, o ativo espírito de mulher sábia e empreendedora a conduzia à cabana. Como poderia eu, pobre velho, e mesmo assim inexperiente, orientar-me em meio a todas as confluências sem sua contribuição? Desejava precisamente contar-lhe em pormenores o que o duque me confidenciou, mas vejo que isso já não será necessário, pois você já está informada de tudo. Quem sabe eu possa lhe parecer digno de receber todo o peso, que no seu coração parece pior do que de fato é.

O mestre soube tão diplomaticamente encontrar o devido tom de honrosa confidência, que Benzon, com toda sua perspicácia, não foi capaz de distinguir num primeiro momento se se tratava de mistificação ou não, e a hesitação a respeito, na qual se achava, fez romper todos os fios dos quais poderia se servir para embaraçar o mestre no laço. Escolhendo em vão as palavras, ela se quedou enfeitiçada sobre a ponte, a contemplar o lago.

Após regalar-se um instante com a perturbação de Benzon, o mestre voltou a pensar nos episódios do dia. Sabia muito bem que Kreisler era o pivô de todos os acontecimentos e sentiu uma profunda dor pela perda do caro amigo, deixando escapar um suspiro involuntário:

— Pobre Johannes!

Benzon virou-se bruscamente para ele e disse, categórica:

— Você não é bobo o bastante para crer na morte de Kreisler? O que prova um chapéu ensanguentado? O que o moveria tão de repente à espantosa decisão de matar-se... Além disso, teria sido encontrado.

Não pouco se admirou o mestre ao ouvir Benzon falar de suicídio, quando se ocultava outra suspeita bem diferente, mas antes que pudesse falar sobre isso, a conselheira continuou:

— Melhor, tanto melhor para nós que ele tenha ido embora, o infeliz que por onde passa somente causa desgraça e problemas. O caráter apaixonado, a amargura — impossível qualificar doutro modo seu louvado humor — contagia todo ânimo excitável ao redor. Se o sarcástico desprezo por convenções e a resistência contra o ordinário demonstram supremacia de inteligência, cairemos todos de joelhos diante do mestre de capela, mas que nos deixe em paz, e não procure destruir tudo o que admitimos como passível de garantia da felicidade e da vida real. Por tudo isso! Agradeço ao céu o desaparecimento de Kreisler e espero jamais voltar a vê-lo!

— No entanto, Benzon — lembrou o mestre —, você foi outrora amiga de Johannes, quem se ocupou dele num momento crítico e o reconduziu ao bom caminho, do qual ele se desviara justamente porque as relações sociais, que você defende com zelo, o tinham seduzido. Que censura merece agora meu bom Johannes? Que defeito lhe aflora? Será ele odiado porque, desde os primeiros momentos, quando o acaso o atirou a uma nova região, a vida se lhe apresenta hostil, porque o crime o ameaça, porque... Um bandido italiano seguiu seus passos?

A conselheira estremeceu visivelmente ao ouvir tais palavras. Com voz embargada, perguntou:

— Que infernais pensamentos você está nutrindo, Mestre Abraham? Se assim de fato fosse, se Kreisler de fato tivesse perecido, teria sido vingada a noiva que ele levou à perdição. Uma voz interior me diz que Kreisler é o único culpado pelo lamentável estado da princesa; ele retesou com tanta força algumas cordas no coração sensível da moça, que as rompeu.

— Nesse caso — disse com mordacidade o mestre —, o senhor italiano é um homem de rápida decisão, considerando ter antecipado a vingança ao fato. Você ouviu, cara Bezon, a conversa com o príncipe na cabana de pescadores, portanto sabe que a Princesa Hedwiga caiu petrificada e exangue no instante em que o disparo soou na floresta.

— Era só o que faltava — respondeu Benzon —, logo acreditaremos em todas as quimeras que nos oferecem, relações telepáticas, etc. Mas, repito, ele finalmente partiu, o estado da princesa pode e deve melhorar, pois o destino expulsou o estorvo de nosso sossego e... Diga-me, Mestre Abraham, nosso amigo não estaria cindido em sua personalidade de tal maneira que a vida não lhe propiciaria paz alguma? Supondo realmente que...

A conselheira ia continuar, mas o mestre sentiu inflamar-se algo que continha com esforço, e gritou enfurecido:

— O que você tem contra Johannes? Que mal lhe fez para não lhe conceder asilo seguro em lugar algum da Terra? Não sabe o quê? Pois eu sei e vou lhe dizer. Veja, Kreisler não possui suas cores, não compreende suas expressões, a posição entre vocês que lhe é oferecida lhe parece pequena demais, estreita; vocês não podem contá-lo como igual, e não se conformam. Ele não quer reconhecer a eternidade das convenções sobre as formas de vida do modo como vocês fecharam; crê que uma loucura maligna se apoderou de vocês, não os deixando enxergar a autenticidade da vida, que a solenidade reinante no império, incompreensível para nós, é digna de riso, e a isso vocês chamam amargura.

Ele ama acima de tudo o tipo de gracejo irônico que brota da mais profunda contemplação do ser humano, a que se pode chamar o mais precioso dom da natureza, pois surge da fonte mais pura da vida. No entanto, vocês são gente séria e distinta, não querem brincar. O espírito do amor verdadeiro habita nele, mas não é suficiente para acalentar um coração arrefecido em morte eterna, no qual jamais sopra a centelha que incendeia. Vocês não amam Kreisler porque o sentimento nobre que são forçados a reconhecer inerente nele lhes é desagradável; vocês temem Kreisler, porque ele se ocupa de temas mais sublimes que a conveniência de seu círculo restrito.

— Mestre — disse a conselheira com voz abafada —, o zelo com o qual defendeu seu amigo o leva longe demais. Você quer me ferir? Pois bem, conseguiu, despertou em mim reminiscências há muito tempo adormecidas! Meu coração é frio e morto? Você sabe se nessa sociedade desprezada por Kreisler encontrei repouso e consolação? Você não acredita mesmo, ancião especialista em dor, que é um jogo perigoso colocar-se acima das convenções e aproximar-se do espírito do universo, mistificando o próprio ser? Sei que ele me acusa de fria e insensível, e o mesmo julgamento você está reafirmando. Mas vocês tentaram alguma vez me ver além da couraça que me envolve o peito? Toda nossa essência se configura e vai se desenvolvendo a partir do primeiro amor. Se o destino hostil, entretanto, quer privar a mulher desse cerne, malograda se apresenta a vida inteira da mulher frágil, sucumbindo em desconsolada mediocridade, ao passo que, àquela dotada da força do espírito, as relações da vida ordinária consolam e sustêm. Deixe-me dizer, ancião, na penumbra da noite que vela as confidências, deixe-me contar-lhe! Quando o instante de minha vida chegou, quando vi aquele que acendeu em mim a chama do amor mais nobre de que é capaz o peito feminino... Encaminhei-me ao altar com Benzon, bom esposo como nenhum outro. Em sua absoluta insignificância me garantiu tudo o que eu poderia desejar para levar uma existência calma e tranquila — meus lábios nunca expressaram uma queixa, uma censura. Eu só carecia da vida comum. Se mesmo dentro desse círculo um evento se interpôs e desviou-me sem que eu mantivesse o controle, se cometi algo talvez repreensível, só posso desculpá-lo levando em conta a pressão dos acontecimentos da época. Que me condene primeiramente a mulher que também vivenciou a luta dolorosa encerrada na renúncia à felicidade suprema, essa fantasia utópica! Conheci então o Duque Irenäus. Porém, calo-me sobre os acontecimentos passados, atendo-me ao presente.

Permiti-lhe ver meu íntimo, Mestre Abraham. Agora você compreende o que me leva a considerar ameaçadora toda intromissão de princípio insólito e sinistro. Meu próprio destino pactuado no instante fatal me adverte, sorrindo como um grotesco espectro. Tenho de salvar aqueles que me são caros, tenho planos. Mestre, não se oponha a mim, ou, se quiser bater-se comigo, assegure-se de que eu não arruíne todas suas artes de ilusionista.

— Mulher infeliz! — gritou Mestre Abraham.

— Você me chama de mulher infeliz? — revidou Benzon. — Eu, que soube lutar contra a sorte ingrata e obter o repouso e a satisfação quando tudo parecia irremediavelmente perdido?

Num tom que traía sua emoção, ele repetiu algumas vezes:

— Mulher infeliz! Pobre e infeliz! Você alega ter conquistado paz e felicidade e não vê que o desespero, semelhante a um vulcão, expeliu todas as flamas de seu coração, e você toma as cinzas mortas da qual jamais brotarão flores ou florescências por um campo viçoso e fértil, como se ainda fosse colher frutos. Você quer erguer um edifício artificial sobre uma pedra fundamental trincada pelo raio, sem temer o desmoronamento quando alegres e coloridas fitas estiverem esvoaçando do buquê de flores na festa triunfal de inauguração. Júlia... Hedwiga... Eu sei que por elas você enreda seus planos.

Mulher infeliz, cuide-se para que o sentimento de amargura do qual acusa meu Johannes não se eleve de seu próprio coração, e seus sábios planos não passem de resistência à felicidade nunca desfrutada, e agora também negada a seus entes mais queridos. Estou mais ciente de seus planos do que você poderia supor, ciente de suas enaltecidas convenções que deveriam proporcionar paz... Mas não a conduzem senão à vergonha abjeta!

Um grito abafado que Benzon lançou ao ouvir as últimas palavras do mestre traiu sua comoção. O mestre se deteve, mas vendo-a imóvel e silenciosa, continuou com serenidade:

— A nada menos estou disposto que a iniciar um embate com você, Benzon! Contudo, concernente ao que você chama de artes de ilusionista, você sabe muito bem: desde o desaparecimento de minha moça invisível...

Ao dizer isso, a lembrança da perda de Chiara abateu Mestre Abraham com violência — isso raramente ocorria — e, assim, acreditou ver sua imagem na escuridão, acreditou ouvir sua voz suave.

— Oh Chiara! Minha Chiara! — lamentou, com real melancolia.

— Que foi? — perguntou Benzon, voltando-se pra ele. — Que nome você está pronunciando aí? Mas, digo-lhe uma vez mais, deixe descansar o passado, não me julgue pelas estranhas opiniões sobre a vida que você compartilha com Kreisler. Prometa-me não abusar da confiança que o Príncipe Irenäus lhe dedica, nem contrariar minhas pretensões.

Tão concentrado estava o mestre com a dolorosa saudade de sua Chiara, que balbuciava frases ininteligíveis, mal ouvindo as palavras de Benzon.

Ela prosseguiu:

— Não me despreze, mestre. É bem provável que você esteja mais familiarizado com certos assuntos do que eu imaginava, mas pode ser que eu também tenha segredos cuja revelação lhe seria valiosa. Talvez eu possa lhe prestar um serviço importante. Você mencionou o nome Chiara com uma expressão de dor...

Um grande barulho, vindo do castelo, interrompeu a fala da conselheira. Mestre Abraham despertou de seus sonhos. O ruído...

(*Murr pr.*):... dizer o seguinte. Um gato filisteu, por sedento que esteja, começa a lamber o prato de leite pelas bordas para não lambuzar o bigode e a barba, mantendo a etiqueta, pois o decoro é mais importante que a sede. Se você visita o gato filisteu, ele vai lhe oferecer toda a sorte de coisas que possui, jurando amizade, mas mal você se despede e ele, às escondidas, come depressa e sozinho todas as delícias que ofertara.

O gato filisteu sabe achar, graças a seu tato seguro e infalível, o melhor lugar possível para se estirar confortável e agradavelmente. Vangloria-se de suas qualidades, esmiúça e rende graças a Deus por não ter nada do que se queixar, pois é bem dotado de virtudes. Expõe, com grande loquacidade, como galgou tão boa posição e tudo que fará para melhorá-la. Mas, se você quiser falar de si, de sua sorte menos favorável, então o gato filisteu cerra os olhos e as orelhas e finge estar dormindo, ou ronca.

O gato filisteu lambe com zelo o pelo para ficar lustroso e sedoso, e não atravessa, nem quando está caçando ratos, uma poça de água sem sacudir as patas a cada passo, com a finalidade de conservar a imagem de impecável e elegante, independentemente do contratempo, ainda que isso lhe custe a presa.

O gato filisteu foge e evita o menor perigo, e se você estiver em um e pedir ajuda, entre sagradas afirmações de apoio amigável, ele vai lamentar que, justo naquele instante, suas obrigações não permitem socorrê-lo. Em geral, tudo aquilo que o gato filisteu diz ou faz depende de mil considerações. Ele será, por exemplo, polido e educado ante o pequeno poodle que lhe mordeu a cauda dolorosamente, para não se enfrentar com um membro da corte, cuja proteção logrou conquistar, e aproveita-se da noite ardilosa para lhe unhar o olho. No dia seguinte, lamenta de coração com o querido amigo cachorrinho, e deplora a maldade dos pérfidos inimigos. Aliás, essas cautelas se assemelham a uma armadilha capciosa, dando ao gato filisteu a chance de sempre escapulir no momento em que você imagina tê-lo flagrado. O gato filisteu permanece, de preferência, sob a estufa de seu lar, onde se sente protegido, pois o telhado aberto lhe provoca vertigem.

Eis, portanto, meu caro amigo Murr, o caráter do gato filisteu, e esse é o seu caso. E lhe digo que o gato de nossa irmandade é aberto, sincero, desinteressado, corajoso e sempre prestativo junto aos amigos, sem ater-se a considerações que não tenham sido impostas pela honra e pela moral, enfim, o gato de minha irmandade é o exato antípoda do filisteu, e espero que você não hesite em abandonar o filisteísmo e converter-se a bravo gato decente.

Vivamente, eu sentia a verdade das palavras de Muzius. Percebia que até então a expressão filisteu não me era familiar, mas sim o caráter, pois havia topado com alguns filisteus, quer dizer, gatos miseráveis aos quais desprezei com ardor. Com tanto mais nitidez, portanto, senti o erro que, cometendo, me levaria a ser enquadrado na categoria desses pares desprezíveis e, assim, resolvi seguir em tudo os conselhos de Muzius, e quem sabe transformar-me num bom sujeito. Contente com minha disposição e minha conduta, Muzius declarou que estava decidido a me iniciar dentro dos princípios da irmandade na noite seguinte; eu deveria, para tanto, estar no telhado à meia-noite, onde ele me buscaria para levar-me a uma festa organizada pelo gato sênior[154], o gatorro Puff.

O mestre adentrou o recinto nesse momento. Saltei como de hábito ao seu encontro, grudei-me aos seus joelhos e me revolvi no solo para demonstrar-lhe alegria. Muzius o olhou também de um jeito amigável. Após coçar minha cabeça e meu pescoço, ele olhou em torno pelo gabinete e, encontrando tudo em ordem, exclamou:

— Ora, ora, tudo no lugar! A conversa de vocês foi amigável e pacífica conforme se espera de gente polida e educada. Isso merece uma recompensa.

O mestre dirigiu-se à porta que levava à cozinha, e nós, Muzius e eu, adivinhando sua intenção, caminhamos atrás dele com alegres miau, miau, miau! Ele abriu o bufê e tirou os esqueletos e ossinhos de alguns frangos, cuja carne comera na véspera. Todo mundo sabe que minha espécie considera o frango uma das mais refinadas iguarias que possa existir, e isso explica o brilho fogoso dos olhos de Muzius, o serpentear gracioso de sua cauda, e o ronronar ansioso, quando o mestre colocou a tigela no chão, à nossa frente. Ao lembrar-me do modelo filisteu, dei a Muzius os melhores pedaços, pescoço, pés e rabo, contentando-me com os grosseiros ossos da coxa e da asa. Assim que terminamos a refeição, eu queria perguntar ao amigo Muzius se ele aceitaria talvez uma xícara de leite adoçado. Contudo, sempre pensando

154. Por questão de idade ou experiência, o sênior é o sujeito que irradia uma espécie de dignidade entre os camaradas.

no filisteu, deixei de cerimônia e limitei-me a puxar a tigela que, como sabia, estava debaixo da cômoda, e o convidei, hospitaleiro, a beber um trago. Muzius esvaziou a tigela, apertou-me a pata e falou-me, enquanto lágrimas brilhantes assomavam-lhe aos olhos:

— Amigo Murr, você vive como Lucullus[155], mas provou ter um honrado e nobre coração e, assim, os vis prazeres mundanos não o seduzirão ao filisteísmo! Obrigado, sinceramente!

Com um forte aperto de patas, conforme reza a tradição de nossos antepassados alemães, nos despedimos. Muzius, sem dúvida para ocultar a profunda emoção que o embaraçava, deu um pulo mortal pela janela aberta ao telhado vizinho. Mesmo eu, a quem a natureza conferiu uma excelente capacidade de salto, fiquei impressionadíssimo com aquele impulso, o que me proporcionou ocasião de, novamente, enaltecer minha espécie, composta de ginastas congênitos que nem carecem de vara ou outro apoio. Outro adendo é que meu amigo Muzius era a prova inquestionável de que muitas vezes, sob o aspecto rude e repugnante, bate um coração capaz de bondosos sentimentos.

Voltei ao quarto de meu mestre e deitei-me sob a estufa. Lá, na solidão, refleti sobre a vida que vinha levando, ponderei meu mau humor, minha indisposição, e assustei-me ao constatar como estivera perto da ruína, enquanto o amigo Muzius me pareceu, apesar do pelo embaraçado, um anjo salvador. Eu entrava em um novo mundo, o vazio de meu íntimo se preencheria, transformar-me-ia num outro gato, e o coração batia descompassado em alvissareira expectativa.

Bem antes da meia-noite, pedi ao mestre com a costumeira expressão mi...aau, que me deixasse sair.

---

155. Lucius Licinius Lucullus foi um importante político e general do Império Romano, que desenvolveu prestigiada missão no oriente. No final da vida foi perdendo a influência que exercera e se debilitando devido ao exagerado consumo de alimentos. Tanto que em alemão existem expressões com o adjetivo derivado de seu nome: *lukullische Genüsse* (acepipes luculentos) ou *lukullisches Mahl* (refeição luculenta). Era um hedonista, mas não desprovido de espírito, pois possuía imensa biblioteca, sempre disponível a quem se interessasse.

— Com muito prazer! — respondeu ele, abrindo-me a porta. — Os eternos cochilos debaixo da estufa não levam a nada. Vá, vá! Retorne ao mundo e aos outros gatos. Talvez encontre jovens felinos com os quais se afine na alegria e na tristeza.

Ah! O mestre intuía que uma nova existência se abria ante mim! Finalmente, depois de esperar até meia-noite, chegou o amigo Muzius, que me conduziu através de diversos telhados até que, num telhado italiano quase plano, encontramos dez majestosos gatos jovens, vestidos com a mesma negligência e estranheza de Muzius, que nos receberam com ruidoso júbilo.

Muzius apresentou-me a seus amigos, teceu loas às minhas qualidades, à honradez e à lealdade, sublinhou que eu o regalara com peixe assado, ossos de frango e leite adoçado, e encerrou comunicando meu desejo de ser admitido na irmandade como bravo gato. Todos concordaram.

Seguiram-se várias cerimônias sobre as quais não me deterei, porque talvez o leitor de minha espécie possa recear tratar-se de iniciação numa ordem secreta, e venha pedir explicação. Mas, posso de antemão protestar e assegurar, que não era uma ordem com preceitos, estatutos, senhas e afins, mas sim uma associação baseada na mera afinidade de opiniões. Logo viríamos a verificar, por exemplo, que todos nós preferíamos leite doce a água, carne assada a pão. Encerradas as cerimônias de praxe, recebi de todos um beijo fraternal, um aperto de patas, e todos deixaram de lado as formalidades. Então nos sentamos para uma refeição frugal, mas alegre, à qual se seguiram rodadas de bebidas, pois Muzius havia nos preparado um gostoso ponche de gato. Se algum gourmet interessar-se por essa bebida deliciosa, devo lamentar, mas infelizmente não possuo a receita. Certo é que o agradável sabor, assim como a suculência vigorosa, devem-se a um tempero picante obtido a partir do arenque.

Com uma voz que retumbou sobre vários telhados, o sênior Puff entoou a bonita canção: "*Gaudeamos igitur*!". Inebriado pelo entusiasmo, eu me sentia um esplêndido *juvenis* por dentro e por fora, e não queria pensar no *tumulus* que o destino fatal raramente concede à minha espécie, no seio de uma terra tranquila. Cantamos várias canções, como "Deixe os políticos falarem à vontade" e outras, até o gatorro Puff bater a pata com veemência sobre a mesa, anunciando, enfim, o hino de iniciação, o "*Ecce quam bonum*" — que ele, de imediato, introduziu com o coro:

"*Ecce*", etc., etc.

Nunca em minha vida tinha ouvido tal hino. O texto é impregnado de sabedoria universal, a melodia e a harmonia são misteriosas e tocantes. O compositor da canção não era conhecido e, segundo soube, muitos a atribuem ao grande Händel, outros, ao contrário, afirmam que ela existia antes da época de Händel, porque na Crônica de Wittenberg era cantada quando o Príncipe Hamlet ainda era calouro.[156] Seja lá quem for o autor, a composição é grandiosa e imortal, e especialmente admirável na maneira como os solos se intercalam entre os coros, que permitem aos cantores adaptar variações e improvisações das mais surpreendentes. Algumas variações interpretadas naquela noite eu consegui reter na memória. Quando o coro terminou, um jovem de manchas negras e brancas cantou assim:

O lulu ladra sutil
O poodle, bem delicado
Mas nenhum quer no canil
Sentar sobre o próprio rabo.
Coro: *Ecce quam*, etc., etc.

Depois entrou o cinzento:
Cortês tiro meu chapéu
Pois lá vem o filisteu:
Pateta e muito faceiro

156. O personagem Príncipe Hamlet, da Dinamarca, era estudante em Wittenberg.

Que de nada tem receio!
Coro: *Ecce quam*, etc., etc.

Depois o pardo:
Alegre nada o peixinho
A voar sai o passarinho
Das penas e barbatanas
O gato glutão tem ganas!
Coro: *Ecce quam*, etc., etc.

Depois o branco:
Mie, ronrone, coragem!
Mas nada de arranhões
Sejam valentes gatões
E nada de vadiagem!
Coro: *Ecce quam*, etc., etc.

Depois o amigo Muzius:
Pensa o macaco boboca
Que sua medida é padrão
Ergue o nariz, se empertiga
Mas no aperto vira ladrão!
Coro: *Ecce quam*, etc., etc.

Por sentar-me ao lado de Muzius, logo eu deveria ser o próximo a improvisar um solo. Tudo o que ouvira ali se distinguia radicalmente dos versos que até então compusera, e isso me causou angústia e medo de deixar cair a peteca. Portanto, após o coro, ainda me mantive em silêncio. Alguns convivas erguiam os copos e brindavam "*pro poena*"[157] quando me concentrei e espontaneamente cantei:

157. Em latim: "paga prenda".

Pata a pata, peito a peito
Nada pode nos segurar,
Irmãos, do nosso direito
Contra filisteus lutar!
Coro: *Ecce quam*, etc., etc.

Essa improvisação valeu-me os aplausos mais eufóricos, mais unânimes. Os magnânimos jovens se lançaram em alvoroço sobre mim, ovacionaram-me, cerraram-me contra o peito. Também nesse ponto se reconheceu o elevado gênio em mim. Foi um dos momentos mais fascinantes de minha história. Em seguida ainda brindamos à saúde de gatos notáveis e célebres, sobretudo àqueles que, não obstante a notoriedade e a celebridade, souberam manter-se à distância do filisteísmo, tendo-o demonstrado em palavra e ação; em seguida, nos separamos.

O ponche de gato me subira à cabeça, os telhados davam giros, conseguia ficar de pé apenas graças ao auxílio da cauda que me servia de vara de equilíbrio. O fiel Muzius, notando meu estado, tomou conta de mim e levou-me são e salvo à casa, através da lucarna. Confuso como não me sentia há muito tempo, não pude...

(*Folha de macul.*):... sabendo tão bem quanto à perspicaz senhora Benzon, contudo, que justo hoje eu deveria receber notícias suas, caro amigo; meu coração parecia adivinhar.

Assim falou o Mestre Abraham enfiando no escaninho de sua escrivaninha a carta recebida, em cujo sobrescrito reconhecera com grata surpresa a caligrafia de Kreisler, saindo em seguida para o parque.

Há muitos anos o ancião tinha o hábito de deixar guardadas durante horas, dias inteiros, a correspondência ainda lacrada. Se o conteúdo for irrelevante, dizia, o atraso não fará diferença. Se a carta trouxer más notícias, então poderei me poupar por algumas horas do dissabor; e enfim, se a notícia for boa, um homem razoável pode muito bem esperar com paciência alguns instantes. Semelhante hábito deve ser naturalmente repudiado, pois o sujeito sem interesse pelas novidades não será bom negociante ou jornalista de literatura ou política. Além disso, podemos até imaginar que essa atitude de indiferença pode gerar algumas tragédias.

Este biógrafo, no entanto, acredita pouco na estoica serenidade de Mestre Abraham, e atribui tal hábito a um receio temeroso de revelar o segredo da carta lacrada. Há um prazer todo especial no recebimento de uma carta, o que nos leva primeiramente a estimar quem as traz, ou seja, o carteiro, segundo ponderou certa vez um espirituoso pensador. A afeição atinge as raias da mistificação.

O biógrafo se lembra que, certa feita, durante os estudos na universidade, esperou longo tempo em vão por uma carta da pessoa amada, a ponto de implorar com olhos marejados ao carteiro notícias da terra natal, com a promessa de uma bela recompensa. Com uma expressão compreensiva, o sujeito jurou atender ao pedido e, de fato, trouxe a carta em seguida com um olhar triunfante, como se nesse caso tivesse cabido exclusivamente a ele o cumprimento da palavra empenhada, tratando logo de surrupiar a gorjeta.

Contudo, o biógrafo entende isso, talvez porque ele próprio se incline sempre à automistificação. Mas não sabe se você, caro leitor, da mesma maneira, sente também um estranho misto de prazer e medo, ambiguidade que provoca batidas aceleradas do coração no momento de abrir a carta recém-chegada, mesmo quando se está convicto de quão improvavelmente o envelope conterá algo relevante para sua vida.

Pode ser o despertar do sentimento angustiante com o qual contemplamos a noite por vir, porque uma simples pressão de dedos basta para desvendar o mistério; o momento crucial nos perturba. E quantas esperanças se desmoronam ao rompimento do lacre, sonhos acalentados em nosso peito, a saudade ardente, tudo se desfaz em nada: a breve missiva foi a maldição encantada ante um jardim florido pelo qual pretendíamos passear, que murchou, e a vida se estende ante nós feito um inóspito e estéril deserto.

Parece bom recolher-se espiritualmente antes que a leve pressão dos dedos revele o segredo oculto, e talvez isso possa desculpar o costume por demais deplorável do mestre, ao qual também aderia o presente biógrafo numa época desditosa, quando quase toda a carta que recebia assemelhava-se à caixa de pandora, pois tão logo a abria, dela brotavam mil desgraças e desventuras.

Mas, embora Mestre Abraham tenha trancado a carta do mestre de capela em sua escrivaninha do escritório, e saído em seguida a passear pelo parque, o prezado leitor conhecerá agora o seu conteúdo literal:

Meu queridíssimo Mestre Abraham!

"*La fin couronne les œuvres*"![158], poderia eu ter gritado como Lord Clifford em *Henrique VI*, de Shakespeare, quando o muito nobre Duque de York lhe dá o golpe mortal. Pois, por Deus, meu chapéu tombou gravemente ferido na floresta e eu atrás dele, de costas, como alguém de quem se diz na batalha: tomba ou tombou. Mas essas pessoas raramente tornam a se levantar e, ao contrário, isso foi o que fez seu Johannes, meu querido mestre, no ato! Com meu companheiro gravemente ferido, que não havia caído ao meu lado, mas *sobre* e *de* minha cabeça, não pude me preocupar, porque tinha muito a fazer, recorrendo a um hábil movimento lateral (não emprego a palavra movimento aqui na acepção filosófica, nem musical, mas no sentido ginástico mesmo) a fim de me desviar do cano de uma pistola empunhada por alguém a três passos dali. Entretanto, fiz mais que me defender, passei de súbito da defesa ao ataque, precipitei-me sobre o pistoleiro e cravei sem mais rodeios minha espada em seu ventre.

Você sempre reprovou, Mestre Abraham, a minha falta de domínio do estilo histórico, minha incapacidade de narrar sem ornamentos ou digressões. Então, o que me diz da breve exposição de minha aventura italiana no parque da Corte de Sieghart, tão brandamente

158. Em francês: "o fim coroa as obras".

regida por um soberano príncipe, a ponto de serem tolerados bandidos à guisa de diversão? Que o dito valha como sumário provisório e introdutório do capítulo histórico que hei de escrever-lhe, se me permitem a impaciência minha e a do abade, em vez de uma carta comum. Há pouco mais a contar sobre a aventura na floresta.

Ao ouvir o disparo, compreendi que era destinado a mim, porque, enquanto caía, senti uma dor ardente no lado esquerdo de minha cabeça, o qual o co-reitor da escola de Göniönesmühl classificara de resistente. Pois a resistência opôs minha constituição óssea ao vil balaço, de modo que a ferida não passou de arranhão. Mas, diga-me, querido mestre, diga-me agora mesmo ou hoje à noite, no mais tardar amanhã de manhã, em que ventre cravei minha espada? Ficarei encantado se souber que não derramei sangue ordinário, senão o de algum *ichor*[159] aristocrático; e minha intuição o está confirmando.

Mestre! O acaso, portanto, levou-me a cometer o ato que o demônio sombrio me anunciou, quando você e eu estávamos juntos na cabana de pescadores! Foi talvez a pequena lâmina, no instante em que a usei para defender-me contra assassinos, a terrível espada de Nêmesis[160] na vingança pelo sangue derramado? Escreva-me tudo, mestre, em especial sobre as circunstâncias envolvendo a arma que você passou às minhas mãos, o pequeno retrato. Não, é melhor não falar disso. Deixe-me conservar como um segredo inviolável essa imagem de Medusa[161], a cuja visão petrificou-se o sacrílego. Tenho a impressão de que o talismã perderá sua potência se eu souber qual

---

159. Na literatura de Homero, *ichor* é a designação para o líquido que corria nas veias dos deuses, ao invés do sangue.

160. Mitologia grega: Nêmesis castigava os que cometiam crimes e ficavam impunes, e recompensava aqueles que sofriam injustamente. Era a deusa do destino, da vingança, e não se submetia às regras do Olimpo.

161. Mitologia grega: Medusa era uma das três irmãs Górgonas, que habitavam o Jardim das Hespérides. O monstro possuía aparência de mulher, com serpentes ao invés de cabelos, e petrificava quem o olhasse diretamente nos olhos. Ao contrário de suas irmãs, era mortal, e foi decapitado por Perseu.

constelação o transformou em arma mágica! Você acredita, mestre, que até agora não olhei diretamente o pequeno retrato? Quando for a hora você me contará o que for preciso, e passarei o talismã de volta às suas mãos. Por ora, nada mais sobre o assunto! Mas pretendo prosseguir com meu capítulo histórico.

Após enfiar minha espada no ventre do inimigo, de modo a fazê-lo tombar sem um gemido, fugi com a velocidade de um Ájax[162], pois pensei ter escutado vozes no parque, que levaram a supor novos ataques. Quis correr para Sieghartsweiler, mas a escuridão da noite me fez errar o caminho; apressei as passadas, esperando me orientar. Atravessei campos e covas, subi uma colina íngreme e, por fim, caí exausto num matagal. Foi como se visse um relâmpago ante meus olhos, senti uma pungente dor na cabeça e despertei de um sono pesado e mortal. O machucado sangrava em abundância, improvisei usando meu lenço como uma faixa digna do mais hábil cirurgião militar num campo de batalha, e olhei contemplativo ao redor. Não longe de mim se erguiam ruínas de um antigo castelo. Qual não foi meu espanto, Mestre Abraham, ao me dar conta de que fora parar no Geierstein.

A ferida não doía mais, sentia-me leve e disposto, saí da moita de arbustos que me protegera durante o sono, enquanto o sol elevava-se no horizonte, dourando com os primeiros raios a floresta e o rio, como uma alegre saudação matinal. Os pássaros despertavam das ramagens, banhavam-se entre gorjeios no orvalho refrescante da manhã e lançavam-se pelos ares. Ainda envolta na névoa noturna, bem lá embaixo, jazia Sieghartshof, mas logo caíram os véus; árvores e folhagens mostraram-se em ouro flamejante. O lago do parque era como um espelho fulgurante: divisei a cabana de pescadores como um minúsculo ponto branco, e mesmo a ponte acreditei enxergar ao longe.

E o dia de ontem me pareceu mais como uma época remota, da qual nada mais resta além da nostalgia das lembranças de algo

162. Depois de Aquiles, Ájax foi o mais poderoso herói grego da Guerra de Troia.

perdido para sempre, ao mesmo tempo cortando e enchendo de gozo o coração.

— Louco! O que você quer dizer com isso? O que você perdeu para a eternidade no longínquo ontem?

Assim perguntou-me você, Mestre Abraham, e eu o ouvi. Ah, mestre, estou mais uma vez naquele elevado cume do Geierstein... Novamente estendi os braços, asas de águia tentando plainar nos ares onde reinavam mágica suave, onde o amor, que a qualquer tempo e lugar é eterno e se assemelha ao espírito do universo, fazendo brotar em mim em tons celestes plenos de pressentimentos a própria saudade sedenta e o desejo!

Eu sei; bem diante de meu nariz planta-se um antagonista diabólico, que se me opõe com pão, pão, queijo, queijo, e pergunta, sarcástico, se é possível que um tom possa ter olhos azuis escuros. Apresento-lhe o convincente argumento de que o tom na realidade seria um olhar, saindo de um mundo de luz por entre os véus de nuvens. Meu oponente segue adiante perguntando por semblante, cabelos, boca, lábios, braços, mãos, pés e duvidando, enfim, com um sorriso maligno, que o puro e simples tom possa ser dotado de tudo isso. Oh, Deus, eu sei o que quer sugerir o truão: enquanto for um plebeu comum, enquanto não comamos exclusivamente raios de sol e nos sentemos em cadeira distinta da cátedra, o amor eterno, sobre o qual qualquer louco sabe versar, será eterno desejo ansiando por si mesmo. Mestre! Não quero vê-lo no papel do famélico antagonista, não me agrada tal ideia! Convenhamos, alguma razão sensata o levaria a isso? Mostrei algum dia inclinação à triste loucura estudantil? Não cheguei à idade madura, não soube manter-me sereno, ao invés de sonhar tornar-me uma luva a fim de beijar a face de Júlia, como o primo Romeu? Esteja certo, mestre, digam o que quiser, no espírito guardo apenas notas musicais, na alma e no coração, melodia, pois, pelos diabos! Caso contrário não teria sido capaz de compor peças sacras tão formais e vigorosas como as vésperas que se encontram prontas no púlpito. Mas cá estou com minhas previsíveis digressões, de modo que retomemos a narrativa.

Vindo de longe, ouvi o canto de uma voz viril que se aproximava gradativamente. Logo pude ver um beneditino que vinha cantando um hino latino enquanto caminhava por uma trilha aberta pouco abaixo de onde me encontrava. Estacou não longe de mim, parou de cantar, tirou o largo chapéu de viagem e, enxugando o suor da testa com um lenço, olhou em torno e sumiu pelo meio da mata.

Senti vontade de acompanhá-lo, ele certamente procurava um recanto para repousar à sombra, e não me enganei, pois, enveredando-me também por ali, vi o reverendo assentado sobre uma grande pedra coberta de musgo. Uma pedra contígua mais alta lhe servia de mesa, sobre a qual ele estendera um forro branco, retirando então do embornal pão e frango assado, que começou a comer com muito apetite.

— *Sed praeter omnia bibendum quid*[163], — disse consigo mesmo.

Assim, tirou do bolso uma caneca de prata e se serviu do vinho de uma garrafa forrada de vime. Ia beber, quando cheguei cumprimentando "louvado seja Nosso Senhor Jesus Cristo!". Com a caneca suspensa junto aos lábios, ergueu os olhos, olhou-me, e reconheci meu velho e bondoso amigo, o padre e diretor do coro Hilarius.

— Pela eternidade! — balbuciou ele, arregalando os olhos.

Lembrei de repente que talvez o lenço na cabeça me proporcionasse um aspecto inusitado, e esclareci:

— Oh, meu muito querido e nobre amigo Hilarius, não me tome por um hindu vagabundo extraviado, nem por um menino caído de cabeça, pois não sou nem quero ser outra pessoa senão seu íntimo amigo, o mestre de capela Johannes Kreisler!

163. Em latim: "mas antes de tudo algo para beber".

— Por São Benedito! — gritou ele, com alegria. — Logo o reconheci, magnífico compositor e agradável amigo, mas *per diem*[164], diga-me, de onde vem, o que aconteceu a você, que eu imaginava *in floribus*[165] na corte do grão-duque.

Não hesitei em contar ao padre em poucas palavras tudo o que me sucedera, e como me vira forçado a cravar a espada no ventre do indivíduo que se divertira treinando tiro ao alvo comigo como uma Diana[166], e como o dito atirador muito provavelmente era o príncipe italiano chamado Hektor, assim como qualquer digno cão de caça.

— Que faço agora, volto a Sieghartsweiler ou... Aconselhe-me, Padre Hilarius!

Assim concluí minha explicação. Padre Hilarius, que nesse interím me lançara vários "hum!", "veja só!", "meu Deus!" e "São Benedito!", baixou os olhos e respondeu:

— *Bibamus*! — e esvaziou a caneca de prata num gole só.

Então, disse rindo:

— De fato, mestre de capela, o melhor conselho que eu poderia lhe dar seria convidá-lo a assentar-se comigo e tomar o desjejum. Recomendo a perdiz, ainda ontem abatida pelo Padre Macarius. Você se lembra de como ele acerta tudo, menos as notas dos responsórios, e se lhe apetece o molho de vinagre de ervas no qual a ave foi temperada, você o deve ao Irmão Eusebius, que foi quem preparou tudo especialmente para mim. Quanto ao vinho, é digno de molhar os lábios de um mestre de capela em fuga. Autêntico Bocksbeutel do hospital St. Johannis de Würzburg, que nós, indignos servidores, recebemos em sua melhor qualidade. *Ergo bibamus*![167]

---

164. Em latim original, o correto seria *per deum*, ou seja, "por Deus". Mas Padre Hilarius sempre emprega expressões de um latim macarrônico.

165. Em latim: "florescente".

166. Mitologia grega: Diana, deusa da caça.

167. Em latim: "Logo bebamos".

Com isso, encheu a caneca até a borda e a passou para mim. Não me fiz de rogado, bebi e comi como alguém que precisava se fortalecer. Padre Hilarius havia escolhido o lugar mais aprazível para fazer a refeição. Um bosque espesso de bétulas sombreava a relva florida, e o riacho claro feito cristal murmurando sobre as rochas salientes espalhava frescor. O cenário idílico e solitário que nos circundava preenchia minha alma de bem-estar e calma, e enquanto o amigo contava as novidades sobre a abadia desde minha última visita, sem esquecer de intercalar suas habituais anedotas e seu bonito latim macarrônico, eu ouvia as vozes do bosque, da água, em consoladoras melodias. No entanto, ele compreendeu meu silêncio como amarga preocupação causada pelos últimos fatos.

— Levante a cabeça, mestre de capela! — conclamou-me o padre, mais uma vez oferecendo-me a caneca cheia. — Você derramou sangue, claro, sangue derramado é pecado, mas *dintinguendon est inter et inter.*[168] Todo homem ama acima de tudo a própria vida, pois só se vive uma vez. Você defendeu a sua, e a isso a Igreja não se opõe, segundo se pode ilustrar fartamente, e nem seu confessor, nem outro servidor do Senhor, negar-lhe-á absolvição, mesmo ao saber que sua espada sem querer foi parar em intestino real. *Ergo bibamus! Vir sapiens non te abhorrebit, domine!*[169] Mas, caríssimo Kreisler, se você retornar a Sieghartsweiler, vão lhe interrogar com insistência sobre o *cur, quomodo, quando, ubi*[170], e se você quiser acusar o príncipe do ataque criminoso, dar-lhe-ão crédito? *Ibi jacet lepus in pipere.*[171] Mas veja, mestre de capela... *Bibamus quid...*[172]

168. Em latim: "é preciso distinguir entre uma coisa e outra".

169. Em latim: "logo bebamos! Um homem sábio não se assustará diante de Ti, Senhor!".

170. Em latim: "por quê, como, quando, onde".

171. Em latim: expressão idiomática que, ao pé da letra, seria "aqui jaz a lebre na pimenta", mas que denota algo como "eis o cerne da questão".

172. Em latim: "bebamos algo".

Esvaziou a caneca cheia e continuou:

— Sim, veja, mestre de capela, como o bom conselho vem com o Bocksbeutel. Saiba que me encontro a caminho do Convento de Todos os Santos, onde pretendo buscar músicas do *Prefectus chori*[173] para as próximas festividades. Remexi a caixa duas, três vezes, as músicas estão velhas e batidas, no que concerne àquela composição que você escreveu durante sua estada conosco é bela e nova, mas não me leve a mal, composta de forma tão curiosa que não se pode desgrudar os olhos da partitura. Se por acaso alguém lança através da grade um olhar a qualquer moça bonita da nave e erra um sustenido ou algo parecido, lá se vai o compasso e tudo o mais por água abaixo, ficamos ali plantados enquanto — di-don-di-don-don — Irmão Jakob massacra nossos ouvidos martelando as notas no teclado do órgão! *Ad patibulum cum illis...*[174] Assim, poderia... *Bibamus*!

Depois de bebermos, a torrente loquaz prosseguiu:

— *Desunt*[175] não estão aí, e aos que não estão aí não se pode interrogar, estava pensando que você poderia voltar comigo à abadia, passando pelos atalhos mal dá duas horas de viagem. Lá estará seguro de toda a sorte de perseguições, *contra hostium insidias*[176], levá-lo-ei como música viva, e você permanecerá lá enquanto lhe aprouver e for oportuno. O reverendo abade o proverá com o que for preciso. Vestirá roupa íntima delicada e, por cima, o hábito beneditino, que lhe cairá bem. Mas para que no caminho não fique com o aspecto semelhante ao ferido da imagem do bom samaritano, ponha meu chapéu de viagem; quanto a mim, puxarei o capuz sobre a careca. *Bibendum quid*, meu caro!

173. Em latim: "diretor do coro".

174. Em latim: "ao patíbulo com eles!".

175. Em latim: "não estão aí".

176. Em latim: "contra as perseguições dos inimigos".

O abade Chrysostomus (lembro-me de tê-lo ouvido falar sobre ele) me acolheu com aquela hospitalidade alegre somente característica nos corações bondosos, e aprovou sem ressalvas a sugestão do Padre Hilarius. Agora me imagine, Mestre Abraham, transformado em monge beneditino, instalado num espaçoso aposento do prédio principal da abadia, escrevendo com zelo as vésperas e os hinos, inclusive fazendo anotações para uma missa solene, rodeado pelos irmãos e meninos do coro durante os ensaios que tenho dirigido atrás das grades! De fato, sinto-me tão enterrado nessa solidão que poderia comparar-me a Tartini.[177] Temendo a vingança do Cardeal Cornaro, ele se refugiou no monastério de freiras clarissas em Assis, onde o encontrou na igreja após alguns anos um paduano, que só foi notar o amigo sumido no momento em que, por acaso, uma rajada de vento levantou a cortina que escondia o coro. O mesmo poderia ter se passado conosco, mestre, por isso precisava lhe informar de meu paradeiro, a fim de evitar suas conjecturas. Acharam meu chapéu e se surpreenderam por ele ter perdido a cabeça.

Mestre! Uma calma deliciosa supre atualmente minha alma, terei talvez chegado ao porto onde lançarei minha âncora?

Outro dia, caminhando em torno do pequeno lago que atravessa pelo meio o jardim da abadia, vi minha imagem passeando junto comigo, e disse:

— O homem que anda a meu lado é sereno e sensato, não vagueia mais tresloucado por amplos espaços, mas mantém o prumo encontrado, e é uma sorte para mim que ele não seja outro senão eu mesmo!

De outro lago, olhara-me noutra data um duplo fatal. Mas silêncio... Silêncio sobre tudo isso. Mestre, não mencione nome algum... Não me conte nada... Nem sequer a quem feri. Mas sobre si mesmo,

---

177. Giuseppe Tartini (1692-1770) foi um violinista e compositor italiano. Vivia em segredo com a parente de um cardeal, que foi, por isso, forçada a entrar ao convento. Tartini refugiou-se em Assis.

escreva-me muito. Os irmãos estão chegando para o ensaio, encerro o capítulo histórico e também a carta. Tudo de bom, meu caro mestre, e pense em mim! Etc., etc., etc., etc.

Mestre Abraham passeava pelas remotas e selvagens trilhas do parque e pensava no destino do querido amigo que nem bem recuperara e já perdera de novo. Parecia-lhe ver o menino Johannes, o piano do velho tio, e enquanto o pequeno com punho firme tocava cheio de orgulho a mais difícil sonata de Sebastian Bach, ele lhe enfiava às escondidas caramelos no bolso. Era como se tudo tivesse acontecido poucos dias atrás, e se espantava lembrando que o garoto não era outro senão Kreisler, enredado numa singular e caprichosa concatenação de misteriosas conjunções. Mas, com os pensamentos naquele tempo passado, no presente fatal vieram-lhe à lembrança imagens de sua própria vida.

Seu pai era um homem severo e arbitrário, que quase o havia obrigado a aprender a arte de fabricação de órgãos, ofício que exercera sem talento ou prazer. Não tolerava que ninguém além de um fabricante de órgãos pusesse as mãos em sua obra, de modo que os aprendizes tinham de praticar carpintaria, fundição em estanho e outras coisas, antes de ascenderem à mecânica. Precisão, persistência e trabalho bem feito eram tudo para o velho, que não tinha sensibilidade alguma para a percepção musical e, por incrível que pareça, isso se refletia nos instrumentos construídos por ele, nos quais se reprovava com razão um som duro e seco. Além disso, o pai estava por inteiro entregue a alguns artefatos infantis ultrapassados. Num órgão inserira os reis Davi e Salomão que, quando se tocava, giravam a cabeça, como se admirados. Em nenhuma de suas obras faltavam anjos tocando trombetas, tambores, tímbalos, galos batendo asas e cocoricando, e assim por diante. Mais de uma vez, Abraham não pôde se esquivar de surras merecidas ou não, e provocar manifestações do orgulho paternal senão graças à sua capacidade inventiva para algum novo aprimoramento, um cocoricó de som mais agudo para o próximo órgão, por exemplo. Com temerosa expectativa, ele aguardava o momento quando, conforme a tradição do grêmio de artesãos, deveria sair ambulando pelo mundo. Por fim o dia chegou, e Abraham deixou a casa paterna para jamais retornar.

Durante a viagem em companhia de outros jovens aprendizes que em sua maioria eram ignorantes e rústicos, Abraham visitou um dia a Abadia de Saint-Blasius, situada na Floresta Negra, e lá escutou o famoso órgão do antigo Johann Andreas Silbermann. Os sons do instrumento repletos de harmonia despertaram em sua alma pela primeira vez o sentido para a música. Acreditou-se transportado a um outro mundo e, a partir de então, amou com paixão a arte que até então exercera por necessidade. Sua existência precedente e o meio no qual convivera se lhe afiguraram naquele instante medíocres, e ele fez de tudo a fim de sair do lodo no qual se via atolado. A inteligência natural e a notável disposição o fizeram avançar a passos largos na formação científica e, mesmo assim, sentia às vezes o peso de chumbo da educação anterior, a persistência da vulgaridade.

Chiara, a relação com essa criatura singular e misteriosa, consistiu num segundo ponto luminoso em sua vida. Dessa maneira, ambos os marcos, a audição da harmonia e o amor por Chiara, configuravam o dualismo de seu ser, atuando beneficamente em sua natureza tosca, porém robusta. Conseguiu ficar alheio aos albergues, às tabernas de onde entre espessas nuvens de fumaça ressoavam cantigas lascivas; o acaso, ou melhor, a habilidade com os engenhos mecânicos, aos quais sabia dar um traço de mistério — como o digno leitor já viu —, conduziu o jovem Abraham a regiões que passaram a ser seu novo mundo, e nas quais ele, eterno estrangeiro, somente pode se suster amparado pelo tom firme que sua natureza indicava. Esse tom se fez com o tempo cada vez mais elevado e como, definitivamente, não era um homem grosseiro, mas dotado de claro e saudável entendimento, com adequada visão de mundo e a dose certa de ironia espirituosa, não podia deixar de acontecer que, se enquanto jovem apenas subsistiu e foi tolerado, o homem maduro inspirou grande respeito, como se evocasse um princípio inquebrantável. Nada mais fácil que se impor a certas pessoas distintas, que geralmente são mais simplórias do que se imagina.

Nisso pensava agora o Mestre Abraham ao retornar do passeio à cabana de pescadores, o que lhe rendeu uma gostosa gargalhada que desanuviou seu peito. A viva lembrança da audição na Igreja de Saint-Blasius e da perda de Chiara o entristeceu. Falou consigo mesmo:

— Por que a ferida que eu há tempos julgava cicatrizada volta a sangrar? Por que me perco agora em devaneios, quando deveria intervir ativamente na máquina que um espírito maldoso parece tentar dirigir mal?

O mestre se incomodava com uma sensação de ameaça em suas mais peculiares formas de agir, até que, como dissemos, ocorreu-lhe o pensamento sobre gente distinta, e ele riu instantaneamente aliviado. Entrou na cabana de pescadores e pôs-se a ler a carta de Kreisler.

No palácio ducal tiveram lugar acontecimentos notáveis.

O médico dizia:

— Milagre! Transcende toda prática, toda experiência!

A duquesa:

— Tinha de ser, a princesa não ficou com sequelas!

O duque:

— Eu não proibira expressamente? O crápula, o maldito serviçal, não tem orelhas? O caçador deve cuidar para que o príncipe não consiga mais pólvora!

A Conselheira Benzon:

— Graças a Deus, ela está salva!

Enquanto isso, a Princesa Hedwiga olhava pela janela de seu quarto, tocando uma vez ou outra acordes dispersos naquele violão que Kreisler atirara longe num momento de desespero e recebera de volta abençoado, como dizia, das mãos de Júlia. No sofá, sentava-se o Príncipe Ignatius, chorando e queixando-se:

— Está doendo! Está doendo! — enquanto, diante dele, Júlia ocupava-se em descascar batatas cruas dentro de uma pequena tigela de prata.

Tudo isso dizia respeito ao milagre transcendente aventado pelo médico. O caro leitor teve oportunidade de ver várias vezes que o Príncipe Ignaz mantivera a inocente alegria e o descuido de uma criança de seis anos. Pois bem, entre outros brinquedos, ele possuía um pequeno canhão fundido em metal com o qual raríssimas vezes podia divertir-se, já que dependia de alguns acessórios difíceis de adquirir, como uns grãos de chumbo, pólvora e um pássaro. Quando tinha tudo à mão, fazia marchar as tropas, abria conselho de guerra contra o passarinho que tramara uma rebelião para destronar o principesco pai no país perdido; carregava o canhão e, com um tiro, matava a ave condenada e amarrada a um candeeiro, marcando um coração negro no peito, ou às vezes só a feria. Nesse caso, precisava usar o canivete a fim de executar a pena imposta por alta traição.

Fritz, o filho de dez anos do jardineiro, conseguira para o príncipe um pintarroxo de cores bem vivas e, em troca, recebera uma coroa, como de hábito. Em seguida, o príncipe se esgueirou ao pavilhão de caça quando ninguém estava lá, encontrou a capanga com os chumbinhos e a pólvora em pó, e se proveu da munição necessária. Estava prestes a iniciar a execução que demandava pressa, porque o rebelde colorido e cantante empregava todos os esforços para escapar, quando ocorreu a Ignaz que não deveria privar a irmã, agora tão gentil, do prazer de assistir à morte do passarinho traidor. Então, pôs debaixo de um braço a caixa com o exército, o canhão debaixo do outro, o pássaro na mão e, tendo em vista que o príncipe o proibira de ver Hedwiga, ele se esgueirou bem silencioso ao dormitório dela e a encontrou em persistente estado cataplético, caída de roupa e tudo no leito. O mal e, como se verá, o bom da história, é que as camareiras tinham saído apenas por um instante.

Sem perder tempo, o príncipe atou o pássaro a um candeeiro, enfileirou a armada, carregou o canhão, depois ergueu a irmã da cama e levou-a até a mesa, explicando como ela representava o comandante e, ele, o príncipe reinante, metendo fogo na artilharia que deveria eliminar o rebelde. A abundância de munição fascinara o príncipe, de modo que ele não somente carregara a arma, como também espalhara pólvora por toda a mesa. Ao saltar pelos ares, a bala provocou um estampido incomum, e a pólvora esparramada estalou e queimou a mão do jovem, levando-o a gritar alto, nem se dando conta de que no momento do estrondo a princesa se desmoronara no chão.

O disparo ecoou pelos corredores, todos acorreram apressados pressentindo desgraça, mesmo o duque e a duquesa se lançaram por entre portas juntamente com domésticos, ignorando, no susto, todas as regras da etiqueta.

As camareiras ergueram Hedwiga do solo e a estenderam na cama, enquanto alguém correu para buscar o médico cirurgião. Pelos vestígios sobre a mesa, o Duque Irenäus compreendeu de pronto o que se passara e, com olhar fulminante de cólera, disse ao filho que se lamuriava, choroso:

— Veja Ignaz! Eis o resultado de suas infantilidades. Coloquem um unguento nas mãos dele! Deixe de chorar como moleque mimado! Uma vara de bétula... Deveria... Atrás...

Os lábios trêmulos confundiram a limpidez das palavras, fazendo o príncipe pronunciar algo ininteligível e abandonar, solene, o recinto. Os serviçais tinham ficado espantados, porque pela terceira vez consecutiva o duque se dirigira ao filho pelo nome Ignaz, o que sempre soava como um sinal da mais violenta ira, difícil de amenizar.

Quando o médico esclareceu que a princesa entrara em crise e, por isso, havia esperança na cura definitiva, a princesa-mãe respondeu com menos interesse que se deveria pensar:

— *Dieu soit loué!*[178] Mantenham-me informada sobre qualquer coisa!

178. Em francês: "Deus seja louvado!".

Mas colheu de forma maternal o jovem príncipe choroso nos braços, o consolou com palavras delicadas e depois seguiu o duque.

Com a intenção de visitar a infeliz Hedwiga, Benzon, acompanhada de Júlia, chegou ao palácio. Ao ouvir sobre o ocorrido, a conselheira dirigiu-se rapidamente ao quarto, ajoelhou-se ao lado do leito da princesa e pegou sua mão. Júlia, por sua vez, vertia lágrimas copiosas, convencida de que o sono mortal cairia sobre a amiga do peito. Foi quando, então, Hedwiga respirou fundo e perguntou com voz grave e sussurrante:

— Está morto?

O Príncipe Ignaz parou de chorar, apesar da dor, e respondeu às gargalhadas, alegre pela bem-sucedida execução:

— Sim, sim, princesa-irmã, morreu: a bala certeira atingiu o coração.

— Eu sabia — disse a princesa, fechando mais uma vez os olhos —, eu vi o sangue jorrar do coração, mas caiu em meu peito e estive transformada em cristal, vivendo como cadáver!

A conselheira murmurou em voz baixa e carinhosa:

— Hedwiga! Desperte desses sonhos malignos e tristes. Você está me reconhecendo?

A princesa fez um gesto com a mão, como se quisesse que a deixassem sozinha.

— Hedwiga — prosseguiu a conselheira —, Júlia está aqui.

Um sorriso aflorou nas faces da princesa. Júlia inclinou-se e imprimiu um suave beijo nos lábios pálidas da amiga, que então, lentamente, sussurrou:

— Já passou, em alguns instantes estarei bem.

Até aquele instante, ninguém se preocupara com o rebelde que, com o peito estraçalhado, jazia em cima da mesa. Júlia enfim o notou e atinou que o príncipe, mais uma vez, fizera aquela brincadeira detestável. Com as bochechas em brasa, ela o repreendeu:

— Príncipe, o que lhe fez o pobre pássaro para que você o matasse sem piedade aqui no quarto? É uma brincadeira cruel e você, há muito tempo, tinha me prometido nunca mais fazer isso e não manteve a palavra. Mas, se isso se repetir, não ordenarei mais suas xícaras coloridas, nem ensinarei suas bonecas a falar, nem lhe contarei a história do rei das águas!

— Não fique brava, senhorita Júlia! — choramingou o príncipe. — Mas ele era um vigarista de marca maior. Às escondidas, cortou as calças de meus soldados, e ainda andava planejando revolta... Ai, está doendo! Está doendo!

Benzon olhou o príncipe, depois Júlia, e exclamou em seguida com um estranho sorriso:

— Quanto pranto por causa de uns dedos queimados! Mas é claro, o médico demora a vir com o tal unguento. Um remédio doméstico simples pode ajudar também pessoas não tão simples. Tragam batatas!

Foi até a porta, mas como se tivesse de súbito se lembrado de algo importante, estacou, deu meia volta, abraçou a filha, beijou-a na testa, e disse:

— Você é uma boa filha, e será sempre *intensa* no que tiver de ser! Guarde-se dos loucos extravagantes, feche o coração às tentações enganadoras dos discursos sedutores.

Lançou ainda um olhar inquisitivo em direção à princesa, que aparentemente dormia um sono profundo, e saiu do quarto.

O cirurgião entrou com um enorme emplastro nas mãos, explicando que aguardara muito tempo no quarto do piedoso príncipe, porque não suspeitou que estivesse no aposento da princesa. Fez menção de colocar o emplastro na mão de Ignaz quando a camareira, trazendo várias batatas grandes numa tigela de prata, barrou-lhe o caminho e afirmou que o melhor remédio para aliviar queimaduras eram batatas descascadas.

— E eu — interrompeu Júlia, tomando das mãos da camareira a tigela, eu mesma preparei o remédio para você, meu principezinho!

O médico cirurgião sobressaltou-se:

— Deus misericordioso! Pensem no que estão fazendo! Um remédio caseiro para dedos queimados do nobre senhor ducal! A arte médica... É o único meio capaz de ajudar!

Tentou outra vez aproximar-se do príncipe, mas o jovem retrocedeu, gritando:

— Fora, fora daqui! A senhorita Júlia deve preparar-me o emplastro, que a arte saia do quarto!

A arte despediu-se juntamente com seu bem preparado unguento, lançando venenosos olhares à camareira.

Júlia ouvia a respiração cada vez mais forte da princesa, mas qual não foi sua surpresa quando...

(Murr. pr.):... adormecer. Rolava no meu leito de um lado para o outro, experimentando todas as posições possíveis. Ora me estirava de comprido, ora me enrolava todo encolhido, descansava a cabeça sobre as macias patinhas e enroscava a cauda graciosamente em torno do corpo. Virava-me sobre o flanco, deixava as patas eriçadas e afastadas do pelo, a cauda indiferente tombada sobre o leito.

Tudo, tudo em vão! Minhas ideias e minha imaginação perturbavam cada vez mais, e eu entrava, enfim, no delírio que não é o sono, porém o embate entre o transe e o estado de vigília, assim como observam com razão Moritz, Davidson, Nudow, Tiedemann, Wienholt, Reil, Schubert, Kluge[179] e outros autores psicológicos, estudiosos do sono e do sonho, os quais nunca li.

---

179. Karl Philipp Moritz (1757-1793) escreveu estudos psicológicos, entre eles diversos tratados sobre o sonho. — Wolf Davidson (1772-1800) era médico, autor de *Versuch über den Schlaf* [Tratado sobre o sono]. — Heinrich Nudow (1752-?) era médico, estudioso do tema do sono. — Dietrich Tiedemann (1748-1803) foi professor de filosofia, autor de *Untersuchungen über den Menschen* [Investigações a respeito do homem]. — Arnold Wienholt (1749-1804) escreveu *Heilkraft des tierischen Magnetismus* [O poder de cura do magnetismo animal], no qual se refere mais especificamente ao sono e ao seu poder de cura. — Johann Christian Reil, médico, pesquisou a constituição do sistema nervoso; ver nota 128. — Gotthilf Schubert escreveu *Symbolik des Traumes* [Simbologia do sonho]. — Carl Alexander Kluge: ver nota 117.

O sol alto e brilhante iluminava o interior da sala do mestre quando despertei desse delírio, da luta entre o sono e o estado de alerta, para a clara consciência. Mas, que consciência, que despertar!

Jovem gato a percorrer estas linhas, apure as orelhas e leia com atenção a fim de que o exemplo lhe seja instrutivo! Guarde no coração meu relato sobre um episódio cuja indescritível desolação mal consigo pintar com cores pálidas.

Considere minha situação com carinho e se cuide o quanto possível quando pela primeira vez lhe oferecerem, numa reunião da sociedade felina, um ponche de gato. Sorva com moderação, reporte-se a mim e à minha experiência caso queiram forçá-lo: o gato Murr há de ser sua referência, e espero ser digno de reconhecimento e valor.

Portanto, no que diz respeito à minha condição física, não me sentia apenas frágil e miserável, mas especialmente torturado por uma afecção voraz e anormal do estômago, que não funcionava bem devido à apatia metabólica, e que provocava um ruído estranho no meu organismo, do qual inclusive os gânglios ajudavam a agravar esse mal-estar doentio. Era uma situação constrangedora!

Mais sensível ainda era a afecção moral. Ao arrependimento amargo que me trazia à lembrança o dia anterior — na verdade e, no entanto, ainda não o tinha como repreensível — somava-se uma indiferença em minha alma pelos valores terrenos! Desprezava toda fortuna, sabedoria, razão, espírito, etc. Os maiores filósofos, os escritores mais espirituosos, não valiam mais, a meu ver, que meros bonecos, marionetes miseráveis. O pior era sentir o desdém estendendo-se a mim mesmo, e eu me via como um medíocre gato que só prestava para caçar camundongos. Não pode existir humilhação mais atroz!

A ideia de que a Terra inteira não passava de um vale de lamentações e padecimentos me aniquilava numa dor indizível. Fechei os olhos e verti lágrimas em abundância!

Vendo meu café da manhã intocado, e ouvindo meus miados deveras tristes, o mestre disse:

— Você foi para a farra, amigo Murr, e agora está se sentindo miserável? É, isso acontece. Então durma mais, meu jovem, vai lhe fazer bem!

Mestre! Por Deus, ele não tinha a mínima ideia de meu sofrimento, tampouco podia imaginar o efeito do ponche de gato sobre a alma do sujeito suscetível à bebida!

Por volta do meio-dia, eu ainda não saíra do leito quando, de repente, sabe-se lá como, o irmão Muzius entrou e estava ali, plantado diante de mim. Contei-lhe sobre meu estado de desgraça, mas, ao invés de lamentá-lo ou me consolar, abriu um largo sorriso:

— Oh, meu querido Murr! Essa crise não é outra coisa senão a passagem da juventude burguesa para a autêntica maturidade, e o crescimento está lhe provocando uma sensação de mal-estar. Você ainda não se acostumou às patuscadas! Porém, faça o favor de calar a boca e não ficar confidenciando as mágoas ao mestre. Entre os maledicentes humanos nossa reputação já é ruim o bastante. Levante-se e venha comigo, o ar fresco há de revigorá-lo. Vamos domar a fera.

Irmão Muzius exercia uma autoridade incondicional sobre mim, à qual eu não conseguia me desvencilhar. Desde que abandonara a vida burguesa eu fazia tudo que ele queria. Por isso, ergui-me, espreguicei penosamente meus membros adormecidos e segui o irmão fiel sobre o telhado. Passeamos algumas vezes ao longo e ao largo e, de fato, senti-me melhor, mais disposto.

Muzius conduziu-me para trás da chaminé e ali me forçou a beber, querendo ou não, dois, três copos de pura aguardente de arenque. Eis o sentido da expressão domar a fera. O efeito foi imediato e miraculoso! As náuseas se calaram, o rumor se acalmou, o sistema de gânglios sossegou, a vida voltou a ser bela, estimei novamente os valores terrenos, a ciência, a sabedoria, a razão, o espírito, reconstitui-me a mim mesmo como dantes, o excelente, o sublime gato Murr!

Natureza! Oh, natureza! Como podem algumas gotas saboreadas pelo gato desavisado em livre e desenfreada arbitrariedade despertar rebelião contra o princípio da harmonia plantado no peito com amor, segundo o qual é preciso estar convencido de que o mundo, com todos os peixes assados, ossos de galinha e mingais, é bom[180], sendo o gato em si o que há de melhor, pois os amigos só existem por causa dele e em função dele? Mas, um gato filósofo reconhecê-lo-ia, há uma grande sabedoria nisso tudo — a debilidade implacável parece ser uma compensação provocada na condição física do ser, uma necessária reação que se justifica assim na concepção do universo eterno!

Jovens gato, consolem-se, pois, com as palavras sábias e experientes deste seu ilustre e erudito confrade.

Basta dizer que passei a levar uma vida folgazã de malandro vagando sobre os telhados em companhia de Muzius e outros valentões, leais e joviais gatos brancos, pardos e malhados. Chego a um acontecimento importante em minha vida, que teve consequências bastante sérias na minha biografia.

Certa vez, quando me encaminhava juntamente com meu irmão Muzius a uma bebedeira combinada com os rapazes, topei com aquele traidor preto-cinza amarelado que me roubara Miesmies. Devo ter ficado espantado com o aspecto terrível do rival detestável, que outrora me subjugara de forma tão vexatória. Ele passou por mim e tive a impressão de vê-lo sorrir com desdém. Passou pela minha mente a perda de Miesmies, a surra histórica, e o sangue ferveu em minhas veias!

Tendo percebido minha agitação, e como lhe confessei sinceramente o que imaginara ter visto, Muzius me confirmou:

— Você tem toda a razão, irmão Murr. De fato, ele o olhou de revés e estou quase certo de ter visto um esbarrão. Mas calma, vamos logo tirar isso a limpo. Se não me engano, o sujeito está enredado numa nova intriga por essas bandas e toda noite passa por aqui, de modo que não tardará a retornar.

180. "O mundo é bom" parodia a concepção de Gottfried Wilhelm Leibniz segundo a qual vivemos no melhor dos mundos possíveis.

Com razão, poucos instantes depois o pintalgado voltava e, de longe, já me mediu com olhar de desprezo. Arrojei-me destemido e resoluto em sua direção; passamos tão próximos um do outro que nossas caudas se tocaram, hostis. Logo em seguida estaquei, virei-me e falei com voz firme:

— Mau!

Da mesma maneira, ele mirou-me e devolveu, desafiador:

— Mau!

Depois disso, cada um seguiu seu caminho.

— Isso foi provocação — gritou Muzius, furioso —, o sujeitinho pintado e atrevido vai se ver comigo amanhã!

Muzius foi ter com ele no outro dia e perguntou em meu nome "se por acaso tocara minha cauda". Mandou responder que "sim, tocara minha cauda". "Se tocara minha cauda, então era uma provocação", disse eu. Ele mandou dizer: "entenda como bem quiser". Pois para mim, então, era provocação. E ele perguntou "se eu sabia mesmo o significado de uma provocação". Ao que retruquei: "sei muito bem, e melhor que você!". "Quem eu pensava ser para merecer uma provocação de sua parte?", perguntou. "Agora era provocação mesmo!", respondi. E ele mandou dizer que eu era um jovem tolo. Para não ficar em desvantagem, respondi que "se eu era um jovem tolo, então ele era um rabugento infame!". Aí não deu outra: veio o desafio!

Observação do editor: Oh, Murr, meu gato! Ou o ponto de honra não mudou nada desde Shakespeare, ou eu o flagro numa licença poética, licença mentirosa, que deve servir para conferir brilho e fogo à sua história! A maneira como você apresenta o duelo com o pintalgado não passa de paródia da mentira de Touchstone, sete vezes reenviada na peça *Como gostais.* Não encontro, todavia, em seu suposto processo de duelo, a gradação de orientação cortês, a picardia sutil, a réplica mordaz, o despacho ousado até a antinomia; servirá de algum modo para salvar-lhe a pele, em vez da revelação das mentiras, você simplesmente encerrar a série gradativa com injúrias? Murr! Meu gato! Os críticos vão assolá-lo, mas você, pelo menos, poderá provar-lhes ter tirado proveito de suas leituras de Shakespeare, e isso pode desculpar muita coisa.

Para falar a verdade, senti um calafrio pelo corpo inteiro ao receber o desafio. Pensava em que fria me metera esse colorido traidor no instante em que o ataquei, levado pelo ciúme e pelo desejo de vingança; e desejava poder voltar atrás pelo menos quanto ao empurrãozinho dado pelo meu amigo Muzius.

Muzius deve ter percebido minha palidez ao ler o manuscrito sanguinário, e notou a agitação da minha alma.

— Meu irmão, eu acho que o primeiro duelo de sua vida está lhe provocando um frio na barriga.

Não hesitei em abrir meu coração ao amigo e confessar-lhe o que abalava minha coragem.

— Oh, meu querido irmão Murr — acalmou-me Muzius, quando naquela ocasião o insolente o surrou de maneira vil, você não passava de um jovem imaturo, ainda não se tornara o camarada valente e esperto que ora conhecemos.

E, além do mais, a luta contra o pintalgado, então, não chegou a ser um duelo no sentido exato da palavra, tampouco uma confrontação, mas uma querela indecorosa e indigna para um gato que se preze. Repare, meu querido amigo, que o homem, invejoso de nossas qualidades especiais, reprova a peculiar tendência a nos enfrentarmos de maneira vil e insultante, e, quando isso acontece entre seus pares, ele o designa com a expressão ultrajante e pejorativa de querela de gatos. É uma razão a mais para o gato digno e honrado evitar brigas da espécie, pois constitui motivo de vergonha e desonra para a criatura que, sob certas circunstâncias, está inclinada a abater e a ser abatida.

Querido amigo, liberte-se pois do medo e da insegurança, mantenha a coragem e esteja certo de que você triunfará no duelo, obterá desforra suficiente para todas as injúrias, e poderá arranhar de tal maneira o pintado que, por um bom tempo, ele vai largar mão do namorico bobo e das insolências.

Mas, de resto, me parece que depois de todos os precedentes entre vocês, o duelo de arranhões não basta e torna-se necessário o enfrentamento com armas mais decisivas, ou seja, a dentadas. Vamos ouvir os companheiros!

Com um discurso bem argumentado, Muzius expôs os incidentes de minha confrontação com o pintalgado na reunião de gatos. Todos concordaram com o conferencista e, assim, mandei informar ao adversário através de Muzius: aceito o desafio, mas considerando a gravidade da ofensa sofrida, não concordo noutro modo de embate que não seja a mordidas.

O rival fez algumas objeções, explicando que seus dentes estavam gastos, etc. Muzius, todavia, retrucou com seu jeito sério e seguro, que o duelo só se daria mesmo se fosse a dentadas; caso ele não aceitasse, ficaria de cara grande mas, enfim, assim ficou decidido.

A noite da peleja finalmente chegou. Postei-me com Muzius sobre o telhado de nossa casa, situada à orla do bairro, na hora combinada. Meu desafiante chegou logo em seguida, acompanhado de outro gato corpulento, quase tão pintado quanto ele, e de aspecto ainda mais sombrio. Tudo indicava tratar-se de um comparsa, pois ambos haviam feito diversas campanhas em parceria, encontravam-se juntos na conquista do depósito, o que inclusive rendeu ao pintalgado a ordem do toucinho defumado. Como vim a apurar mais tarde, o cauteloso e precavido Muzius mandara vir também uma pequena gata acastanhada muito hábil em cirurgias, capaz de tratar com eficácia dos ferimentos mais graves.

Concordamos em constituir o duelo de três saltos e, se não houvesse decisão após o terceiro salto, então discutiríamos sobre o prosseguimento com outros saltos ou o encerramento. Os comparsas mediram as passadas e nós tomamos distância, um em frente ao outro, assumindo a posição inicial. Ao sinal combinado, nos lançamos um sobre o outro.

No momento em que tentei pegar meu inimigo, ele mordeu-me a orelha direita com tanta violência que, sem querer, soltei um berro pavoroso.

— Separar! — interveio Muzius.

O pintalgado me soltou e retornamos à posição inicial.

Novo sinal, segundo salto. Pensei que agora agarraria melhor o adversário, mas o tratante se esquivou e me mordeu a pata direita, de maneira que o sangue jorrou em abundância.

— Separem-se! — pediu novamente Muzius.

— Na verdade, meu caro — disse o coleguinha do pintalgado dirigindo-se a mim — a questão está encerrada nesse segundo salto, pois tendo em vista as condições do ferimento de sua patinha, o senhor foi posto *hors de combat*.[181]

A cólera tornou-me insensível à dor e respondi que, no terceiro salto, nós veríamos se eu estava de fato esgotado e se a questão seria encerrada.

— Pois bem — disse o sujeito com um sorriso zombeteiro —, já que o senhor insiste em rojar-se às patas do adversário que lhe é notoriamente superior, podemos satisfazer sua vontade!

— Muito bem, parabéns, meu irmão Murr! Um sujeito bravo não se importa com um arranhão! Mantenha-se firme!

Terceiro sinal, terceiro salto. Apesar da raiva, percebi o ardil do adversário, sempre escapando com um movimento lépido para o lado, desvencilhando-se quando eu vinha sobre ele, ao passo que, em seguida, me pegava sem grande dificuldade. Assim, flagrei-o no movimento de tentar negacear, e ataquei-lhe o pescoço com tamanha força que ele nem pôde gritar, só gemer.

— Separem-se! — gritou o comparsa do meu rival.

Imediatamente voltei para a posição inicial, mas o pintalgado caiu desmaiado, enquanto o sangue escorria da ferida profunda.

---

181. Em francês: "fora de combate".

A gata acastanhada correu a acudi-lo e se servia, para deter o sangramento antes do curativo, de um remédio caseiro que, como disse Muzius, estava sempre à mão onde quer que ela fosse. Primeiramente ela despejou um líquido sobre o machucado e respingou-o em seguida por todo o corpo do inconsciente. Pelo odor penetrante e desagradável, achei que o efeito seria realmente drástico. Não era, contudo, *Arquebusade*[182], tampouco *eau de Cologne.*[183]

Muzius apertou-me contra o peito:

— Irmão Murr, você resolveu a querela como um gato que tem o coração no lugar, por isso receberá a ordem dos malandros que não aturam máculas à honra!

O parceiro de meu adversário, até então ocupado em auxiliar a gata no restabelecimento, aproximou-se meio exasperado, reclamando a respeito da minha conduta no terceiro salto. Com os olhos faiscantes e garras eriçadas, Muzius impôs silêncio, dizendo que o caso estava encerrado e quem discordasse disso teria que se ver com ele ali e agora. O gatuno achou aconselhável não continuar revidando, porém calar a boca, colocar às costas o amigo ferido que aos poucos despertava e, assim, os dois desapareceram pela lucarna.

A gata cirurgiã perguntou se deveria aplicar o remédio caseiro sobre minha pata. Agradeci e recusei, não obstante sentisse muitas dores na pata e na orelha, e pus-me a caminho de casa, com a sensação da vitória conquistada, da desforra pela perda de Miesmies e pela surra.

Para você, jovem gato, relatei os pormenores do meu primeiro duelo. Que o sensacional episódio o ensine sobre questões de honra, e que você extraia dele a sublime moral, tão útil e imprescindível para a vida. Assim, como coragem e bravura nada valem contra a

182. *L'eau d'Arquebusade* é uma água terapêutica originária da Suíça, criada por Thedensche Arkebusade (1714-1797).

183. *Eau de Cologne* era uma fórmula terapêutica, que mais tarde passou a ser usada como perfume, originária de Colônia (Alemanha).

astúcia, o estudo da astúcia torna-se por isso mesmo condição *sine qua non* a quem não quer se estatelar, mas manter o prumo.

"*Chi no se ajusta, se nega*"[184], diz Brighella na peça de Carlo Gozzi, e o homem tinha toda a razão. Pensem nisso, jovens gatos, não desprezem a importância da astúcia, autêntica sabedoria da vida.

Ao descer, encontrei fechada a porta do meu mestre e precisei estender-me para dormir sobre o capacho da entrada. As feridas tinham provocado muita perda de sangue e senti-me, na verdade, desfalecendo. Percebi que estava sendo carregado com suavidade. Era meu mestre que — devo ter gemido um pouco, involuntariamente — me ouvira à porta e, ao abri-la, notou meus ferimentos.

— Pobre Murr, o que lhe fizeram? Que mordidas violentas... Espero que você os tenha aniquilado!

— Mestre! — pensava eu — Se o senhor soubesse!

E mais uma vez me senti elevado aos píncaros da glória pela lembrança da vitória e da honra plenamente conquistada.

O bom mestre depôs-me sobre meu leito, tirou do armário uma caixa onde guardava as pomadas e preparou duas faixas com as quais enrolou minha orelha e minha pata. Calmo e paciente, submeti-me a tudo sem pronunciar um pio, mesmo quando a primeira faixa apertou e doeu um pouco.

— Você é um gato gentil, não estranha as boas intenções de seu mestre como o fariam outros malucos de sua espécie. Não se preocupe, quando for a hora de lamber a ferida para limpá-la, você sozinho conseguirá retirar a faixa. Quanto à orelha, porém, vai ser bastante incômodo, meu pobrezinho, terá de suportar o curativo por mais tempo.

Prometi isso ao mestre e, em sinal de gratidão e satisfação pelo auxílio, estendi-lhe a patinha sã a qual, como de hábito, segurou

184. Aproximadamente: "quem não arrisca não petisca", diz Brighella na peça *I pitocchi fortunati* [Os mendigos felizes], de Gozzi.

e balançou com brandura, sem apertá-la um mínimo que fosse. O mestre sabia lidar com gatos educados.

Não demorei a sentir o efeito do emplastro e me aplaudi por não ter aceitado o fatal remédio caseiro da pequena cirurgiã. Muzius, ao visitar-me, encontrou-me disposto e restabelecido. Em pouco tempo eu já estava em condições de segui-lo nas bebedeiras. É de se imaginar com que indescritível júbilo a rapaziada me recebeu: minha reputação melhorara consideravelmente.

A partir desse momento, passei a desfrutar uma vida de prazeres, fingindo não ver meus melhores pelos caindo aos tufos. Mas, existirá uma felicidade duradoura? Não espreita cada instante de alegria que gozamos já a...

(*Folha de macul.*):... uma colina elevada e íngreme, em terras planas passaria por uma montanha. Um caminho largo, cômodo e cercado de arbustos perfumados conduzia ao cume, e os bancos de pedra e as folhagens dispostas de ambos os lados indicavam aos viajantes uma atmosfera hospitaleira. Chegando ao alto, descobria-se toda a grandiosidade e a magnificência do edifício, que, de longe, parecia apenas uma igreja isolada. Brasões, mitras, báculos e a cruz inscritos no mármore sobre o portão anunciavam ter sido ali, outrora, uma residência episcopal, e a inscrição "*Benedictus, qui venit in nomine domini*"[185] convidava os viajantes pios a entrarem.

Mas todos que ali adentravam paravam involuntariamente surpresos de admiração ante a visão da igreja, cuja magnífica fachada no estilo do Palladio[186], com suas duas torres altas e arejadas, constituía a parte central da construção, ao qual se ligavam alas em ambos os lados. No prédio central localizavam-se ainda os aposentos do abade, enquanto as alas, por sua vez, abrigavam os apartamentos dos

185. Em latim: "bendito o que vem em nome do Senhor".

186. Andrea di Pietro, apelidado Palladio (1503-1580), foi um célebre arquiteto do período renascentista. Inspirando-se em construções da Antiguidade, tornou-se uma referência relevante dentro do classicismo europeu.

monges, o refeitório, outras salas de reuniões, assim como quartos para alojar estrangeiros peregrinos.

Não longe da abadia ficavam as instalações da chácara, a casa do administrador e, bem abaixo, no vale, o belo vilarejo Kanzheim entrançava, à maneira de uma coroa, a colina e a abadia. O vale se estendia até os sopés das longínquas montanhas. Numerosas manadas pastavam pelas pradarias recortadas por límpidos regatos, por onde andavam, felizes, camponeses dos vilarejos de ricas plantações de cereais; dos graciosos arbustos ecoava o gorjeio jubiloso dos pássaros, o canto melancólico do berrante reverberava das florestas escuras e remotas, e os barcos ricamente carregados deslizavam sobre o rio largo atravessando a paisagem, e era possível ouvir as saudações alegres dos barqueiros.

Por todo o lado, despontava uma abundância exuberante, rica bênção da natureza, a azáfama vibrante e eterna da vida! A sorridente paisagem vista do cimo da colina, através das janelas da abadia, aumentava a disposição e o bem-estar.

Apesar dos princípios imponentes e nobres que norteavam o fundamento arquitetônico, alguém poderia censurar, com razão, o exagero presente nos múltiplos entalhes sobrecarregados com dourados, e as pinturas minúsculas e bizarras que evocavam o mau gosto dos antigos monastérios. Em compensação, destacava-se o estilo puro da construção e a ornamentação dos aposentos do abade. Contíguo ao coro da igreja localizava-se uma sala espaçosa destinada às assembleias dos padres, e onde os monges guardavam os instrumentos musicais. Dessa sala, um longo corredor formando uma coluna jônica conduzia aos aposentos do abade. Tapetes de seda, quadros dos melhores mestres de diversas escolas, bustos, estátuas de grandes homens da igreja, tapeçarias, móveis preciosos, delicados assoalhamentos de madeiras, objetos caros, tudo denotava a riqueza do mosteiro.

A opulência reinante no lugar não era, contudo, aquele luxo vistoso ofuscando os olhos sem agradá-los, causando mero assombro em vez de prazer. Tudo estava disposto no devido lugar, nada chamava a atenção em vão, destruindo o efeito harmônico de conjunto e fazendo sobressair a preciosidade de um objeto em particular, ao contrário: um perfeito equilíbrio pairava no ambiente.

A comodidade e o conforto do alojamento do abade beiravam o luxo sem, no entanto, ser ostensivos, e de bom grado perdoava-se o padre pelo gosto em aquisição de peças e por decoração. Ao vir para Kanzheim, há alguns anos, o abade Chrysostomus mandara-o decorar o apartamento da maneira como se encontrava no momento. Seu caráter e seu jeito de ser transpareciam vivamente pela disposição dos objetos no recesso. Antes mesmo de conhecê-lo, era possível antevê-lo, por assim dizer: conhecer sua nobreza e sua cultura espiritual.

Ainda dentro dos quarenta, alto, benfeito de corpo, dotado de uma fisionomia agradável e de maneiras cheias de nobreza e dignidade, inspirava em todos os conhecidos o respeito exigido pela condição de autoridade. Apóstolo zeloso da Igreja, defensor infatigável dos direitos da ordem e do monastério, denotava, contudo, doçura e tolerância. Mas justamente a aparente brandura consistia numa arma poderosa, da qual ele se servia para conseguir vencer todas as resistências, mesmo as mais acirradas. Se fosse possível cogitar a sagacidade por trás das palavras simples e devotas, expressas por um coração sinceramente consagrado, então se perceberia a habilidade do erudito teólogo, envolvido nas complexas questões da Igreja.

O abade era um aluno da propaganda de Roma. Pouco disposto a renunciar às alegrias da vida desde que pudessem estar de acordo com as regras e conveniências da ordem, permitia aos seus numerosos subordinados toda a liberdade admissível a suas posições.

Assim acontecia, pois, que alguns se dedicavam à ciência, estudando solitários nas respectivas celas, enquanto outros passeavam pelo parque da abadia ou se divertiam em animadas conversas. Enquanto aqueles mais inclinados ao louvor entusiástico jejuavam e passavam o tempo em incessantes orações, outros se limitavam a desfrutar as delícias da mesa farta e a cumprir os exercícios religiosos e as regras da congregação. Ao passo que alguns jamais deixavam o prédio da abadia, outros percorriam longos caminhos e chegavam mesmo, em certas épocas, a trocar o longo hábito pela veste leve de caçador, a fim de perseguir a caça.

Mas embora os gostos dos padres fossem diferentes e cada um pudesse se entregar ao seu ao bel-prazer, pareciam estar de acordo quanto à predileção pela música. Quase todos se dedicavam a essa arte, havia até algumas virtuoses entre eles que poderiam figurar dentro das melhores orquestras. Uma rica coleção de peças dos mestres e uma grande variedade de instrumentos musicais primorosos proporcionavam-lhes condições ideais para a prática da arte e as frequentes execuções mantinham-nos sempre em exercício.

A chegada de Kreisler ao mosteiro estimulou a vida musical dos monges. Os eruditos fechavam seus livros, os devotos abreviavam suas orações, para se reunirem ao redor dele, pois o amavam e sua obra era estimada como nenhuma outra. Até o abade sentia por ele grande afeição e, assim como todos os outros, fazia questão de demonstrar, como podia, sua atenção e amizade.

Se a beleza da região da abadia podia ser chamada de paradisíaca, a vida no mosteiro oferecia um conforto agradável, com uma boa mesa e um vinho nobre que Padre Hilário jamais deixava faltar. Além disso, reinava entre os padres uma alegria acolhedora que partia do abade e Kreisler, incansável na sua dedicação à arte, esbaldava-se dessa aprazível hospitalidade. Tudo contribuía, como há muito não acontecia, para acalmar a sua alma agitada. Abrandava-se a fúria do seu humor e ele se tornava delicado como uma criança. Mais ainda, ele adquiria autoconfiança e tinha desaparecido aquele fantasmagórico duplo, que se erguia das gotas de sangue do seu coração ferido.

Foi dito, em algum lugar, que mesmo seus melhores amigos nunca haviam conseguido fazê-lo escrever uma de suas composições. Se é que tenha de fato tomado notas algum dia, então logo em seguida deve ter jogado a obra no fogo, por maior que fosse sua satisfação pessoal com o resultado. Numa época infeliz talvez tudo isso tenha acontecido. Mas agora, na Abadia de Kanzheim, Kreisler, pelo menos, evitava destruir as composições que brotavam do seu íntimo.

Uma tarde, após o último ensaio de uma missa solene composta por Kreisler e que seria executada na manhã seguinte, os padres tinham retornado às suas células. Sozinho, ele permanecia sob a colunata contemplando os últimos raios do sol poente. Mais uma vez, parecia-lhe ouvir, ecoando no ar, a música que acabara de ser apresentada ao vivo pelos padres. Inebriado por um bem-estar inexprimível, Kreisler sentia os olhos repletos de lágrimas. "Não! Não sou eu, só você! Meu pensamento, meu único desejo!"

Era maravilhosa a maneira como Kreisler havia concebido esse trecho, no qual o abade e os padres liam a expressão de fervorosa devoção, de amor sublime.

Certa vez, absorvido pela missa solene que começava a compor, mas ainda longe de terminar, ele sonhara ser véspera de Natal, para cuja ocasião viera preparando uma composição especial, e a missa começava. Parado atrás do púlpito com a partitura à sua frente, o próprio abade lia a missa e ele passava então a dirigir a execução.

Trecho por trecho, prosseguia agora a apresentação, genuína e vigorosa, surpreendendo-o e arrebatando-o até o "*Agnus Dei*". Para seu horror, a partir dali, a partitura estava em branco, sem nenhuma nota. De súbito, a batuta caía da sua mão, os padres o olhavam, esperando que ele finalmente recomeçasse a reger ao fim da pausa. Mas o embaraço e o medo sufocavam Kreisler e, embora ele tivesse o "*Agnus*" pronto dentro do peito, era incapaz de escrevê-lo na partitura.

De repente, um anjo encantador aparece, sobe ao púlpito, canta o "*Agnus*" com uma voz celestial e a imagem angelical é Júlia! Enlevado pelo entusiasmo, Kreisler, ao acordar, anotou o "*Agnus*" que acreditara ter ouvido. Nessa tarde, Kreisler queria mais uma vez mergulhar nesse sonho quando um leve toque no ombro o despertou do êxtase. Era o abade que o contemplava com satisfação.

— Eu lhe digo, meu filho, sua esplêndida composição o enche de satisfação, não é mesmo? Você certamente estava pensando na missa solene, que considero uma de suas melhores obras.

Kreisler o olhou ainda incapaz de proferir uma palavra que fosse.

— Ora, ora, desça dessas alturas a que você ascendeu! Agora você está compondo, fazendo um trabalho que lhe dá prazer, mas é um prazer perigoso, pois consome suas forças. Interrompa um pouco suas ideias criativas, vamos passear juntos por essa galeria e conversar sobre assuntos corriqueiros.

O abade falou da decoração do mosteiro, da maneira de viver dos monges e enalteceu a união verdadeiramente cristã que os unia. No final, perguntou ao compositor, se ele (o abade) se enganava quando notava que Kreisler há meses, desde que se encontrava na abadia, estava mais tranquilo, desembaraçado e, portanto, mais apaixonado em sua dedicação à sublime arte de glória às celebrações da Igreja.

Kreisler não pôde deixar de admitir que, desde o momento em que a abadia lhe ofereceu asilo, ele considerava como se realmente pertencesse à comunidade e não fosse mais deixar o mosteiro.

— Deixe-me, reverendo padre, manter a ilusão que esse hábito proporciona. Deixe-me acreditar que o belo sonho ao qual venho me entregando não terá fim.

— De fato — respondeu o abade —, o hábito que você veste para parecer um padre fica-lhe muito bem e eu queria que você não o tirasse mais. Mas — continuou o abade após um instante de silêncio, tocando a mão de Kreisler —, não há lugar para brincadeiras. Você sabe, meu Johannes, como o estimo desde que o conheci e como minha amizade cresceu cada vez mais, assim como minha grande admiração pelo seu extraordinário talento. Nós nos preocupamos com aqueles que amamos e por isso o venho observando, durante sua estada aqui no mosteiro. E convenci-me de uma coisa.

Há muito eu queria abrir-lhe meu coração e aguardei o momento propício. Kreisler, renuncie ao mundo: entre para a nossa ordem!

Por melhor que Kreisler se sentisse morando na abadia, por mais agradável que lhe fosse poder prolongar sua estada, que lhe proporcionava calma e paz para compor, a proposta do abade o surpreendeu de maneira quase desagradável. Ele jamais havia pensado em renunciar à sua liberdade para viver entre os monges de forma definitiva, por mais que a ideia uma vez ou outra até pudesse ter lhe passado pela cabeça, o que o abade talvez tenha notado.

Bastante surpreso, ele olhou o abade, que, no entanto, ainda não o deixou falar, e prosseguiu:

— Ouça-me primeiramente, Kreisler, antes de me responder. Por mais que eu deseje ganhar para a Igreja um servidor zeloso, sei muito bem que a própria Igreja rejeita toda sedução artificial e quer somente que a faísca interior do verdadeiro conhecimento seja estimulada para resplandecer como a chama ardente da fé. Assim, desejo apenas torná-lo sensível a você mesmo. Para isso, o que se encontra obscuro e confuso no seu coração precisa ser cultivado.

Será que deveríamos, caro Johannes, falar sobre os preconceitos absurdos que o mundo nutre pela vida monástica? Muitos acreditam que o monge entra para o claustro devido a uma experiência desagradável, que o faz renunciar aos prazeres e se entregar a uma vida desconsolada e aflita. Ora, se isso fosse verdade, o claustro seria uma horrível prisão, onde só existiria a tristeza desolada por um bem perdido, o desespero, a loucura da autoflagelação de se encarcerar e os espectros vivos expressando o medo dilacerador em orações sussurradas.

Kreisler não pôde evitar um sorriso, pois, ao ouvir falar em espectros, pensava em alguns beneditinos bem nutridos e, sobretudo, no bem-disposto e corado Hilário, cujo único sofrimento consistia em beber vinho de má qualidade e a única angústia era decifrar partituras difíceis.

O abade continuou:

— Ria, você tem razão ao rir do contraste entre as imagens que apresento e a vida monástica como você a conhece aqui. Sem dúvida, há homens que, dilacerados pelos sofrimentos, refugiam-se no claustro e alegram-se por encontrar no seio da Igreja a paz que os consola do funesto destino terreno.

Mas, quantos são conduzidos ao mosteiro pelo amor verdadeiro à vida contemplativa e se sentem bem na solidão, longe das perturbações mesquinhas?

Além disso, temos os outros que, sem vocação evidente para a vida monástica, não encontram seu lugar a não ser no mosteiro. Estou me referindo aos que devem sempre permanecer como estrangeiros no mundo, porque pertencem a uma existência superior e concebem a satisfação de seus anseios como condição para a vida. Então, incansáveis, perseguindo algo inatingível neste mundo, estão sempre sedentos e ansiosos por desejos vagos e atormentam-se, procurando, em vão, calma e paz. Seus peitos estão expostos a toda flecha perdida. Para seus males não há bálsamo além do amargo escárnio do inimigo, sempre armado contra eles. Só a solidão e uma vida uniforme, sem interrupções e abalos, podem restabelecer-lhes o equilíbrio e deixar-lhes sentir a serenidade d'alma que não encontrarão de outro modo na agitada vida terrena.

Você, Johannes, é uma das pessoas que o poder divino eleva ao céu. O sentimento da existência superior você terá que dividir para sempre com a vida terrena. É magnífico perceber como tal sentimento irradia da arte, sagrado segredo do amor divino, pertencente a uma outra dimensão e contida em seu peito com ansiedade. Você nada mais tem em comum com as futilidades do mundo, pois se dedica à mais ardente devoção, que é a arte.

Fuja, então, aos absurdos galanteios dos loucos que com frequência o atormentam. O amigo abre os braços para recebê-lo, para guiá-lo ao porto seguro, protegido das tempestades.

— Sinto — falou Johannes quando o abade se calou sério e abatido —, sinto profundamente a verdade das suas palavras, meu caro. De fato, não sirvo para este mundo que é um enigma para mim. Confesso, porém, que me causa horror a ideia de usar o hábito como um cárcere do qual jamais poderei sair. É como se o mesmo mundo que para o compositor Johannes é um belo jardim repleto de flores perfumadas, subitamente parecesse ao monge Johannes um ermo e inóspito deserto. A resignação...

O abade o interrompeu, levantando a voz:

— Resignação? Como você pode falar de resignação, Johannes, se o espírito artístico se fortalece cada vez mais em você, se você, com asas fortes, ergue-se às nuvens luminosas? Que felicidade a vida ainda poderia oferecer?

Prosseguiu, então, num tom mais sutil:

— Sim. O poder divino colocou em nosso seio um sentimento que nos enternece com veemência irresistível; é o misterioso vínculo entre alma e corpo. Por um lado, o homem persegue a felicidade celeste, mas, por outro, obedece às exigências do corpo. Assim se produz uma corrente, a que está condicionada a perpetuação da vida humana. Não é preciso dizer que estou me referindo ao amor, e não penso que lhe será fácil renunciar totalmente a ele. Renunciando, você se salva da ruína e jamais, jamais você poderá tomar parte da felicidade quimérica do amor terreno.

O abade pronunciou as últimas palavras com ênfase, como se à sua frente estivesse aberto o livro do destino, e ele prenunciasse a Kreisler um futuro ameaçador, fadado ao sofrimento, do qual o jovem só pudesse se subtrair refugiando-se num mosteiro.

Nisso, a figura de Kreisler adquiria o bizarro cacoete dos músculos da face, como às vezes lhe sucedia quando o espírito irônico se manifestava.

— Ho, ho, vossa eminência sereníssima está cometendo um engano, um grande equívoco, disse ele ao abade. Vossa eminência se engana quanto à minha pessoa, confunde-se talvez devido aos trajes que uso para, *en masque*, ludibriar as pessoas durante um tempo e, assim, ler as linhas de suas mãos para predizer-lhes o futuro.

Não sou eu um homem passável, ainda na flor da idade, bem-feito de corpo e de espírito cultivado? Não poderia eu escovar um belo fraque preto e vesti-lo sobre audaciosos culotes de seda e, assim aparatado, apresentar-me ante qualquer filha de bochechas rosadas de um professor, ou de um conselheiro e, com todo o glamour na voz e nos gestos do mais amável *amoroso*, perguntar sem pestanejar: "minha bela, quer conceder-me sua mão?", assim como consenti-lo junto à preciosa pessoa a ela atinente? A filha do professor baixaria os olhos e responderia intimidada: "fale com o papai!". A do conselheiro me lançaria um olhar langoroso, assegurando-me assim já ter percebido há muito o amor que venho enfim por exprimir e, *en passant*, já comentaria o vestido de noiva.

E, meu Deus!, com que prazer os respectivos senhores pais não acordariam suas filhas à oferta de uma pessoa respeitável, que não fosse um ex-mestre de capela de um grão-duque!

Mas eu poderia valorizar minha oferta, apelando ao romance sublime, e iniciar um idílio e ofertar à rechonchuda filha do arrendatário meu coração e minha mão, enquanto ela prepararia queijos de cabra, ou atirar um segundo notário Pistófolus ao moinho e correr à procura da deusa nas nuvens celestes do pó de farinha![187]

Onde encontrar um coração fiel e afetuoso, almejando outra coisa além do casamento? O amor não traz felicidade? Vossa eminência não pense que sou um homem perfeitamente contente com o amor, à maneira "caso você me queira, eu a tomo!". E a variação da sequência "*Allegro brillante*" do casamento vem com a encenação na vida conjugal.

Vossa eminência, sem dúvida, não imagina que há algum tempo pensei seriamente no matrimônio. Reconheço que era muito jovem àquela época, com pouca experiência e formação, pois estava com apenas sete anos de idade. Mas a senhorita de 33, escolhida para

187. Kreisler alude ao protagonista notário Pistófolus da ópera *A bela moleira*, de Paisiello. Vide nota 103.

ser minha noiva, prometeu-me solenemente manter-se fiel a mim e, para ser sincero, não entendo por que isso acabou não dando certo.

Note, vossa eminência, que a sorte no amor me sorri desde a infância, e agora — meias de seda, meias de seda, sapatos — quero correr sem parar atrás da que tiver o dedinho mais delicado e nele enfiar o anel.

Se não fosse inconveniente na presença de um honorável beneditino, vossa eminência, eu dançaria diante do senhor, eminência sereníssima, um *matelot*, uma *gavotte*[188] ou mesmo uma valsa, pela pura alegria que me invade por completo, só de pensar em noiva e casório. Casamento e felicidade no amor, isso é comigo mesmo! Queira percebê-lo, eminência!

Quando Kreisler finalmente se calou, o abade disse:

— Não quis interromper seu discurso irônico, mestre, que confirmou a veracidade das minhas afirmações. Também sinto a picada que me deveria ferir, sem fazê-lo! Sorte minha jamais ter acreditado no amor quimérico pairando no ar, que não tem em comum com a condição humana! Como é possível tal tensão doentia do espírito? Basta! É hora de encarar de perto o inimigo ameaçador que o espreita! Durante sua estada em Sieghartshof, você ouviu falar sobre o infeliz pintor Leonhard Ettlinger?

Ao ouvir esse nome, um calafrio sinistro percorreu Kreisler. Esvaeceram-se os últimos vestígios da amarga ironia que o dominava, e ele perguntou com voz grave:

— Ettlinger? Ettlinger? E daí? O que tenho a ver com ele? Nunca o conheci, só um delírio febril fez-me certa vez presumir ouvi-lo falando comigo do fundo do lago.

— Calma! — disse o abade, brando e amigável, tocando a mão

---

188. *Matelot* é uma dança de marujos ingleses e holandeses, de ritmo marcado em tempo de 2/4, na qual os dançarinos cruzam os braços às costas. Já a dança popular francesa *gavotte* (gavota), de passos saltitantes, era comum na corte de Luís XIV. Johann Sebastian Bach empregou alguns de seus elementos musicais em composições eruditas.

do mestre. — Calma, meu filho Johannes! Você não tem nada em comum com o infeliz levado ao terrível infortúnio pela violenta paixão. Mas que tal destino tenebroso lhe sirva de advertência! Meu filho Johannes, você se encontra num caminho ainda mais escorregadio que o dele. Fuja para seu próprio bem! Hedwiga! Um pesadelo fatal a retém em correntes aparentemente indestrutíveis, a não ser que um espírito despojado venha rompê-las! E você?

As palavras do abade despertaram em Kreisler muitas reminiscências. O músico notou que o bom beneditino conhecia os envolvimentos familiares da residência ducal, inclusive os acontecimentos ocorridos durante sua estada em Sieghartshof. Ficou claro para ele que sua simples presença representava um perigo ao suscetível estado de saúde da princesa; e quem, além de Benzon, poderia provar esse risco e, com isso, desejar sua partida?

Muito provavelmente ela devia estar em contato com o abade, ciente da estada de Kreisler na abadia e, sem dúvida, dirigira a conduta e o discurso do abade. Kreisler se recordava vivamente de todos os momentos de quando a princesa de fato lhe parecera agitada por uma paixão profunda; mas não sabia explicar por que a ideia de que pudesse ser ele mesmo objeto dessa paixão o arrebatava com um medo fantasmagórico.

Era como se uma força moral desconhecida quisesse penetrar em seu íntimo e roubar-lhe a faculdade mental. A Princesa Hedwiga fixava nele subitamente aquele estranho olhar que lhe era característico. Um tremor frio vibrou sobre seus nervos, como na primeira vez que tocara a mão da princesa. Mas, no mesmo instante, a angústia desapareceu e cedeu lugar a um revigorante bem-estar e, como se sonhasse acordado, disse a si mesmo:

— Você ainda quer me atormentar, pequeno torpedo? Zomba de mim mais uma vez, embora saiba que não o fará impunemente, pois me fiz monge beneditino por puro amor a você...

Com olhar penetrante o abade observava o mestre, como se quisesse ler-lhe a alma, e depois disse em tom solene:

— Com quem está falando, meu filho?

Kreisler despertou de seus devaneios e lembrou-se da familiaridade do abade com todos os acontecimentos de Sieghartshof. Provavelmente não ignorava a catástrofe que o obrigara a partir, e ele bem que gostaria de se inteirar mais a respeito do episódio. Rindo de modo seco, respondeu então ao abade:

— Como o senhor ouviu, reverendíssimo senhor, eu não falava com nenhum outro, senão com um pequeno torpedo interessado em intrometer-se em nossa conversa sem ser chamado, querendo me confundir mais ainda.

Sou forçado a reconhecer com pesar quanto a isso, que diversas pessoas me tomam por um grande maluco, como o pobre retratista da corte, Leonhard Ettlinger. Ele não somente queria pintar uma pessoa sublime, que não lhe dava a mínima atenção, como queria amá-la, tanto quanto João a Maria.

Oh, Deus! Terei faltado ao respeito com a princesa, ao acompanhá-la com os mais belos acordes musicais, num canto bastante aparvalhado? Terei ousado mencionar assuntos de encantamento e dor, amor e ódio, quando a pequena duquesa se divertia atormentando o mundo com distrações singulares e visões de magnetismo? Terei agido assim? Diga...

O abade o interrompeu:

— Todavia, meu filho, você um dia falou sobre o amor do artista.

Admirado, Kreisler arregalou os olhos, cruzou as mãos e depois gritou erguendo o olhar ao céu:

— Oh, Deus, então é isso?

E mais uma vez assomou-lhe aos lábios o estranho sorriso, e uma melancolia opressora quase lhe sufocava a voz:

— Oh, meus caros! Não ouviram sequer uma vez o Príncipe Hamlet dizer ao honesto homem chamado Güldenstern: “pode me dedilhar quanto quiser que não me arrancará o menor som...”.[189] É exatamente

189. A tradução é de Millôr Fernandes (Porto Alegre, L&PM, 1988, p. 111). Hamlet cria

o meu caso! Por que dão ouvidos a meus desvarios se a harmonia encerrada em meu coração lhes fere as orelhas? Oh, Júlia!

O abade parecia procurar em vão as palavras, enquanto Kreisler suspirava ao contemplar o firmamento ao entardecer. Nesse momento, soaram os sinos das torres do mosteiro, introduzindo vozes maviosas e celestiais a se elevarem pelas brilhantes nuvens vespertinas.

Abrindo os braços, Kreisler disse:

— Acordes musicais, alcem-me! Assim suspenso, toda dor inconsolável deve sublimar-se e esvair-se em meu peito, e suas vozes devem anunciar, como mensagens celestiais de paz, a transformação do sofrimento em esperança, da nostalgia em amor eterno!

— É a hora do *angelus*, disse o abade, ouço meus irmãos se aproximando. Amanhã, Irmão Kreisler, talvez possamos prosseguir falando sobre os acontecimentos de Sieghartshof.

Mas Kreisler lembrou-se mais uma vez do que pretendia saber do abade.

— Vossa Eminência, gostaria de saber mais detalhes sobre certo casamento e ainda outras coisas. Agora o Príncipe Hektor não deverá tardar a tomar a mão a que vinha aspirando há muito tempo. Ao magnífico noivo nada de mal sucedeu, não é mesmo?

Nesse momento, toda a solenidade da fisionomia do abade desapareceu, e ele respondeu com seu característico humor agradável:

— Nada aconteceu ao magnífico noivo, meu bom Johannes, mas seu valete foi picado por uma vespa lá na floresta.

— Há, há! Uma vespa que ele tentava afugentar com fogo e fumaça — riu Kreisler.

Os irmãos entraram no corredor e...

---

a metáfora dizendo que, embora haja tanta música num pequeno instrumento, Güldenstern não é capaz de tocá-la. E assegura que ele próprio não seria mais fácil de ser tocado que a flauta.

(*Murr pr.*):... inimigo malvado, e tenta arrancar o bom bocado da boca de um gato honrado e inofensivo? Não passou muito tempo e as agradáveis reuniões da irmandade sobre o telhado foram turvadas por um episódio que ameaçou arruiná-las. O espírito malfeitor, o inimigo que poria termo no bem-estar felino, surgiu-nos na figura de um robusto e furioso filisteu chamado Achilles. Com seu homérico homônimo ele não era comparável, e seu heroísmo se limitava a uma forte dose de malandragem e em lorotas vazias desprovidas de sentido. Achilles era na realidade um cachorro ordinário, que servia como cão de guarda e a quem o amo, a fim de fortalecer sua ligação com a casa, acorrentava durante o dia, só o deixando andar livremente à noite. Alguns de nós, apesar de seu insuportável caráter, lastimavam sua situação, mas a falta de liberdade não lhe doía no peito, pois era suficientemente tolo para achar que a pesada corrente era adorno e símbolo de status. Com não pouco desgosto, durante as noites em que tinha de andar por ali zelando e protegendo a casa dos perigos, Achilles via seu sono perturbado por nossas reuniões, e nos jurava morte e vingança. Mas como não podia mesmo subir ao sótão e muito menos ao telhado devido à sua imobilidade, não dávamos importância às suas ameaças e continuávamos nos encontrando como sempre. Achilles inventou outra estratégia: iniciou um ataque contra nós, como um bom general em certas batalhas, com investidas camufladas e claros ardis. Distintos cães, a quem Achilles às vezes concedia a honra da companhia, manipulando-os sob suas garras, ladravam por ordem sua de modo bestial, não nos deixando entender uma nota sequer! E mais! Alguns dos subalternos do filisteu se imiscuíram até o sótão e, procurando evitar uma luta aberta e limpa conosco quando mostrávamos as garras, disparavam um terrível barulho com latidos e uivos, de modo que, se antes só o cão de guarda era incomodado em seu sono, agora tampouco o dono da casa podia fechar os olhos, porque o espetáculo não tinha fim, e ele pegava o chicote para afugentar os ruidosos tumultuadores.

Oh, gato a percorrer essas páginas, você que tem bom coração, é esclarecido e possui orelhas bem afinadas, responda-me se já ouviu algum dia algo mais repugnante, vulgar, odioso e deplorável do que os latidos grasnantes e estridentes, em todos os tons dissonantes, de um cachorro em fúria desesperada. Quanto às criaturinhas que movem o rabinho e ofegam com língua para fora, com lindos e humilhantes gestos, fique atento, gato! Não confie nelas. Acredite: a amizade de um cachorro é mais perigosa que as garras de um tigre! Pois bem, deixemos de falar em amargas experiências, vivenciadas por desgraça com demasiada frequência, e voltemos aos acontecimentos da história. Portanto, como eu disse, o homem pegou o chicote a fim de expulsar os tumultuadores do sótão. Mas, o que se sucedeu? Os cachorros acudiram, movimentando os rabos ao encontro do dono indignado, lamberam-lhe os pés e expuseram a situação como se tivessem feito todo o barulho infernal para proteger o sossego do homem, embora tenha se dado o efeito contrário, ao tirá-lo do agradável repouso. Só tinham latido para nos afugentar, pois cometíamos intoleráveis abusos sobre o telhado, cantando canções em tons muito estridentes e coisas parecidas. O amo se deixou infelizmente convencer pela eloquência tagarela dos cachorros, tanto mais que o cão de guarda Achilles, a quem não deixou de consultar, confirmou tudo com o ódio amargo que nutria no coração contra a irmandade dos gatos.

As perseguições começaram, de todas as partes éramos expulsos por criaturas armadas com vassouras ou cacos de telhas. Isso mesmo! Em todos os cantos foram montadas arapucas e armadilhas nas quais deveríamos cair e, a se lamentar, de fato caíamos. Inclusive meu amigo Muzius tombou em desgraça, quer dizer, em uma armadilha que estraçalhou e contundiu de maneira miserável a pata traseira direita. Assim teve fim nosso alegre convívio, e eu retornei para debaixo da estufa do mestre, chorando em profunda solidão o destino infeliz dos amigos.

Um dia, o senhor Lothario, professor de estética, entrou no gabinete de meu mestre, e atrás dele... O saltitante Ponto. Não tenho palavras para expressar a desagradável e sinistra sensação que me causava a visão de Ponto. Mesmo não sendo cão de guarda ou vira-lata, ainda assim pertencia à espécie cuja disposição hostil e maldosa prejudicara minha vida na alegre irmandade dos felinos e, sendo assim, todo gesto de amizade que ele me mostrasse eu veria como ambíguo. Além disso, no olhar, em todo seu ser, havia um quê de arrogância e sarcasmo e, pensando bem, era preferível nem falar com ele. Discreto, discreto, esgueirei-me para fora de minha almofada e, num pulo, alcancei a estufa, cuja porta se encontrava aberta naquele momento, e a fechei atrás de mim.

O senhor Lothario falou de diferentes assuntos com Mestre Abraham que atraíram tanto menos minha atenção, visto que todo meu interesse estava focalizado no jovem Ponto, e esse, após cantarolar uma musiquinha e bailar pelo meio do aposento, subira ao peitoril da janela para olhar a rua; com um gesto típico de fanfarrões, acenava sem cessar a todo transeunte conhecido, até mesmo com latidos, sem dúvida para chamar os olhares das belas de sua espécie que andassem por ali. Em mim o frívolo aparentemente não pensava e, embora eu não desejasse sua companhia, não me conformava com aquela indiferença nem com o fato de ele não se informar sobre mim.

Muito distintos, reparei, foram os modos do professor, mais educados e razoáveis, porque depois de me buscar com os olhos pelo gabinete, perguntou ao mestre:

— Mas onde está o excelente *monsieur* gato Murr?

Nada mais desagradável às orelhas de um gato honrado que o vil vocativo *monsieur*; mas é preciso relevar certas idiossincrasias de estetas neste mundo e, assim, perdoei a injúria.

O mestre respondeu que há algum tempo eu vinha seguindo meu próprio caminho e, sobretudo à noite, raramente estava em casa, o que me deixava sempre cansado e exausto. Instantes atrás ele me vira sobre a almofada e, de fato, não sabia explicar meu súbito sumiço.

— Presumo — continuou o professor —, quase presumo, Mestre Abraham, que seu Murr... Mas será que ele está escondido, escutando? Vamos procurar mais um pouco.

Encolhi-me silencioso no fundo da estufa, mas já se pode imaginar como agucei os ouvidos, uma vez que tratavam justamente de mim. O professor me buscou em vão pelos cantos, com não pouco assombro do mestre, que ria:

— A verdade, professor, é que você concede a meu Murr uma honra incrível!

— Ah, ah! — replicou Lothario —, a suspeita que acalento contra você, mestre, concernente aos experimentos pedagógicos através dos quais um gato se torna poeta e escritor, não me sai da cabeça. Você não se lembra mais do soneto, da glosa que meu Ponto arrancou das patas de Murr? Seja como for, aproveito a ausência dele para lhe comunicar uma observação muito séria e lhe aconselhar a prestar mais atenção na conduta de seu gato. Por menos que me importe com esses animais, não tem me passado desapercebido, todavia, o fato de alguns deles, antes dóceis e afáveis, adquirirem atualmente modos descorteses que atentam contra a conveniência e a ordem. Em lugar de se curvarem, submissos, como outrora, passeiam empertigados e não se acanham em revelar com olhares fulminantes e grunhidos furiosos sua original natureza selvagem, tampouco em mostrar as garras. Assim como renunciaram ao comportamento tranquilo e modesto o fizeram quanto à boa aparência, à apresentação digna de cidadão civilizado. Nada os leva mais a pensar em limpar a barba, a lamber o pelo e deixá-lo brilhante, a mordiscar as garras demasiado longas; andam por aí sujos e despenteados, a cauda arrepiada, uma afronta aos gatos educados. Reprováveis e até mesmo intoleráveis são os encontros secretos celebrados pela madrugada, quando promovem grande algazarra que chamam de canto, embora nada seja perceptível senão uma gritaria desconexa totalmente desprovida do devido ritmo, da melodia ordenada e de harmonia. Desconfio, desconfio, Mestre Abraham, que seu Murr tenha se enveredado por esse mal caminho e venha participando dessas festanças indecentes, que só vão lhe render boas surras. Sentiria muito se todos os esforços que você investiu no pequeno cinzento tivessem sido infrutíferos e, apesar de toda a ciência, ele degradar-se numa vida de gato perverso e corrompido.

Ao ver a acusação dirigida, de modo ignominioso, a mim, a meu bom Muzius e aos magnânimos companheiros, não consegui evitar a emissão de um gemido de insatisfação.

— Que foi isso? — perguntou o professor. — Acho que o Murr está escondido aqui dentro de casa! Ponto! *Allons*![190] Pega, pega!

De um salto, Ponto desceu do vão da janela e farejou pelo aposento. Em frente à porta da estufa se deteve, rosnou, latiu, pulou em cima dela.

— Está dentro da estufa, sem dúvida — disse o mestre, abrindo a porta. Permaneci quieto, bem calmo, olhando meu amo com olhos límpidos e brilhantes.

— Sim, está no fundo da estufa. E então? Incomoda-se de sair? Para fora, vamos!

Por menos que me apetecesse a sugestão de deixar meu esconderijo, eu precisava obedecer à ordem do mestre se não quisesse incentivar a violência contra mim e levar a pior. Assim, fui saindo lentamente. Mas mal assomara à luz do dia quando ambos, o professor e o mestre, gritaram em uníssono:

— Murr! Murr! Que aparência é essa? Você está fazendo arte...

Claro, eu saíra coberto de cinzas e, some-se a isso, meu aspecto vinha nos últimos tempos se deteriorando visivelmente, o que me levava a me reconhecer na descrição cismática que o professor fizera dos gatos; eu bem que podia imaginar a figura deplorável na qual me encontrava. Ao comparar minha aparição com a de meu amigo Ponto, de fato muito bonito com seu pelo basto, luminoso e bem ondulado, corei de vergonha e me retirei cabisbaixo a um canto.

---

190. Em francês: "avante".

— É esse — perguntou o professor —, o inteligente e bem-educado gato Murr? O elegante escritor, espirituoso poeta, autor de sonetos e glosas? Não, isso não passa de um gato ordinário enfiado em borralhos e cozinhas, que nada sabe além de caçar ratos em porões e sótãos! Há, há! Diga-me, besta civilizada, você vai se doutorar logo ou pleitear cátedra de estética? De fato, caiu-lhe muito bem a toga de doutor em que você se enfiou...

Com essas e outras, ele seguiu me lançando frases humilhantes, e eu não podia fazer nada, limitava-me, como de hábito em situações similares quando ralhavam comigo, a manter as orelhas bem abaixadas.

Ambos, o professor e o mestre, soltaram por fim gargalhadas excessivas, fato que me magoou muito. Quase mais ofensiva foi para mim a conduta de Ponto. Não somente compartilhara com gestos e expressões o desprezo de seu amo, mas, ao mesmo tempo, com esquivos movimentos, deixou também evidente seu receio de encostar-se a mim, com o provável temor de que eu sujasse seu pelo bonito e asseado. Não foi nada fácil para um gato consciente dos próprios méritos feito eu aguentar tal zombaria de um poodle janota.

O professor entabulou uma conversa prolongada com o mestre, que não parecia referir-se a mim nem à minha espécie, da qual na realidade pouco apreendi. Questionavam, entretanto, sobre o melhor método de opor resistência às exaltações da juventude, se partindo para a violência ou se restringindo a mostrar os limites de um jeito hábil e sutil a fim de dar margem ao autoconhecimento, pois com essa visão a conduta em breve se alteraria.

O professor se posicionava a favor da violência, dado que a construção do bem geral exigia que cada indivíduo, a despeito das incompatibilidades, tão cedo quanto possível se engrenasse, assim como as partes isoladas de uma conjuntura porque, caso contrário, a partir dali adviria de imediato uma monstruosidade, capaz de provocar toda a sorte de calamidade. Discorreu longamente sobre *pereat*[191] e sobre defenestrar, sobre os quais não entendi patavina.

A isso, Mestre Abraham opinou que os ânimos juvenis exaltados apresentavam semelhanças parciais com os loucos, a quem a resistência aberta agrava cada vez mais o estado de loucura, ao passo que o conhecimento do erro, consciência que se adquire por si, os cura radicalmente e não deixa temer recaídas futuras.

Finalmente, o professor se levantou, pegando bengala e chapéu:

— Bem, mestre, no que diz respeito à violência declarada contra o comportamento exaltado, você acabará concordando comigo quanto à importância de seu emprego incontinenti caso os efeitos interfiram perturbando a vida; voltamos, assim, ao gato Murr, pois, segundo dizem uns, cães valentes afugentaram os malditos gatos que cantavam bestialmente convencidos do próprio virtuosismo.

— Seja como for — respondeu o mestre —, deveriam tê-los deixado cantar à vontade, talvez se aperfeiçoassem, tornando-se aquilo que de modo equivocado já julgavam ser, ou seja, virtuoses, em vez de estarem agora, quem sabe, duvidando totalmente do próprio talento.

O professor se despediu. Ponto saltou atrás dele sem dignar-se a dedicar-me uma saudação de despedida, como sempre fizera com amabilidade.

Virando-se para mim, o mestre disse:

— Eu também tenho estado desapontado com seu comportamento nos últimos tempos, Murr. É chegada a hora de voltar a ser decente e razoável, cultivar a fama de bom rapaz. Se fosse possível entender-me, eu o aconselharia a ser sempre pacato e gentil, a

---

191. A palavra latina *pereat* é um insulto, no jargão de estudantes, correspondente em português a "vá para o inferno". Mas Murr talvez esteja se referindo à expressão do latim *fiat justitia, pereat mundus*, que significa "faça-se a justiça, ainda que o mundo pereça". Emprega-se também, de modo abreviado, *pereat mundus*.

terminar sem balbúrdia todo projeto iniciado. É o caminho certo de quem, de fato, almeja gozar de boa reputação.

Para ilustrar, eu citaria dois homens, um dos quais se senta o dia inteiro num canto, calado e ensimesmado, e bebe uma garrafa de vinho atrás da outra até se embebedar, mas que graças à longa experiência o disfarça bem e ninguém percebe. O outro, ao contrário, bebe ocasionalmente uma jarra de vinho em companhia de alguns amigos, pois a bebida lhe alivia o coração e a língua, falando com entusiasmo e bom humor à medida que se descontrai, embora não inflija moral nem bons costumes. O mundo considera o último inveterado bebedor, enquanto silencioso é tido por prudente e moderado.

Ah, meu bom gato! Se você conhecesse o mundo veria que o filisteu que escamoteia os vícios tem vida mais fácil. Mas como você poderia saber o que é um filisteu, malgrado sua espécie também conte com muitos.

Ao ouvir as palavras do mestre, e consciente do excelente conhecimento felino que conquistara, tanto graças aos ensinamentos do bravo Muzius quanto por minha própria conta, não pude evitar uma sonora e audível bufada. O mestre deu uma gargalhada:

— He, he! Murr, meu gato! Chego a crer que, de fato, você me compreende, e o professor está certo quando quer descobrir em você uma clarividência especial, receando inclusive sua concorrência no campo da estética.

Confirmando as suposições do mestre, emiti um claro e nítido miau e saltei sem demora ao seu colo. Não lembrei, no entanto, que ele estava vestindo seu belo robe de chambre amarelo com grandes flores e que, assim, eu poderia sujá-lo. Com um irritado "você quer...", o mestre me afastou com tal força que dei uma pirueta e, abaixando as orelhas, fechei os olhos e fui parar estatelado no chão. Apesar disso — não posso deixar de enaltecer sua bondade —, falou-me amigavelmente:

— Ora, ora, meu gato! Eu sei, não foi por mal. Sua intenção era boa, queria me mostrar afeição, mas o fez de mau jeito. Venha aqui, pequeno borralheiro, preciso limpá-lo para que volte a ter a aparência de um gato decente!

Dito isso, tirou o robe, pegou-me em seus braços,e não se cansou de escovar-me o pelo com uma escova macia e, em seguida, tratou de pentear meus cabelos com um pequeno pente. Quando terminou, contemplei-me ante um espelho e me admirei da metamorfose repentina. Não contive agradáveis ronrons endereçados a mim mesmo, de tão lindo que me achei, e não posso negar que aquele átimo suscitou em mim grandes dúvidas quanto à decência e à utilidade das reuniões da irmandade de gatos.

Enroscar-me dentro da estufa pareceu-me um autêntico ato bárbaro, que só poderia atribuir mesmo a uma fase selvagem, o que tornava a recomendação do mestre, "não se enfie de novo na estufa!", totalmente dispensável.

Na noite seguinte, tive a impressão de ouvir um leve ruído e um miau familiar à porta. Fui até lá e perguntei quem era. Então, o reconheci logo pela voz, o bravo decano Puff respondeu:

— Sou eu, querido irmão Murr, e trago-lhe uma notícia bem triste!

Oh, céus, o que...

(*Folha de macul.*):... um grande agravo, minha querida e doce amiga. Não, você é mais que isso. Eu não a amei o bastante, não lhe dediquei a confiança merecida! Só agora lhe abro meu coração, só agora, porque sei...

A princesa gaguejou e uma torrente de lágrimas saiu de seus olhos. Mais uma vez Júlia a apertou com ternura de encontro ao peito. E disse:

— Ora essa, Hedwiga! Mas você não me amou com toda sua alma, algum dia teve por acaso segredos os quais não quis me confiar? O que soube ou descobriu somente agora? Espere aí. Não, não diga mais nada até seu pulso voltar a bater calmamente e seus olhos perderem o fogo sombrio.

Irritada, a princesa de chofre replicou:

— Não sei o que vocês todos querem. Insistem em dizer que estou doente, mas sinto-me forte e saudável como nunca dantes. O meu singular estado de transe deve tê-los assustado muito; mas pode até ser possível que os choques elétricos, suspendendo a vida no organismo, sejam-me mais benéficos que todos os remédios produzidos pela míope e ineficiente arte médica. Como abomino esse médico! Com seus medicamentos tenta enganar a si mesmo, acredita manejar a natureza humana como a um mecanismo de relógio que só demanda corda e limpeza. Seria assustador imaginar que minha saúde depende de suas poções e essências! Nesse caso a vida terrena seria uma triste anedota do espírito criador!

Júlia interrompeu a princesa:

— A excessiva irritabilidade prova que você ainda está enferma, minha Hedwiga, e deve se cuidar mais!

— Você me magoa falando assim!

Exclamou a princesa, que se pôs de pé num salto, correu à janela e a abriu para contemplar o parque. Júlia a seguiu, enlaçou-lhe a cintura com um braço e pediu, com uma tristeza afetuosa, que ela se abstivesse pelo menos do árido vento outonal, e se concedesse o repouso prescrito pelo médico. Mas a princesa respondeu que, ao contrário, o ar fresco vindo da janela a revigorava e a fortalecia.

Júlia falou com efusão dos últimos tempos, de quando sentia conspirar uma influência funesta e que tinha sido necessário envidar toda a energia interior para não se deixar perturbar por sensações comparáveis ao verdadeiro e mortal medo de fantasmas. Ela se referia principalmente à confrontação misteriosa entre o Príncipe Hektor e Kreisler, discórdia que inspirava um pressentimento escabroso, pois o pobre Johannes poderia ter morrido pelas mãos do vingativo italiano, e que só graças a um milagre, assegurava Mestre Abraham, fora salvo da morte.

— Esse homem odioso deveria ser seu esposo? Não, nunca! Agradeço à força divina! Você está salva. Ele jamais retornará, não é mesmo, Hedwiga? Jamais!

— Jamais! — respondeu a princesa, com voz débil.

Só depois deu um longo suspiro do fundo do peito voltou a falar debilmente, como se sonhasse.

— Esse fogo do céu deve brilhar e aquecer sem destruir com suas poderosas chamas, pois na alma do artista fulgura a intuição configurada em vida... Seu amor! Assim você se expressou neste mesmo lugar.

— Quem falou isso? — perguntou Júlia, assustada. — Em quem você está pensando, Hedwiga?

A princesa passou a mão pela testa, como se tentasse se lembrar do presente do qual estava distante. Em seguida, caminhou vacilante ao sofá, no qual se deitou exangue, amparada por Júlia. Esta, preocupada com a saúde da princesa, ia chamar as camareiras, mas Hedwiga a puxou suavemente para si, sussurrando:

— Não, menina! Você, só você, limite-se a me fazer companhia, sem lembrar que estive doente. Não! Foi a concepção da suprema felicidade pulsando clara que quis explodir meu peito; um arroubo celestial em forma de dor mortal.

Fique comigo, amiga! Você não imagina o efeito milagroso que é capaz de exercer sobre mim! Deixe-me contemplar sua alma, esse espelho transparente no qual reconheço a mim mesma! Júlia! Às vezes me parece que o céu a inspira, e as palavras fluindo de seus lábios são um sopro de amor, um oráculo consolador. Júlia, fique junto de mim, minha amiga, não me deixe nunca, nunca!

Enquanto pronunciava essas palavras, a princesa voltou a recostar-se no canapé, segurando a mão de Júlia.

A amiga estava naturalmente acostumada às situações em que Hedwiga sucumbia a uma tensão doentia, mas estranho, muito estranho e enigmático, era o paroxismo que se manifestava dessa vez. Em geral, tratava-se de uma amargura apaixonada, consequência da falta de equilíbrio entre seus sentimentos interiores e a realidade, e quando a amargura crescia quase se tornando odiosa, feria o coração infeliz de Júlia. Agora, porém, Hedwiga esmaecia em dor e inominável melancolia, e esse estado desolador comovia Júlia na mesma medida em que aumentava sua preocupação.

— Hedwiga! Minha Hedwiga! Não a deixarei sozinha, ninguém lhe é mais fiel, mas fale, oh, fale! Confie em mim, que tortura a faz sofrer? Quero lamentar com você, partilhar sua dor!

Então o semblante da princesa abriu-se num sorriso misterioso, ao mesmo tempo em que uma leve cor avermelhada corou suas faces e, sem abrir os olhos, perguntou:

— Não é verdade, Júlia, que você está apaixonada?

Júlia se sentiu abalada pela pergunta da princesa, e um repentino medo a sobressaltou.

Em que peito de menina não se agitam traços de uma paixão que se assemelha à principal condição da existência? Pois a vida da mulher não se completa até o amor. Mas o coração inocente e puro mantém a intuição, sem buscar com ansiosa indiscrição conhecer o recôndito segredo. E ele só se revela no momento em que se trai uma imensa nostalgia. Era o que estava acontecendo com Júlia, quando inesperadamente alguém manifestava o que ela não ousara admitir e, amedrontada, como se a acusassem de um pecado do qual não tinha consciência, se esforçava para ler seu próprio íntimo.

A princesa insistiu:

— Júlia, você não está amando? Diga-me, seja sincera!

— Que estranho — respondeu Júlia —, que coisas estranhas você me pergunta, o que devo dizer?

— Diga-me, oh, diga-me! — suplicou a amiga.

Então o espírito de Júlia se iluminou e encontrou as palavras para expressar o que via com clareza em seu íntimo. Começou séria e contida:

— Que se passa com você, Hedwiga, quando me faz tais perguntas? O que é o amor para você? Não é verdade que precisamos nos sentir atraídas pelo amado, com uma força irresistível, vivendo só para pensar nele, renunciando a todo o eu por ele, que então passa a ser todo o anseio, toda a esperança, todo o desejo, o mundo interior? E uma paixão assim deve propiciar a suprema bênção? A mim essa altura causa vertigens, quando olho embaixo o enorme abismo se abrindo com os horrores da perdição implacável. Não, Hedwiga, esse amor, pecaminoso e criminoso ao mesmo tempo, não preenche meu coração, e espero manter-me eternamente livre dele. Mas bem pode acontecer que um homem entre outros desperte em nós o máximo de respeito, inclusive admiração, graças à força viril eminente de seu espírito. Mais ainda, que nos sintamos misteriosamente seguras e confortáveis em sua companhia, elevadas sobre nós mesmas, como se o nosso espírito só então despertasse, a vida se iluminasse e nós nos alegrássemos com sua presença e nos entristecêssemos com sua partida. É isso o amor?

Pois bem, por que eu não deveria lhe confessar francamente que o nosso perdido Kreisler me inspirou esse sentimento, e sua ausência me causa grande dor?

— Júlia — exclamou Hedwiga, com veemência. — Você pode se imaginar nos braços de outro homem sem experimentar uma aflição indescritível?

Muito enrubescida e num tom que traía sua ferida, Júlia respondeu:

— Nunca *o* imaginei em meus braços!

— Ah, você não o ama, você não o ama! — gritou a princesa com estridência, caindo novamente sobre o canapé.

— Ah! Se ele voltasse! O sentimento que guardo no peito por esse homem tão caro é puro e inocente, e se nunca mais voltar a vê-lo, sua lembrança será a luz de minha vida, como uma bela estrela fulgurante. Claro que voltará! Pois, como...

— Nunca — interrompeu Hedwiga com voz cortante —, nunca poderá ou deverá retornar, porque, segundo dizem, ele está na Abadia de Kanzheim e se recolherá do mundo, ingressando na ordem de São Benedito.

As lágrimas encheram os olhos de Júlia e, chorando, ela se levantou e aproximou-se da janela.

A princesa prosseguiu falando:

— Sua mãe tem toda a razão, toda a razão. Bom para nós que ele tenha ido embora. Esse louco se imiscui em nossos corações como espírito maligno capaz de cindir nosso íntimo. Ele se serviu da música para seduzir nossas almas. Não quero revê-lo!

As palavras de Hedwiga soaram como punhaladas para Júlia, que pegou o chapéu e a echarpe.

A princesa tentou demovê-la do intento:

— Você quer me abandonar, minha querida amiga? Fique, fique, console-me se puder! Algo sinistro percorre este quarto, o parque! Por que você...

Dizendo isso, Hedwiga levou Júlia à janela e, apontando o pavilhão onde antes morara o valete do Príncipe Hektor, explicou com voz grave:

— Olhe ali, Júlia, aquelas paredes encerram um segredo insondável. O castelão e os jardineiros afirmam que ninguém vive lá desde a partida do príncipe, e que as portas estão bem trancadas, não obstante... Veja só! Está vendo naquela janela?

De fato, Júlia notou à janela da fachada do pavilhão uma silhueta obscura, que, no mesmo instante, voltou a desaparecer. Enquanto sentia a trêmula mão de Hedwiga entre as suas, Júlia pensou que não se tratava na realidade de um segredo ameaçador ou de algo fantasmagórico, mas que provavelmente um dos domésticos estaria usando o pavilhão sem permissão. Alguém poderia fazer logo uma busca no local e, sem demora, seria esclarecida a história dessa aparição misteriosa surgindo à janela; a princesa replicou que já pedira a investigação ao fiel castelão, que não encontrara, porém, pista alguma de presença humana.

— Deixe-me contar-lhe o que se sucedeu comigo uma noite dessas! — disse a princesa. — Você sabe como estou sempre perdendo o sono e, nesses casos, costumo me levantar e fazer umas caminhadas pelo quarto até ficar exausta e acabar adormecendo. Ocorreu que, três noites atrás, a insônia trouxe-me a esta saleta. Aqui chegando, vi o reflexo de uma luz tremeluzindo na parede, olhei pela janela e divisei quatro homens, um dos quais portava uma lanterna de furta-fogo que sumiu perto do pavilhão, mas não pude constatar se eles de fato ali entraram. Pouco tempo depois, a mesma janela se iluminou e sombras deslizaram lá dentro de um lado para o outro. Logo voltou a escurecer, mas entre as moitas de arbustos reluziu naquele momento um clarão ofuscante, provavelmente proveniente da porta aberta do pavilhão. A luz veio se aproximando cada vez mais e, por fim, saiu por entre as ramagens um monge beneditino levando uma tocha na mão esquerda, e um crucifixo na direita. Quatro homens o seguiam, carregando nos ombros um caixão recoberto por uma mortalha negra. Só haviam avançado alguns passos quando uma figura envolta num manto veio-lhes ao encontro. Detiveram-se, abaixaram o caixão e a figura afastou a mortalha e viu o cadáver. Estive a ponto de desmaiar, mal pude ver como voltaram a erguer o caixão, e apressaram-se a acompanhar o monge pela larga trilha lateral que leva do parque à Abadia de Kanzheim. Desde então, é possível ver à janela aquela sombra humana, e talvez seja o espírito de um assassino me atemorizando.

Júlia se inclinou a tomar tal relato por um sonho de Hedwiga, ou, se estava acordada, por um jogo ilusório dos sentidos excitados. Quem seria, quem poderia ser o morto que estariam transportando do pavilhão, envolto em tanto mistério, e por que estaria no pavilhão? Ela expôs à princesa suas reflexões, e sugeriu que talvez fosse uma ilusão de ótica, ou quem sabe um truque do velho mágico, Mestre Abraham, sempre dedicado a esses jogos — pode ser que ele tivesse dado um habitante fantasmagórico ao pavilhão vazio.

Tendo recobrado o controle, a princesa sorria suavemente:

— Como as pessoas estão prontas a explicar o sobrenatural e milagroso! Quanto ao morto, você esqueceu sem dúvida o que aconteceu antes da partida de Kreisler!

— Por Deus! — exclamou Júlia — Teria sido cometido um crime atroz? Quem? A quem?

Hedwiga prosseguiu:

— Você sabe, amiga, que Kreisler vive. Mas vive também quem a ama! Não me olhe espantada! Ainda não adivinhou o que tenho de dizer-lhe a fim de deixar claro algo que, se mantido por mais tempo em segredo, pode vir a prejudicá-la? O Príncipe Hektor *a* ama, *a você*, Júlia, com a paixão selvagem peculiar ao povo de sua nação. Fui e sigo sendo sua noiva, mas você é a amada.

A princesa pronunciou assertivamente as últimas palavras, sem, contudo, conferir-lhes qualquer acento do sentimento íntimo de ofensa.

— Oh, força eterna! — gritou Júlia, já com lágrimas nos olhos. — Hedwiga, você quer machucar meu coração? Não, não! Posso suportar com prazer que você desforre em mim, miserável, pelos pesadelos que a atormentam, mas jamais acreditarei nessas fantasias criadas pela sua fértil imaginação, Hedwiga! Acorde, você não é mais a noiva prometida desse homem horrendo, perdição personificada! Ele não voltará, você jamais será sua noiva!

— Sim, serei! — afirmou Hedwiga. — Mas acalme-se, querida! Somente quando um laço sagrado me unir ao príncipe se decifrará talvez o terrível mal-entendido da vida que me faz infeliz. A disposição milagrosa do céu a salvará. Nós nos separaremos, seguirei meu noivo, você permanece!

A princesa se calou devido à emoção, tampouco Júlia era capaz de dizer qualquer coisa. Ambas ficaram em silêncio, banhadas em lágrimas, uma nos braços da outra.

Anunciaram que o chá estava servido. Júlia estava mais excitada que seu tranquilo ânimo parecia admitir. Não lhe era possível estar em companhia de outras pessoas, e a mãe permitiu de bom grado que ela fosse para casa, pois a princesa também carecia de sossego.

A senhorita Nanette respondeu às indagações da princesa-mãe, de que Hedwiga passara muito bem após a refeição da tarde, mas quisera ficar a sós com Júlia. Tanto quanto pôde observar do quarto contíguo, as duas, Hedwiga e Júlia, tinham contado histórias uma à outra, encenado comédias, ora rindo, ora chorando.

O mestre de cerimônias falou baixinho:

— As doces mocinhas!

— A amável princesa, a doce mocinha! — corrigiu Duque Irenäus, encarando o mestre de cerimônias com olhos austeros.

No embaraço pela gafe cometida, o mestre de cerimônias quis engolir de uma vez o pedaço demasiado grande de biscoito que embebera no chá. Mas engasgou com aquilo na garganta e disparou a tossir com estardalhaço, de modo que precisou abandonar às pressas a sala de jantar, e só se salvou da morte infame por asfixia graças ao ajudante que, com mão hábil, desferiu um magnífico solo de tambor sobre suas costas.

Após dois inconvenientes delitos dos quais se culpava, o mestre de cerimônias temia incorrer num terceiro e, por isso, não se atreveu a retornar à sala, mas deixou-se desculpar junto ao duque com o pretexto de súbito mal-estar. Com a ausência do mestre de cerimônias, no entanto, ficou prejudicada a partida de uíste organizada pelo próprio príncipe. A mesa de jogos estava posta, os cortesãos aguardavam, tensos e interessados, a atitude do príncipe numa questão de tamanha magnitude. Ele não fez nada além de, após dar aos outros um sinal para que se sentassem, tomar a mão da Conselheira Benzon e conduzi-la a um canapé, onde ele também se sentou.

— Teria sido desagradável, disse em voz baixa e gentil, como sempre se dirigia à Benzon, se o mestre de cerimônias tivesse de fato se engasgado com o biscoito. Mas ele me parecia muito disperso, isso tem sucedido sempre, já que chamou a Princesa Hedwiga de mocinha, e teria sido lamentável no *whist*... Além disso, querida Benzon, hoje estou achando mais oportuno e agradável, em vez do jogo, trocar confidências consigo, aqui, a sós, umas tantas palavras, como outrora. Ah!, como outrora! Já lhe é conhecida minha afeição por você, querida conselheira! Isso nunca mudará, um coração principesco é um coração fiel, enquanto nenhum contratempo determine o contrário.

Ditas essas palavras, o príncipe beijou a mão de Benzon com muito mais ternura do que a condição, a idade e o decoro permitiam. A mulher afirmou, com olhos brilhantes de alegria, que há muito tempo ansiava o momento de falar em particular com o príncipe, pois tinha uma comunicação muito agradável a fazer.

— Saiba, meu senhor — disse Benzon — que o conselheiro secreto escreveu novamente, informando que nossa petição adquiriu de repente perspectivas auspiciosas...

— Silêncio — interrompeu-a o duque —, silêncio, excelentíssima senhora, nada de assuntos de Estado! Também o príncipe veste camisola e gorro de dormir quando, quase exaurido pela função de governar, se entrega ao descanso, regra da qual, no entanto, Friedrich, o Grande, rei da Prússia, consistia uma exceção porque, como é naturalmente sabido por uma dama letrada, mesmo dormindo usava chapéu de feltro. Bem, quero dizer que inclusive o príncipe leva sempre consigo muito daquilo que... Bem, em relação às denominadas relações burguesas — casamento, alegria paternal e assim por diante —, ao príncipe só é perdoável entregar-se a elas em certos momentos, quando o Estado, a preocupação com os devidos deveres da corte e do reino, não reclamam todo seu ser... Minha boa Benzon, tais momentos são justamente os atuais; há sete documentos prontos a serem assinados em meu gabinete, mas agora me permita esquecer por completo o príncipe, deixe-me ser aqui, tomando um chá, apenas o pai de família, o pai de família alemã do Barão von Gemmingen.[192] Deixe-me falar de mim... Sim, de meus filhos, que têm me causado tantas aflições, levando-me muitas vezes a cair numa inquietude de ânimo quase indecorosa.

— De seus filhos? — perguntou a conselheira em tom agudo — Falaremos de seus filhos, senhor? Quer dizer, do Príncipe Ignaz e da

192. Otto Heinrich, barão de Gemmingen (1755-1836), escreveu em 1780 o drama *O pai de família alemão*, imitando *Père de famille*, escrito em 1757 por Denis Diderot.

Princesa Hedwiga? Fale senhor, fale! Talvez eu possa dar conselhos ao meu estimado príncipe, como Mestre Abraham!

— Sim — continuou o príncipe —, conselho e consolação, de vez em quando careço disso. Em primeiro lugar, no que concerne ao príncipe, ele não precisaria ser dotado de faculdades notáveis que servem às vezes a elevar o homem comum, pois esse, caso contrário, devido à sua condição, se manteria na obscuridade; mas um pouco mais de *esprit* seria desejável, ou ele continuará sendo um simplório. Veja, fica lá sentado, balançando os pés e jogando uma carta errada atrás da outra, e rindo feito menino de sete anos! Benzon! *Entre nous soit dit*[193], não tem sido possível ensinar a ele a arte de escrever, seu nome real parece um simples garrancho. Misericórdia divina, o que será dele? Recentemente fui incomodado em meus afazeres por um alvoroço de latidos à minha janela, olhei para fora a fim de afugentar o vira-lata vagabundo, e o que vi? Acredite, senhora! O príncipe aos pulos atrás do menino jardineiro, latindo alto como um maluco. Brincavam de gato e cachorro! Ele não é dotado de inteligência nenhuma, ou serão apenas caprichos nobres? O príncipe atingirá algum dia um mínimo de autonomia?

— Por isso — respondeu Benzon —, por isso seria necessário casar o príncipe o quanto antes! Que ele despose uma mulher cheia de graça, beleza e espírito lúcido, capaz de lhe despertar os sentidos adormecidos, e ser bondosa o bastante para entregar-se por inteiro, estimulando-o a tomar consciência de si mesmo, paulatinamente. Tais virtudes são imprescindíveis à futura esposa do príncipe, pois só assim ele será salvo do estado de espírito que, digo com pesar, meu senhor, pode terminar degenerando em autêntica loucura! Portanto, somente essas raras qualidades devem ser determinantes, sem muitos escrúpulos e rigor quanto à estirpe.

— Jamais — disse o duque, franzindo a testa —, jamais houve um casamento desigual nesta família, renuncie a esses pensamen-

193. Em francês: "cá entre nós".

tos com os quais não posso concordar. Com exceção disso, estarei sempre disposto a cumprir seus desejos!

— Como se eu não soubesse, meu estimado senhor! — replicou a conselheira num tom amargo. — Quantas vezes desejos justos precisam se calar por considerações quiméricas. Porém, há exigências que se sobrepõem a todas as deferências.

— *Laissons cela*[194] — a interrompeu o príncipe, pigarreando e cheirando rapé.

Depois de alguns minutos de silêncio, ele continuou:

— Mais ainda que o príncipe preocupa-me a princesa. Diga-me, Benzon, é possível que nossa filha tenha nascido com esse temperamento bizarro, e mesmo com essa suscetibilidade enfermiça que desconcerta o próprio médico cirurgião? Se a duquesa sempre gozou de uma saúde vigorosa, o que a levou algum dia aos místicos ataques de nervos? Não fui eu mesmo sempre um príncipe robusto em corpo e alma? Como podemos, nesse caso, ter gerado essa menina que, preciso confessá-lo com amarga tristeza, às vezes me parece... Insana, totalmente desprovida do decoro aristocrático?

Benzon respondeu:

— Eu tampouco compreendo o organismo da princesa. A mãe sempre foi clara, compreensível, livre de paixões fortes e funestas.

As últimas palavras Benzon pronunciou graves e em tom baixo, enquanto abaixava o olhar.

— Você está se referindo à duquesa? — perguntou o duque, salientando a palavra, pois a ele não era adequado que à palavra mãe não fosse acrescentado o predicado duquesa.

— Claro. A quem eu estaria me referindo? — perguntou Benzon, tensa.

— O último e fatal contratempo da princesa arruinou o sucesso de meus esforços e frustrou minha alegria de seu pronto matrimônio. Pois, bondosa Benzon, *entre nous soit dit*, a repentina

194. Em francês: "deixemos disso".

catalepsia de Hedwiga, que atribuo a um simples resfriado, foi a única culpada pela repentina partida do Príncipe Hektor. Ele quer romper o compromisso e... *Juste ciel*, inclusive não posso levá-lo a mal, porque é preciso convir que é bem escabroso tomar por noiva alguém vulnerável a semelhantes ataques. Por acaso pode uma esposa assim, duquesa e simultaneamente cataléptica, ver-se afetada dessa maneira em meio à corte mais suntuosa e, detendo-se, obrigar todos os presentes a imitá-la a permanecer imóveis? Sem dúvida, uma corte nessas condições teria um grande mérito, porque nem indivíduo mais frívolo poderia estar à altura da dignidade imprescindível à vida em sociedade. Mas uma sensação que me acomete em similares instantes paternais leva-me a pensar que uma noiva nesse estado pode suscitar um gélido espanto em seu nobre noivo, e por isso... Benzon! Você é uma mulher amável e experiente, não veria talvez a possibilidade de retificar o assunto com o príncipe, encontrar um meio...

— Não é preciso — interrompeu Benzon vivamente —, não é preciso, meu senhor! Não foi a doença da princesa que provocou a súbita partida do Príncipe Hektor, aqui há outro segredo em jogo, e nesse segredo está enredado o mestre de capela Kreisler.

— O quê? — estranhou o duque, aterrado — O que você quer sugerir com isso? O mestre de capela Kreisler? Então é verdade, ele...

— Sim, seguiu completando a conselheira, sim senhor, uma discórdia entre ele e o príncipe, que talvez tenha exigido uma solução um tanto quanto heroica, foi o que provocou a abrupta partida do príncipe.

— Discórdia — cortou o príncipe, surpreso —, discórdia, solução heroica? O tiro no parque, o chapéu ensanguentado! Benzon, impossível — o príncipe, o mestre de capela! Duelo ou enfrentamento, as possibilidades são inadmissíveis!

— A única coisa certa, senhor — prosseguiu Benzon —, é que Kreisler tinha influência demasiadamente forte sobre o ânimo da princesa, de modo que aquele estranho medo que ela sentia no início perto dele transformava-se em paixão perniciosa. É possível que o príncipe tenha sido perspicaz o bastante para percebê-lo e, desde o início, em consequência disso, via em Kreisler, que o enfrentou com ironia sarcástica e hostil, um rival do qual precisava se livrar. O resultado de tudo foi um ato que não se deve atribuir senão ao ódio sanguinário devido à honra ferida e ao ciúme. Graças a Deus não logrou êxito. Admito que nada disso explica a súbita partida do príncipe, nem o mistério que paira no ar. Júlia me contou que o príncipe fugiu horrorizado por uma imagem que Kreisler trazia consigo e apresentou a ele. Bem, seja lá o que for, o mestre foi embora e a crise da princesa já passou! Acredite, meu senhor, se Kreisler tivesse permanecido aqui, a paixão mais poderosa teria incendiado o peito da princesa, e ela teria preferido morrer a dar sua mão ao príncipe. Agora tudo é diferente, Príncipe Hektor retornará em breve, e o casamento com Hedwiga porá fim a todas as preocupações.

— Olhe só, olhe só a insolência desse músico infame! Por ele se apaixonou a princesa, por ele ela recusaria a mão do mais amável dos príncipes! *Ah le coquin!*[195] Agora entendo perfeitamente a você e ao Mestre Abraham! Que me livrem desse sujeito e que nunca mais apareça!

— Qualquer medida que o sábio Mestre Abraham pudesse vir a propor seria supérflua, pois ele já fez o que deveria ter feito. Kreisler se encontra na Abadia de Kanzheim e, segundo me escreveu o abade Chrysostomus, provavelmente renunciará ao mundo e ingressará na ordem. A princesa o soube por mim em um momento favorável, e o fato de ela não ter sofrido uma comoção de ânimo é prova de que passou a crise mais aguda.

— Nobre e carinhosa mulher! — falou o príncipe — Que desvelo você demonstra por mim e meus filhos! Que cuidados com o bem-estar, com o melhor para nossa residência!

---

195. Em francês: "ah, o canalha".

— É verdade? — perguntou a Conselheira Benzon em tom amargo — É verdade que o faço? Poderia, deveria eu cuidar sempre do bem-estar de seus filhos?

Benzon pôs uma ênfase especial nas últimas palavras e o duque olhou à frente em silêncio, brincando com os polegares das mãos cruzadas. Até que murmurou, baixinho:

— Quanto a Angela, nada ainda? Permanece desaparecida?

— Nada — respondeu a conselheira —, e temo que a infeliz menina tenha sido vítima de algum crime. Alguém afirmou tê-la visto em Veneza, mas certamente foi um equívoco. Confesse, senhor! Foi horrível... Pavoroso ter arrebatado a criança do peito de sua mãe, condenando-a a um desolado exílio! Jamais me consolarei dessa ferida causada por sua severidade!

— Benzon — respondeu ele —, por acaso não tenho designado a você e à menina uma considerável soma anual? O que mais eu poderia fazer? Se ela permanecesse conosco, eu não deveria recear a todo instante que descobrissem nossas *foiblesses*[196], que poderiam destruir desagradavelmente a decente paz de nossa corte? Você conhece a duquesa, boa Benzon! Sabe que às vezes tem seus caprichos.

Ela tomou a palavra:

— Assim sendo, uma soma anual deve indenizar a mãe por toda a dor, por toda a tristeza e por todo o amargo lamento decorrentes da perda da filha? O senhor se engana, as mães preferem outras indenizações mais preciosas a todo o ouro.

Benzon disse essas palavras com um olhar que causou certo embaraço no príncipe.

— Excelente mulher — ele começou, confuso —, por que essas estranhas insinuações? Você não acha que para mim também é muito desagradável, fatal, o inconcebível sumiço de nossa querida Angela? Ela deve ser uma criaturinha bem linda, pois nasceu de pais bonitos e charmosos.

196. Em francês: "fragilidades".

Mais uma vez, beijou a mão da conselheira com muito afeto, mas ela a retirou e, com um olhar fulminante, cochichou ao ouvido do duque:

— Confesse, meu príncipe, foi injusto, cruel, insistir para que a criança fosse embora. Não seria sua obrigação realizar um desejo cujo cumprimento eu muito bondosamente quero considerar indenização por toda minha dor?

— Benzon, boa e magnânima Benzon — disse ainda mais baixo que antes —, será que ela jamais será encontrada? Quero realizar feitos heroicos para saciar seus desejos, cara mulher! Quero trocar confidências com Mestre Abraham, aconselhar-me com ele. Ele é um homem sensato e experiente, talvez possa ajudar.

— Oh — interrompeu Benzon —, oh, o sábio Mestre Abraham! O senhor acredita, pois, caro senhor, que o mestre está mesmo disposto a fazer qualquer coisa pelo bem da residência ducal? E como ele poderia empreender algo pelo destino de Angela, após as infrutíferas investigações feitas em Veneza, Florença e, pior, quando lhe foi tirado o misterioso meio do qual ele se servia a fim de pesquisar o desconhecido?

— Você está se referindo à sua esposa, a malvada feiticeira Chiara?

— É bastante questionável — respondeu Benzon — se a talentosa mulher, talvez apenas se inspirando em forças mágicas elevadas, merecia mesmo esse atributo. De qualquer maneira, foi injusto e inumano roubar do mestre a criatura amada, à qual ele se apegava com toda a alma, sim, tal qual um pedaço de seu eu.

— Benzon — disse o duque, chocado —, eu não a entendo hoje! Estou tendo vertigens! Você mesma não estava a favor de se livrar da criatura ameaçadora, através da qual o mestre logo poderia vir a dominar todos os nossos segredos? Não aprovou pessoalmente minha correspondência ao grão-duque, na qual eu argumentava que, como a feitiçaria estava proibida no país, não se podia deixar em liberdade quem a professasse? Não foi por exclusiva consideração com o Mestre Abraham que a misteriosa Chiara, em vez de ser vítima de um processo aberto, foi simplesmente presa e levada para longe em total silêncio, sem que eu mesmo soubesse para onde, porque não me importei mais com o assunto? Que acusação me pode ser feita?

— Desculpe, meu caro senhor — respondeu Benzon —, porém trata-se no mínimo de acusação de conduta precipitada! Mas, saiba, caro senhor! Mestre Abraham está ciente de que sua Chiara foi roubada por suas instâncias. Ele é calmo, amigável, mas o senhor não concorda que ele possa nutrir ódio e vingança contra quem lhe tirou o bem mais precioso deste mundo? E é nesse homem que o senhor quer confiar, a ele abrir o coração?

— Benzon — disse o príncipe, enxugando o suor da testa —, você está me deixando muito confuso, numa situação alarmante, eu diria! Piedade! Pode um duque ser tirado de sua temperança a esse ponto? Por todos os demônios... Deus, estou maldizendo como um dragão na hora do chá! Benzon! Por que você não me disse isso antes? Ele sabe de tudo! Na cabana de pescadores, há pouco, eu estava completamente desorientado devido ao estado da Princesa Hedwiga, e o coração desbordou por meus lábios. Contei sobre Angela, revelei-lhe tudo. Benzon, isso é horrível! *J'étois un* asno*! Voilà tout!*[197]

— E o que ele disse? — perguntou ela, ansiosa.

— Foi como se o mestre começasse a falar de nosso antigo *attachement*, e de como eu podia ser um pai feliz, em vez de desgraçado. O certo é que, quando terminei minha confissão, ele afirmou ter conhecimento de tudo há tempos, e esperava que talvez se esclarecesse em breve o paradeiro de Angela. Então se solucionaria um engano e se desvaneceria uma ilusão.

— Ele disse isso? — perguntou a conselheira, com lábios trêmulos.

197. Em francês: "fui um... Isso é tudo".

— *Sur mon honneur*, exatamente isso. Mil raios... Desculpe, Benzon, mas hoje estou furioso... Será que o velho me guarda rancor? Benzon, *qui faire*?

O príncipe e a conselheira se entreolharam em silêncio.

— Alteza sereníssima — sussurrou um lacaio, oferecendo chá ao Duque Irenäus.

— *Bête*! — gritou o duque, derrubando das mãos do lacaio o pires e a chávena de chá que o outro servia; todo mundo se levantou horrorizado das mesas de jogo, a partida terminara e, contendo-se com esforço, o príncipe sorriu um amigável "*adieu*!" aos sobressaltados e se retirou com a duquesa aos aposentos íntimos. Mas em todas as fisionomias podia-se ler a expressão "Deus, o que é isso, o que significa isso? O príncipe não joga, fala longamente em particular com a conselheira e, depois, enfurece-se dessa maneira?".

Era impossível que Benzon suspeitasse o que a esperava em sua casa, situada num edifício lateral apegado ao palácio. Mal entrara e Júlia precipitou-se ao seu encontro fora de si e... Sim! O presente biógrafo está muito contente de poder contar o que aconteceu com Júlia durante o chá ducal, evento muito mais interessante do que outros fatos dessa história um tanto quanto embolada até agora. Ao relato! Sabemos como Júlia obteve permissão para se retirar mais cedo. Um caçador alumiava seu caminho com uma tocha. Mas nem bem tinham se distanciado alguns passos do palácio, quando o caçador se deteve de súbito e ergueu a tocha.

— Que foi? — perguntou Júlia.

— Ei, senhorita Júlia — respondeu o caçador —, você viu um vulto que se mexeu e sumiu rápido ali adiante? Não sei o que pode ser, há várias noites alguém vem se esgueirando por aqui e, com tanto segredo, deve estar mal intencionado. Nós já o perseguimos por todo o lado, mas ele sempre escapa de nossas mãos, invisível como um fantasma ou, Deus esteja conosco!, como o próprio demônio!

Júlia pensava na aparição à janela da fachada do pavilhão e sentiu um calafrio.

— Vamos, vamos rápido — gritou ao caçador.

Mas ele disse, rindo, que a senhorita não devia ter medo, porque antes de fazer algo com ela, o fantasma teria que torcer o pescoço dele, Lambrecht, e, além disso, o vulto desconhecido que às vezes se deixava ver nas imediações do castelo era gente de carne e osso, até honesta, e arisca como coelho.

Júlia dispensou sua dama de companhia que se queixava de enxaqueca e febre, e vestiu sua camisola sem ajuda.

Agora que estava sozinha em casa, voltava à sua lembrança tudo o que Hedwiga dissera num tom só mesmo explicável pela tensão doentia. E claro, era certo que tal tensão doentia tinha origem psíquica. Uma jovem de alma pura e cândida como a de Júlia raramente adivinha o certo em situações intrincadas. Júlia estava persuadida de que Hedwiga era dominada por uma paixão terrível que ela mesma pintara em forma de um quadro apavorante de sacrifício de si em favor do Príncipe Hektor.

E o céu saberia, Júlia prosseguiu pensando, de onde vinha a convicção maluca de que o príncipe sentia amor por ela, e essa maluquice a torturava, perseguindo-a sem descanso e provocando uma inquietação em seu íntimo.

— Ah, bondosa e querida Hedwiga — disse Júlia consigo mesma —, se o Príncipe Hektor voltasse, você logo se convenceria de que nada tem a recear de sua amiga!

Mas no instante em que dizia essas palavras, a ideia de que o príncipe a amava cresceu e apoderou-se de todo seu ser, assustando-a com força e vivacidade, e ela então teve medo de que pudesse ser verdade a suposição da princesa, pois sua perdição seria inevitável. A curiosa e desagradável impressão que lhe haviam causado o olhar do príncipe e suas maneiras voltaram-lhe à mente, e a repugnância mais uma vez lhe causou um tremor. Recordou-se de sua conduta sobre a ponte, quando ele alimentava o cisne enquanto a abraçava, assim como de todas as palavras ambíguas que lhe endereçara e então lhe soaram inocentes, mas cujo verdadeiro sentido agora elucidava. Pensou também no sonho sinistro em que se vira aprisionada por braços férreos — era o príncipe segurando-a — e então, ao despertar, vira o mestre de capela no jardim, consolando-a e levando-a a crer que ele a protegeria contra as investidas do príncipe.

— Não — disse Júlia em voz alta —, não é assim, não pode ser assim, não é possível! O espírito maligno do inferno vem incitando-me a essa dúvida pecaminosa! Mas ele não terá poder sobre mim!

Pensando no príncipe, naqueles momentos cheios de perigo, agitou-se no fundo de seu peito uma sensação cuja ameaça se deixava reconhecer pela vergonha que despertava, levando sangue fervente a suas faces e lágrimas ardentes a seus olhos. O bom era que a encantadora Júlia tinha força suficiente para conjurar o sortilégio maligno e não se deixar enfraquecer. É preciso lembrar mais uma vez que o Príncipe Hektor era o homem mais formoso e gentil que se possa imaginar, e perfeita era sua arte de galantaria, adquirida ao longo de uma vida cheia de aventuras amorosas bem-sucedidas, o que tornava compreensível que uma moça jovem e inocente se assustasse ante a vitoriosa potência de seu olhar.

— Oh, Johannes — suspirou ela docemente —, homem bom e nobre. Não posso buscar em você a proteção prometida? Você não pode falar-me e consolar-me através dos sons celestiais que ainda ecoam em meu peito?

Assim dizendo, Júlia abriu o pianoforte e começou a tocar suas composições favoritas entre as de Kreisler. De fato, logo se sentiu consolada, animada, pois o canto a transportou a outro mundo, onde não existia príncipe nem Hedwiga, cujos fantasmas doentios poderiam perturbá-la.

— Agora minha *canzonetta* predileta! — disse Júlia, e começou com o "*Mi lagnero tacendo*", etc. a que tantos compositores tinham conferido melodia.

Essa era realmente a canção mais bem-sucedida de Kreisler. A terna melancolia da mais fervorosa saudade de amor se exalava nela em melodia simples, com uma autenticidade e uma força que sensibilizavam de maneira irresistível qualquer ânimo mais suscetível. Júlia terminara; completamente absorvida pelas recordações de Kreisler, tocou ainda alguns acordes dispersos, afinados com o eco de seus sentimentos. Então a porta se abriu, ela voltou os olhos naquela direção e, antes que pudesse levantar-se de seu assento, o Príncipe Hektor já se prostrava de joelhos à sua frente, segurando-a pelas mãos. Ela soltou um lancinante grito de pavor, mas o príncipe suplicou pela Virgem Maria e por todos os santos que ficasse quieta e lhe concedesse ao menos dois minutos de sua visão celestial, de sua palavra bondosa. Falando impelido pela loucura que a mais poderosa paixão pode fazer emergir, confessou que a adorava, a perspectiva de casamento com Hedwiga lhe era assustadora, mortal. Por isso resolvera fugir. Entretanto, o poder de uma paixão que somente teria fim com sua morte o trouxera de volta com o objetivo exclusivo de ver Júlia, falar-lhe, confessar-lhe a adoração e a paixão avassaladora.

— Vá embora, vá embora, príncipe! — gritou Júlia, desolada — Você está me matando!

— Jamais! — gritou o príncipe, enquanto comprimia com uma espécie de frenesi as mãos de Júlia contra os lábios. — É chegado o momento que me trará vida ou morte! Júlia! Criatura do céu! Como pode desprezar aquele cuja bem-aventurança é você mesma? Não, você me ama, Júlia, eu sei disso, diga-me, diga-me que me ama e todo o êxtase do céu se abrirá para mim!

Com isso, o príncipe abraçou Júlia, que estava um tanto atônita de horror e medo, e a apertou de encontro ao peito com força.

— Ai de mim — rogou ela, com voz embargada —, ninguém tem piedade de mim?

Foi então que um clarão de tochas iluminou as janelas e várias vozes se fizeram ouvir vindas do exterior. Júlia sentiu um beijo incandescente queimar-lhe os lábios e o príncipe, veloz, desapareceu.

Logo, Júlia precipitou-se aturdida, como eu disse, em direção à mãe que entrava, e colocou-a a par do que ali se sucedera. Horrorizada, Benzon começou a consolar a pobre filha o melhor que podia, a garantir-lhe que arrancaria o Príncipe Hektor cheio de vergonha do esconderijo em que se encontrasse.

— Oh, não faça isso, mamãe. Morrerei se o Príncipe Irenäus e Hedwiga souberem!

E caiu aos soluços no peito materno, ocultando o rosto.

— Você tem razão, minha filha, no momento ninguém deve saber, suspeitar que o príncipe está aqui e persegue a você, amada e devota Júlia! Não podemos nos expor à indiscrição de seus aliados, pois não há dúvida sobre a existência de um complô, do contrário ele não teria conseguido manter-se em Sieghartshof, muito menos esgueirar-se até nossa casa.

Não posso conceber como ele possa ter fugido de nossa casa sem ser visto por mim ou Friedrich, que vinha alumiando o caminho. O velho Georg nós flagramos num sono pesado e induzido, mas onde está Nanni?

— Ai de mim, estava com enxaqueca e precisei liberá-la.

— Talvez, raciocinou Benzon, eu possa fazer papel de médico... E abriu com rapidez a porta do apartamento vizinho. Lá estava a pretensa doente completamente vestida; estivera ouvindo a conversa e mostrava-se agora assustada e amedrontada aos pés de Benzon. Poucas perguntas foram suficientes para se constatar que o príncipe, através do velho castelão considerado fiel...

(*Murr pr.*):... tive de saber! Muzius, meu amigo fiel, irmão de coração, morrera em consequência da grave ferida na pata traseira. A triste mensagem me abateu bastante, só então senti o que ele representara para mim! Na noite seguinte, como Puff informou, teriam lugar exéquias no porão da mesma casa onde Mestre Abraham morava, e aonde tinham trasladado o defunto. Prometi não apenas ser pontual, mas também providenciar comes e bebes, a fim de que fosse possível celebrar-se o banquete fúnebre, conforme a antiga e nobre tradição. E realmente não deixei de cumprir essa providência e, pouco a pouco ao longo do dia, fui transferindo de casa para baixo minhas abundantes provisões em peixe, ossos de galinha e legumes.

Para os leitores que gostam de se informar de tudo nos mínimos detalhes, e por isso estão curiosos para entender como pude carregar a bebida, faço saber que sem muito empenho fui auxiliado por uma amável governanta. A criada, que eu sempre encontrava no sótão e às vezes visitava em sua cozinha, parecia simpatizar muito com minha espécie, em particular comigo e, assim, sempre nos divertíamos muito juntos. Ela sempre me oferecia petiscos, na verdade piores que os da casa de Mestre Abraham, mas eu os comia como se fossem deliciosos, por mera galantaria. Uma atitude assim comove o coração de uma criada, e ela então fazia tudo para me agradar. Eu saltava-lhe ao regaço, ela me afagava carinhosamente a cabeça atrás da orelha, fazendo-me puro deleite e gozo, e a essa mão me acostumei, "a mão que com a vassoura aos sábados carrega é a que domingo há de melhor acariciar-te."[198]

A essa amável pessoa, portanto, dirigi-me no momento em que ela ia saindo do porão onde eu estava, carregando um grande pote de leite doce, e exprimi de forma óbvia meu vivo desejo de ficar com o leite. Ela disse:

— Você é engraçado, Murr! — pois conhecia meu nome, assim como toda a vizinhança. — Com certeza é para servir os amigos, quem disse que de casa de gato não sai farto o rato? Está bem, fique com ele, buscarei outro.

Com isso, pousou o pote de leite no solo e me acariciou, enquanto eu demonstrava gratidão e alegria com graciosas cabriolas, e depois subiu a escada do porão. Observe, jovem gato, que certa ligação sentimental com uma gentil cozinheira pode ser tão agradável quanto vantajosa aos felinos de nossa condição e espécie.

---

198. Trecho do *Fausto*, de Goethe, cuja tradução citada é de Jenny Klabin Segall. Belo Horizonte, Editora Vila Rica, 1991.

Por volta da meia-noite, desci ao porão. Que espetáculo triste e desolador lá me aguardava! No centro, sobre um cadafalso que como a vida que levara impregnava-se da simplicidade, pois era só um monte de palha, jazia o corpo de meu caro e estimado amigo! Todos os gatos estavam reunidos, incapazes de proferir uma só palavra; estreitamos nossas patas, sentamo-nos em círculo em torno do cadafalso e entoamos um réquiem, e a lamentação reverberava de forma aterradora pelas abóbadas do porão. Foi o canto fúnebre mais melancólico e atroz como jamais se ouvira — nenhum órgão humano era capaz de produzi-lo.

Terminado o réquiem, um jovem bonito, decentemente vestido de preto e branco, adiantou-se ao círculo, aproximou-se da cabeceira do defunto e pronunciou o seguinte discurso que, embora improvisado, deu-me depois por escrito.

Elogio fúnebre
Junto ao túmulo do precocemente finado gato Muzius
Dedicado à filosofia e à história
Pronunciado por seu fiel amigo e irmão
Gato Hinzmann
Estudante de poesia e eloquência

Queridos amigos reunidos na tristeza, bravos e magnânimos companheiros! O que é o gato? Uma criatura frágil e perecível, assim como todos os nascidos na Terra! Célebres médicos e fisiologistas afirmam que a morte, à qual todas as criaturas se submetem, consiste na total suspensão da respiração; e se isso for mesmo verdade, nosso honrado amigo, bravo irmão, o fiel e valente companheiro na alegria e na dor, Muzius, está morto, sem dúvida! Ei-lo! Lá jaz o nobre sobre a fria palha com as quatro patas estiradas! Nem um mínimo alento escapa por entre seus lábios eternamente cerrados! Cerrados também estão seus olhos que irradiavam ora o inflamado amor, ora a fúria fulminante, em seu dourado e verde reflexo! Mortal palidez cobre seu semblante, as orelhas e a cauda tombam frouxas! Oh, irmão Muzius! "Onde andam agora as tuas piadas? Tuas cambalhotas? Tuas cantigas? Teus lampejos de alegria que faziam a mesa explodir de alegria?"[199] A amarga morte tudo destruiu, e hoje você talvez nem saiba exatamente se existiu algum dia!

Contudo, era a saúde personificada, a própria força, armada contra a dor física, como se fosse viver para sempre! Não é, portanto, porque a trama de seus dias estivesse urdida que o anjo da morte lançou a espada sobre sua cabeça! Não! Um princípio hostil e súbito atacou esse organismo, tomando-lhe com sacrilégio a vida que ainda poderia prolongar-se por mais tempo! Sim! Todavia, tantas vezes brilhariam ainda esses olhos amáveis; todavia, quantas canções alegres sairiam ainda desses lábios, desse peito rígido; todavia, essa cauda anunciando seu jovial ânimo, sua força interior, seguiria se enroscando em linhas ondulantes; todavia, essas patas teriam provado força e habilidade nos mais arriscados e acrobáticos saltos. E, entretanto, oh natureza! Como pôde admitir que sua longa e cuidada criação fosse efêmera e destruída antes do tempo prescrito pelos decretos, ou há realmente um espírito tenebroso denominado acaso, com despótico arbítrio conspirando na dinâmica que parece determinar todo o princípio natural?

Oh, morto! Se você pudesse dizer algo a essa assembleia enlutada, porém viva... Mas, caros presentes, bravos irmãos, que nós não nos deixemos abandonar às sombrias reflexões, mas nos dediquemos por inteiro à queixa pela perda prematura do amigo Muzius. Reza a tradição que o orador ofereça ao auditório, além da apologia, a biografia completa do defunto. Tal discurso, sem dúvida, é excelente, porque suscita nos mais enlutados espectadores o nojo advindo do tédio, e o nojo, segundo experientes afirmações de renomados psicólogos, é o melhor antídoto contra a própria tristeza, de tal modo

199. Essa é uma fala de *Hamlet*, ato V, cena I, quando o herói está no cemitério com o crânio de Yorick, o bobo da corte. A referência segue a tradução citada à nota 189.

que o orador fúnebre cumpre ambas as funções: presta a justa homenagem ao finado e consola os parentes enlutados. Há exemplos muito claros que o comprovam, pois depois de tais discursos, o mais aflito pela perda recente e cruel se retira quase satisfeito pelo prazer de estar livre do suplício de um longo discurso.

Queridos amigos aqui reunidos! De bom grado eu seguiria aqui a enaltecida tradição, de bom grado exporia a vocês a detalhada biografia de nosso amigo e irmão defunto, transformando-os de gatos tristes a encantados, mas não dá, sinceramente, não dá. Compreendam quando lhes digo, caros e amados irmãos, que não sei nada da vida do finado, sobre nascimento, educação, desenvolvimento posterior, o que me levaria a recorrer a meras fabulações para as quais o lugar aqui, diante do falecido amigo, é demasiado sério e, nosso estado de ânimo, demasiado solene. Não me levem a mal, irmãos, mas em vez de um longo e entediante sermão, quero contar com poucas e simples palavras como o pobre coitado teve de sofrer um fim na ignomínia para jazer agora diante de nós, rígido e morto, e como foi um sujeito corajoso e valente durante sua vida. Mas, oh céus!, sinto que estou perdendo o tom de eloquência, apesar de ser estudante dela e esperar alcançar o destino de *professor poeseos et eloquentiae*![200]

(Hinzmann se calou, limpou com a pata direita orelhas, fronte, nariz e barba, contemplou longamente o cadáver sem desviar a vista, pigarreou, passou de novo a pata sobre o rosto e prosseguiu, então, em voz mais alta.)

Oh, amargo destino! Oh, espantosa morte! Precisava mesmo arrastar de modo tão trágico o defunto em plena flor da idade? Irmãos! Um orador pode repetir a seus ouvintes aquilo que eles já sabem até a exaustão e, por isso, repito o que todos estão cansados de saber, que nosso finado irmão pereceu vítima do ódio furioso dos filisteus. A esse mesmo telhado, onde outrora fizemos soar nosso

200. Em latim inventado: "professor de poesia e eloquência".

alegre e harmonioso canto, onde nos abandonamos às delícias da amizade, pata a pata, peito a peito, e éramos um só coração, um só espírito, subiu ele com o decano Puff, a fim de celebrar em tranquila solidão a memória daqueles dias maravilhosos, verdadeiros dias de Aranjuez[201], agora passados. E os filisteus interessados em impedir por todos os meios toda renovação de nossa alegre aliança gatuna haviam colocado armadilhas nos cantos obscuros do sótão; numa delas sucumbiu o infeliz Muzius, ocasião em que machucou a pata traseira e... Precisou morrer! Dolorosas e perigosas são as feridas que os filisteus inferem, pois lançam mão de armas toscas e pouco afiadas; não obstante, de natureza vigorosa, o falecido ainda pôde salvar-se apesar do grave ferimento, mas o desgosto, o profundo desgosto de ver-se vencido por infames cães em sua carreira brilhante e bem-sucedida, a incessante lembrança do ultraje que todos nós sofremos, foi o que lhe tirou a vida. Não tolerou um tratamento adequado, não tomou medicamento algum... "Dizem que ele queria morrer!"[202]

Nem eu nem qualquer um de nós conseguiu reprimir a dor arrebatadora ante essas últimas palavras de Hinzmann, e desatamos em lamentos e queixas tão lancinantes que poderiam comover uma rocha. Quando nos acalmamos um pouco, de maneira a poder continuar ouvindo, Hinzmann prosseguiu com ênfase:

Oh, Muzius, olhe para nós! Veja as lágrimas vertidas em sua homenagem, escute o desolado pranto que alçamos por você, felino defunto! Sim, abaixe seu olhar, como possa, esteja em espírito entre nós, se é que ainda possua um e o que habitava em si não tenha

---

201. Aranjuez é uma cidade espanhola, localizada ao sul de Madri, conhecida pelos festivais de música antiga.

202. Citação da peça *Wallensteins Tod* [A morte de Wallenstein], IV, 10: "muitos dentre nós conhecíamos sua magnanimidade e sua jovialidade, e todos se comoveram com seu destino. O próprio conde tentou salvá-lo, mas fracassou. Dizem que ele queria morrer!" *Schillers Werke — Dramen* [Obras de Schiller — Dramas]. Editora Insel, p. 747.

sido empregado de outro jeito! Irmãos! Como já disse, calo-me sobre a biografia do falecido, porque nada sei a respeito, mas tanto mais vivas são as lembranças das excelentes virtudes do finado em minha memória, que quero apresentá-las agora a todos, a fim de que possam sentir em todo seu alcance a terrível perda que padeceram com a morte do magnífico gato. Escutem, oh jovens inclinados a jamais deixar a senda da virtude, escutem! Muzius era o que poucos somos na vida, um digno membro da irmandade dos gatos, um bom e fiel esposo, um pai amoroso e exemplar, um zeloso defensor da verdade e da justiça, um incansável benfeitor, amparo dos pobres, amigo fidedigno nas horas de necessidade! Um membro digno da irmandade dos gatos? Sim! Porque sempre manifestou as melhores intenções e esteve inclusive disposto a algum sacrifício, tornando-se inimigo daqueles que o contradiziam e às suas vontades não se submetiam. Um bom e fiel esposo? Sim! Pois só corria atrás de outras gatinhas se elas fossem mais jovens e mais bonitas que sua esposa e uma atração maior o arrastava a isso. Um pai bondoso e amoroso? Sim! Pois nunca se ouviu dizer que ele, como ocorre com pais rudes e sem escrúpulos de nossa espécie, tenha comido ou atacado cheio de apetite um de seus filhotes; preferia que a mãe os levasse embora e ele não tivesse mais de suportar sua presença. Um zeloso defensor da verdade e da justiça? Sim! Pois teria dado a vida por ambas, mas como só se vive uma vez, não se preocupava muito com ambas, que tampouco se incomodavam com ele. Um incansável benfeitor, esteio para os miseráveis? Sim! Pois, durante anos, no dia de Ano-Novo, levava ao pátio um rabinho de arenque ou alguns ossinhos sutis para os pobres irmãos que passassem fome, e bem podia, já que assim desempenhara seu dever como digno felino, grunhir para aqueles miseráveis que ainda por cima lhe mendigavam algo. Um fiel amigo na necessidade? Sim! Pois quando estava na penúria, recorria aos amigos que antes desprezara, ou dos quais se esquecera de todo. Que posso ainda acrescentar sobre seu heroísmo, sobre seu apurado e elevado gosto em relação ao belo e ao sublime, sobre sua vasta cultura artística, sobre todas as milhares de virtudes reunidas em sua pessoa? O que digo eu, que devo dizer a esse respeito, sem aumentar ainda mais nosso justo sofrimento causado por seu deplorável falecimento! Amigos, emocionados irmãos! Pois, de fato, observei que em alguns evidentes momentos, com não pouca satisfação, logrei comovê-los! Assim pois, comovidos irmãos! Sigamos o exemplo do finado, envidemos todos os nossos esforços para seguir suas dignas passadas, sejamos por inteiro o que o defunto foi e assim nós também poderemos desfrutar na morte a paz do gato verdadeiramente sábio, purificado por virtudes de todo o gênero e espécie, como esse morto! Vejam por si mesmos, como jaz calmo, como não move uma só pata, como todo meu elogio à sua excelência não o leva a sorrir satisfeito! Vocês acreditam, enlutados, que a mais grosseira descompostura, tampouco as mais rudes e ofensivas injúrias, teriam surtido alguma impressão no defunto? Acreditam pois que, mesmo se o demoníaco cachorro filisteu, a quem certamente arrancaria os olhos caso se aproximasse agora desse círculo, não o agastaria um mínimo que fosse, não perturbaria seu doce e suave repouso?

Nosso nobre Muzius está acima dos elogios e das críticas, acima de toda hostilidade, toda zombaria, todo escárnio e sarcasmo, acima de todo espectro vivente alça-se nosso magnífico Muzius; ele agora não tem mais um sorriso gracioso, um abraço caloroso, um leal aperto de patas para o amigo, nem tampouco garras e dentes para o inimigo! Graças às suas qualidades alcançou o repouso ao qual, debalde, aspirou desfrutar em vida! Quase chego a crer que todos nós, assim como nos sentamos aqui reunidos e choramos a morte do amigo, também chegaríamos ao descanso, mesmo não sendo um poço de virtudes como ele, e que desse modo deve haver alguma outra motivação para sermos virtuosos, além justamente da aspiração ao repouso, porém isso não passa de simples reflexão a qual lhes abandono, convidando-os a alguns instantes de meditação silenciosa. Pretendia conclamá-los a dedicar a vida inteira aprendendo a morrer tão belamente como o amigo Muzius, porém prefiro abster-me de fazê-lo, temendo ponderações e restrições de sua parte. Ou seja, vocês poderiam talvez objetar que o defunto também deveria ter aprendido a ser cuidadoso e a evitar armadilhas, a fim de não sucumbir precocemente. Mas lembro nessa ocasião o caso de um gato muito jovem que, diante de semelhante ponderação de seu mestre para que o gato empregasse toda a vida aprendendo a morrer, impertinente o bastante revidou: "mas não deve ser difícil, porque todo mundo o consegue da primeira vez"! Dediquemos agora, tristíssimos irmãos, alguns minutos à silenciosa contemplação!

(Hinzmann se calou e passou mais uma vez a pata direita sobre as orelhas e a fuça, então pareceu ter mergulhado em profunda meditação, na medida em que apertava os olhos com força. Por fim, como a ladainha estava demorando demais, o sênior Puff deu-lhe um cutucão e falou-lhe ao pé do ouvido:

— Hinzmann, acho que você dormiu. Veja se termina logo o sermão porque estamos com uma fome desesperada!

Hinzmann se ergueu, aturdido, reassumiu a elegante postura de oratória e prosseguiu:)

— Caríssimos irmãos! Desejei ter ainda alguma ilustração sublime para arrematar com brilho o presente discurso fúnebre, mas nada me ocorreu, creio mesmo que a grande dor que me esforcei por sentir me tornou ligeiramente estúpido. Deixem-me assim dar por encerrado o discurso, ao qual vocês não poderão recusar o devido elogio, e agora entoemos o "*De*" ou "*Ex profundis*"!

Desse modo o gentil gato fechou a fala fúnebre, que, sem dúvida, me pareceu bem ordenada e de bom efeito do ponto de vista retórico, mas ao qual eu faria algumas objeções. Tive a impressão de que Hinzmann falara mais para mostrar sua primorosa articulação que para prestar uma homenagem ao pobre finado após sua triste morte. Nada do que ele dissera combinava com o amigo Muzius, gato modesto, simples, honrado, do qual tive oportunidade de reconhecer a alma fiel e bondosa. Acrescente-se ainda que o elogio fora ambíguo, a tal ponto que, mais adiante, passei a nem gostar mais do discurso, pois durante a exposição só me encantara mesmo com os dons prodigiosos do orador e sua expressiva declamação. O sênior Puff, ao que tudo indicava, compartilhava minha opinião: trocamos olhares cúmplices a respeito da fala de Hinzmann, que testemunhavam nossa concordância.

Ao final do discurso, começamos um "*De profundis*" e, se isso for mesmo possível, soou ainda mais lamentável, mais dilacerante que o pungente canto fúnebre anterior à fala. É sabido que os cantores de nossa espécie dominam de forma esplendorosa a configuração da dor mais profunda, do lamento mais desolado, seja pela queixa proveniente de um amor demasiado violento ou infeliz, seja pela perda de um ente querido. Inclusive o frio e insensível humano se vê intimamente afetado por esses cantos, sendo que ele mesmo só é capaz de aliviar o coração oprimido com xingamentos. Quando o "*De profundis*" terminou, carregamos o corpo do falecido amigo e o depositamos numa funda cova situada num canto do porão.

Foi nesse instante que teve lugar a cena mais inesperada e, ao mesmo tempo, tocante de toda a cerimônia fúnebre. Três jovens gatas, belas como o dia, aproximaram-se saltitantes e espalharam sobre o túmulo aberto folhas de batata e de salsa colhidas no porão, enquanto uma canção simples e emocionante era entoada por uma delas. A melodia me pareceu familiar e, se não me engano, ela iniciava assim: "O meu chapéu tem três pontas...", etc. Conforme me informou o sênior Puff ao ouvido, eram as filhas de Muzius prestando também uma homenagem ao pai morto.

Eu não podia tirar os olhos da cantora; era um charme, o tom de sua meiga voz, combinado ao sentimento profundo impregnado à melodia daquele canto fúnebre, inebriava-me por inteiro; não consegui conter as lágrimas. Mas, de modo contraditório, a dor que trasmitia suscitava-me, também, um grande bem-estar.

Com toda a sinceridade! Meu coração estava pleno, sentia-me como se jamais tivesse visto uma gata jovem tão encantadora, tão nobre nos gestos e no olhar, enfim, uma síntese de tantas virtudes!

O túmulo foi coberto com esforço por quatro robustos gatos, que arranharam a areia e a terra como lhes foi possível e, assim, o enterro acabou e passamos à mesa. As belas e simpáticas filhas de Muzius queriam ir embora, discordamos, no entanto, e fizemos questão que ficassem para participar do banquete fúnebre. Eu soube conduzir tão bem a situação que acabei levando à mesa a mais bonita para sentar-se ao meu lado. Se no primeiro momento me deslumbrara com sua beleza, se me deixara em seguida enfeitiçar por sua voz, agora me via transportado ao sétimo céu pelo entendimento claro e luminoso, pela ternura, pela delicadeza de seus sentimentos e pela pura e devota feminilidade que emanavam de seu interior. Tudo adquiria em sua boca, através de suas sussurrantes palavras, um feitiço peculiar, como se sua conversa fosse um agradável e ameno idílio. Assim, por exemplo, falava com entusiasmo sobre um mingau de leite que tomara dias antes da morte do pai, não sem apetite, e quando eu lhe disse que na casa de meu mestre se costuma preparar com primor semelhante mingau, com a única diferença de ser acrescido à boa porção de manteiga, olhou-me com seus devotos olhos verdes cintilantes de pomba e perguntou-me num tom que estremeceu todo meu coração:

— De fato? De fato, meu senhor! O senhor também gosta de mingau de leite? Com manteiga! — repetiu ela, então, como que mergulhada em devaneios.

Quem ignora que às belas mocinhas florescentes, de seis a oito meses (tanto deveria ter a bela), nada combina melhor que um traço de ar sonhador, o que as torna quase sempre irresistivelmente sedutoras? Assim aconteceu e, portanto, inflamado de amor, apertei com força a pata da gata e bradei:

— Criatura inglesa! Venha tomar mingau de leite comigo no café da manhã e nenhuma bem-aventurança se igualará à minha!

Ela pareceu embaraçada, baixou os olhos, enrubesceu, mas manteve a pata entre as minhas, um gesto que me fez nutrir doces esperanças. Ouvira meu mestre dizer certa feita a um senhor de idade que, se não me falha a memória, era um advogado: uma moça corria perigo deixando a mão esquecida entre as mãos de um homem, porque esse, com razão, poderia interpretá-lo como *traditio brevi manu*[203] de toda sua pessoa e fundamentar no gesto todo o tipo de reivindicações que só com dificuldade seriam negadas. Eu tinha grande desejo de postular tais reivindicações, e ia começar a fazê-lo quando nossa conversa foi interrompida por um brinde em honra ao falecido. As três filhas menores do finado Muzius tinham nesse ínterim demonstrado um humor tão alegre, uma ingenuidade tão graciosa, que todos os gatos estavam encantados. A dor e o sofrimento já tinham sido amortecidos pelos prazeres da mesa, a sociedade vinha se tornando cada vez mais contente e animada. Ria-se, brincava-se e, terminada a refeição, foi o sério sênior Puff quem propôs improvisarmos uma dança. Bem depressa abriram espaço; três gatos afinaram suas cordas vocais e, sem demora, as espertas filhas de Muzius saltavam e giravam com os jovens.

Eu não me desgrudei do lado da formosa e, ao convidá-la a dançar, deu-me a pata e deslizamos pelo salão. Ah! Como seu hálito me inebriava, como tremia meu peito junto ao seu! Como eu cerrava seu cálido corpo entre minhas patas! Oh, que momento feliz, celestial e abençoado!

Após dançar duas ou três contradanças, conduzi a formosa a um canto do sótão e servi-lhe, conforme o galante costume, alguns refrescos, entre os quais pudemos conversar um pouco, já que a festa não estava arranjada para um baile. Dei, então, livre curso a meus íntimos sentimentos. Vez ou outra, comprimi sua pata contra meus lábios, assegurando que seria o mais feliz dos mortais se ela me amasse um pouco que fosse.

---

203. Em latim: no direito romano, "transmissão sem entrega formal".

— Infeliz! — disse de súbito uma voz às minhas costas. — Que faz você? Essa é sua filha Mina!

Estremeci ao reconhecer a voz! Era Miesmies! O acaso jogava caprichoso comigo e, no instante em que acreditei ter finalmente esquecido de Miesmies, descobria, sem jamais suspeitar, que me apaixonava por minha própria filha! Miesmies estava de luto rigoroso, eu não sabia o que pensar daquilo.

— Miesmies, o que a traz aqui? Por que esse luto e... Oh, Deus!... As meninas... Irmãs de Mina?

Soube de algo inacreditável! Meu odiado rival, o pintalgado, separara-se de Miesmies logo após sucumbir à minha bravura cavalheiresca naquele selvagem combate e, quando as feridas se curaram, ele partira ninguém sabe para onde. Muzius então pediu sua pata, ela assentiu de bom grado e o engrandecia e provava sua delicadeza o fato de ter-me ocultado tal relação. Assim, pois, as gatinhas espertas e ingênuas eram meio-irmãs de Mina.

— Oh, Murr! — falou Miesmies com ternura, depois de contar tudo. — Sua bela alma simplesmente se enganou no sentimento que a invade. Era o amor do pai afetuoso, não do amante apaixonado, revelando-se em seu coração, ao ver nossa Mina! Nossa Mina! Que palavras agradáveis!

Murr, como pode se mostrar insensível? Terá se extinguido todo o amor em seu peito àquela que o amou tanto... Oh, céus, àquela que ainda o ama, e lhe teria sido fiel até a morte se não houvesse se intrometido outro, atraindo-a com as vis artes da sedução. "Oh, fraqueza é teu nome, gata!".[204] É o que você pensa, eu sei, mas não seria uma virtude masculina perdoar a gata? Murr! Você me vê abatida, desconsolada com a perda do terceiro e amoroso esposo, porém no desconsolo novamente se inflama o amor que outrora foi minha alegria, meu orgulho, minha vida! Murr! Ouça minha confissão: ainda o amo e queria casar...

204. Pela segunda vez, Hoffmann cita a frase de *Hamlet*: "Fraqueza é teu nome, mulher". Ver nota 31.

"Ela havia se transformado em uma fonte de lágrimas que jorrava com abundância e, com minha proximidade, se agitava tempestuosamente. Mina estava sentada, pálida e bela como a primeira neve que às vezes, no outono, vem beijar as últimas flores e logo se transforma em água amarga."

(Observação do editor: Murr! Murr! Mais um plágio! Em *A história maravilhosa de Peter Schlemihl*[205], o herói do livro descreve sua amada, também chamada Mina, com essas mesmas palavras.)

Contemplei em silêncio as duas, mãe e filha, consciente de que a última agradava-me infinitamente mais, e como em nossa espécie as relações de parentesco próximo não representam impedimento canônico para o matrimônio... Talvez meu olhar tenha me traído, porque Miesmies pareceu ter lido meus pensamentos.

— Bárbaro! — exclamou, saltando até Mina e apertando-a com força contra o peito. — Bárbaro! O que você pretende fazer? Como? Vai desdenhar esse coração que o ama e amontoar crime sobre crime?

Embora não entendesse a espécie de direitos que Miesmies reclamava e os delitos dos quais me acusava, achei melhor ter humor e engolir em seco a fim de não perturbar a alegria reinante naquele funeral. Com isso, expliquei a ela, totalmente fora de si, como a mera e incrível semelhança entre as duas me confundira, levando-me a pensar que nutria por Mina o mesmo sentimento que incendiava meu peito na verdade por ela, para todo o sempre bela, Miesmies. Logo Miesmies enxugou as lágrimas, assentou-se colada a mim e iniciou uma conversa bem íntima, como se nada de mal tivesse acontecido entre nós. Como o jovem Hinzmann ainda convidou a bela Mina para dançar, pode-se imaginar a situação penosa e constrangedora na qual me encontrava.

205. A citação segue a edição brasileira da novela *A história maravilhosa de Peter Schlemihl*, de Adelbert von Chamisso, cuja tradução e notas são de Marcus Vinicius Mazzari e posfácio de Thomas Mann, São Paulo, Estação Liberdade, 2003.

Sorte minha o decano Puff tirar Miesmies para a última dança, pois, do contrário, ela ainda poderia ter-me feito todo o tipo de propostas inusitadas. Saí do sótão à francesa e pensei: a noite é conselheira.

Considero esse funeral o momento da virada, quando se encerraram meus meses de aprendizagem e entrei em outro círculo da vida.

(Folha de macul.):... levou Kreisler a se dirigir de manhã bem cedo aos aposentos do abade. Encontrou o reverendo senhor com a machadinha e o cinzel na mão, ocupado em abrir uma grande caixa na qual, a julgar pela forma, devia estar embalado um quadro.

— Ah — disse o abade vendo Kreisler —, que bom vê-lo, mestre! Você pode me ajudar num trabalho pesado e difícil. A caixa está lacrada com milhares de pregos, como se tivesse de permanecer fechada para sempre. Ela veio diretamente de Nápoles e contém um quadro que, antes de tudo, quero pendurar em meu gabinete, sem mostrar aos irmãos. Por isso não pedi ajuda a ninguém; mas você pode auxiliar-me, mestre.

Kreisler pôs mãos à obra e, juntos, os dois não precisaram de muito tempo para tirar da caixa a grande e formosa pintura em uma luxuosa moldura dourada. Não pouco se surpreendeu o mestre ao ver vazio no gabinete do abade o lugar em cima do altar, onde ele sempre pendurava um quadro muito encantador de Leonardo da Vinci representando a Sagrada Família. A obra era considerada pelo abade uma das melhores de sua coleção, rica em antigos originais e, entretanto, a obra-prima devia ceder agora seu lugar a uma pintura cuja grande beleza, como também a decidida novidade, Kreisler reconheceu à primeira vista.

Após fixarem o quadro à parede com muita dificuldade, o abade posicionado no ângulo correto da luz contemplava a pintura com íntimo prazer e escancarada alegria, como se estivesse em jogo um interesse especial que ia além da verdadeiramente admirável obra. O objeto do quadro era um milagre. Rodeada pela resplendente glória do céu, aparecia a Virgem Santa; na mão esquerda levava um ramo de lírio, mas com os dedos da mão direita tocava o peito nu de um adolescente e se via como, embaixo dos dedos, gotejava o espesso sangue de uma ferida aberta. O jovem meio que se erguia do leito onde se estendia, parecendo despertar do sono da morte, embora não tivesse abertos os olhos, e o sorriso transfigurado de seu rosto formoso mostrava que via a mãe de Deus num sonho bem-aventurado, que lhe tinha tirado a dor da ferida, e a morte não tinha poder sobre ele. Qualquer perito haveria de se admirar ao extremo com o desenho correto, a hábil disposição do grupo, a adequada distribuição de luz e sombras, a queda majestosa da roupagem, a nobre beleza da imagem de Maria, mas sobretudo com o vivo colorido que os artistas modernos raramente possuem. Mas o que mais revelava o autêntico gênio do artista era, em especial, a indescritível expressão das fisionomias. Maria era a mulher mais linda e graciosa que se poderia imaginar e, mesmo assim, em seu semblante havia uma paz celestial, assim como em seus olhos escuros brilhava o doce fogo da beatitude eterna. Do mesmo modo, o celestial êxtase do jovem despertado para a vida estava concebido e ali configurado com a vigorosa força do espírito criador do artista. Na verdade, Kreisler não se lembrava de ter visto algum dia um quadro moderno comparável à excelência dessa obra, impressão que comunicou ao abade, estendendo-se sobre pormenores concretos e técnicos, e acrescentando que nos últimos tempos quase nada se produziu com tamanho esmero.

— Isso — disse o abade sorrindo — tem suas razões, como você saberá logo, mestre de capela. Sem dúvida, nossos jovens artistas estudam, compõem, desenham, fazem ensaios ousados e, no final, criam algo morto e estático que não pode ser introduzido na vida, pois não possui vitalidade em si. Em vez de copiar com cuidado ao velho e grande mestre que tomaram como exemplo e modelo, penetrando assim no que é peculiar a seu estilo, querem logo ser o próprio mestre e pintar *similia*[206] mas, ao fazê-lo, incidem na imita-

206. Em latim: "algo parecido".

ção do secundário, o que os torna infantis e ridículos como aquele que, a fim de igualar-se ao grande homem, se esforça para tossir, roncar e andar ligeiramente curvado como ele. Aos nossos jovens artistas falta o entusiasmo verdadeiro que brota do interior e põe ante os olhos a imagem da vida mais plena em toda sua glória. É possível ver como um ou outro se atormenta em vão para alcançar aquela elevada disposição espiritual, sem a qual não se pode criar arte alguma. Mas o que os pobres consideram verdadeiro nesse entusiasmo e afinado com o que enobrece o sereno e tranquilo espírito do velho mestre nada mais é que um sentimento estranhamente mesclado de presunçosa admiração da própria fantasia e o temeroso e atormentador cuidado de executar o trabalho em imitação detalhada do modelo.

Ocorre sempre que a figura central, que deveria se destacar ela mesma com vitalidade na luminosa e amável vida, transforma-se em careta repugnante. Nossos jovens pintores não logram a clara representação da imagem preconcebida em seu íntimo, mas não será talvez tão somente porque ainda lhes falta o colorido, mesmo quando o restante está bastante bom? Em uma palavra, eles sabem desenhar, mas não pintar. Não que o conhecimento das cores e suas técnicas se tenham perdido, nem que falte dedicação aos jovens pintores. No que diz respeito à primeira é impossível, pois desde o início da era cristã, na qual a arte pictórica pela primeira vez se configurou como arte verdadeira, ela nunca parou de se desenvolver, enquanto mestres e discípulos formam uma cadeia contínua e ininterrupta, e as transformações humanas, pouco a pouco produzindo variações do original, não podem ter tido influência alguma sobre a execução mecânica. No que concerne ao zelo, os pintores pecam mais por excesso que por falta. Conheço um jovem artista que, apesar de começar bem o quadro, pinta e repinta até fundir tudo em um tom fosco e esmorecido, talvez semelhante à sua concepção interior, cuja configuração não pode se introduzir na vida íntegra e perfeita. Eis aqui, mestre de capela, um quadro do qual transpira a vida magnífica e esplendorosa, e isso porque foi criado num momento de devoto entusiasmo. O milagre lhe é evidente. O jovem que se ergue do leito foi atacado em total desamparo por assassinos e mortalmente ferido. Nesse momento, embora antes tivesse sido um ímpio delinquente e desprezado com infernal loucura os mandamentos da Igreja, apelou ao auxílio da Santa Virgem Mãe, e a celeste mãe de Deus quis despertá-lo da morte a fim de que vivesse, admitisse seus erros e se consagrasse piamente à Igreja. O jovem, a quem a mensageira de Deus concedeu tamanha graça, é ao mesmo tempo o pintor do quadro.

Kreisler demonstrou grande surpresa ante aquilo que o abade lhe contava e concluiu perguntando se, dessa maneira, o milagre tinha acontecido numa época bem recente.

— Você também, meu querido Johannes — disse o abade em tom brando e calmo —, compartilha a tola opinião de que a porta da graça do céu agora se encontra fechada, fazendo com que a compaixão, a misericórdia na forma do santo, a quem o homem invoca no momento de medo da perdição, já não exista no mundo nem apareça ao necessitado para trazer-lhe paz e consolo? Creia-me, Johannes, os milagres nunca deixaram de acontecer, mas o olho do homem está cego de pecaminosa arrogância, sem poder suportar o brilho extraordinário do céu e, por isso, não reconhece a graça do Poder Eterno quando Esse lhe surge em manifestação visível. Mas, meu caro Johannes, os mais esplêndidos milagres divinos se passam no fundo da alma do homem, e ele deve anunciá-los como puder, através da palavra, do som, da cor. O monge que pintou o quadro anunciou de forma maravilhosa o milagre de sua conversão e, por isso, Johannes, tenho de falar de você, isso desborda do coração, assim você expressa pelas harmonias sublimes o milagre magnífico da potência divina no cerne de seu ser. Por acaso essa faculdade não é um milagre que a graça divina concede para sua salvação?

Kreisler sentiu-se vivamente emocionado pelas palavras do abade, como raras vezes lhe ocorrera, pois fizeram a fé aflorar com muita força em seu gênio criador e lhe causaram um bem-estar inexprimível.

Durante a conversa, Kreisler não tirara os olhos da maravilhosa pintura mas, semelhante aos quadros com fortes efeitos de luz no primeiro plano ou em plano médio, como era aqui o caso, que só mais tarde permitem descobrir as figuras situadas no obscuro pano de fundo, também naquele instante Kreisler viu uma imagem furtiva saindo pela porta envolta num grande manto, tendo à mão o punhal — sobre o qual parecia incidir um raio de glória da rainha dos céus, que o fazia brilhar de modo imperceptível. Era evidente que se tratava do assassino. Em fuga, ele olhava para trás e seu rosto estampava expressão de medo e espanto.

Kreisler sentiu-se golpeado por um raio ao reconhecer no rosto do assassino os traços do Príncipe Hektor; e, de súbito, tinha ainda a vaga impressão de ter visto algum dia, embora fugazmente, o jovem ferido. Mas não disse nada ao abade, sem que soubesse o porquê e, ao invés disso, perguntou se não considerava inconveniente e perturbador que o pintor inserisse em destacado primeiro plano, embora um pouco à sombra, objetos de vestimentas modernas, constatando ainda que ele escolhera roupas modernas também para o jovem despertado, ou seja, para si mesmo.

É verdade que a um canto do quadro havia uma pequena mesa e bem junto dela uma cadeira sobre cujo espaldar pendia uma echarpe turca, além de um chapéu de oficial com plumas e um sabre sobre a mesa. O jovem portava uma moderna gola de camisa, um jaleco inteiramente desabotoado e uma calça escura também aberta, mas cujo corte permitia uma caída das pregas. A rainha dos céus estava vestida segundo se costuma vê-la nos quadros dos melhores mestres antigos.

— A mim, o cenário em primeiro plano e a vestimenta do jovem não são inadequados, penso inclusive que a obra estaria impregnada da necessidade e da vaidade mundanas, e não inspirada pela graça divina, se o pintor tivesse se desviado da verdade nos detalhes acessórios. Assim como de fato se passou, reproduzindo fielmente lugar, ambiente, trajes das pessoas e assim por diante, ele deveria apresentar o milagre, de modo a tornar possível ver, à primeira vista, que o milagre teve lugar em nossos dias, e o quadro do monge devoto transforma-se num belo troféu da Igreja vitoriosa nesses tempos de ceticismo e perdição.

— E contudo — disse Kreisler —, esse chapéu, esse sabre, essa echarpe, essa mesa, essa cadeira... O efeito do conjunto em minha opinião é fatal, e queria que o pintor tivesse renunciado a esse cenário do primeiro plano e envolvido a si mesmo com um manto em vez da calça. Diga-me, reverendo padre, o senhor poderia imaginar uma história sagrada com trajes modernos, um São José em redingote frisado, um Salvador em fraque, uma Virgem Maria de vestido coberto por uma echarpe turca? Isso não lhe parece uma indigna, até mesmo repugnante profanação do sagrado? Todavia os antigos pintores, sobretudo os alemães, representaram todos os personagens da Bíblia e da história sagrada com os trajes de sua época, e seria errôneo afirmar que tais roupas seriam mais apropriadas à configuração pictórica que as atuais pois, com exceção de algum vestido feminino, são bastante absurdas e deselegantes. Algumas modas de antigamente chegavam ao exagero, ao monstruoso me atreveria a dizer; pensemos naqueles sapatos de bico retorcido de modo interminável, naqueles calções tufados e curtos, nos gibões e nas mangas de remate recortados, etc.; inteiramente insuportáveis e deformadores de fisionomia e silhueta eram, porém, algumas peças do vestuário feminino, encontradas às vezes em ilustrações com as quais a moça jovem e formosa fica com o aspecto de matrona velha e sofrida. E mesmo assim, por certo ninguém considerou essas ilustrações inadequadas.

— Em poucas palavras, meu caro Johannes — respondeu o abade —, posso mostrar-lhe com clareza a diferença entre a devoção antiga e a perversão do presente. Pense bem, antigamente a história sagrada estava de tal modo implicada na vida das pessoas, sendo, digamos, tão essencial, que todos acreditavam ter visto o milagre acontecendo ante seus olhos, e todo dia o eterno poderia deixar o mesmo se renovar. Assim, o pintor devoto cria assistir a todas as passagens bíblicas, às quais consagrava seu coração, no seu próprio tempo; entre as pessoas que o cercavam na vida, via suceder o misericordioso e o representava com a pintura. Hoje em dia essas passagens soam um tanto remotas, estrangeiras, sem influência sobre o presente, só nas reminiscências com esforço mantêm um pálido alento, e debalde luta o artista para obter uma visão mais cheia de vida, porque talvez não queira admitir para si mesmo que sua interioridade está debilitada pelas paixões mundanas. Igualmente é insípido e ridículo acusar os pintores antigos de falta de conhecimento do vestuário, por apresentarem roupas de seu tempo nas pinturas, bem como nossos jovens pintores se esforçarem em atribuir às suas ilustrações de passagens sagradas os trajes mais extravagantes e de mau gosto, demonstrando com isso não terem visto na própria vida o que representam, mas sim, estarem se resignando ao reflexo das pinturas feitas pelos mestres antigos. Por isso, meu caro Johannes, pelo fato de o presente ser profano demais, e para não estar em contradição com aquelas devotas lendas, já que ninguém está em condições de representar aqueles milagres como ocorridos entre nós, é por isso que achamos a representação com as roupagens modernas de mau gosto, grotesca, até sacrílega. Se o Poder Divino, no entanto, fizesse suceder o milagre ante nossos olhos, seria inadmissível mudar a roupa do momento, assim como os pintores de hoje, se quiserem encontrar um ponto de apoio, teriam que conferir corretamente aos episódios antigos o vestuário de cada período, tanto quanto se possa investigar. Razão, repito, tinha o pintor deste quadro ao indicar o presente, e o cenário que você, meu caro, julgou inapropriado, enche-me de devoto e sagrado calafrio, pois sinto como se estivesse eu mesmo adentrando a casa em Nápoles na qual, há alguns anos, ocorreu o milagre do despertar desse jovem.

Kreisler viu-se levado a reflexões de várias espécies pelas palavras do abade; não podia deixar de concordar com ele em muitas coisas, mas pensava que, sobre a devoção dos antigos e a corrupção do presente, no abade falava mais alto o monge que exigia e realmente via sinais, milagres, e êxtases, dos quais não carecem o espírito de devoção infantil, que se mantém longe do convulsivo êxtase de um culto fanático, para vivenciar a autêntica virtude cristã. Essa virtude definitivamente não desaparecera da face da Terra, e se o Poder Eterno tivesse nos abandonado e dado livre arbítrio ao sombrio demônio, não nos viria devolver ao bom caminho através de milagres. Kreisler guardou para si todas essas considerações e continuou contemplando com mais e mais detalhes a pintura. Mas, quanto mais fixava os olhos nos traços do assassino destacado na profundidade do campo, mais ele se convencia de que o original vivo da figura não podia ser outro senão o Príncipe Hektor.

— Parece-me, reverendo senhor — começou Kreisler —, que vejo lá no fundo um bravo camuflado que persegue o mais nobre animal, ou seja, o homem, espreitando-o de múltiplas maneiras. Aqui, como vejo, essa personagem assassina usou uma arma de gume bem afiada e o acertou, mas pelo jeito não é hábil no manuseio da arma de fogo, pois recentemente errou de mau jeito um belo cervo na floresta. Na realidade, gostaria muito de conhecer o *Curriculum vitae* desse decidido caçador, mesmo se abreviado. Verei, assim, se não me seria aconselhável recorrer à Santa Virgem Maria pedindo talvez uma carta de proteção!

— Dê tempo ao tempo, mestre de capela! — repreendeu o abade. — Eu me surpreenderia se em breve não se lhe aclarasse o que ainda parece obscuro. Muitos dos seus desejos, que só agora fico conhecendo, podem se cumprir a contento. É muito estranho, sim, posso lhe dizer, que em Sieghartshof estejam tão enganados a seu respeito. Mestre Abraham talvez seja o único capaz de enxergar seu coração.

— Mestre Abraham? O senhor conhece o velho e honorável cavalheiro?

— Você se esquece que nosso belo órgão deve seus sutis e vibrantes sons à habilidade de Mestre Abraham? Falaremos disso noutra ocasião. Espere com paciência o que há de vir!

Kreisler pediu licença ao abade para retirar-se; queria descer ao parque a fim de dar curso às imagens que lhe passavam pela cabeça. Mas ao terminar de descer a escada, ouviu um chamado atrás de si:

— *Domine, domine Capellmeistere! — paucis te volo*![207]

Era o Padre Hilarius dizendo que esperara com muita inquietude o final da longa conversa com o abade. Acabava de cumprir seus deveres, engarrafando um dos mais deliciosos vinhos de Leiste há anos guardado na adega. Fazia questão que Kreisler experimentasse agora um cálice ainda em jejum, para apreciar a qualidade de nobre origem e convencer-se de que aquele vinho fortalecia corpo e espírito, e inspirava um nato compositor virtuoso e autêntico músico.

Kreisler sabia que seria inútil tentar recusar a oferta do entusiasmado Padre Hilarius e, como no estado de ânimo que se encontrava lhe apetecia mesmo beber um jarro de bom vinho, seguiu o alegre adegueiro, que o conduziu à sua cela, onde sobre uma mesinha coberta com um guardanapo limpo se encontrava a jarra com a nobre bebida, bem como pão branco recém-assado, sal e anis.

— *Ergo bibamus*! — exclamou Padre Hilarius, que encheu até a borda os delicados cálices de cristal verde e brindou alegremente com Kreisler.

— Aposto como nosso reverendo senhor está querendo lhe enfiar num hábito! Não faça isso, Kreisler! Eu me sinto bem dentro desse traje, não o abandonaria por nada do mundo! Mas *distinguendeum est inter et inter*! A mim, um bom jarro de vinho e um afinado canto de Igreja constituem o mundo, mas a você? Você está reservado para outras coisas, a vida lhe sorri de outro modo, com

207. Em latim: "Senhor, senhor mestre de capela! Quero lhe falar umas coisas".

outras luzes, não são velas de altar que o aguardam! Em poucas palavras... Diga não! Viva sua amada e, se de fato se casar, apesar de todo o desgosto do abade, receberá de mim o melhor vinho de nossa rica adega!

Kreisler sentiu-se afetado de modo desagradável pelas palavras de Padre Hilarius, assim como nos dói ver algo delicado e puro como a neve ser tocado por mãos inábeis e grosseiras.

— Incrível como vocês sabem de tudo — disse Kreisler afastando de si o cálice de vinho — cá entre as quatro paredes do mosteiro.

— Domine Kreisler — respondeu o abade —, não me leve a mal, *video mysterium*[208], mas preciso me calar! Se não quer seu... Bem! Deixe-nos tomar o desjejum *in camera et faciemus bonum cherubim*[209], e *bibamos*, que o Senhor nos proporcione, e conserve, a paz e a tranquilidade reinantes aqui na abadia até o presente.

Kreisler perguntou, curioso:

— Vocês estão correndo o risco de perdê-las?

— Domine — lhe respondeu o padre, abaixando a voz —, domine *dilectisseme*! Você se encontra já há bastante tempo entre nós para saber que vivemos numa harmonia em que as mais variadas inclinações dos irmãos se unem em alegria e serenidade, favorecidas por tudo: a natureza que nos cerca, a doçura da disciplina monacal, todo nosso estilo de vida... Talvez tudo isso tenha durado o que podia durar. Sabe, Kreisler, acaba de chegar o Padre Cyprianus, muito aguardado, que foi recomendado ao abade por Roma, com insistente ênfase. Ainda é um homem de pouca idade, mas nesse rosto ressecado e triste não se notam vestígios de uma alma contente, enquanto nos traços lúgubres e entorpecidos há uma implacável severidade, que revela o asceta elevado ao supremo grau de autoflagelação... Todo seu ser demonstra certo desprezo com relação a tudo que o cerca, o que talvez se deva a um sentimento

208. Em latim: "vejo um mistério".

209. Em latim vulgar: "na cela, e nós faremos uma magnífica refeição".

de superioridade espiritual sobre nós. Informou-se, lacônico, sobre as regras do convento, nossos costumes, e se irritou imensamente. Atente para o que digo, Kreisler, o recém-chegado transtornará nossa ordem, que estava tão bem! Atente para isso, *nunc probo*![210] Os partidários do rigor se unirão a ele sem delongas, e logo se formará um partido contra o abade, e talvez seja impossível evitar sua vitória, pois me parece certo que ele é um emissário de Sua Santidade, a cuja vontade o abade tem de se curvar. Kreisler, o que será de nossa música, de sua agradável estada entre nós! Quando contei a ele sobre a sintonia de nosso coro, de como estávamos em condições de executar com bravura as obras dos grandes mestres, o tenebroso asceta fez uma careta horripilante e disse que essa música era para o mundo profano, não para a Igreja da qual o papa Marcelo II[211] queria bani-la, com razão. *Per diem*, se não houver mais coro e me cerrarem quem sabe as portas da adega... Por ora, *bibamus*! Não precisamos nos preocupar antes da hora, *ergo* — glub, glub!

Kreisler afirmou que o estrangeiro certamente não era severo como aparentava, não podia crer que o abade, com seu caráter probo e firme, cederia sem resistência à vontade de um monge forasteiro, sobretudo quando tampouco a ele faltavam importantes conexões em Roma.

Nesse instante, fizeram-se ouvir os dobres dos sinos, anunciando com solenidade a admissão de Cyprianus, o irmão estrangeiro, à ordem de São Benedito. Kreisler se pôs a caminho da Igreja junto

---

210. Em latim: "estou observando".

211. Marcelo Cervini (1501-1555), célebre humanista italiano, papa durante poucos dias (entre 10 de abril e 1º de maio de 1555), se opôs às missas baseadas em cantos seculares, cuja complexidade técnica dificultava a compreensão por parte da congregação das palavras da cerimônia religiosa, devido aos instrumentos ruidosos, má pronúncia, descuido e irreverência. Em 1566, os bispos e teólogos reunidos no Concílio de Trento pretendiam banir a música polifônica das igrejas, mas, ouvindo uma missa composta por Giovanni Pierluigi da Palestrina (o último nome se deve ao local de origem, 1525-1594) em homenagem ao papa Marcelo II, mudaram de ideia.

de Padre Hilarius, que ainda engoliu às pressas um último gole de seu vinho, dizendo um tanto receoso: *Bibendum quid*. Das janelas do corredor que atravessaram, podiam ver o interior dos aposentos do abade.

— Olhe, olhe! — mostrou Padre Hilarius, puxando Kreisler a um ângulo da janela. O mestre de capela olhou o outro lado e viu na sala um monge, com o qual o abade falava com enorme agitação, enquanto seu rosto se tornava vermelho. Por fim, o abade se ajoelhou ante o outro, que lhe deu a bênção.

— Tenho razão quando creio ter algo de extraordinário com esse forasteiro, que caiu do céu de um dia para o outro em nossa abadia — disse Padre Hilarius.

— Sem dúvida — respondeu Kreisler — há um mistério envolvendo esse Cyprianus, e não me surpreenderei se algumas constelações sofrerem mudanças em breve.

Padre Hilarius acompanhou os irmãos, que vinham entrando em cerimoniosa procissão com a cruz à frente, e os irmãos leigos com velas acesas e bandeiras nas laterais.

Quando o abade passou perto de Kreisler com o monge recém-chegado, Kreisler reconheceu de pronto o jovem despertado pela Santa Virgem naquela pintura. Correu ao seu quarto e pegou o pequeno retrato que Mestre Abraham lhe dera. Não havia dúvida! Era o mesmo jovem, embora ainda mais moço, mais vigoroso e retratado num uniforme de oficial. Então...

QUARTA PARTE

Benefícios da alta cultura
Os meses da maturidade

(*Murr pr.*): O tocante discurso de Hinzmann, o banquete fúnebre, a maravilhosa Mina, o reencontro com Miesmies, a dança, tudo isso suscitara em meu coração um embate entre os sentimentos mais contraditórios, de maneira que eu não sabia o que fazer comigo mesmo, e essa consternação quase me fazia desejar ser também enterrado no porão ao lado do amigo Muzius. Isso era naturalmente muito duro, reconheci, e não sei o que teria sido de mim se não habitasse em meu interior o verdadeiro e elevado espírito poético, que logo me sugeriu abundantes versos que não deixei de registrar. A divindade da poesia se revela em tudo que cria versos e, embora às vezes a rima custe algumas gotas de suor, causa também um bem-estar interior milagroso, que não somente transcende toda dor terrestre, como faz esquecer fome e dor de dente. Aquele a quem a morte arrebatou o pai, a mãe, a esposa, como é de se supor, ficou fora de si a cada perda, mas ao conceber em pensamento o magnífico réquiem para o ente querido, jamais ficará sem consolo e deverá casar novamente apenas para não abandonar a esperança de vivenciar um novo enlevo tão trágico.

Eis alguns versos que descrevem minha condição, assim como a transição da dor à alegria, com potência e autenticidade poéticas:

Quem caminha feito louco
Por sombrios e ermos porões?
O amigo fiel enterrado lá jaz.
O consolo conforta e deseja,
Mas a voz no calabouço se queixa:
"Venha logo!", ouço!, em desvarios,
Pois o espírito perdido não tem paz
Sou eu quem à vida o enseja.

Oh! Não são sombras fugidias
Que os tristes acordes tangem!
São suspiros pelo marido fiel,
Por ele, amores sedentos!
O amor e as ciladas baldias
Rinaldo quer, anseia rever.
Mas como! Não vejo garras e fel?
Olhares furiosos, ciumentos?

Para onde fugir? É ela — a menina!
Ah! Que sentimento o peito agita
Na alva neve vejo o botão
Da juventude, supremo prazer
Ela salta, achega-se, tudo ilumina
Ao meu redor, coração palpita!
Um doce aroma inunda o porão

Tão leve o peito, coração a florescer.

O amigo morto — ora encontrado
Gozo! Amarga dor. Devoção!
A esposa — a filha — em meio à dança!
Ah! Sinto cindir o coração no cadafalso?
Temperança pela vingança perturbada
Os ciúmes felinos no salão.
Não, preciso ainda de esperança
Somente ofusca-me o brilho falso.

Fora, vaidosa ilusão intrusa!
Que nobres anseios me inspirem!
Não pouco o gato camufla,
Pouco sabe, ama, odeia.
Silêncio, não olhe, fuja.
Oh Mina, Miesmies, *insidiem*!
Se veneno fatal me insufla
E a vingança de Muzius anseia!

Glorificado! Cada assado
Faz-me recordá-lo, cada peixe!
Penso em sua sabedoria, seu passado,
Quero ser como você, deixe-me!
Se a maldade canina logra
Denegri-lo através da infâmia
Nobre amigo, a ignomímia sangra
Quem ora chora, há de jurar vingança.

Insosso e tão sofrido
Penava meu coração
Mas graças às belas musas
Alcei voos de fantasia.

Agora o peito ferido
Só pensa na refeição,
É faminto como Muzius
E imerso em plena poesia.

Oh, arte!, filha das altas esferas
Consolo das duras penas
Que eu sempre faça um verso
Fácil, sem muito empenho!
E "Murr", digam sempre as belas,
Cordiais, pequenas, melenas.
"Que no coração do poeta, disperso
No gênio, desperte o engenho!"

O efeito da versificação trouxe benefícios reconfortantes, e como não pude me satisfazer só com esse poema, compus outros logo em seguida, com a mesma fluência, com a mesma felicidade. Os mais bem-sucedidos eu comunicaria aqui ao estimado leitor se eu não tivesse em mente publicá-los junto com vários jogos de palavras e improvisos, redigidos em momentos ociosos — e que quase sempre me fazem rebentar de riso —, sob o título genérico: "Gerados em instantes de graça!". Para minha própria glória, devo dizer que, inclusive em meus anos de juventude, quando o fogo das paixões ainda não se acalmara, uma clara vidência, um sagaz sentido da pertinência prevalecia sobre toda redundante embriaguez dos sentidos. Assim, pude reprimir por inteiro o súbito amor pela formosa Mina. Finalmente, após prudente consideração, essa paixão teria de afigurar-se um tanto ridícula devido à minha condição; pouco depois vim a saber que Mina, apesar das aparências de infantil ternura, possuía uma personalidade caprichosa e intolerante, que em certas ocasiões desconcertava os bichanos mais assustadiços. Todavia, pretendendo poupar possíveis recaídas, evitei com cuidado eventuais encontros e, por recear ainda as proposições de Miesmies com seu caráter insólito e exaltado, permaneci solitário em meu quarto, sem visitar o sótão, o porão ou o telhado. O mestre parecia ver meu comportamento retraído com gosto; permitiu que, enquanto estivesse estudando no escritório, eu me sentasse atrás dele no respaldo largo da cadeira, o que me possibilitava acompanhar a leitura do mesmo livro que ele lia se eu esticasse o pescoço. Foram interessantes livros que ambos, meu mestre e eu, estudamos juntos dessa maneira, como por exemplo, Arpe, "*de prodigiosis naturae et artis operibus, Talismanes et Amuleta dictis*", *Mundo encantado*, de Becker, e *Rerum memorandum libri*, de Francesco Petrarca[212], além de vários outros.

O mestre havia saído. O sol brilhava sedutor, os aromas primaveris se insinuavam pela janela, esqueci meus propósitos e saí a passear pelo telhado. Mal cheguei lá em cima e vi a viúva de Muzius saindo de trás da chaminé. No susto, fiquei estático. Já previa as censuras, as repreensões, as declarações de amor. Ledo engano! Logo atrás dela vinha o jovem Hinzmann que a chamava com apelidos carinhosos, então ela se deteve, cumprimentaram-se com demonstrações de ternura recíproca e óbvia intimidade, e em seguida passaram por mim sem saudar-me sequer com um aceno. O jovem Hinzmann se envergonhava, sem dúvida, pois inclinou a cabeça para o chão, baixou os olhos, mas a frívola e coquete viúva lançou-me um olhar sardônico.

O gato é, quanto à sua essência psíquica, uma criatura tola. Não deveria eu estar satisfeito que a viúva de Muzius tenha arrumado um amante noutras paragens? No entanto, não conseguia evitar certo

---

212. *História da arte talismânica — Uma contribuição para os conhecimentos humanos exotéricos e misteriosos*: texto do filólogo e advogado Peter Friedrich Arpe (1682-1740) publicado em 1717.

O livro do pregador holandês Balthasar Bekker (1634-1698), *De Betoverde Weereld*, de 1691, confronta a feitiçaria e a magia com argumentos racionalistas.

A obra de Francesco Petrarca, em português *Livro das coisas memoráveis*, foi iniciado em 1343-1344, e ficou inacabado. Trata-se da glorificação da natureza humana, através da História.

rancor, um sentimento parecido com o ciúme. Jurei não retornar ao telhado, onde acreditava ter experimentado uma grande injustiça. Em vez disso, habituei-me a subir ao parapeito da janela, banhado de sol, onde olhava a rua para me distrair e fazia todo o tipo de profundas reflexões e, desse modo, unia o útil ao agradável.

Um objeto de minhas considerações era tentar entender por que eu nunca mais saíra pela porta de minha casa a fim de passear pela rua, como via fazer muitos de minha espécie, sem qualquer temor ou receio. Imaginei que poderia ser bastante agradável e estava convencido de que, agora, por ser um gato maduro e ter acumulado tantas experiências de vida, não poderia encontrar os mesmos perigos que o destino me reservara, quando ainda na infância tinha me aventurado ao mundo. Desci, portanto, corajosamente a escada e, a princípio, limitei-me a ficar sentado ao umbral da porta, à mais clara luz solar. Adotei uma pose natural que deveria, de imediato, revelar a todos o gato cultivado e bem-educado que eu era. A rua me agradou intensamente. Enquanto os ardentes raios do sol incidiam tépidos e benfazejos sobre meu pelo, limpei a barba e o bigode com cuidado usando a pata dobrada. Ante isso, umas meninas que passavam, com suas grandes mochilas de escola, não apenas demonstraram deleite em ver-me, como ainda me deram pedaços de pão branco, que aceitei com modos galantes, em consonância com meu estilo.

Brincava com essas dádivas ofertadas, sem a intenção de comê-las realmente, quando para meu grande espanto um forte grunhido próximo a mim interrompeu meu jogo, e o robusto e velho tio de Ponto, o poodle Escaramuça, se postou à minha frente. Queria fugir para dentro correndo, ele, porém, gritou-me:

— Ei, covarde! Fique sentado aí, bem quieto! Está pensando que vou te comer?

Com cortesia submissa, perguntei se poderia ser útil ao senhor Escaramuça com meus escassos recursos, mas ele respondeu com aspereza:

— De jeito nenhum, você não me serve para nada, *Mesié* Murr, como poderia? Quero saber se, por acaso, você sabe onde se meteu aquele boêmio libertino, meu sobrinho Ponto. Numa certa época, para meu grande aborrecimento, vocês não andavam juntos como unha e carne? Pois bem, diga-me se sabe por onde ele anda, pois há dias está sumido.

Embaraçado pelas maneiras aviltantes do velho, assegurei com frieza que não havia e nem nunca houvera íntima amizade entre Ponto e eu. Sobretudo nos últimos tempos, Ponto me evitara e eu não fizera questão de procurá-lo.

— Tanto melhor, é sinal que o rapaz tem brio e não fica por aí se imiscuindo com a ralé!

Não aguentei o desaforo, a ira explodiu, esqueci todo o medo e, levantando a pata direita em direção ao olho esquerdo do cachorro, ameacei bem bravo:

— Seu velho impertinente!

Com isso ele retrocedeu uns passos e falou mais moderado:

— Está bem, está bem, senhor Murr! Não me leve a mal, sei que é um bom gato. Eu gostaria, porém, de lhe aconselhar a ter cuidado com o moço Ponto. Pode estar certo de que é um cachorro honrado, mas frívolo! Frívolo! Disposto a todo o tipo de extravagâncias, sem caráter, sem escrúpulos! Fique atento, pois logo, logo ele vai tentar enredá-lo em assuntos que não lhe dizem respeito, e em companhias inadequadas, e você se verá obrigado a conformar-se com regras e maneiras estranhas à sua índole, à individualidade espontânea e sem hipocrisia, há pouco comprovada. Mais uma vez: para um gato, você até tem valor, mas ouça a voz da experiência! Por mais loucos e equivocados sejam os passos de um jovem, e por mais raras sejam suas expressões da bondade suave peculiar ao caráter sanguíneo, ainda assim é possível dizer como os franceses: *au fond*[213] é um bom garoto! O mínimo compensará todos os deslizes contra a moral e a

213. Em francês: "no fundo".

ordem. A essência do bem, contudo, pode estar num cerne muito profundo, encoberta pelos vícios de uma vida dissoluta que a sufoca. Se vir meu delinquente sobrinho, diga-lhe tudo isso e recuse por completo qualquer relação de amizade com ele. Que Deus o diga! Você não comerá esses pedaços de pão, não é mesmo, bom Murr?

Assim dizendo, o velho juntou as migalhas caídas no chão, enfiou-as na boca e saiu de cabeça baixa, arrastando pelo solo as orelhas peludas, enquanto a cauda oscilava de um lado para o outro.

Pensativo, fiquei observando se afastar o ancião, cuja filosofia de vida me convencia de fato.

— Já foi? Já foi? — murmurou o jovem Ponto ao meu lado, e não me surpreendi nem um pouco ao perceber que estivera atrás da porta escondido, esperando o velho ir embora.

A repentina aparição de Ponto me infundia agora certo embaraço, pois a recomendação que o velho me incumbira de transmitir me parecia bastante duvidosa. Lembrei-me das espantosas palavras que Ponto me dissera numa outra ocasião: "se lhe der na ideia de hostilizar-me, sou superior a você em força e destreza. Um salto, uma mordida forte com meus dentes afiados e eu acabaria com você no ato!". Julguei aconselhável o silêncio.

É provável que essas ponderações tenham deixado meus modos transparecerem uma frieza excessiva. Ponto olhou-me com perspicácia. Então soltou uma sonora gargalhada e disse:

— Está bem! Entendi tudo, amigo Murr! Meu velho andou falando mal de minha vida, descrevendo minhas extravagâncias, meus excessos. Não seja bobo e não acredite numa só palavra. Para começar! Olhe bem para mim! E agora me diga o que pareço.

Contemplando o jovem Ponto, confessei sem hesitar que jamais o vira tão bem alimentado, reluzente, que nunca fora tão amável e irradiara tanta harmonia de caráter.

— Está vendo? — respondeu-me — Portanto, meu bom Murr, você acredita que um poodle como eu andaria em más companhias, entregue aos vícios infames, sistematicamente devasso e sem pudor, não por gosto mas por puro tédio, como acontece com muitos cães poodle? Você acha que com minha aparência eu pareço pertencer a essa laia? Você se refere à harmonia de meu caráter. Isso já deveria bastar para mostrar o quanto se engana meu tirano tio. Por ser um gato literário, lembro-lhe a sábia resposta do libertino quando ouviu uma censura à inconstância de sua voz: "e pode o inconsequente criminoso ser uno?"[214]

Não se deixe perturbar pelas calúnias do velho humorista. Emburrado e avaro como só os tutores sabem ser, lança para cima de mim sua ira porque, *par honneur*, precisou pagar umas pequenas dívidas de jogo, que contraí com o charcuteiro que tolera a jogatina proibida e, às vezes, transforma os jogadores em salsichas, linguiças e chouriços — embutidos em geral. O velho está sempre apegado a um período não muito louvável de minha vida, mas isso foi no passado.

Nesse instante, aproximou-se um insolente pinscher que, com olhos esbugalhados, me olhou como se jamais tivesse visto algo parecido, gritou-me uns desplantes desaforados na cara e avançou sobre minha cauda que, estirada no meio do caminho, evidentemente o incomodara. Quando ia me colocar em posição de defesa, Ponto já saltara sobre o impertinente, jogando-o por terra e o maltratando de tal maneira, que o outro enfiou o rabo por entre as pernas e, gemendo, tratou de sumir dali em disparada, como uma flecha.

Essa prova de boas intenções e de amizade me comoveu profundamente, e pensei que ele "*au fond* era um bom garoto!", embora o tio pretendesse fazê-lo suspeito aos meus olhos. A expressão se aplicava ao jovem em todos os sentidos, e podia desculpar-lhe.

214. O autor remonta ao diálogo poético-filosófico entre *eu* e *ele* em *O sobrinho de Rameau* (1761), imaginado por Denis Diderot (1713-1794), no qual um filósofo, talvez o próprio filósofo autor do livro, discute questões modernas e universais com um boêmio criminoso, amante da música e da arte.

Na verdade, repugnava-me a visão demasiadamente pessimista do velho, pois sem dúvida Ponto era frívolo, mas não de todo mal. Declarei tudo isso com sinceridade ao meu amigo e, ao mesmo tempo, o agradeci por ele ter tomado a iniciativa de defender-me.

— Estou encantado, meu querido Murr —, respondeu Ponto, olhando ao redor com olhos bem vivos como de costume —, que o velho pedante não o tenha confundido, e você ainda reconheça a bondade em meu coração. Você não acha que enfrentei o petulante com bravura? Vai se lembrar disso por um bom tempo. Na verdade, estou o dia inteiro de olho nele; ontem me roubou uma salsicha e tinha de ser castigado. Ademais, estou contente por ter desforrado o ultraje à sua pessoa, porque assim pude lhe testemunhar minha amizade. Matei dois coelhos com uma só cajadada, como diz o provérbio.

Mas voltemos ao nosso assunto anterior. Olhe mais uma vez para mim, com muita atenção, e diga-me se está percebendo alguma estranha mudança no meu aspecto.

Observei meu jovem amigo e — puxa vida! — finalmente atinei para o colar de prata, trabalhado com habilidade e pendurado ao seu pescoço. Nele estavam inscritas as palavras "Barão Alzibiades von Wipp. Rua Marschall nº 46".

— Como? — exclamei, perplexo. — Você abandonou seu amo, o professor de estética, e foi viver com um barão?

— Para falar a verdade não o deixei, ele é que me mandou embora, a pontapés.

— Como pôde acontecer uma coisa dessas, se seu amo sempre lhe dedicava amor e bondade?

— Ah — respondeu o poodle —, é uma longa e enfadonha história, que terminou a meu favor por simples caprichos do destino. Em todo o episódio houve a culpa de minha infantil inocência, e admito também uma dose de vaidade. A todo instante eu queria provar minha afeição ao mestre, mostrar-lhe habilidade, cultura. Assim, reportava-lhe tudo que achava caído pelo chão, mesmo sem ser solicitado. Pois bem! Você sabe que o Professor Lothario tem uma mulher jovem e bonita, que o ama com imensa ternura, impossível duvidar disso, pois ela o confessa a cada instante, cobrindo-o de afagos quando ele se debruça sobre os livros, estudando para as aulas. Acima de tudo ela gosta de seu lar, em geral saindo somente ao meio-dia, depois de ter se levantado do leito às dez e meia. Simples em seus hábitos, não desdenha os deveres domésticos e, com a cozinheira e a criada de quarto, cuida em surdina de certos gastos imprevistos descontados nas contas semanais, para os quais não pode recorrer ao professor. Os préstimos pela cumplicidade ela paga em vestidos ainda novos que, assim como sombrinhas e plumas, o assombrado mundo das serviçais vê a criada de quarto usar aos domingos, em recompensa por segredos e outros favores. Com tantas perfeições, bem se pode perdoar a uma mulher amável a pequena futilidade (se é que podemos chamar isso de futilidade) de que sua mais elevada aspiração e todos seus desvelos consistem em andar de acordo com a última moda, e o mais elegante e o mais caro não lhe pareça o mais elegante e o mais caro; e após vestir uma roupa três vezes, uma sombrinha quatro, o chale turco durante um mês, passa a abominar tudo, vendendo o valioso guarda-roupa por uma ninharia ou, como eu disse, emprestando à criada. Não é de se surpreender que a esposa de um professor de estética tenha o gosto pelas configurações externas, e o esposo deve satisfazer-se com evidente orgulho com o qual a madame deixa pousar em si os olhares fogosos dos belos mancebos. Às vezes eu notava que um ou outro jovem discípulo do professor errava a porta do auditório e, em vez de entrar por essa, ia furtivamente pela porta do aposento da bela dama. Chego quase a crer que tais equívocos não se davam involuntariamente, ou pelo menos ninguém se arrependia de cometê-lo, pois nunca havia pressa em corrigir o erro, ao contrário: todos que entravam só saíam bem mais tarde e, mesmo assim, com olhar sorridente, dando a entender que aquela visita fora tão vantajosa quanto uma conferência estética do professor. A bela Lätitia (tal é seu nome) não gostava tanto de mim. Não me suportava em seu quarto, e talvez com razão. Nem mesmo o mais civilizado dos poodles jamais ficaria à vontade naquele antro devido aos perigos de puxar fios de tecidos, ou de sujar vestidos espalhados por cima de cadeiras. Mas o terrível gênio da mulher quis que eu, um dia, entrasse lá. O professor tinha bebido ao jantar um pouco mais de vinho que de hábito, o que o alçou a uma disposição muito poética. Chegando em casa foi, contra seu costume, diretamente ao quarto da esposa, e eu o segui pela porta, atraído não sei por qual tentação. A mulher estava vestida com um robe de chambre, cuja brancura era comparável à neve recém-caída; toda sua roupa, aliás, não denotava tanto esmero, mas a arte mais intrincada é a que se oculta na simplicidade. Convenhamos, ela estava muito charmosa e o professor, em seus êxtases amorosos, a chamava com nomes carinhosos e a cobria de carícias doces, sem perceber nela aquele ar distraído, aquele inquieto mal-estar que se expressava claramente em suas maneiras. A mim desagradou e entediou a melosa ternura do excitado esteta. Voltei a meu velho passatempo de procurar um objeto no chão. No momento em que o professor, em elevado êxtase, gritava "mulher divina, sublime, celeste...", eu me aproximei saltitante sobre minhas patas traseiras e lhe entreguei com delicadeza, mexendo o rabinho de maneira sempre encantadora, uma luva de cor laranja que encontrara sob o sofá. Estupefato, o professor olhou aquela luva masculina e perguntou, como que de súbito despertado de um sonho bom, "o que é isso? A quem pertence essa luva? Como chegou até aqui?". Assim dizendo, tirou-a de minha boca, olhou-a com vagar, levou-a ao nariz e, mais uma vez, indagou "de onde terá saído essa luva? Lätitia, quem esteve aqui?". A tudo isso, a afetuosa e fiel Lätitia replicou com um embaraço que tentava em vão disfarçar, "como assim? Você é mesmo esquisito, meu querido Lothario, a quem poderia pertencer? A esposa do major veio me ver e, ao se despedir, não conseguia encontrar sua luva, que acreditava ter perdido na escada". "A mulher do major?", gritou o professor, furioso. "A pequenina mulher do major cuja mão inteirinha entra nesse polegar? Com todos os diabos, que maldito esteve aqui com essa luva? Pois ela está cheirando a sabonete perfumado. Desgraçada! Que criminoso esteve aqui, destruindo minha paz, minha felicidade conjugal? Mulher vulgar, traidora!".

A esposa quase desmaiava de aperto quando entrou a criada de quarto, e eu, feliz de escapulir da delicada cena conjugal que provocara, saí rapidamente dali.

No dia seguinte, o professor estava mudo e sombrio, obcecado por uma fixa suspeita. "Sim, só pode ser ele!", repetia, de modo incessante e involuntário. Ao final da tarde, ele pegou o chapéu e a bengala, e eu saltei e lati com alegria; ele me olhou durante um bom tempo, seus olhos se encheram de lágrimas, até que me disse com um tom de melancolia profunda: "Meu bom Ponto, alma sincera e fiel!".

Em seguida, saiu precipitadamente pelo portão, eu apegado a ele, decidido a animar o pobre homem com todas as artes a meu alcance. Bem em frente ao portão, encontramos já montado em seu belo cavalo inglês o Barão Alzibiades von Wipp, um dos homens mais elegantes da cidade. Ao ver o professor, o barão se aproximou, levando a montaria a fazer curveta com graça, e se informou sobre a saúde dele e depois sobre a de sua esposa. Lothario gaguejou, confuso, algumas frases incompreensíveis. "Realmente, o dia está deveras quente!", respondeu o barão, e puxou do bolso da calça o lenço de seda, mas, com o mesmo gesto, deixou cair uma luva que, sem hesitar, peguei e entreguei a meu amo. O professor a pegou e gritou: "É sua a luva, senhor barão?". Estranhando a agitação de Lothario, replicou: "Naturalmente! Parece que ela acaba de cair de meu bolso e seu prestativo cãozinho a pegou". "Nesse caso, tenho o prazer de lhe devolver o par, que o senhor tinha perdido ontem", disse o amo, apresentando a luva que eu encontrara sob o sofá.

Sem esperar a resposta do perplexo barão, o professor saiu correndo dali. Quanto a mim, evitei entrar com o professor nos aposentos íntimos da esposa, pois podia pressentir a tormenta que de fato logo se fez ouvir. Escondido num canto do corredor, espreitei e vi que o professor, com o rosto incendiado pelas chamas da ira, enxotou a criada para fora do quarto, e, a seguir, por continuar se atrevendo a dizer qualquer coisa, para fora de casa.

Só tarde da noite o professor retornou, exausto, ao quarto. Dei--lhe a entender minha solidariedade pelos seus turvos sofrimentos com suaves gemidos. Então me abraçou, apertou-me ao peito, como se eu fosse seu melhor amigo, e disse num lamento: "bom e sincero Ponto, ânimo fiel, você me despertou do entorpecimento que não me permitia enxergar a vergonha, livrou-me do jugo dessa mulher falsa, voltei a ser um homem livre e confiante! Ponto, como hei de testemunhar minha gratidão? Nunca me deixe, meu estimado amigo, você será meu consolo quando a lembrança da traição me levar ao desespero!".

Essas comoventes confissões de um espírito nobre e grato foram interrompidas pela cozinheira, que entrou apavorada no quarto, a figura pálida e desfeita, trazendo ao professor a dolorosa notícia de que a senhora sua esposa estava sofrendo convulsões, quase a morrer. O professor voou a acudir!

Muitos dias se passaram e eu praticamente não vi meu amo. Minhas refeições, com as quais ele sempre tivera terno cuidado, foram deixadas a cargo da cozinheira que, contudo, era uma pessoa mal-humorada e de mau-caráter, sempre destilando-me sua avareza com os restos mais miseráveis de comida. Algumas vezes ela se esquecia completamente de me servir e, assim, via-me forçado a mendigar nas casas vizinhas, ou mesmo a roubar para saciar a fome.

Um dia, quando eu passeava faminto e abatido com as orelhas pendidas pela casa, o professor, enfim, deu-me alguma atenção. "Ponto", exclamou ele, com um sorriso que fazia seu rosto brilhar como o sol, "onde você se enfiou? Há quanto tempo não o vejo! Tenho a impressão de que não está se alimentando direito. Venha, venha, preciso cuidar pessoalmente de suas refeições.". Segui meu bom amo à sala de jantar. A jovem esposa, rosada que nem rosa, feito o digno marido que tinha o brilho solar no semblante, vinha ao encontro dele e o chamou de apelidos carinhosos, "meu inglês", "meu ratinho". Ele se deteve, trocaram demonstrações íntimas de ternura recíproca, beijando-se qual par de pombos. Dava gosto vê-los. A gentil senhora foi delicada comigo também, como nunca o fora antes, bom Murr, e você pode imaginar que, dada minha inata galantaria, eu soube responder à altura a sua maneira calorosa.

Quem poderia suspeitar o que me aguardava! Seria muito penoso relembrar em detalhes os artifícios traiçoeiros empregados pelos inimigos para se livrarem de mim e, além disso, você se cansaria de escutá-los. Limitarei-me a mencionar alguns pormenores que possam lhe propiciar uma imagem fiel de minha situação desditosa. Meu amo estava acostumado a servir-me num canto da sala, junto à estufa, com rações de sopa, verdura e carne, enquanto ele mesmo fazia suas refeições. Quanto a mim, comia sempre com tanta educação, com tanto asseio, que não era visível uma minúscula mancha de gordura que fosse sobre o chão assoalhado. Por isso, qual não foi meu horror certo dia na hora do almoço quando,ao me aproximar da tigela, ela virou, espatifou em mil pedaços, deixando o caldo se espalhar pela madeira impecável. Furioso, o professor se lançou contra mim com insultos, e sua esposa, embora me tivesse desculpado, fazia transparecer em seu rosto pálido um grande desgosto. Ela observou que, se não fosse possível limpar a mancha da tábua, seria então necessário trocar o soalho naquele canto. O professor nutria verdadeiro pavor por esses consertos, já podia ouvir os aprendizes de marceneiro aplainando e martelando e, assim, foram as sutis desculpas da mulher que finalmente fizeram-no perceber minha suposta inépcia, o que me rendeu, além dos xingamentos, alguns pescoções. Fiquei ali, consciente de minha inocência, desconcertado, sem saber o que pensar ou dizer. Depois de olhar duas, três vezes, dei-me conta da perfídia! Tinham me destinado uma tigela trincada que, ao mínimo contato, estava fadada a se quebrar em pedacinhos. A partir daí, não pude permanecer na sala, minhas refeições passaram a ser servidas pela cozinheira no pátio, mas tão parcas que, impulsionado por uma fome canina, eu tinha de sair à caça de ossos ou pedaços de pão. E cada bocado era seguido de estrepitoso escândalo, com acusações de roubo, quando somente se tratava de satisfazer minhas mais urgentes necessidades naturais. Piorava a cada dia! Alvoroçada, a cozinheira reclamava o sumiço de um pernil de cordeiro, certamente teria sido eu o ladrão. O fato chegou como urgente questão doméstica até o professor de estética. Ele ponderou que nunca percebera em mim inclinação ao roubo, portanto o instinto não teria condições de se desenvolver. Também seria absurdo pensar que eu comeria sozinho o pernil, sem deixar vestígios. Procura daqui, procura dali, e encontraram no meu leito o osso do pernil! Murr! Veja só, com a pata no peito, juro que nunca passou pela minha cabeça pegar o tal assado, mas o que adiantaria dizer isso se as evidências me condenavam! Mais indignado estava o amo por ter tomado meu partido e constatar, então, o equívoco. Recebi uma dura surra. Se com essa história o professor me fez notar sua aversão, a esposa era mais amável e me afagava as costas — o que jamais fizera antes — e, de vez em quando, oferecia-me um petisco. Eu não poderia imaginar a falsidade dessa conduta, mas em breve fui obrigado a admiti-lo!

A porta da sala de jantar estava aberta, eu vigiava a refeição com o rabo do olho e o estômago vazio, recordava-me com dolorosa saudade da boa época em que o doce aroma de assado se esparzia, quando não era em vão que eu encarava o amo e farejava em torno. "Ponto, Ponto!", chamou a mulher do amo, oferecendo-me um bom pedaço de carne entre os delicados indicador e polegar. É possível que, no entusiasmo do apetite excitado, eu o tenha pego com mais brusquidão do que necessário, mas não mordi a terna mão de lírio, Murr! Apesar disso, ela resmungou: "cachorro malvado!", e caiu no encosto da cadeira, meio desmaiada e, para minha temeridade, com visíveis gotas de sangue na mão. O amo subiu pelas paredes, surrou-me, chutou-me, maltratou-me tão implacavelmente, que eu não estaria aqui, meu bom gato Murr, sentado à luz do sol, se não me tivesse posto a salvo com sebo nas canelas. Impossível pensar em retorno. Concluí que não havia nada a fazer contra a sórdida intriga planejada pela mulher a fim de vingar-se do episódio da luva do barão, e decidi sair em busca de outro amo. Normalmente isso teria sido fácil, dados os dons que a generosa e maternal natureza me concedera, mas a fome e os padecimentos tinham me degradado muito, meu aspecto miserável era motivo para temer ser escorraçado por onde fosse. Triste, atormentado por preocupações prementes e alimentícias, saí de casa. Logo avistei o senhor Barão Alzibiades von Wipp, andando à minha frente, e não sei como me ocorreu a ideia de oferecer-lhe meus serviços. Talvez tenha sido o sombrio presságio de que, com isso, teria ocasião de desforrar-me do ingrato professor, e isso depois de fato se sucedeu. Chamei sua atenção com um bailado, esperei por ele, o segui e, vendo que me contemplava com complacência, fui atrás dele até sua casa. Ao chegarmos, disse àquele que chamava valete de quarto, embora fosse único: "Veja, Friedrich, o poodle veio me acompanhando. Se ao menos fosse bonito!". Friedrich o contradisse, mostrando meu talhe gracioso e explicando que talvez o antigo dono tivesse me maltratado, e provavelmente por isso eu o abandonara. Acrescentou que cachorrinhos que escolhiam alguém por iniciativa própria sabiam ser animais fiéis e honrados, assim o barão não deveria deixar de me adotar. Embora eu tenha conquistado uma aparência bem melhor graças aos cuidados de Friedrich, o barão aceitava minha companhia em seus passeios por pura obrigação. Isso haveria de mudar... Num desses passeios, encontramos-nos com a esposa do professor. Você entenderá o bom sentimento do poodle, Murr, quando souber que, não obstante essa mulher tenha-me infernizado a vida, eu me alegrei vivamente assim que tornei a vê-la. Saltitei diante dela, lati amistoso, dei a entender minha satisfação de todas as formas possíveis. "É o Ponto!", exclamou Lätitia, abraçando-me, acarinhando-me e olhando de modo significativo o barão, que se detivera. Saltei de novo até meu amo, que me alisou. Parecia perdido em pensamentos, refletindo alguma coisa. "Ponto! Ponto! Será possível?"

Tínhamos chegado ao amplo jardim público, Läetitia se assentara com alguns amigos, entre os quais não estava o amável e gentil professor. Não longe do grupo se sentou o Barão von Wipp, de tal jeito que, sem ser especialmente visto pelos outros, podia às vezes ver Läetitia. Coloquei-me ante meu amo e o olhava movimentando suavemente o rabinho, como se esperasse suas ordens. "Ponto! Se fosse possível... Bem, não custa tentar!", disse, após alguns instantes. Retirou do bolso, então, uma tira de papel, escreveu a lápis algumas palavras, enrolou o papel e o enfiou debaixo de minha coleira, indicando a mulher com um sussurro: "*Allons*, Ponto!".

Nem precisaria ser um cachorro tão esperto e mundano, como de fato sou, para adivinhar tudo na hora. Fui rodeando aos poucos a mesa onde Läetitia estava, e passei a fingir que o bolo decorado do qual se serviam me apetecia. Ela era a gentileza em pessoa, ofereceu-me bolo com uma mão, enquanto a outra coçava meu pescoço. Senti perfeitamente que retirava a tira de papel. Logo em seguida, ela saiu com discrição a passear só numa aleia sossegada. Fui atrás. Vi que leu com ansiedade o bilhete do barão, pegou do balaio de tricô uma pena e, no mesmo papel, escreveu alguma coisa para depois enrolá-lo da mesma maneira. Olhando-me com ar brincalhão, disse: "Ponto, você será um poodle inteligente e querido se levar esse bilhete!". Com isso, escondeu o papelzinho na coleira e, sem demora, retornei a meu amo. As palavras da dama deviam ser consoladoras, porque os olhos do barão faiscaram de contentamento, e ele me elogiou com efusão: "Ponto, você é um excelente garoto! Minha boa estrela o trouxe a mim!". Você pode calcular facilmente, meu caro Murr, o quanto aquilo me alegrava, pois entendi que ganhara as graças do amo.

Nessa alegria, fiz sem que alguém pedisse todas as artes circenses imagináveis. Falei feito cachorro, fingi de morto, revivi, fiz das tripas coração, etc. "Um cachorrinho espertíssimo!", exclamou uma mulher idosa que se sentava do lado de Läetitia. "Muito inteligente!", respondeu o barão. "Muito inteligente!", exclamou a voz da esposa do professor, como um eco.

Direi-lhe apenas, bom Murr, que passei a encarregar-me da correspondência entre os amantes e o sigo fazendo, inclusive até à casa, quando o professor está ausente. Quando ao entardecer o barão entra clandestinamente nos aposentos da namorada, fico em frente à casa dela e, assim que o professor se aproxima, faço um barulho ensurdecedor, proporcionando a meu amo a chance de evitar o inimigo.

A conduta de Ponto não me parecia de jeito nenhum louvável; pensava na repugnância que o defunto Muzius e eu sentíamos por coleiras, e algo me dizia que o gato sincero e honrado deve depreciar cumplicidades do gênero. Explanei francamente essa opinião a meu jovem amigo Ponto. Mas ele riu na minha cara e perguntou se a moral dos gatos era assim tão rígida, e se eu jamais pulara a cerca alguma vez, quer dizer, se não fizera alguma coisa da qual me sentisse culpado. Ao pensar em Mina, calei a boca.

— Para começar, meu bom Murr — seguiu Ponto —, a experiência mostra que ninguém pode escapar ao destino, por mais que tente. Como gato erudito, você pode encontrar mais sobre o assunto no instrutivo e estilizado livro *Jacques le fataliste.*[215] Estava escrito que o professor de estética, senhor Lothario, se tornaria um... Bem, você me entende, bom gato. Enfim, pela maneira como agiu no

215. O romance *Jacques, o fatalista*, de Diderot, teve a primeira edição póstuma na França, em 1796, mas já antes disso tornara-se muito conhecido na Alemanha, principalmente graças à tradução de Schiller (parcial, de 1785). Obra muito complexa e certamente a mais famosa do escritor, consiste num diálogo do valete Jacques com seu mestre, no qual o jovem narra suas aventuras amorosas, narrativa sempre interrompida por perguntas ou por fatos que vão acontecendo durante os oito dias de viagem dos dois. A essência filosófica da narrativa é, conforme apreendeu Ponto, "*tout ce qui nous arrive de bien et de mal ici-bas était écrit là-haut*" ("tudo que nos acontece de bom e de mal aqui embaixo estava prescrito lá em cima").

memorável episódio da luva, ele provou sua vocação para ingressar na grande ordem, em que tantos distintivos maridos entram sem suspeição, com dignidade e decoro. Lothario teria inevitavelmente correspondido a essa vocação mesmo se jamais houvesse existido um Barão Alzibiades von Wipp ou um Ponto.

Perguntei ao jovem poodle se as vantagens advindas daquele serviço eram relevantes o bastante para fazer valer a pena carregar tão desagradável fardo de servidão. Simultaneamente eu dava a entender ao cãozinho o quão repugnante se afigurava essa situação a um gato, cujo sentimento de liberdade há de se manter no peito, sempre indelével.

— Você fala, bom Murr — disse Ponto, sorrindo orgulhoso —, com a compreensão limitada que sua total inexperiência da vida social o permite. Você não tem noção do que representa ser o favorito de um homem requintado, cultivado e barão. Não creio que seja preciso reafirmar, gato liberal, mas me tornei o predileto graças à minha sagacidade no piquenique do parque. Uma curta explanação sobre nosso estilo de vida lhe deixará sentir os benefícios de minha condição atual. Pela manhã nos levantamos (meu amo e eu) nem muito cedo nem tarde, ou seja, por volta das onze. Devo ressaltar que meu leito, amplo e confortável, fica não muito longe da cama de meu amo e roncamos em perfeita harmonia, de modo que logo sabemos, ao despertar, *quem* roncou. O barão toca o sino e, em seguida, surge o valete de quarto, trazendo-lhe o cheiroso chocolate quente na chávena, e uma tigela de porcelana cheia do mais refinado café com creme para mim, que esvazio com apetite similar ao do barão. Após o café da manhã, brincamos juntos durante meia hora, exercício salutar ao nosso físico e que, ao mesmo tempo, anima nosso espírito. Se o tempo está bom, o barão costuma ficar olhando os passantes com o binóculo. Se são raros os transeuntes, ele é capaz de praticar outra distração por uma hora, sem se cansar. Abaixo da janela existe na pavimentação uma pedra caracterizada por uma cor especialmente avermelhada, e no meio dessa pedra há um pequeno orifício despedaçado. A ideia é conseguir cuspir com habilidade, buscando acertar o buraquinho. Com a prática adquirida, o barão já conseguiu acertar de terceira e ganhou mais de uma aposta. Depois desse passatempo, chega o momento importante de se aprontar. Sem o auxílio do valete, o barão cuida sozinho de pentear e escovar os cabelos e dar o nó na gravata. Como ambas as difíceis operações demandam tempo, Friedrich aproveita para me vestir. Isto é, com uma esponja embebida em água morna, ele limpa meu pelo, penteia minha longa cabeleira que o cabeleireiro mantém eriçada com elegância em pontos estratégicos, usando um pente mais fino e, depois, coloca-me essa bela coleira de prata, com que o barão me honrou ao descobrir minhas virtudes. Os instantes seguintes são consagrados à literatura e às belas artes. Vamos a um restaurante ou a um café, comemos um bife ou uma bisteca, bebemos uma taça de vinho Madeira e passamos os olhos pelos jornais mais recentes. Depois iniciamos nossas visitas matinais. Visitamos uma ou outra grande atriz, cantora ou mesmo bailarina, a fim de comentar as novidades do dia, mas, sobretudo, nos inteiramos da estreia da noite anterior. O amo tem um jeito especial de contar os casos, mantendo as damas sempre bem-humoradas. A atriz rival ou pelo menos concorrente jamais consegue conquistar, nem de longe, a glória com a qual ele coroa a bela infeliz. A pobre foi vaiada, criticada. E se não há como evitar falar do aplauso retumbante que a outra de fato conquistou, o barão é hábil em trazer à baila uma novidade peçonhenta e escandalosa, que é ansiosamente escutada e difundida para que o veneno faça perecer o quanto antes as flores do buquê triunfal. As visitas mais distintas, à Condessa A, à Baronesa B, à embaixatriz C e assim por diante, ajudam a matar o tempo até às três e meia e, assim, encerrados os principais expedientes, o barão se permite sentar-se à mesa às quatro, sem sobressaltos. De hábito, vamos mais uma vez a um restaurante. Após o jantar, dirigimo-nos a um café, jogamos uma partida de bilhar e, se o tempo permite, fazemos um pequeno passeio; eu sempre a pé, o amo às vezes a cavalo. Então, aproxima-se a hora do teatro, e o barão nunca falta. Diz-se que representa um papel importante, não somente por instruir o público com fofocas do camarim sobre os artistas do elenco, mas também por reger os louros e as críticas, em suma, orientando o gosto. Para isso tem talento inato. Como a entrada ao teatro está injustamente interditada inclusive aos indivíduos mais refinados de minha espécie, esses momentos da representação teatral são os únicos nos quais me separo do caro barão, e os reservo à minha distração muito pessoal. Dir-lhe-ei mais tarde como gozo esse tempo livre, e aproveito para aprofundar meus contatos com galgos, perdigueiros ingleses, dogues e outras distintas figuras! Ao fim da peça, vamos novamente a um restaurante, e o barão se entrega de corpo e alma a seu jovial humor em alegre companhia. Quer dizer, todos falam, riem e o acham divino, e ninguém sabe de que se fala ou de que se ri, nem o que consideram tão divino. Mas nisso consiste o sublime da conversação, da vida social de quem se professa seguidor da doutrina elegante, como é o caso de meu amo. Às vezes o barão também frequenta madrugada adentro algumas sociedades, em cujo seio é acolhido qual um ente superior. Ignoro o que acontece nessas ocasiões, pois ele nunca me permite acompanhá-lo, e deve ter boas razões para tanto. Já lhe contei como durmo profundamente o sono dos anjos, ao lado do amo.

Diga agora, meu caro Murr, se levando a vida que descrevi em pormenores, meu velho e tirano tio poderia acusar-me de conduta frívola e desajustada. Confesso que, tempos atrás, dei mesmo margem a todo tipo de censuras. Andava em más companhias, tinha gosto especial em introduzir o bedelho importunamente onde não era chamado e, com isso, armar alguns escândalos. Cometia esses delitos não por pura inclinação à libertinagem, mas pela falta de cultura superior que não tive oportunidade de obter, dentro das circunstâncias reinantes na casa do professor de estética. Tudo agora é diferente. Ei, olhe só quem está vindo! É o Barão Alzibiades von Wipp, à minha procura. *Au revoir*, querido Murr!

Rápido como um raio, Ponto correu em direção ao dono. O aspecto do barão correspondia exatamente ao retrato que eu imaginara durante a descrição de Ponto. Ele era bem alto e, não diria magro, mas magricelo feito bacalhau. Trajes, postura, passo e gestos, tudo equivalia ao protótipo da última moda, levada ao cúmulo da extravagância, o que propiciava à sua figura qualquer coisa de bizarro. Levava um bastãozinho muito fino com empunhadura de aço, do qual se servia para fazer Ponto pular. Por degradante que fosse todo aquele espetáculo, eu era forçado a convir que, à grande habilidade e à força de meu jovem amigo, unia um encanto que outrora não deixara transparecer. Na singular forma engalanada do barão caminhar adiante, peito estufado e ventre encolhido, com Ponto saltando a seu lado em delicado ritmo, ora avante, ora junto dele, permitindo-se breves e altivos cumprimentos aos camaradas que passavam, ele expressava algo que, embora eu não entendesse o motivo, se impunha. Eu intuía vagamente o que Ponto denominava cultura superior, e tentava entendê-la da melhor maneira possível. Mas aquilo era complexo e meus esforços foram infrutíferos.

Depois acabei dando-me conta de que, ante umas conjunções específicas, fracassa toda e qualquer indagação ou reflexão teórica a respeito, e só mesmo a prática viva leva ao conhecimento. A sublime cultura que ambos, o Barão Alzibiades von Wipp e o poodle Ponto, alcançaram no universo refinado era um exemplo dessas conjunções.

O barão me lançou um olhar penetrante ao passar. Pensei ler curiosidade e cólera naquele olhar. Teria visto com maus olhos minha conversa com o jovem Ponto? Senti medo e subi a escada correndo.

Para cumprir todas as obrigações de um autobiógrafo consequente, eu deveria naquele instante voltar a descrever meu estado de ânimo, e não poderia fazê-lo melhor senão através de sublimes versos que, como se costuma dizer, venho tirando da manga nos últimos tempos. Gostaria de...

(*Folha de macul.*):... perdido a melhor fase de minha vida com esse mecanismo simples e medíocre. E agora, velho tolo, você se queixa do destino ao qual se atreveu a opor! Que lhe importa a aristocracia, que lhe importa o mundo inteiro de que você zombou por considerar tolo, embora fosse o mais tolo de todos! Em seu ofício você teria de se concentrar, confeccionar órgãos e não fazer vezes de bruxo e vidente. Eles não a teriam roubado, minha esposa estaria comigo, sentar-me-ia trabalhando diligente na oficina, com robustos aprendizes na lida com espátulas e cinzéis a meu redor, e nós configuraríamos obras que se deixariam ver e ouvir como nenhuma outra. E Chiara! Talvez se dependurassem espertos filhinhos ao meu pescoço, talvez balançasse uma linda menina sobre meus joelhos. Com os diabos, o que me detém e me impede de ir embora neste instante procurar minha esposa perdida por esse imenso mundo afora?

Com essas palavras, Mestre Abraham mantinha uma conversa consigo mesmo, depois puxou de baixo da mesa o pequeno autômato inacabado e todas as ferramentas, levantou-se de um salto e caminhou de um lado ao outro com passos fortes. A lembrança de Chiara, que não o deixava mais, produzia todas as nuanças da dolorosa saudade em seu peito e, assim como ele outrora dera início à vida mais nobre com Chiara, agora se distanciava à vulgar indignação por ter feito vista grossa ao seu ofício e se lançado a criar a arte real. Abriu o livro de Severino e contemplou a encantadora Chiara. Semelhante a um lunático privado de sentidos, agindo automaticamente por instintos, Mestre Abraham aproximou-se do baú encostado a um canto do gabinete, tirou de cima dele livros e objetos, colocou-os no chão, abriu-o, pegou lá de dentro a bola de cristal, todo o aparato necessário para o misterioso experimento da moça invisível, prendeu a bola a um fino cordão de seda pendente do teto, e dispôs tudo na casa para o oráculo oculto. Somente quando tinha terminado de fazê-lo despertou de seu transe sonambúlico, e não foi com pouco assombro que viu o que empreendera. Caiu, então, exausto e desconsolado sobre uma poltrona e lamentou:

— Ah, Chiara, pobre e perdida Chiara, nunca mais ouvirei sua doce voz anunciando os segredos recônditos do peito humano. Nenhum consolo mais sobre a Terra, nenhuma esperança senão o túmulo!

A bola de cristal oscilou de um lado ao outro e um tom melodioso se deixou perceber, bem como o sopro do vento tangeu, sutil, sobre as cordas da harpa. Mas logo o tom converteu-se em palavras:

De nossa vida passada,
Consolo e esperança cá estão!
Se a uma aliança está vinculada,
Que resta à alma plena de devoção?
Mestre! Coragem! Não sofra,
Volte à mártir seu coração!
Profunda ferida sanada
Após dor amarga é consolação.

— Deus seja louvado, sussurrou o ancião, com lábios trêmulos. É ela em pessoa falando comigo diretamente do céu; não se encontra mais entre os vivos!

Outra vez o som melodioso fez-se ouvir, e mais brandos, mais longínquos soavam os versos:

Não atinge a morte pálida
Quem no peito amor portar!
Se há desalento à alvorada,
Terá brilho o entardecer.
Soará a hora sagrada
De agonias, dores vencer.
Ousadia! Eis a espada
Que o céu quer lhe oferecer!

Soando com forte energia e se extinguindo gradativamente até suaves murmúrios, os agradáveis tons atraíam o sono que envolveu o velho com as asas escuras. Mas na penumbra se elevou radiante o belo astro do sonho dos momentos felizes, e Chiara recostou-se ao peito do mestre, ambos foram mais uma vez jovens e bem-aventurados, sem que algum espírito sombrio pudesse turvar a harmonia de seu amor.

(Neste ponto — o editor precisa indicar ao caro leitor — o gato arrancou novamente algumas folhas de maculatura e, com isso, nesta história repleta de lacunas, outra se abriu. Mas, pela paginação, faltam apenas oito colunas cujo conteúdo não devia ser especialmente relevante, pois o trecho posterior se alinha ao conjunto precedente sem problemas. Portanto, segue-se assim:)

...não podia esperar. O Príncipe Irenäus era um inimigo declarado de todo acontecimento imprevisto, sobretudo quando era exigido de sua própria pessoa examinar o caso de perto. Então cheirou, como costumava fazer nos casos críticos, uma dose dupla, encarou o caçador com o implacável olhar à la Friedrich, e falou:

— Lebrecht, então somos sonhadores lunáticos que veem fantasmas e armam escarcéu sem mais nem menos?

— Excelentíssimo senhor — respondeu o caçador muito calmo — pode mandar me surrar como a um patife ordinário se tudo o que eu disse não for a pura verdade. E tenho a petulância de repetir: Rupert é um canalha de marca maior!

— O quê? — exclamou o príncipe, cheio de cólera — Rupert, meu velho e fiel castelão, que durante cinquenta anos vem servindo à residência principesca sem jamais deixar enferrujar um trinco, ou falhar na hora de abrir ou fechar, e você diz que ele é um malandro? Lebrecht! Ficou louco varrido, doido de tudo! Com mil...

O príncipe gaguejou como sempre fazia quando se flagrava praguejando, pois era um hábito contrário à dignidade aristocrática. O caçador aproveitou a deixa para completar, sem hesitação:

— Por mais furioso que fique sua excelência, por mais horrendas sejam suas maldições, não dá para calar a boca sobre uma coisa dessas, é preciso dizer a pura verdade!

— Quem está furioso? — perguntou, sereno, o duque. — Quem maldiz é asno! Você agora me explique resumidamente essa história, para que eu possa expô-la a meus conselheiros em sessão secreta e ponderar sobre as medidas a serem tomadas. Se Rupert, de fato, for um patife... Bem, vamos sopesar tudo.

— Eu ia dizendo — começou o caçador — que lá estava eu conduzindo a senhorita Júlia ontem à noite, quando o homem que há muito tempo vem rondando por aqui passou à nossa frente. Pensei em voz alta: "hoje pego esse sujeito!". Deixei a cara senhorita em casa, apaguei minha tocha e me escondi na escuridão. Não demorou muito, o homem saiu do meio do mato e bateu, discreto, à porta da casa. Com cautela, cheguei mais perto. Uma moça abriu a porta e acompanhou o desconhecido para dentro. Era Nanni, o senhor príncipe a conhece, excelência, a bonita governanta da Conselheira Benzon?

— Seu patife! — esbravejou o príncipe — Não me venha com a bonita Nanni, por cabeças coroadas! Continue, *mon fils*!

— Bem — seguiu contando o caçador —, eu nunca imaginei que a bonita Nanni teria um caso esquisito assim! Quer dizer que tudo não passava de um namorico, pensei aturdido, mas aquilo não me entrava pela cabeça, eu achava que tinha alguma treta na história. Permaneci do lado da casa. Um pouco mais tarde, a senhora Benzon voltou e, assim que ela entrou em casa, uma janela do andar de cima se abriu e o forasteiro saltou para fora com incrível destreza, exatamente em cima dos cravos e magnólias, plantados em vasos, que a própria senhorita Júlia cultiva com tanto zelo. O jardineiro não se conforma de jeito nenhum; está aí fora com os cacos querendo apresentar queixa pessoalmente junto à sua excelência. Mas não deixei entrar, porque a essa hora da manhã o malandro já bebeu uns goles.

— Lebrecht! Isso está parecendo uma imitação, diz o duque, porque o mesmo aconteceu na ópera do senhor Mozart, *O casamento de Fígaro*[216], que vi em Praga. Fale a verdade, caçador!

216. No ato II dessa ópera, o pajem Querubino pula uma janela e o jardineiro Antonio

— Posso jurar tim-tim por tim-tim que não estou mentindo! O sujeito despencou, aí pensei em agarrá-lo; porém, veloz que nem um raio se levantou e disparou... Adivinhe, excelência, adivinhe para onde?

— Não adivinho porcaria nenhuma — respondeu, solene, o duque —, não me obrigue a pensar com esse interrogatório, caçador, conte tudo até o fim, só depois de escutar pensarei no que tiver de pensar.

O caçador continuou:

— Justamente em direção ao pavilhão desabitado. Hum! Desabitado... Nem bem ele bateu à porta fez-se luz no interior, e quem atendeu foi ninguém mais nem menos que o honesto e sincero senhor Rupert, a quem o desconhecido seguiu adentro, voltando a trancar a porta atrás de si. Sua excelência está vendo que Rupert se imiscui com convidados perigosos e, acoitados desse jeito, boa coisa não estão armando. Quem sabe que fim terá isso, é possível que o próprio príncipe esteja ameaçado por pessoas maldosas aqui em nossa tranquila e silenciosa corte Sieghart.

Como o Príncipe Irenäus se considerava uma personalidade principesca de suprema importância, às vezes sonhava com intrigas cortesãs e conjurações perversas. Por isso, o último comentário do caçador lhe pesou na alma e ele se perdeu alguns instantes numa profunda elocubração.

— Caçador — disse, então, com olhos muito arregalados —, você está certo! Essa história do forasteiro rondando a casa, a luz que se vê à noite no pavilhão, tudo é mais sério do que parece à primeira vista. Minha vida está nas mãos de Deus! Contudo, estou rodeado de servidores leais, e se um deles resolver sacrificar-se por mim, certamente recompensarei a famíla por tudo! Você sabe, um coração ducal está livre de qualquer temor, de qualquer falível receio da morte, mas tenho deveres para com meu povo, por ele devo

se queixa dos estragos causados aos canteiros de flores.

continuar vivendo, principalmente enquanto o herdeiro for menor. Assim, não deixarei o castelo até que a rebelião do pavilhão esteja sufocada. O monteiro-mor deverá se apresentar aqui com todos os caçadores sob suas ordens, e todos os meus servidores pegarão armas. Que cerquem o pavilhão imediatamente e tranquem o castelo! Tome essas providências, bom Lebrecht! Eu mesmo me armarei com meu facão de caça, carregarei minhas cartucheiras de culatra dupla, mas não me esquecerei de colocá-las em lugar seguro para que não aconteça nenhuma desgraça. E que me tragam notícias quando, por exemplo, tomarem o quarto do pavilhão, ou os rebeldes quiserem resistir, para eu poder me recolher aos aposentos da retaguarda. E que revistem bem os prisioneiros antes de trazê-los ante o trono, a fim de evitar que alguém, no desespero... Mas, o que foi, por que está me encarando, rindo desse jeito, Lebrecht?

— Ei, excelentíssimo senhor, acho que não é o caso de convocar o monteiro-mor com toda sua gente.

— Por que não? — perguntou Duque Irenäus, furioso. — Como você tem o desplante de me contradizer? E a cada segundo aumenta o perigo! Por mil... Lebrecht, o cavalo... O monteiro-mor... Caçadores... Fuzis carregados... Que venham de imediato!

— Mas já estão aqui, excelência!

— Como? O quê? — gritou o príncipe, mantendo a boca aberta para arejar o espanto.

O caçador prosseguiu:

— Quando amanhecia fui buscar o monteiro-mor. O pavilhão está cercado com tanto cuidado, que nem um gato pode sair dali, muito menos um homem.

O príncipe disse, comovido:

— Você é um excelente caçador, Lebrecht, e um fiel servidor da residência principesca. Se me salvar desse perigo, pode contar com uma condecoração que eu mesmo inventarei e farei cunhar em prata ou ouro, conforme o número de pessoas que tombarem em combate no assalto ao pavilhão.

— Se o senhor me permite, excelência, vamos pôr mãos à obra. Ou seja, botamos abaixo as portas do pavilhão, capturamos a corja ali alojada e acabamos com tudo isso. É, é isso mesmo, agarrarei o sujeito que tantas vezes se safou de mim por ser um desgraçado saltador, o maldito que se entrincheirou no pavilhão sem ser convidado, o cafajeste que incomodou a senhorita Júlia!

— Que cafajeste incomodou a Júlia? — perguntou a senhora Benzon, entrando na sala. — De que você está falando, Lebrecht?

Com a solenidade e a cerimônia do herói que se confrontou com uma terrível sina e ora precisa suportá-la com a força do espírito, o duque avançou em direção à conselheira. Pegou-lhe a mão, apertou-a com carinho e falou com voz terna:

— Benzon, o perigo persegue a cabeça principesca mesmo na mais completa solidão, mesmo nos lugares mais remotos. É destino dos nobres que toda a doçura, toda a bondade de seu coração não baste para protegê-los do hostil demônio que a inveja, a ambição de poder, inflamam no peito de vassalos traidores! Benzon, a perfídia sombria ergueu contra mim a cabeça de medusa com cabelos viperinos! Você me encontra na iminência de imenso perigo! Logo chegará o momento da catástrofe, a esse fiel servidor deverei minha vida, meu trono! Se outro destino me estiver prescrito, então me submeterei! Sei, Benzon, que você manterá o afeto por mim, e assim posso dizer, generoso, tal qual o rei daquela tragédia do poeta alemão, com a qual a Princesa Hedwiga me pôs a perder o chá, há pouco tempo: "Nada está perdido, pois você continua sendo minha!".[217] Beije-me, bondosa Benzon! Minha cara donzela, nós somos os mesmos, mantivemo-nos como antes! Bom Deus, estou falando besteiras no momento de angústia! Sejamos calmos, minha cara, quando os insurgentes forem presos eu os aniquilarei com um olhar furibundo. Caçador, que comecem o ataque ao pavilhão!

---

217. A frase é uma citação da peça *Donzela de Orleans*, I, 4, de Schiller.

O caçador ia saindo em passos rápidos, mas a conselheira o deteve:

— Espere, que ataque é esse? Que pavilhão?

Obedecendo às ordens do duque, o caçador foi mais uma vez obrigado a repetir o minucioso relato sobre todas as circunstâncias.

À medida que ouvia as informações do caçador, Benzon parecia cada vez mais tensa. Ao final, ela comentou, sorrindo:

— Bem, esse é um dos mal-entendidos mais engraçados que se possa imaginar. Eu suplico, senhor, que mande de volta a suas casas o monteiro-mor e toda sua gente. Não há nenhuma insurreição, não há risco algum para nosso estimado senhor! O desconhecido morador do pavilhão já é um prisioneiro seu!

Muito admirado, o duque perguntou:

— Quem, quem é o infeliz morando no pavilhão sem minha autorização?

— É o Príncipe Hektor! — cochichou-lhe Benzon, ao ouvido. — É ele que está alojado no pavilhão!

O Duque Irenäus retrocedeu alguns passos, como se de repente tivesse sido atingido por um raio invisível, e disse:

— Quem? Como? *Est-il-possible*? Benzon, estou sonhando? O Príncipe Hektor?

Os olhares do duque caíram sobre o caçador que, muito constrangido, torcia o chapéu com as mãos.

— Caçador! — comandou ele — Suma daqui! Que o monteiro-mor e sua gente sigam... De volta para casa! Que ninguém se deixe ver! Benzon! — virou-se à conselheira: — Boa Benzon, Lebrecht chamou o Príncipe Hektor de maldito cafajeste! Infeliz! Cá entre nós, Benzon, isso é um segredo de Estado! Diga-me, esclareça-me, por favor, como pôde acontecer que o príncipe, alegando estar em viagem, tenha se escondido nas imediações como se quisesse viver uma aventura?

Benzon se sentiu aliviada de um grande embaraço pelo relato do caçador. Convencida como estava, de que não podia revelar ao

Duque Irenäus nem a presença do príncipe, tampouco os interesses desse com relação à Júlia, ela pensava também que a cada minuto aumentava o risco que ameaçava a filha e o sucesso da intriga que ela própria urdira com argúcia. Agora, o caçador descobrira o esconderijo do príncipe e existia o perigo de flagarem-no de maneira nada honorável, então ela podia traí-lo sem que isso prejudicasse Júlia. Explicou, portanto, ao duque, que um provável desentendimento amoroso com a Princesa Hedwiga o levara a pretextar uma urgente partida e ocultar-se com seu mais fiel valete de quarto nas proximidades da amada. Não se podia negar que o comportamento tinha algo de romântico e inusitado, mas que enamorado não se inclina a tais extravagâncias? Além disso, o valete do príncipe era o amante terno e atencioso de sua Nanni por meio da qual lhe fora possível desvendar o mistério.

— Ah! — disse o príncipe. — Graças a Deus! Então o valete, e não o príncipe em pessoa, se esgueirou casa adentro, para em seguida pular pela janela em cima dos vasos como o pajem Querubino? Já estava pensando mal dele. Príncipe Hektor, saltador, isso dá até rima!

— Ei — interrompeu Benzon, rindo —, conheço outro personagem nobre que não desdenhou esse caminho, quando...

— Você está me alterando, Benzon, me alterando enormemente! Não falemos de fatos passados, pensemos no melhor a fazer na atual situação com o príncipe! Toda a diplomacia, todo o estado de direito e a etiqueta cortesã foram por água abaixo nessa história! Devo ignorá-lo? Devo encontrá-lo ao acaso? Devo... Será... Tudo está girando em minha cabeça como um redemoinho. Isso é inevitável quando cabeças coroadas se degradam a quimeras românticas!

De fato, a Conselheira Benzon não sabia atinar sobre a sequência da relação com o Príncipe Hektor depois dos incidentes. Todavia, ambos foram livrados do apuro porque, antes que ela pudesse dizer qualquer coisa, o velho porteiro Rupert entrou com um pequeno bilhete lacrado, endereçado ao Duque Irenäus, remetido segundo o velho por uma pessoa importante, a qual ele teria a honra de estar guardando a sete chaves não longe dali.

— Então você sabia de tudo, Rupert? — perguntou o príncipe, muito delicadamente, ao velho. — Que bom, a vida inteira o considerei fiel servidor da residência principesca, e você comprovou esse juízo, obedecendo às ordens de meu nobre genro. Isso merece uma recompensa.

Rupert agradeceu com expressões bastante humildes e se afastou.

Sucede ocasionalmente nessa vida que alguém é considerado probo e virtuoso no preciso momento da mentira escancarada. Assim pensava a conselheira, melhor informada das más intenções do príncipe e convencida de que o velho hipócrita Rupert conhecia o segredo.

O príncipe abriu o bilhete e leu:

Che dolce più, che più giocondo stato
Saria, di quel d'un amoroso core?
Che viver più felice e più beato,
Che ritrovarsi in servitù d'Amore?
Se non fosse l'uom sempre stimulato
Da quel sospetto rio, da quel timore,
Da quel martìr, da quella frenesia,
Da quella rabbia, detta gelosia.[218]

Nesses versos de um grande poeta, meu duque, o senhor descobrirá a causa de meu afastamento misterioso. Acreditava não estar sendo correspondido em meu amor por aquela que adoro, minha vida, síntese de meu anseio e minha esperança, e que inflamou meu coração com fogo devorador. Estou feliz! Acabo de perceber o contrário, reconheci algumas horas atrás que estou sendo amado,

218. Essa oitava compõe o poema épico *Orlando furioso* (Canto XXXI, 1), de Ariosto.

e saio de meu esconderijo. Amor e felicidade, eis a divisa pela qual me anuncio. Em breve o saudarei com a veneração de um filho,

Hektor.

Talvez não desagrade ao caríssimo leitor que o biógrafo deixe a história descansar neste ponto por alguns segundos, e intercale uma tentativa de tradução daqueles versos italianos. Poderia ser mais ou menos assim:

Há mais doce, mais feliz estado
Que o do coração quando arde amor?
Pode-se viver mais ditoso e bem-aventurado
Que quando se é dele fiel servidor?
Se não fosse o homem estimulado
Por aquela suspeita, aquele temor,
Torturante martírio, tensão de quem ama,
Fúria infernal, ciúme se chama!

O príncipe leu o bilhete duas, três vezes, com muita atenção e, quanto mais lia, mais sombrias se tornavam as rugas em seu rosto. Enfim, comentou:

— Benzon, o que há com o príncipe? Versos, versos italianos dirigidos a um príncipe, um sogro coroado, em vez de um esclarecimento explícito e sensato? Que significa isso? Não é razoável. O príncipe parece exaltado ao extremo. Tanto quanto pude entender, os versos falam de tormentos de ciúme, da felicidade do amor. Que quer dizer ele com isso, por Deus do céu, de quem poderia estar com ciúmes aqui? Diga-me, boa Benzon, você vê no bilhete do príncipe pelo menos algum rudimento de bom senso?

Benzon estava petrificada por compreender o profundo sentido latente nas palavras do príncipe, que ela facilmente adivinhava após o que ocorrera em sua casa na noite anterior. Ao mesmo tempo não podia deixar de admirar o refinado artifício encontrado pelo príncipe para sair de seu esconderijo sem fazer gênero. Muito longe de se manifestar a respeito dessas ponderações com o duque, porém, se esforçou em tirar a maior vantagem possível da situação. Kreisler e Mestre Abraham eram as únicas pessoas de quem julgava encontrar oposição a seus projetos secretos, e contra eles precisava se servir de todas as armas que o acaso lhe colocasse à disposição. Por isso, relembrou ao príncipe o que lhe dissera sobre a paixão que ardia no peito da princesa. Ao olhar sagaz do nobre, acrescentou ela, não escapara certamente o estado de ânimo da princesa, e a conduta estranhamente exacerbada de Kreisler deve ter lhe dado motivo suficiente para suspeitar de alguma louca relação entre ambos. Isso explicava de sobra por que o príncipe o perseguira até a morte e também, acreditando tê-lo matado, fugira da provável dor, do desespero da princesa, para depois de ser informado de que o mesmo vivia, retornar impelido por amor e saudade e se manter à espreita, observando com discrição a princesa. Assim, o mestre era o objeto do ciúme de que tratava os versos do Príncipe Hektor, e era tanto mais necessário e aconselhável não permitir no futuro sua permanência em Sieghartshof, pois tudo indicava que ele forjara em conluio com Mestre Abraham um complô contra todos os projetos do duque.

— Benzon — respondeu o duque com seriedade —, refleti sobre o que você me contou acerca do indigno pendor da princesa, e não acredito numa palavra disso tudo. Sangue azul corre nas veias da princesa!

— Você crê — replicou vivamente Benzon, que se enrusbecia até a raiz dos cabelos — que uma dama aristocrática pode comandar as pulsações de seu coração melhor que outra?

— Você está com um humor peculiar hoje, conselheira! Repito, se no coração da princesa surgiu qualquer paixão frívola, então foi um acaso doentio, digamos uma convulsão — ela sofre de espasmos — da qual ela em seguida se restabeleceria. No que concerne a Kreisler, ele é um indivíduo muito divertido, ao qual só falta um pouco de cultura. Não o acho capaz de tão arrogante ousadia como quer fazer crer a princesa. É ousado, sim, mas de um modo bem distinto. Creia-me, Benzon, justamente dada sua extravagante maneira de ser, uma princesa não o faria feliz, na eventual hipótese de que uma pessoa tão elevada pudesse rebaixar-se a apaixonar-se por ele. Porque — *entre nous soit dit*, Benzon — ele não dá valor especial às cabeças coroadas, e essa loucura ridícula e absurda o torna incapaz de manter-se na corte. Que viva, assim, distante, mas caso queira voltar, será cordialmente bem-vindo. Porque ainda que ele, como o Mestre Abraham... Ah, o Mestre Abraham deixemos de fora do assunto, Benzon. Os complôs conjurados por ele sempre reverteram para o bem da residência principesca. O que eu ia dizer? Ah! Ainda que o mestre de capela tenha sido forçado a fugir de maneira inconveniente, pois o tinha acolhido com bondade, ele continua sendo um homem muito espirituoso que me agrada, apesar do caráter bizarro, *et cela suffit*![219]

A conselheira ficou paralisada de raiva, ao ver-se despachada com tamanha frieza. Sem suspeitar de nada, tentara descer ao sabor da corrente e batera contra um rochedo submerso.

Ouviu-se um grande barulho no pátio do palácio. Uma longa fila de carruagens entrava com alarde, acompanhada de uma companhia de hussardos do grão-duque. O mestre de cerimônia, o presidente, os conselheiros do príncipe, várias pessoas do grande mundo de Sieghartsweiler desembarcaram. Espalhara-se a notícia sobre uma revolução dirigida contra a vida do Duque Irenäus, e os fiéis adoradores da corte manifestavam seu apoio e traziam consigo os defensores da pátria, que o governador, com dificuldade, lhes destinara.

Ante tantas asseverações da assembleia de que eles estavam dispostos a sacrificar a vida pelo seu gracioso senhor, não foi possível ao príncipe contrapor qualquer coisa. Até quis contestar, mas o oficial-comandante da companhia se aproximou e perguntou-lhe pelas estratégias da operação.

219. Em francês: "e isso basta".

É próprio da nossa natureza humana que, quando o perigo assustador se dissipa e se revela mero embuste, isso provoca grande desilusão. O que motiva nossa alegria é a ideia de ter escapado da real ameaça, não a de que não houve nenhum perigo.

Dessa maneira, ocorreu também que o príncipe nem podia reprimir seu desgosto, seu mau humor ante todo o inútil tumulto. Por acaso poderia, deveria dizer que aquela algazarra fora ocasionada pelo namoro de um valete de trança, pela ciumeira romântica de um príncipe apaixonado? Refletia mais e mais, enquanto o esmagava o silêncio reinante no salão só aqui ou acolá interrompido por intermitentes relinchos de cavalos dos corajosos hussaros defronte à porta.

Finalmente, pigarreou e iniciou muito patético:

— Cavalheiros! A constelação milagrosa dos céus... Que quer você, *mon ami*?

Dirigindo-se ao chefe de cerimônia com essa pergunta, o duque interrompeu seu próprio discurso. Em verdade, o chefe de cerimônia já fizera diversas reverências e dera a entender que tinha uma importante comunicação a fazer: que o Príncipe Hektor acabava de anunciar-se.

O rosto do duque irradiou-se. Deu-se conta de que muito facilmente poderia mencionar com poucas palavras o suposto incidente perigoso que ameaçara a corte e, num passe de mágica, transformar a venerável assembleia num comitê de boas-vindas. E assim o fez!

Não demorou muito e o Príncipe Hektor entrou em seu reluzente uniforme de gala, garboso, formoso, orgulhoso qual brilhante filho de deuses. O Príncipe Irenäus deu uns passos ao seu encontro, mas logo recuou, como que atingido por um raio na cabeça. Junto com o Príncipe Hektor entrou saltitante no salão o Príncipe Ignatius — que infelizmente intensificava-se a cada dia em estupidez. Os hussardos estacionados no pátio deviam ter-lhe agradado bastante, pois pedira a um deles que lhe desse o sabre, o barrete e a bainha, e se adornara com essas esplêndidas galas. Assim, percorreu a sala em saltos curtos, como se estivesse a cavalo, empunhando o sabre desembainhado, enquanto arrastava e fazia soar em falsa bravura a bainha de metal no assoalho, terminando por explodir de rir de um jeito muito sedutor.

— *Partez... Decampez!... Allez vous en... Tout de suite.*[220]

Gritou o duque com olhos duros e voz tonitruante ao assustado Ignaz, que sumiu às pressas dali.

Nenhum dos presentes teve tão pouco tato a ponto de olhar diretamente o Príncipe Ignaz, ou todo o espetáculo.

O Príncipe Irenäus, no supremo brilho da suavidade e da amabilidade, trocou palavras com o Príncipe Hektor, e ambos caminharam pelo círculo da assembleia reunida, dirigindo uma saudação mais calorosa a um ou outro. O cortejo de boas-vindas terminou, ou melhor, encerraram-se as frases profundamente espirituosas e inteligentes das quais os nobres se servem nessas ocasiões; o duque conduziu o príncipe aos aposentos íntimos da duquesa e, em seguida, ao quarto da Princesa Hedwiga, pois o napolitano queria surpreender a amada. Encontraram-na com Júlia.

Com a pressa do mais fogoso amante, o príncipe correu até Hedwiga, levou cem vezes com toda a ternura suas mãos aos lábios, jurou que vivera pensando nela, que um desgraçado mal-entendido o fizera experimentar os tormentos do inferno, a separação daquela a quem ele adorava se tornara um suplício e, enfim, agora ele gozava a felicidade dos céus.

Hedwiga o recebeu com uma desenvolta alegria, que normalmente não lhe era característica. Respondeu às ternuras do príncipe como uma noiva pode fazer sem exagerar nas concessões; inclusive não deixou de zombar dele devido ao capricho do esconderijo e afirmar jamais ter visto metamorfose mais bela e encantadora que a de um suporte de perucas numa emperucada cabeça de príncipe. Pois ela tomara um por outro, às vezes assomando à janela do pavilhão. Tudo isso gerou motivos para toda espécie de gentis

220. Em francês: "saia... Fora daqui!... Desapareça... Agora mesmo".

anedotas por parte do par de noivos felizes, que agradaram até mesmo ao duque. Nesse momento ele acreditou reconhecer com mais nitidez o erro de Benzon quanto a Kreisler, já que, em sua opinião, o amor de Hedwiga pelo mais formoso dos homens era evidente. O espírito e o corpo da princesa pareciam ascender àquela rara floração própria das noivas venturosas. Justamente o contrário acontecia com Júlia. Quando viu o príncipe, estremeceu acometida por um sombrio calafrio. Pálida como a morte, manteve-se ali de olhos baixos, incapaz de fazer qualquer movimento, a custo se sustendo de pé.

Após alguns instantes, o príncipe voltou-se a Júlia com as palavras:

— Senhorita Benzon, se não me equivoco?

— Uma amiga da princesa desde a tenra infância, as duas são como irmãs!

Enquanto o Duque Irenäus dizia essas palavras, o príncipe tomou a mão de Júlia e sussurrou-lhe de maneira que só ela ouviu:

— Você é a única em quem eu penso!

Júlia oscilou, lágrimas amargas de medo correram pelas suas faces; ela teria caído, se a princesa não tivesse puxado uma poltrona num piscar de olhos.

— Júlia — disse, baixinho, a amiga, inclinando-se sobre a coitada. — Domine-se. Você não imagina a dura luta que empreendo.

O duque abriu a porta e pediu *eau de Luce*.[221]

— Não tenho tal coisa — disse Mestre Abraham que entrava —, mas um bom éter! Alguém desmaiou? Éter pode ajudar nesse caso!

— Então entre logo — disse o duque —, e socorra a senhorita Júlia.

Porém, quando Mestre Abraham entrou na sala, sucedeu um inesperado encontro. O príncipe ficou petrificado ao vê-lo, os

221. Água de cheiro muito forte, chamada *de Luce*, em homenagem ao farmacêutico que a fabricou originalmente.

cabelos pareciam ter se arrepiado, o suor escorria-lhe pela fronte. Com uma perna adiantada, o ventre encolhido, os braços estendidos em direção ao mestre, ele era comparável a Macbeth ao ver o terrível e ensanguentado fantasma de Banco ocupar o lugar vazio à mesa. Com tranquilidade, o mestre pegou o frasquinho e se aproximou de Júlia.

Então, foi como se o príncipe recobrasse a vida.

— Severino, é você? — perguntou, num tom surdo do mais escabroso espanto.

— Claro — respondeu Mestre Abraham, sem perder o mínimo de sua fleuma, sem mover um músculo. — Fico feliz que se lembre de mim, senhor. Tive a honra de prestar-lhe um serviço em Nápoles, há alguns anos.

O mestre avançou mais um passo, o príncipe o puxou pelo braço, o arrastou com violência a um canto e, entre eles, teve lugar um sucinto colóquio que nenhum dos presentes pôde compreender, porque fluiu rapidamente e em dialeto napolitano.

— Severino, onde o homem conseguiu aquele retrato?

— Eu dei a ele, para ser usado como arma contra sua excelência.

— Ele sabe?

— Não!

— Você vai guardar o segredo?

— Por enquanto, sim, vou!

— Severino! Você parece o diabo me perseguindo, o que quer dizer com "por enquanto"?

— Contanto que você seja moderado, deixe Kreisler e aquela ali em paz!

O príncipe deixou o ancião e se aproximou de uma janela. Nesse interím, Júlia se restabelecera. Olhando o mestre com uma expressão de indescritível melancolia, sussurrou mais que disse:

— Oh, meu bom e caro mestre, o senhor pode me salvar! O senhor tem alguns poderes, não é verdade? Com sua ciência, pode conduzir tudo isso a bom termo!

O mestre intuiu nas palavras de Júlia uma aterradora relação com aquela conversa, como se ela, na percepção superior do sonho, tivesse decifrado todo o segredo! Então, confidenciou-lhe:

— Você é um anjo do céu, por isso o tenebroso espírito infernal do pecado carece de poder sobre você. Confie plenamente em mim, nada tema, fortaleça sua alma... Pense também no nosso Johannes.

— Ah, Johannes, ele voltará, não é mesmo, mestre? Voltarei a vê-lo?

— Sem dúvida! — respondeu Mestre Abraham, levando o indicador aos lábios; Júlia o entendeu.

O príncipe se esforçava para transparecer domínio da situação, contou que o homem, que segundo ouvira se chamava Mestre Abraham, fora testemunha há alguns anos, em Nápoles, de um fato muito trágico no qual, confessava, ele próprio estivera envolvido. A ocasião não era oportuna para relatar tal incidente, mas mais tarde pretendia retornar ao assunto.

O tormento interior era demasiado turbulento para que os bramidos se fizessem audíveis na superfície e, assim, o perturbado rosto do príncipe, do qual sumira até a última gota de sangue, não se harmonizava com a trivialidade da conversação que se esforçava por manter naquele momento tenso. Melhor que o príncipe, quem superou a situação crítica foi a princesa. Com a ironia que o enfado e a amargura transformavam em sarcasmo, ela perseguia o príncipe no labirinto de seu consternador embaraço. E ele, pois, o mais desenvolto dos homens, equipado com as armas da vilania que destrói toda a verdade, toda a vitalidade, não podia resistir a essa estranha criatura. Quanto mais Hedwiga se empolgava em suas pilhérias, mais o príncipe era golpeado por raios mordazes, fazendo-o sentir-se tanto mais confuso e amedrontado, até que a opressão se tornou insuportável, e ele precisou sair às pressas.

Ao Duque Irenäus acontecia o de sempre em circunstâncias similares: não sabia o que pensar a respeito do que se passava.

Resignou-se a proferir alguns salamaleques franceses sem sentido algum dirigidos ao príncipe, que os respondia com similares.

O príncipe já saíra quando Hedwiga, transformada em toda sua personalidade, olhou o chão e exclamou com uma voz bastante estranha:

— Vejo o rastro sangrento do assassino!

Em seguida, pareceu despertar de um sono, apertou Júlia com violência contra o coração e disse:

— Criança, minha pobre criança, não se aflija!

— Segredos! — queixou-se o duque, aborrecido. — Bobagens, extravagância, fantasias românticas! *Ma foi*[222], não reconheço mais minha corte! Mestre Abraham! O senhor conserta meus relógios quando não funcionam direito, quisera o senhor pudesse examinar os problemas sofridos por esse engenho que antes nunca se detinha. Mas que nome é esse, Severino?

— Com esse nome — respondeu o mestre —, trabalhei em Nápoles oferecendo minhas máquinas óticas e mecânicas.

— Ah, sei! — falou o príncipe, espiando o mestre com olhos arregalados, como se ainda tivesse alguma pergunta na ponta da língua, mas virou-se e abandonou o quarto em silêncio.

Acreditava-se que Benzon estivesse em companhia da duquesa, mas não era o caso, ela estivera em sua própria casa.

Júlia ansiava por ar fresco; o mestre foi com ela ao parque e, passeando pelas aleias suavemente sombreadas, falavam sobre Kreisler e sua estada na abadia. Chegaram à cabana de pescadores. Júlia entrou para descansar; a carta de Kreisler estava sobre a mesa e o mestre não hesitou em deixá-la ler, pois nada continha de assustador.

Enquanto Júlia lia a carta, suas bochechas se avermelharam e seus olhos cintilaram como brasas, reflexo de uma alma reconfortada.

---

222. Em francês: "quanto a mim".

— Veja bem, cara menina, o bom espírito de meu Johannes a influencia também à distância. Que golpes ameaçadores você teria de recear, se a constância, o amor e a coragem a amparam contra intenções maldosas?

— Misericórdia divina — rogou Júlia, elevando os olhos ao céu —, proteja-me de mim mesma!

Essa súplica involuntária a fez estremecer de susto ante as próprias palavras. Meio inconsciente, tombou sobre uma poltrona e cobriu o rosto afogueado com as mãos.

— Não a entendo — disse o mestre —, não a entendo, menina, talvez você também não se entenda e, por isso, seria bom sondar o fundo de seu coração e não deixar de assumir algo por mera fraqueza.

O mestre deixou Júlia com as considerações nas quais mergulhara e contemplou com braços cruzados a enigmática bola de cristal. Seu peito transbordava de nostalgia e presságios prodigiosos.

— A você dirigirei algumas dúvidas, com você quero aconselhar-me, mistério sublime de minha vida! Deixe-me ouvir sua voz! Você sabe que nunca fui um homem ordinário, embora algumas pessoas me tenham como tal. Porque em mim ardia todo o amor que é o eterno espírito do mundo, e em meu peito estava a faísca que o alento de seu ser vivificou em chama alegre e luminosa! Não creia, Chiara, que esse coração arrefeceu com o envelhecimento, que não palpita mais tão caloroso como quando a arrebatei do inumano Severino! Não creia que hoje a mereço menos que quando você veio encontrar-me! Deixe-me ouvir sua voz, eu seguirei o som com a ansiedade da juventude, até finalmente unir-me a você. Então, voltaremos a revelar juntos a magia, e todos os homens, inclusive os mais vulgares e mesquinhos, serão testemunhas, apesar do ceticismo. E se você não estiver mais viva sobre a Terra, fale comigo do alto do céu, e eu estarei contente, e me tornarei mais forte do que nunca! Mas não, não! Como eram aquelas palavras consoladoras que você me disse?

"Não atinge a morte pálida
Quem no peito amor portar!
Se há desalento à alvorada,
Tem brilho o entardecer."

— Mestre, com quem o senhor está falando? — perguntou Júlia, que se levantara e escutara tudo muito admirada. — O que o senhor está fazendo? O senhor pronunciou o nome Severino, Deus do céu! Não foi esse o nome usado pelo príncipe no instante em que vocês se falaram? Que terrível segredo se oculta aqui?

Ao ouvir as palavras de Júlia, o ancião retornou do êxtase em que se encontrara, e por seu semblante perpassou, fato raro, aquela singular e quase irônica afabilidade que, num contraste fantástico com seu habitual e sincero caráter, conferia à sua figura um toque de inquietante caricatura.

— Minha bela senhorita — disse ele, com o tom estridente que os ilusionistas charlatões costumam empregar a fim de ressaltar seus milagres —, um pouco de paciência, logo terei a honra de lhe mostrar nesta cabana de pescadores as coisas mais extraordinárias. Esse homenzinho dançarino, o pequeno turco que sabe a idade de cada um dos presentes, esses autômatos, esses palingenésios[223], essas imagens disformes, esse espelho ótico, todos esses objetos são jogos mágicos, mas me faltava o mais importante. Agora, minha moça invisível voltou. Ei-la na bola de cristal, mas ainda não pode falar, pois está cansada da viagem à Índia. Dentro de alguns dias falará e indagaremos, então, sobre Príncipe Hektor, Severino e outros acontecimentos passados e futuros! Por ora, só um pouco de pura diversão!

Com isso, o mestre saltou pela cabana com a leveza e a destreza de um jovem, deu corda às máquinas, dispôs os espelhos mágicos.

223. Na filosofia, a expressão (palin+genes ia) denota o eterno retorno. O termo terá um uso mais específico no sistema de Schopenhauer, que o aplica em sua doutrina, segundo a qual a vontade não morre, mas se manifesta mais uma vez nos novos indivíduos. A expressão remonta aos estoicos, que usavam o termo em referências à contínua recriação do universo.

Todos os cantos se encheram de atividade e vida, os autômatos caminharam e giraram a cabeça, um galo artificial bateu as asas e cocoricou, enquanto papagaios esganiçados soltavam gritos entrecortados, e ambos, a própria Júlia com o mestre, apareciam tanto dentro como fora da cabana. Embora estivesse habituada a tais farsas, Júlia se admirou ante o incomum estado de ânimo do velho.

— Mestre, o que está acontecendo?

— Menina, respondeu ele à sua maneira séria, aconteceu-me algo belo e maravilhoso, mas não vale a pena contar-lhe. Ou quem sabe, sim! Deixe os objetos mortos-vivos terminarem suas proezas, enquanto lhe confidencio tanto quanto for útil e necessário. Minha cara Júlia, sua própria mãe cerrou-lhe o coração materno, eu o abrirei para você a fim de que tenha consciência de certas coisas que lhe dizem respeito. É que, compreendendo o perigo que a envolve, você talvez possa evitá-lo. Por isso, sem mais rodeios quero inteirá-la da decisão que sua mãe tomou, nada mais nem menos que...

(*Murr pr.*):... melhor não fazê-lo. Seja modesto como eu, não se meta a fazer versos se a simples prosa é suficiente para exprimir suas inspirações. Os versos hão de compor um livro em prosa, como o toucinho a linguiça, ou seja, mesclado em delicadas porções, conferindo ao conjunto um tempero de brilho e graça, a essência do sabor. Não temo que meus colegas poetas considerem a analogia vulgar e trivial, pois seu sentido está impregnado de nossa comida predileta e, de fato, às vezes um bom verso pode ser tão útil à novela medíocre como um toucinho gorduroso a um embutido insosso. Afirmo isso como gato de formação e experiência estéticas. Por mais indigna, inclusive miserável que tenha se me afigurado, devido a meus princípios filosóficos e morais, a posição de Ponto, seu estilo de vida, seus modos de agradar ao amo, haviam-me conquistado seu cerimonioso decoro, sua elegância, sua encantadora desenvoltura no trato social. Queria convencer-me de que, com toda a potência de minha formação científica, com a gravidade de minhas ações, estaria num nível superior à ignorância de Ponto, que só aqui e acolá abocanhara algumas dispersas migalhas de sabedoria. Mas uma certeza inefável me diz claramente que Ponto me eclipsaria em todos os âmbitos; sinto-me obrigado a reconhecer sua superioridade sobre mim. Um cérebro genial como o meu retira de cada ocasião, de cada experiência, reflexões especialmente inusitadas e, foi assim, refletindo sobre minha disposição moral e meu relacionamento com o amigo Ponto, que cheguei a certas observações interessantes, dignas de ser comunicadas. Eu me pergunto, meditativo, levando a pata à fronte, como podem os grandes filósofos e poetas, em geral inteligentes e sábios, se mostrarem tão abestalhados no trato social com o chamado universo mundano? Eles estão sempre onde não deveriam estar naquele momento, falam quando deveriam se calar e, vice-versa, se calam quando são necessárias as palavras; chocam-se em suas intenções com a forma da sociedade e prejudicam a si mesmos e aos outros; enfim, parecem-se com aqueles que, ao cruzar com uma fila de passantes atentos na calçada, são os únicos bobos que se opõem a ela, prosseguindo, renitentes, à direção contrária e obstruindo a fila toda. Sei que isso se deve à falta de cultura social, que não se obtém através de livros, mas começo a pensar que essa cultura não pode ser adquirida com facilidade, e que tal inabilidade deve ter outra causa. Aquele não seria um grande poeta, nem grande filósofo, se não percebesse a própria preponderância; mas é provável que lhe falte um sentimento nobre próprio do homem de espírito, se ele não compreende que a preponderância não pode ser reconhecida, pois ela destrói o equilíbrio ao qual se vertem os conjuntos esforços da alta sociedade. Toda voz deve ser entoada conforme o *leitmotiv* do conjunto; mas a voz do poeta possui tom dissonante e, malgrado esse seja muito bom em outras concatenações no contexto social, não é de bom-tom, desafina do conjunto. O bom-tom, assim como o bom gosto, consiste exclusivamente em evitar toda inconveniência. Atribuo, portanto, seu mau humor característico ao sentimento ambíguo resultante da própria superioridade e do aspecto inapropriado, ambiguidade que embaraça o ingênuo poeta ou filósofo, não lhe permitindo conceber a modulação geral para pairar à vontade na sociedade. É necessário não salientar a cada momento a superioridade intelectual e se, por sua vez, se renuncia a elevar-se, não se assegura estar à altura da cultura social elevada que nada persegue além da meta de limar as arestas e pontas, configurar todas as fisionomias numa única que, justamente por isso, deixa de ser só uma. Então, livre do mau humor, com o espírito desprendido, reconhecerá mais facilmente a essência íntima dessa cultura com suas premissas fundamentais, e somente através desse reconhecimento será introduzido nesse mundo que tem a respectiva alta cultura como imprescindível. Deveras curioso é o comportamento do artista, também do poeta ou escritor, quando é convidado a frequentar o círculo da alta sociedade, para que, como de praxe, alguém possa gabar-se de mecenato. Por desgraça, esse artista infelizmente adota algo de artesanal e, via de regra, ou é muito humilde ou arrogante às raias da insolência.

(Observação do editor: Murr, sinto muito que você esteja sempre se adornando com penas alheias. Temo que você perderá consideravelmente a credibilidade do prezado leitor. Por acaso não saem todas essas reflexões, com as quais você se vangloria, da boca do mestre de capela Johannes Kreisler? E seria possível assimilar toda essa sabedoria de vida, visando penetrar mais profundamente o ânimo de um escritor humano, a coisa mais extravagante do mundo?)

Por que — pensei comigo mesmo — um gato criativo, seja ele poeta, escritor ou artista, não conseguiria conquistar o traquejo da cultura superior de bom-tom, e se apresentar, ele mesmo, com toda a graça e a beleza exteriores? Terá a natureza concedido o privilégio daquela cultura somente à espécie canina? Embora nós, gatos, sejamos um tanto distintos dessa orgulhosa espécie no que diz respeito à vestimenta, forma de vida, modos e costumes, somos também feitos de carne e osso, corpo e alma e, sendo assim, tampouco os cachorros podem fazer outra coisa além de seguirem vivendo. Também eles têm de se alimentar, beber, dormir e assim por diante, e sofrem quando espancados. Sei lá! Resolvi consagrar-me às aulas ministradas pelo instruído amigo poodle Ponto e, sentindo-me em paz comigo mesmo, voltei ao gabinete do mestre; uma mirada no espelho me convenceu de que a mera e dedicada aspiração à cultura superior já surtira efeito em minha aparência. Contemplei-me com complacência. Nenhuma condição é mais aprazível do que a satisfação de alguém consigo mesmo! Ronronei!

No dia seguinte, não me contentei em sentar-me em frente à porta; saí a flanar pela rua e vi, de longe, o Barão Alzibiades von Wipp, seguido pelo meu jovial amigo. Não podia imaginar encontro mais oportuno, compus-me com a dignidade possível e me aproximei de meu amigo com a graça inimitável da bondosa natureza, que não pode ser dada pela arte. Mas... Incrível! O que aconteceu? Quando o barão me viu, deteve-se e me contemplou com muita atenção através do *lorgnon,* e gritou:

— *Allons*... Ponto! Gato, gato! — e Ponto, o falso amigo, se precipitou com furor sobre mim.

Horrorizado, completamente desconcertado pela vergonhosa traição, fui incapaz de opor alguma resistência, e me encolhi como pude a fim de escapar dos dentes pontudos que Ponto me mostrava, rosnando. Mas ele saltou várias vezes por cima de mim, sem atacar-me, e me cochichou ao ouvido:

— Murr! Não seja tão bobo, não tenha medo! Não estou levando a sério, só procuro agradar a meu amo!

Ele repetiu seus saltos, fingiu inclusive que me puxava as orelhas, sem porém, me machucar.

— Agora, disse enfim, suma, amigo Murr! Enfie-se logo pelo buraco do porão!

Não esperei segunda ordem, partindo com a velocidade de um raio. Apesar das afirmações de Ponto de que não me molestaria, eu estava com medo, porque nos casos críticos nunca se sabe se a amizade será forte o bastante para vencer a índole nata.

Quando me esgueirei ao porão, Ponto continuou com a comédia que iniciara em homenagem a seu amo. Rosnou, latiu com a cabeça pela claraboia, o focinho atravessando o gradil, fez que estava inconformado por eu ter escapulido e ele não ter sido capaz de me pegar. Mas sussurrou porão adentro:

— Veja, reconheça, meu bom Murr, os bons resultados da alta cultura. Mostro-me obediente e submisso a meu amo, sem estragar nossa amizade. Assim age o autêntico ser mundano que o destino condenou a joguete nas mãos de outro mais poderoso. É preciso sair correndo quando acossado, mas também demonstrar a habilidade de morder em interesse próprio.

Revelei encabulado ao amigo Ponto o firme propósito de aproveitar as benesses de sua cultura, e perguntei-lhe de que maneira poderia me ensinar. Refletiu um instante e respondeu que o melhor seria um modelo claro e vivo desse mundo no qual ele atualmente tinha o prazer de viver e, para tanto, deveria acompanhá-lo uma noite dessas à maravilhosa Badine, justamente sua acompanhante durante o período do teatro. Badine, uma pequena pomerânia, servia à camareira-chefe da família ducal.

Aprontei-me o melhor que pude, li um pouquinho o Knigge e folheei as mais novas comédias de Picard[224], com o intuito de mostrar-me fluente na língua francesa, e desci em seguida. Ponto não se fez esperar, saímos ladeira abaixo e chegamos cedo ao quarto bem iluminado de Badine, onde se encontrava reunida uma diversificada assembleia de poodles, pomerânios, pinschers, chihuahuas e cockers, em parte sentados em círculo, em parte distribuídos em grupos isolados pelos cantos.

O coração palpitou acelerado nessa estranha sociedade de criaturas hostis à minha espécie. Um cãozinho peludo olhou-me com assombro depreciativo, como se quisesse dizer “que faz um gato

224. Louis-Benoit Picard (1769-1828) era um dramaturgo francês, autor de conhecidas comédias.

vulgar entre cães sublimes?". De vez em quando, um elegante pomerânio rangia os dentes, deixando-me perceber com que gosto ele pularia sobre mim, se o decoro, a dignidade e as regras da etiqueta não condenassem como inadequada a luta livre. Ponto tirou-me do embaraço, apresentando-me à anfitriã que, com condescendência graciosa, disse que se alegrava de receber um gato com minha reputação. Então, só depois de Badine falar comigo, um ou outro me concedeu um pouco mais de atenção com a sincera bonomia canina, mencionando minha atividade como escritor e algumas de minhas obras que mais lhes agradaram. Senti-me lisonjeado, envaidecido, nem me dei conta de que me dirigiam perguntas sem ao menos se importarem com as respostas, que elogiavam meu talento sem ao menos conhecê-lo, que estimavam minha obra sem compreendê-la. Um instinto natural ensinou-me a responder do mesmo modo, dizendo algo breve sem ater-me à questão, com expressões tão genéricas que podiam referir-se a qualquer coisa sem emitir opinião alguma, sem querer levar a conversação superficial à profundidade alguma. Ponto me assegurou de passagem que um velho pomerânio me achara um gato divertido, com talento natural para a boa conversação. Um elogio assim eleva a moral do sujeito mais abatido!

Jean-Jacques Rousseau admite em suas *Confissões*, ao narrar o episódio do roubo de uma fita — quando deixara recair a culpa sobre uma pobre e inocente menina — o quanto lhe custava rememorar esse momento criminoso de sua vida. Encontro-me numa posição semelhante ao do estimado autobiógrafo. Ainda que não tenha crimes a confessar, se almejo a veracidade não devo ocultar a grande besteira que cometi naquela noite, que durante longo tempo me causou revezes e colocou em risco, inclusive, minha sanidade mental. Mas não é, de fato, mais penoso confessar uma besteira que um crime?

Não passou muito tempo e senti-me acometido por um mal-estar naquele ambiente, um mau humor, e desejei estar sob a estufa de meu mestre. Um tédio, um terrível tédio me oprimia, e levava-me a esquecer as convenções. Furtei-me calado a um canto afastado a fim de entregar-me ao sono, a que me convidava a conversa circundante. A mesma conversa, aliás, que eu a princípio julgara, talvez erroneamente, uma prosa insípida e sem graça, revelava-se agora como a monótona batida do monjolo, que nos incita à meditação e, logo em seguida, nos acalenta ao sono profundo. Encontrava-me precisamente na meditação sem pensamentos, em suave delírio, quando de súbito um clarão ofuscou meus olhos fechados. Ao abri-los, vi a meu lado uma formosa senhorita pomerânia branca como a neve, a doce sobrinha de Badine, chamada Minona, segundo soube mais tarde.

— Meu senhor, disse com o sussurrante tom que ressoa no peito excitável do jovem fogoso, por que mantém-se solitário, estará entediado? Sinto muito! Naturalmente, um grande poeta de seu feitio deve estar plainando por esferas elevadas, julgando a agitação social frívola e insignificante.

Levantei-me um tanto quanto perplexo, lamentei no íntimo que a espontaneidade suplantasse a teoria do decoro e me fizesse arquear o lombo de modo involuntário, ante o que ela pareceu sorrir.

Mas, recobrando logo as boas maneiras, tomei a pata de Minona e a levei sutilmente aos lábios, dissertando sobre os instantes de êxtase a que o poeta tantas vezes sucumbe. Ela ouviu-me com sinais de vivo interesse, com devoção e, deixando-me elevar à poesia tão extraordinária e exaltada, acabei não entendendo a mim mesmo. Minona tampouco me compreendia, mas caiu num enlevo, num êxtase, e me confessou que sempre sonhara conhecer o genial Murr, e que estava vivendo um dos momentos mais felizes e esplêndidos de sua vida! Que posso dizer? Logo descobri que ela lera meus poemas mais sublimes — não! Não somente lera, também apreendera seu significado mais profundo! Sabia muitos deles de cor e os recitou para mim com entusiasmo, com um encanto que me enterneceu e levou-me a um céu pleno de poesia, principalmente porque eram versos de minha autoria que a mais linda de sua espécie me fazia escutar.

— Minha cara e doce senhorita, você vislumbrou minha alma! — exclamei, arrebatado. — Decorou meus versos... Haveria maior felicidade para o poeta com aspirações?

— Murr — sussurrou-me —, gato genial! O senhor acredita que um coração sensível à alma poética e acolhedora poderia manter-se alheio a essa obra?

Minona suspirou essas palavras do fundo do peito, alimentando meu pasmado deslumbre. Como podia ser de outro modo? Também caí de amores pela maravilhosa cachorrinha e, louco e deslumbrado em minha cegueira, não notei que em meio à conversa mais terna ela se virava para falar bobagens com um afetado terrier, que me evitou o resto da noite e me tratou dando claramente a perceber que a ninguém mais se referira com exaltação e entusiasmo senão a si mesma. Enfim, lá estava eu, um perfeito idiota, seguindo seus passos, cantando-a em versos gentis, transformando-a em heroína de alguns romances mirabolantes, andando em companhia de criaturas com as quais nem tinha afinidade, e colhi com isso um desgosto amargo, algum sarcasmo e muitas ofensas.

Várias vezes, em momentos um pouco mais virulentos, eu via diante de meus olhos a estupidez de meu comportamento, mas logo me lembrava acalorado de Tasso[225] ou de outros poetas de inspiração cavalheiresca que também tinham uma dama formosa a quem dedicavam suas canções e veneravam a distância, como Dom Quixote à Dulcineia. Então, não querendo ser menos sublime ou menos poético, jurava à encantadora ilusão de meus sonhos amorosos, à pomerânia branca, fidelidade e devoção eterna. Preso nesse delírio, eu oscilava de uma loucura à outra, e inclusive meu amigo Ponto achou necessário afastar-se de mim, após me advertir

225. Na peça *Torquato Tasso*, Goethe configura o amor do poeta por Leonore d'Este, irmã do duque de Ferrara.

seriamente das infernais mistificações que estavam enredando contra minha pessoa. Quem sabe o que teria sucedido comigo se uma boa estrela não me protegesse! Essa boa estrela é que conspirou certa noite, quando me esgueirei à casa de Badine com a simples intenção de ver Minona. Deparei-me com as portas fechadas, e toda espera, toda esperança de uma oportunidade de entrar, foram em vão. Com o coração repleto de amor e ansiedade, desejei ao menos anunciar à amada minha proximidade, e comecei a cantar à janela uma das canções espanholas mais suaves que alguém um dia sentiu e compôs. A apresentação deve ter sido lamentável!

Ouvi o latido de Badine, a doce voz de Minona também rosnou um pouco. Antes que pudesse dar-me conta, a janela se abriu de súbito e uma bacia cheia de água gelada foi esvaziada em cima de mim. Pode-se imaginar minha pressa em retornar para casa. Mas do contraste entre o fogo ardente do íntimo e a água gelada sobre o pelo dificilmente resulta algo bom: no mínimo rende febre violenta. Foi o que me aconteceu. Ao chegar à casa de meu mestre, sacudiram-me os calafrios. Mestre Abraham intuiu a indisposição devido à palidez de meu rosto, no fogo opaco dos olhos, na brasa flamejante em minha fronte, no pulso irregular. Deu-me leite quente e eu, com a língua seca, bebi com avidez, depois me enrolei num cobertor em meu leito e cedi por completo à doença que se apoderara de mim. Primeiro, tive toda a sorte de delírios febris a respeito de elevada cultura, pomerânios, etc.; depois meu sono tornou-se tranquilo e, finalmente, tão profundo, que acredito sem exagerar que dormi três noites e três dias seguidos.

Quando acordei, sentia-me livre e lépido, curado da febre e — por incrível que pareça — também de minha insólita paixão! Vi com clareza a tolice à qual me conduzira meu amigo Ponto, aceitei que fora ingênuo, logo eu, gato congênito, metendo-me em meio aos cachorros que me desprezavam por ser incapazes de ver minha inteligência e que, devido à sua mediocridade, atinham-se à forma sem nada a oferecer além de casca sem conteúdo. O amor à arte e à ciência se acendeu em mim com força renovada. Atingi os meses de maturidade viril e não frequentava mais nem os elegantes tampouco os libertinos, sentindo vivamente que não havia necessidade de ser nem um nem outro para me formar, conforme exigem as primorosas aspirações da vida.

Meu mestre precisava sair de viagem e considerou adequado deixar-me durante esse tempo aos cuidados de seu amigo, o mestre de capela Johannes Kreisler. Um novo período de minha vida se inicia com a mudança de domicílio, e aqui encerro o capítulo atual, do qual, jovem gato, você poderá extrair alguns bons ensinamentos para o futuro.

(*Folha de macul.*):... como se em seus ouvidos ressoassem longínquos e surdos sons e escutasse os monges andando pelos corredores. Quando o mestre despertou completamente de seu sono, viu através das janelas que a igreja estava iluminada e percebeu o canto sussurrado do coro. Passara da meia-noite e, assim, algo inusitado deveria ter acontecido; supôs então com razão que talvez uma morte súbita e inesperada tivesse levado um dos velhos monges, e o corpo estivesse sendo conduzido à Igreja, segundo o costume do monastério. Ele se vestiu precipitadamente e saiu. No corredor, encontrou o Padre Hilarius em altos bocejos e oscilando meio entorpecido de sono, incapaz de dar um passo firme, enquanto sustentava, meio trôpego, uma vela acesa inclinada em direção ao solo, de modo que a parafina gotejava, ameaçando a cada instante apagar o fogo.

— Reverendo senhor — balbuciou Hilarius quando Kreisler o chamou —, reverendo senhor abade, isso vai contra toda ordem estabelecida. Exéquias no meio da noite! A esta hora! Porque o Irmão Cyprianus insiste... *Domine, libera nos de hoc monacho*![226]

O mestre conseguiu, enfim, provar ao sonolento Padre Hilarius que ele não era o abade, e sim Kreisler, e soube apurar dele com

226. Em latim: “Senhor, livre-nos desse monge!”.

dificuldade que, no meio da noite, não se sabia de onde, tinham trazido ao monastério o cadáver de um forasteiro que, ao que tudo indicava, somente Irmão Cyprianus conhecia, e que certamente não era cadáver de um homem comum, pois sob as instâncias de Cyprianus o abade decidira cantar as litanias sem demora, a fim de efetuarem o traslado o quanto antes.

Kreisler seguiu o padre pela igreja, cujo interior, apenas parcialmente iluminado, oferecia um aspecto escabroso.

Tinham acendido poucas velas do grande candelabro circular metálico, que pendia do elevado teto em frente ao altar-mor, por isso a luz mortiça alumiava debilmente a nave e projetava nas naves laterais misteriosos filetes de fosca luz, à qual as estátuas de santos, despertadas a uma vida fantasmagórica, pareciam mover-se e caminhar. Embaixo do grande candelabro, submetido ao clarão mais forte, encontrava-se o caixão aberto no qual jazia o cadáver, e os monges em torno, pálidos e inertes, tinham também a aparência de mortos saídos dos túmulos na hora dos espíritos. Com voz rouca e surda cantavam as estrofes monótonas do réquiem e, nas pausas, nada se ouvia além do sussurrante sopro do vento noturno vindo de fora trazendo presságios, enquanto as altas janelas da igreja rangiam de forma fantasmagórica, dando a impressão de que as almas dos finados batiam nos vitrais atraídas pelo canto fúnebre. Kreisler aproximou-se do círculo de monges e reconheceu o valete do Príncipe Hektor.

Então se agitaram os lúgubres espectros, que tão frequentemente tinham poder sobre ele e, implacáveis, cravaram as afiadas garras no peito ferido.

— Fantasma burlão — disse consigo mesmo —, traz-me aqui a fim de que o jovem morto sangre? Por que se diz que o cadáver sangra quando o assassino se aproxima? Há, há! Não estou seguro de que ele tenha perdido todo seu sangue nos tristes momentos quando expiava os pecados padecendo no leito? Não lhe restaram gotas letais com as quais poderia envenenar seu assassino, caso esse se aproxime, menos ainda Johannes Kreisler, que nada tem a ver com a víbora na qual pisou na floresta, quando ela estendia a afiada língua para o bote mortal! Abra os olhos, defunto, olhe nos olhos e se assegure de que estou livre de pecado! Mas você não pode fazê-lo! Quem o mandou jogar vida contra vida? Por que se envolveu no enganoso jogo do crime, se não estava disposto a perder? Seus traços são amenos e bondosos, silencioso e pálido jovem, a dor da morte apagou desse formoso semblante qualquer vestígio do infame pecado, e poder-se-ia dizer que o céu lhe abriria a porta da clemência, porque existia amor em seu coração, quando chegou sua hora. Mas como? E se me enganei com você? E se não foi você, um demônio da maldade, não, e se foi minha boa estrela que ergueu contra mim o seu braço, jovem, tentando me livrar do horrível destino que me aguarda? Abra os olhos, homem pálido, diga-me tudo com um olhar de reconciliação, revele-me tudo, ainda que eu sucumba de dor por você, ou pelo espantoso e terrível medo de que a sombra negra atrás de mim me flagre! Sim, olhe-me... Mas não, não, olhe-me talvez como Leonhard Ettlinger e me faça pensar que você sou eu mesmo, e então teria de me levar junto às profundezas de onde ele fala sempre comigo com voz cadavérica. Mas o que é isso, você está sorrindo? Sua bochecha, seus lábios se colorem! A espada da morte não o atingiu? Não, não quero voltar a lutar, mas...

Kreisler, que durante o monólogo se reclinara sem perceber sobre um joelho, apoiando sobre o outro os cotovelos e as mãos sob o queixo, levantou-se rapidamente e, sem dúvida, teria cometido um despropósito selvagem, mas no mesmo instante os monges se calaram e os meninos do coro entoaram com o doce acompanhamento do órgão o canto da "*Salve regina*". O caixão foi lacrado e os monges saíram em cortejo solene. Os obscuros espectros se afastaram de Johannes que, nostálgico e melancólico, seguiu os irmãos, de cabeça baixa. Ia dirigir-se à porta, quando de um canto escuro surgiu uma figura, que avançou velozmente em sua direção.

Os monges pararam e a claridade de seus círios incidiu sobre um sujeito alto e robusto de uns dezoito ou vinte anos. Seu rosto, que não podia ser qualificado de outra forma senão feio, tinha expressão dura e bruta; os cabelos negros desordenados caíam-lhe pelos ombros, o roto gibão de linho pouco lhe cobria a nudez e suas calças de marinheiro, também puídas, chegavam-lhe somente até abaixo dos joelhos e deixavam à mostra o hercúleo vigor de seus membros.

— Maldito, quem lhe mandou matar meu irmão? — berrou o indivíduo, sua voz reverberando pela abóboda, enquanto já saltava feito um tigre sobre Kreisler e o agarrava pela gola com pressa assassina.

Antes, porém, que Kreisler pudesse pensar em se defender, assustado ante o inesperado ataque, o Padre Cyprianus já se postara a seu lado e dizia com voz forte e categórica:

— Giuseppo, infame pecador! Que faz aqui? Onde deixou sua velha mãe? Suma daqui! Reverendo senhor abade, chame os criados do monastério para atirarem esse assassino porta afora!

Ao ver Cyprianus se aproximando, o intruso largou Kreisler e resmungou rudemente:

— Está bem, está bem, não faça tanto escarcéu porque alguém está querendo reclamar os próprios direitos, senhor santo. Irei com minhas próprias pernas, não precisam mandar os criados atrás de mim.

Com essas palavras, o indivíduo precipitou-se dali por uma pequena porta que alguém esquecera aberta, e pela qual provavelmente se pusera para dentro da igreja. Os criados do monastério acudiram, mas acabaram vendo que não havia motivo para perseguir o temível homem no meio da noite.

Era próprio da natureza de Kreisler que justamente a tensão do sobrenatural, do misterioso, atuasse com influência benéfica sobre seu ânimo, se já tivesse vencido com êxito a tempestade que ameaçava destruí-lo. Portanto, o abade ficou atônito ante a calma com que se apresentou o amigo na manhã seguinte, falando sobre a cruel impressão provocada pela visão do cadáver do sujeito que matara em legítima defesa.

— Caro Johannes, nem a Igreja, tampouco as leis seculares, podem imputar-lhe culpa pela morte desse criminoso. Mas você ficará durante longo tempo se lembrando das censuras de sua consciência, sempre afirmando como teria sido preferível tombar a matar o adversário. É prova de que agrada mais à força divina o sacrifício da própria vida à sua conservação, se isso acontecer por meio de ação rápida e sangrenta. Deixemos isso por ora, porque preciso lhe falar de assuntos mais urgentes.

Que ser mortal pode visualizar o rumo que as coisas tomarão no porvir! Há pouco tempo, eu estava convencido de que nada seria melhor para a saúde de sua alma do que renunciar ao mundo e ingressar em nossa ordem. Agora tenho outra opinião, e o aconselho a deixar a abadia o quanto antes, embora você tenha se tornado muito querido e importante para mim. Não vá pensar mal de mim, meu querido Johannes! Não me pergunte por que involuntariamente estou me submetendo à vontade de outrem, que ameaça derrubar tudo aquilo que criei com esforço. Você teria de estar muito bem iniciado nos segredos da Igreja para me entender, caso eu fosse lhe explicar os motivos dessa minha política... Com você, posso falar com mais liberdade que com qualquer outro. Saiba que, em breve, a estada na abadia não lhe garantirá a benéfica paz, da qual você vem usufruindo até agora. Nesse momento de experiência de um golpe mortal, seus estudos serão perturbados e o monastério lhe parecerá um cárcere ermo e desolador. A ordem do convento está mudando, a liberdade aliada à devoção tem seus dias contados, e o sinistro espírito do fanatismo monacal reinará entre esses muros com severidade implacável. Oh, Johannes, seus esplêndidos cantos já não alçarão nosso espírito à suprema devoção, o coro será dispensado e, em breve, não se ouvirão mais que os monótonos responsórios balbuciados com dificuldade pelos irmãos mais idosos com voz rouca e impura.

— E tudo isso se deve às instâncias do monge forasteiro Cyprianus?

— Isso mesmo, bom Johannes — respondeu o abade, quase melancólico, abaixando os olhos —, e não tenho culpa de que não possa ser diferente... Mas, continuou o abade após curto silêncio, em voz alta e solene, tudo há de acontecer para o bem da firme construção da Igreja, e nenhum sacrifício será demasiado grande para esse fim.

— Quem é esse alto e poderoso santo — perguntou Kreisler, com humor —, aquele que lhe dá comandos e teve autoridade para me livrar com uma só palavra desse assassino?

— Você está envolvido num segredo sem ter ciência disso, meu caro. Em breve saberá mais, talvez mais do que eu, através de Mestre Abraham. Cyprianus, que agora chamamos nosso irmão, é um eleito. Ele foi honrado através de contato direto com os poderes eternos do céu e, assim, devemos venerá-lo como a um santo. Quanto ao impertinente sujeito que se infiltrou na igreja durante as exéquias e o atacou de maneira criminosa, trata-se de um cigano perdido e meio louco que nossos guardas já açoitaram mais de uma vez por ter roubado as gordas galinhas de nossa gente. Para afugentá-lo não era preciso fazer um milagre especial.

Fazendo o último comentário, o abade deixou transparecer um suave e irônico sorriso no canto dos lábios, que desapareceu com igual rapidez.

O mais profundo e amargo desgosto inundou Kreisler; constatava que o abade, com todas as qualidades de seu espírito e seu entendimento, levava adiante um embuste ludibriador, e todas as razões outrora alegadas com a finalidade de convencê-lo a entrar na vida monástica tinham sido mero pretexto, servindo a alguma intenção dissimulada, como as que ele agora formulava ao contrário. Kreisler decidiu deixar a abadia e subtrair-se definitivamente de todos os ameaçadores mistérios porque, mantendo-se ali, iriam enredá-lo numa teia da qual jamais poderia escapar. Mas ao pensar em como poderia voltar logo a Sieghartshof para perto de Mestre Abraham, em como poderia vê-la, ouvi-la, a *ela*, seu único pensamento, então sentiu no peito a doce opressão que anuncia a mais ardente nostalgia de amor.

Profundamente perdido em reflexões, Kreisler caminhava pela avenida do parque quando Padre Hilarius veio a seu encontro e, em seguida, começou a dizer:

— Você esteve com o abade, amigo Kreisler, ele lhe contou tudo? Estamos perdidos! Esse clérigo comediante... A expressão escapou, cá entre nós! Quando ele — você sabe a quem me refiro — foi a Roma vestido com o hábito, Sua Santidade lhe concedeu imediata audiência. Ele caiu de joelhos e beijou os sapatos do papa. Sua Santidade o deixou jazer a seus pés por uma hora inteira, sem lhe fazer sinal para que se levantasse: "Eis sua primeira penitência!", disse-lhe enfim Sua Santidade, com cólera. Quando afinal pôde erguer-se, recebeu um longo sermão sobre os pecaminosos erros em que tinha incorrido. Depois, recebeu consideráveis instruções em aposentos secretos e deixou Roma. Há muito tempo não havia santos! O milagre — bem, você viu a pintura, Kreisler — o milagre, eu lhe digo, só em Roma se concretizou. Não sou mais que um honesto beneditino, um *praefectus chori* eficiente, você diria, e gosto de beber uma taça de vinho Nierenstein ou Bocksbeutel em honra da Santa Igreja Católica; mas minha única consolação é que ele não permanecerá tanto tempo aqui; deverá fazer uma viagem em breve. *Monachus in claustro non valet ova duo: sed quando est extra, bene valet triginta.*[227] Com certeza fará milagres. Veja, Kreisler, lá vem ele pela aleia. Agora nos viu e sabe como se deve comportar.

Kreisler reconheceu o Irmão Cyprianus que vinha caminhando em passos lentos e contidos, os olhos fixos no céu, as mãos postas

227. Em latim: "monge no claustro não vale dois ovos, mas quando fora dele, vale trinta".

em piedoso êxtase. O Padre Hilarius se afastou rapidamente, mas o mestre perdeu-se ante a visão do monge, em cujo semblante, em cuja essência, havia algo de singular, insólito, que o distinguia das outras pessoas. Uma fatalidade marcante e extraordinária deixa traços visíveis e, assim, podia ser também que um destino pouco comum tenha impregnado o monge com aquela fisionomia.

O monge tentou passar ao largo, sem se deixar interromper em seu arroubo, mas Kreisler se sentia impingido a abordar o rigoroso legado do chefe da Igreja, o hostil perseguidor e inimigo da arte musical. E o fez com as palavras:

— Permita-me, reverendo senhor, gostaria de expressar meus agradecimentos. Sua intervenção poderosa me salvou no momento justo das mãos do grosseiro patife, o moleque cigano; ele teria estrangulado-me como a um galo roubado!

O monge pareceu despertar de um sonho, passou a mão na fronte e olhou Kreisler fixamente, como se tentasse se lembrar quem era ele. Seu rosto então se contorceu numa seriedade terrível e sombria, seus olhos cintilaram de cólera e gritou com voz forte:

— Homem atrevido e blasfemo! Você mereceria que eu o deixasse ir com seus pecados! Não é você que profana a sagrada cerimônia religiosa, seduzindo o coração fervoroso dos fiéis da Igreja com suas frívolas e mundanas obras artísticas?

Kreisler sentiu-se ferido por essas censuras exageradas, bem como elevado pela tola arrogância do monge fanático de pretender bater-se com armas tão frágeis.

— Se é um pecado — disse ele muito tranquilamente, olhando nos olhos de Cyprianus —, se é pecado louvar o Poder Eterno com a linguagem que Ele próprio nos concedeu, a fim de que o dom celestial revele em nosso peito o fervor da devoção e evidencie a fé, se é pecado alar-se com as seráficas asas do canto, transcendendo o terreno e aspirando ao supremo com amor e devota saudade, então o senhor tem razão, reverendo senhor. Se é assim, sou um grande pecador. Mas permita que eu opine o contrário, pois creio que faltaria ao culto da Igreja sua glória mais pura e verdadeira se o canto tivesse de se calar.

— Então rogue à Santa Virgem Maria — respondeu o monge, severo e frio — que lhe tire a venda dos olhos e lhe possibilite reconhecer o erro!

— Alguém perguntou a um compositor[228] — disse o mestre suavemente —, como lograva obter em suas composições religiosas um devoto entusiasmo. "Quando não consigo continuar uma composição", respondeu o devoto e ingênuo mestre, "rezo algumas *Ave Marias* enquanto caminho de um lado para o outro, pelo quarto, e as ideias novamente afluem". O mesmo mestre disse a respeito de uma grande composição religiosa[229]: "Somente quando cheguei à metade da composição percebi que estava indo bem; nunca fora tão devoto como na época em que a compunha, diariamente, ajoelhava-me e rogava a Deus forças para levar a bom termo aquela obra". Penso, reverendíssimo senhor, que nem esse mestre, nem o velho Palestrina[230], se enveredaram pelo pecado, e só mesmo um coração gelado pela obsessão ascética é incapaz de se inflamar pela suprema devoção do canto.

— Criatura ordinária! — gritou, furioso, o monge. — Quem é você, por que discuto com alguém que deveria lançar o rosto a meus pés? Suma da abadia, não continue a perturbar o sagrado!

Bastante indignado pelo tom imperioso de Cyprianus, Kreisler respondeu com veemência:

— E quem é *você*, monge insensato, para se colocar acima de tudo que é humano? Foi concebido sem pecados? Jamais teve pensamentos dignos do inferno? Nunca se desviou da senda escorregadia do bem? E se a Santa Maria de fato teve a misericórdia de tirá-lo da

228. Nota do autor: Joseph Haydn.

229. Nota do autor: "A criação".

230. Mencionado na nota 211, Palestrina foi um compositor italiano do período renascentista, e renovador da música de Igreja.

morte, ocorrida talvez por algum ato espantoso, foi para que você reconhecesse com humildade seus pecados e os expiasse, não para se ufanar com presunção pusilânime da graça do céu e da auréola sagrada que jamais poderá conquistar.

O monge olhou Kreisler com olhos que expressavam morte e perdição, enquanto balbuciava palavras incompreensíveis. E o mestre prosseguiu com ênfase crescente:

— Além disso, monge orgulhoso, antes de você usar o hábito...

Com isso, Kreisler pôs o retrato dado por Mestre Abraham à frente dos olhos do monge; esse, no mesmo instante em que o viu, foi tomado de desespero, golpeou com os punhos o próprio rosto e soltou um grito dilacerado de dor, parecendo ter sido arrebatado por um raio mortal.

— Suma *você* — gritava agora Kreisler —, suma *você* da abadia, monge criminoso! Há, há, pobre santo, e se encontrar por aí o ladrão de galinhas com o qual tem seus conchavos, diga que não quererá nem poderá proteger-me mais uma vez, mas tenha cuidado e mantenha-se longe de minha garganta, caso contrário eu o espetarei como a um coelho, como a seu irmão, pois para fincar...

Kreisler teve horror de si mesmo. Irmão Cyprianus estava diante dele, rígido, imóvel, com os punhos ainda apertados contra o rosto, incapaz de proferir uma só palavra, de emitir algum som, e o mestre pensou escutar um sussurro pelas cercanias, vindo dos arbustos, como se o selvagem Giuseppo estivesse se preparando para atacá-lo a qualquer instante. Os monges estavam justamente cantando as vésperas, então ele fugiu apavorado dali e procurou abrigo na igreja, esperando acalmar a profunda agitação de sua alma. A hora do Ângelo terminou, os monges deixaram o coro, as velas foram apagadas. Os pensamentos de Kreisler se voltaram ao velho e devoto mestre compositor que ele mencionara na discussão com o monge Cyprianus. Música... Música oratória inundou seu coração; pensou ter percebido a voz de Júlia e não mais bramiu o ímpeto em seu íntimo. Ele queria sair por uma capela lateral, cuja porta dava acesso a um longo corredor que, por sua vez, conduzia a uma escada e, por ali acima, à sua cela.

Quando Kreisler entrou na capela, um monge levantou-se com dificuldade do chão, no qual se estendera ante a imagem milagrosa da Santa Virgem Maria, ali exposta. À luz da flama eterna do altar, ele reconheceu o monge Cyprianus que, todavia, tinha o rosto pálido e um aspecto miserável, como se voltasse a si de um desvanecimento. Kreisler lhe ofereceu a mão, então o monge disse com voz ligeiramente trêmula:

— Eu o reconheço... Você é Kreisler. Tenha misericórdia, não me abandone, ajude-me a chegar aos degraus, vou me assentar, mas queira ficar perto de mim, bem perto de mim, a fim de que somente a Santa Virgem nos ouça...

Quando ambos se sentaram nos degraus do altar, ele continuou:

— Seja compassivo, tenha clemência, confie em mim e conte-me se recebeu o retrato das mãos do velho Severino, se está ciente de tudo, de todo o terrível segredo.

Aberta e sinceramente, Kreisler confirmou que obtivera a imagem do Mestre Abraham Liscov, e contou sem delongas tudo que tivera lugar em Sieghartsweiler, e como, somente a partir de algumas combinações que lhe inspiraram certas suspeitas, deduzira o crime. O monge, que em alguns momentos do relato de Kreisler demonstrava profunda comoção, calou agora por uns instantes, mas logo começou mais animado, com voz firme:

— Você sabe demais para não se inteirar de tudo. Saiba, portanto, mestre, que o Príncipe Hektor, que o perseguiu com o fim de matá-lo é meu irmão caçula. Somos filhos de um príncipe, cujo trono eu teria herdado, se não o tivessem derrubado as tempestades da época. Tendo estourado a guerra, ambos nos alistamos no exército e foi o serviço que nos levou a Nápoles, primeiro a mim, depois também a meu irmão. Naquele período, eu me entregava a toda luxúria e perversão do mundo, e me seduzia principalmente a selvagem paixão pelas mulheres. Uma bailarina tão bela como infame era minha amante e, além dela, eu procurava moças dissolutas onde quer que estivessem.

Desse modo, ocorreu que um dia, quando já começava a escurecer, perseguia eu no Molo um par de criaturas dessa laia. Quase as alcançara quando, junto de mim, uma voz estridente gritou: "Vá, principezinho inútil. Ande atrás das prostitutas comuns, quando poderia estar nos braços da mais bela princesa! Meu olhar pousou então sobre uma cigana velha e esfarrapada, que eu vira ser levada pelos beleguins nas ruas de Toledo alguns dias antes, porque numa briga batera com sua muleta num vendedor de água bastante robusto. "O que você quer de mim, bruxa velha?", gritei, e ela, no mesmo instante, cobriu-me com uma torrente de insultos grosseiros, atraindo logo as pessoas dos arredores que passaram a zombar de meu embaraço. Eu queria ir embora, mas a mulher me segurou pela roupa sem dar um passo e, de repente, falou cessando os xingamentos e desfigurando-se mais ainda num sorriso medonho: "ei, meu doce príncipe, você não quer falar comigo? Não se interessa pela criatura mais formosa e angelical, que se apaixonou por você?". Dizendo isso, a mulher se levantou com esforço, agarrou meus braços com força e me alcovitou ao ouvido sobre uma moça bonita e encantadora feito o dia e, ainda por cima, inocente. Tomei a velha por uma vulgar cafetina e, tendo em vista que eu não tinha a intenção de empreender nova aventura, tentei livrar-me dela com uns ducados. Mas ela recusou o dinheiro e, ao afastar-se, exclamou, rindo alto às minhas costas: "Vá, vá, meu fino senhor, você me procurará em breve com dores de amor no coração". Algum tempo se passou e, um dia, quando já me esquecera da tal cigana, durante um passeio chamado "Villa reale" vi seguindo à minha frente uma dama tão maravilhosa como nenhuma outra que eu já tivesse visto. Adiantei-me a ela, o seu rosto era um céu se abrindo em esplendente beleza. Assim pensava, como pecador, e a repetição desse blasfemo pensamento talvez possa servir para substituir a descrição das belezas com as quais o Poder Eterno tinha agraciado a doce Angela, tanto mais que agora não me conviria, nem de nada serviria, falar da beleza terrena. Ao lado da moça caminhava, ou melhor, coxeava apoiada numa bengala, uma senhora idosa, vestida com decoro, que somente chamava a atenção devido à sua estranha figura e à forma grotesca de seus movimentos. Apesar das vestimentas assaz distintas, do discreto véu disfarçando em parte o semblante, reconheci a velha cigana do Molo. A careta sorridente da anciã, seu ligeiro assentimento com a cabeça, provaram-me que eu não me equivocava. Não podia tirar os olhos do encantador prodígio. A bela abaixou os olhos e um lenço caiu de sua mão. Tratei de apanhá-lo rapidamente; ao devolvê-lo, toquei seus dedos trêmulos, o fogo de uma condenável paixão ardeu dentro de mim, não suspeitei que era chegada a hora da espantosa prova que o céu me impunha. Aturdido, confuso, fiquei ali plantado e apenas observei que a dama, com sua idosa acompanhante, subia a uma carruagem estacionada no final da avenida. Somente quando a carruagem começou a se afastar caí em mim e disparei atrás dela, desvairado. Cheguei a tempo de ver que se detinham ante uma casa da estreita ruela que dá acesso à grande Praça Largo delle Piane. Ambas, a moça e a senhora, desembarcaram e, como o carro prosseguiu imediatamente ao entrarem na casa, pressupus, com razão, que moravam ali. Na Praça Largo delle Piane residia meu banqueiro, *signore* Alessandro Sperzi, e eu mesmo não sei explicar a razão pela qual atinei em render-lhe uma visita justo naquele momento. Julgou que eu o procurava a negócios e começou a falar-me em pormenores sobre minha situação. Mas toda minha cabeça estava tomada pela dama, percebi que não ouvia mais nada e, assim, ao invés de responder às interpelações do *signore* Sperzi, contei-lhe a agradável aventura que estava vivenciando. *Signore* Sperzi podia dizer-me mais de minha bela do que eu poderia esperar. Era ele quem recebia todo semestre uma vultosa remessa proveniente de uma companhia mercantil de Augsburg. O nome dela era Angela Benzoni, e o da velha senhora, Magdala Sigrun. Em troca da letra, *signore* Sperzi deveria passar com exatidão àquela companhia os detalhes da vida da jovem, e de certo modo era possível considerá-lo tutor da moça, responsável pela sua educação e administrador de seus bens. O banqueiro acreditava que ela fora fruto de uma relação proibida entre pessoas de elevada condição. Testemunhei ao *signore* Sperzi meu assombro por se confiar uma jovem tão delicada à uma mulher dissimulada, sempre vagando pelas ruas em roupas rotas e sujas de cigana e, quem sabe, fazendo-se passar por cafetina. O banqueiro, ao contrário, assegurou que não existia ama mais cuidadosa, e que a velha viera morar ali juntamente com a menina quando a pequena tinha dois anos de idade. O fato de ela, às vezes, disfarçar-se de cigana era um capricho extravagante que se devia perdoar nesse país da liberdade de máscaras. Devo, preciso ser conciso! A velha logo me procurou em seus trajes de cigana e me levou até Angela, e essa, enrubescendo em suave timidez virginal, declarou-me seu amor. Eu seguia acreditando, dado meu caráter pervertido, que a velha era uma vil nutridora do pecado, mas pouco depois me convenci do oposto. Angela era a castidade em pessoa, pura e angelical, e lá, onde pensava me afundar num ardor devasso, aprendi a crer na virtude, na qual reconheço agora o deslumbramento infernal do diabo. Na mesma medida em que minha paixão se inflamava, eu me dispunha a dar ouvidos à velha, o tempo todo me repetindo que deveria casar com Angela. Seria necessário fazê-lo em segredo, até que chegasse o dia em que poderia colocar em público o diadema de minha esposa. E ela reforçava a insistência com o argumento: vocês dois nasceram no mesmo dia.

Nós nos casamos na Capela San Filippo. Pensei ter encontrado o céu, afastei-me de todas as minhas relações, renunciei às funções militares, ninguém me via mais nos círculos onde, sacrílego, me entregara antes aos prazeres. Justamente a mudança de vida me traiu. Aquela dançarina, da qual me separara, investigou aonde eu me dirigia todas as noites e, percebendo que dali talvez pudesse advir o gérmen de sua vingança, enredou a meu irmão do meu amor secreto. Meu irmão se esgueirou atrás de mim, flagrou-me nos braços de Angela. Desculpou-se, brincalhão, por ter sido importuno, e repreendeu-me pelo egoísmo de não ter confiado nele como a um amigo sincero; no entanto, notei perfeitamente que ele fora afetado pela extrema graça de Angela. A faísca tinha sido lançada, a chama do amor apaixonado acendeu em sem íntimo. Ele vinha com frequência nos visitar, mas somente quando sabia que eu estaria presente. Acreditei perceber que o louco amor de Hektor estava sendo correspondido e a fúria do ciúme dilacerou meu coração. Então tombei sob o poder dos infernos! Certa vez, ao entrar nos aposentos de Angela, pensei ter ouvido a voz de Hektor no quarto contíguo. Com a morte oprimindo meu peito, fiquei petrificado; mas, no mesmo momento, Hektor entrou como um furioso, o semblante em fogo e os olhos vidrados de loucura: "Maldito, você não me terá mais em seu caminho", gritou, espumando de raiva e enfiando fundo até o cabo seu punhal em meu peito. O cirurgião chamado disse que a punhalada atingira o coração. A Santa Virgem dignou-se a conceder-me novamente a vida por milagre.

As últimas palavras o monge pronunciou com voz trêmula, como que perdido em turvas meditações.

— E o que sucedeu a Angela? — perguntou Kreisler.

Com voz rouca e fantasmagórica, respondeu:

— Quando o assassino quis gozar os frutos de sua atrocidade, um espasmo letal apoderou-se de Angela e ela morreu em seus braços. Veneno...

Dizendo essa palavra, o monge tombou de bruços, agonizando feito um moribundo. Usando o sino que pendia do pescoço do monge, Kreisler pediu auxílio a todo o mosteiro. Muitos correram e portaram o enfraquecido Cyprianus à enfermaria.

Na manhã seguinte, Kreisler encontrou o abade muito bem-humorado:

— Ah, meu bom Johannes — gritou ao vê-lo —, você não queria acreditar em milagres contemporâneos, mas ontem aqui na igreja, você mesmo operou o milagre mais maravilhoso que se poderia imaginar. Diga-me, o que você fez com nosso orgulhoso santo? Lá está ele estendido no leito como um pecador arrependido e, acreditando ter chegado a hora da morte, pediu perdão a todos nós, por ter pretendido alçar-se acima dos irmãos! Você o ouviu em confissão, o que ele queria que você confessasse?

Kreisler não achou inconveniente falar acerca do que se passara entre ele e Cyprianus. Por isso, expôs tudo em detalhes, desde o sincero sermão que pregara ao monge vaidoso, quando o outro desprezou a sagrada arte musical, até o estado deprimente ao qual o velho sucumbira ao proferir a palavra "veneno". Kreisler esclareceu em seguida que, na realidade, ainda não entendia porque o retrato, que assustara o Príncipe Hektor, surtira o mesmo efeito no monge Cyprianus. Tampouco compreendia de que maneira Mestre Abraham estivera envolvido naqueles fatídicos acontecimentos.

— De fato, meu caro Johannes — disse o abade com um sorriso feliz —, agora estamos numa conjuntura totalmente diferente daquela de horas atrás. Um ânimo perseverante, um espírito firme, mas, sobretudo, o sentimento de justiça que repousa em nós semelhante a uma milagrosa força divina, podem proporcionar mais harmonia que a argúcia do olhar experiente. Você demonstrou, meu Johannes, que soube utilizar com destreza e no momento oportuno a arma posta em suas mãos, sem que lhe fosse dada a mínima instrução sobre o possível efeito da ação e, com isso, aniquilou o inimigo. Talvez ele ainda viesse a nos dar muito trabalho. Sem sabê-lo, você prestou a mim, ao monastério, talvez inclusive à Igreja, uma contribuição cujas consequências benéficas são incalculáveis. Agora quero e devo ser totalmente franco com você: afasto-me de quem tentou persuadir-me com falsas premissas a seu respeito, pode contar comigo, Johannes! Que o maior desejo acalentado em seu peito seja concretizado: sua Cecilia, você sabe a que criatura encantadora me refiro, mas deixemos isso por ora! O que ainda tenho a dizer sobre os terríveis acontecimentos de Nápoles o faço em poucas palavras.

Primeiramente, nosso digno irmão Cyprianus preferiu omitir em seu relato um pormenor importante: Angela morreu com o veneno que ele lhe dera em sua infernal alucinação de ciúme. Mestre Abraham se encontrava na ocasião em Nápoles sob o nome de Severino. Pensava estar na pista da perdida Chiara, e de fato a encontrou, porque a cigana, da qual você já ouviu falar, chamada Magdala Sigrun, cruzou-lhe o caminho. A velha reportou-se ao mestre quando a tragédia ocorreu e, antes de deixar Nápoles, confiou-lhe o retrato, cujos segredos você ainda ignora. Apertando o botão metálico à borda da moldura, faz-se surgir a imagem de Antonio, coberto simplesmente por uma cápsula, que contém o retrato de Angela e algumas folhas de extrema importância, pois constituem a prova do crime duplo. Assim, você agora pode entender porque seu talismã surtiu efeito tão poderoso. Mestre Abraham teve contatos posteriores com os dois irmãos, mas ele próprio lhe relatará melhor o assunto. Desculpe, tenho de ver como está nosso enfermo.

— E o milagre? — indagou Kreisler, pela segunda vez.

— Você quer dizer o formoso quadro que esteve dependurado aqui? No momento, pedi que fosse levado à enfermaria. Talvez a imagem fortaleça nosso pobre irmão Cyprianus, quem sabe a Virgem Maria o ajude pela segunda vez.

Kreisler achou uma correspondência de Mestre Abraham em sua cela, nos seguintes termos:

Meu Johannes!

Venha rápido, rápido! Deixe a abadia, apresse-se tão ligeiro quanto possível! O diabo organizou aqui uma genuína festa do prazer. O resto o direi verbalmente, pois escrevo com uma dificuldade incrível, atolado que estou até o pescoço, arriscando-me a sufocar-me. Não direi nada de mim, da estrela da esperança a me sorrir. Em poucas palavras: você não encontrará mais a Conselheira Benzon, mas sim a Condessa de Eschenau. A documentação chegou de Viena e o futuro casamento de Júlia com o nobre Príncipe Ignaz é dado como certo. Duque Irenäus preocupa-se atualmente com a ideia do novo trono no qual se sentará como regente soberano. Benzon, aliás, Condessa de Eschenau, fez-lhe promesssas. Príncipe Hektor brincou de se escamotear nesse interím, até ser de fato forçado a partir, atendendo a uma convocação. Em breve retornará e, na ocasião, deverá ser celebrado o duplo casamento. Será engraçado! Os trompetistas estão limpando as gargantas, os violinistas passam o breu no arco, os veleiros de Sieghartsweiler preparam os círios. Contudo, em breve será o dia do nome da duquesa, para o qual estou premeditando algo grandioso, e no qual você precisa comparecer. Venha imediatamente após ler esta carta. Corra o quanto puder. Nós nos veremos. A propósito, tenha cuidado com os monges, ao abade eu quero muito bem! Adeus!

Tão breve e cheio de conteúdo era o bilhete do velho mestre que...

Post scriptum do editor:

Ao fim do segundo volume, o editor se vê obrigado a comunicar ao estimado leitor uma notícia muito triste. O inteligente, instruído filósofo e poético gato Murr foi levado pela morte em meio à sua auspiciosa carreira. Faleceu na noite de 29 para 30 de novembro, após curta mas grave enfermidade, com a calma e a serenidade de um sábio. Com isso, mais uma vez, foi dada a prova de que o gênio precoce nem sempre progride; ou se esmaece no anticlímax fundindo-se ao espírito da massa indiferente e sem caráter, ou nem chega a viver muitos anos... Pobre Murr! A morte do amigo Muzius foi emissária de sua própria e, se tivesse de pronunciar o discurso fúnebre, eu o faria do fundo do coração, bem diferente do que fez Hinzmann; porque eu o amava, e mais que a muitos... Assim, descanse em paz! Paz às suas cinzas!

Pena que o defunto não tenha terminado suas memórias, que terão que permanecer fragmentadas. Em compensação, nos papéis deixados pelo finado foram encontradas outras reflexões e observações, escritas provavelmente no período em que esteve morando na casa do mestre de capela Kreisler. Além disso, lá estava uma boa parcela do livro dilacerado, contendo a biografia de Kreisler.

Portanto, o editor julga de bom-tom comunicar de antemão ao prezado leitor que, por ocasião da Páscoa, será publicado um terceiro volume contendo a encontrada biografia do mestre, com intercalações dispersas em trechos pertinentes das reflexões inéditas do gato, essas também dignas de serem apresentadas ao público leitor.

CLÁSSICOS DA LITERATURA MUNDIAL NA ESTAÇÃO LIBERDADE

HONORÉ DE BALZAC

Ilusões perdidas
A mulher de trinta anos
O pai Goriot
Eugénie Grandet
Tratados da vida moderna

A. VON CHAMISSO

A história maravilhosa de Peter Schlemihl

GUSTAVE FLAUBERT

Bouvard e Pécuchet

J. W. GOETHE

Os sofrimentos do jovem Werther

VICTOR HUGO

Notre-Dame de Paris

XAVIER DE MAISTRE

Viagem à roda do meu quarto

STENDHAL (HENRI BEYLE)

Armance

ÉMILE ZOLA

Thérèse Raquin
O Paraíso das Damas
Germinal

CHARLES DICKENS

Um conto de duas cidades

GUY MAUPASSANT

Bel-Ami

MIGUEL DE UNAMUNO

Névoa

PRÓXIMOS LANÇAMENTOS

THEODOR FONTANE

Effi Briest

VICTOR HUGO

O homem que ri

MURR

ESTE LIVRO FOI COMPOSTO EM GATINEAU 10
POR 14 E IMPRESSO SOBRE PAPEL OFF-SET 75 g/m²
NAS OFICINAS DA ASSAHI GRÁFICA, SÃO
BERNARDO DO CAMPO - SP, EM AGOSTO DE 2013